文學研究叢書・民國詩文叢刊

段祺瑞正道居詩文註解

陳煒舜 主編

本書部分出版經費，由香港溫韶文律師慨然資助

▲就任臨時執政之段祺瑞

▲光緒十六年（一八九〇），留學德國的北洋武備學堂學生們與德國教習瑞乃爾在埃森梅射擊場合影。右二爲段祺瑞。

▲段祺瑞（後排右五）在德國留學期間合影

▲袁世凱（前排右三）與北洋將領段祺瑞（中排右二）、王士珍（前排右一）、馮國璋（前排右二）等合影

▲民國元年（一九一二）唐紹儀內閣閣員合影。前排右起：內閣總理唐紹儀、代外交總長胡惟德、海軍總長劉冠雄、工商次長王正廷、教育總長蔡元培；後排右起：國務院秘書長魏宸組、司法總長王寵惠、陸軍總長段祺瑞、交通總長施肇基、農林總長宋教仁。

▲民國三年（一九一四）年參政院合影。前排左一章宗祥、左三段祺瑞、左五起劉冠雄、孫寶琦、汪大燮、參政院長黎元洪、國務卿徐世昌、王闓運，左十起趙爾巽、瞿鴻禨，左十三薩鎮冰。二排左五朱啓鈐，左八梁啓超，左九李經羲，左十湯化龍，左十六林長民。三排左二蔡鍔，左三蔭昌，左十一周學熙、左十二熊希齡。後排左一梁士詒、左七孫毓筠，左八錢能訓。

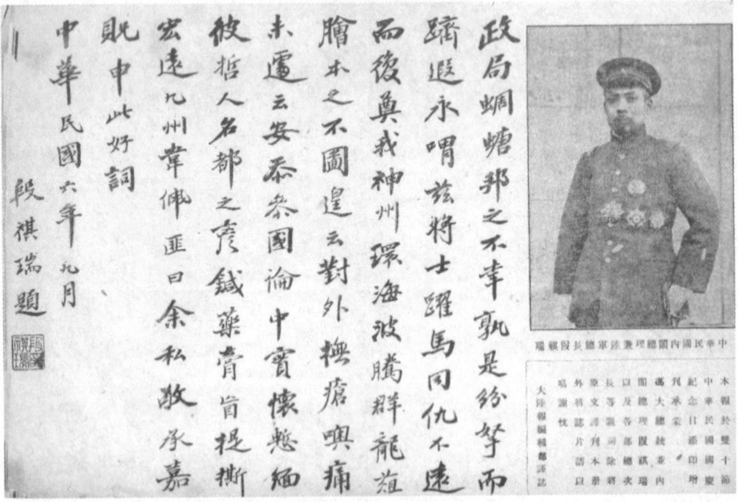

政局蜩螗邦之不幸孰是紛爭而
躋遐永喟茲將士躍馬同仇不遠
而後奠我神州環海波騰群龍菹
膺木之不圖遑云對外撫瘡輿痛
未遑云安忝參國論中實懷慙緬
彼哲人名都之彥鍼藥膏肓提撕
宏遠九州韋佛匪曰余私敢承嘉
貺中此好詞
中華民國六年九月
段祺瑞題

中華民國內閣總理兼陸軍總長段祺瑞

本報於雙十節中華民國國慶紀念日添印增刊承蒙馮大總統暨內閣總理段祺瑞以及各部總次長等題詞除將原文譯刊本冊外特誌片語以鳴謝忱

大陸報編輯部譯誌

▲民國六年（一九一七）爲《大陸報》題詞

◀擔任北洋政府總理時留影

與代總統馮國璋合影▶

▲張作霖（左三）、馮玉祥（左二）拜訪天津段公館時與段祺瑞（左四）合影

▲段祺瑞在臨時執政就職典禮後留影

▲民國十五年（一九二六），與來華觀光交流的日本前內閣總理清浦奎吾等人合影

▲民國廿一年（一九三二）與日本中日密宗研究會代理總裁田中清純法師等合影

▲民國廿二年（一九三三）抵達上海時留影

▲在上海各界歡迎會上致詞

▲旅居上海時留影

▲段祺瑞七十壽辰時與夫人張佩蘅合影於上海居所

▲段祺瑞靈堂一隅

▲段祺瑞靈車抵津時，在新車站迎候之天津市長張自忠（左一）

▲就任臨時執政之紀念幣

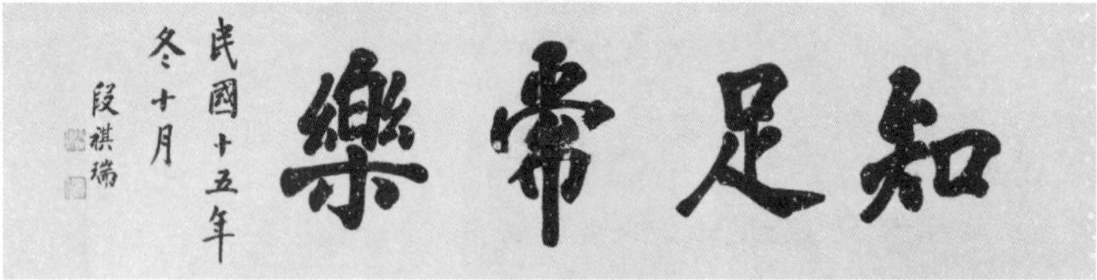

▲段氏書法

▲上海圖書館所藏正道居諸集書影

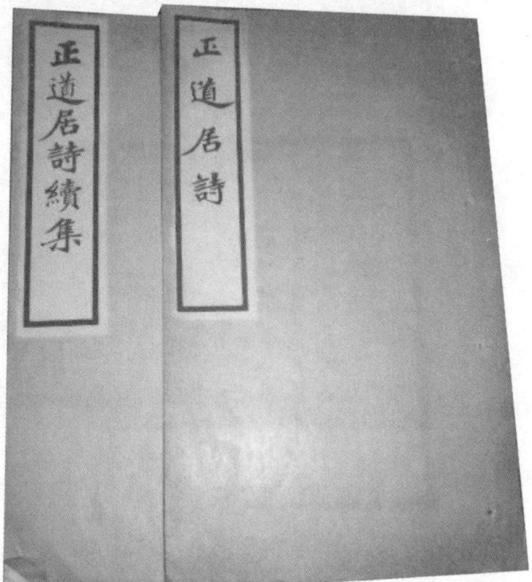

▲《正道居詩》及《詩續集》書影

▲段祺瑞爲香港富商、慈善家何福（1863-1926）於昭遠墳場的墓地題字：「常善救人。」其下方尚有黎元洪所題「義惠宣風」。

▲青島芝泉路。段祺瑞晚年清苦，仍熱心捐款助建青島湛山寺。落成後，寺前新路遂被市政當局命名爲芝泉路，以資紀念。由於採用段氏表字，此路在文革期間並未被改名，至今成爲兩岸四地唯一以段氏命名的馬路。現在青島地鐵二號線終點站爲芝泉路站（小圖）。

序一

共和路上的壇與帳

芝泉老人合肥段祺瑞在兩岸點將壇上已是漸隱漸晦的人物，這也是北洋軍閥在歷史大舞臺上其事不彰、其行多遭揶揄的相聯效應。

從世界史的觀點來看，傳統君主專制轉變爲君主立憲（虛君共和）的體制是平和順應的趨勢，但在意識型態掛帥的俄國，階級對立的衝擊下，對外戰爭潰敗的社會崩解中，君主專制是首要之惡，立憲的嘗試成爲風中殘燭，留下了一片荒塚。而在法國，封建階層的貧富仇恨，歸根究柢是君主專制之惡，暴烈的革命怒火遍地燎原，幾無可能有理性的空間考量走向君主的立憲。這兩個特例都不同於中國，革命派沒有強烈非去除專制君主不可的意識型態，社會的貧富也未必有憤怒的火花要把君主送上斷頭臺。然而，孫中山的「驅逐韃虜」，卻成爲革命首義之旗，這是傳統中國夷夏之防中根深柢固的文化意識情結，不幸爲中國二千多年君主專制看守大門的最後君主正是「韃虜」中的滿族，在世界歷史的大潮流中，很少見到具有這種排除異族的革命大旗。滿清末年「驅逐韃虜」是孫中山號召海內外革命的第一旗幟。清帝退位，民國肇造，革命派立即宣揚「五族共和」，這種轉變說明了晚清不論多少志士仁人投身改造中國大業的苦心，最後可能都葬送在這夷夏之防的洪流中，無可奈何花落去，流水嗚咽，空留餘恨。

芝泉老人與我沒有嫡親關係，但在宗親上仍有輩分的相連。段祺瑞應是大字輩，而後是茂字輩，就是我父親那一代，接著是昌字輩，因此芝泉老人的孫兒與我同輩。在臺灣有兩位昌字輩與我交往較密，皆在軍中服務。先父霖茂府君出身黃埔，與在外交界的茂瀾伯父，及另一叔時相往來。茂瀾伯父通曉六國語言，是外交的前輩人物，少壯時便在芝泉老人府中幫辦文書工作，他是合肥人氏，與芝泉老人誼屬血親。我雖生於大陸，但不及見芝泉老人，小時常聽父執說起段祺瑞的一些軼聞掌故，知道他律己治家甚嚴，遺言中便殷殷垂教說：「治家者，勿棄固有之禮教。」他的孫兒幼承庭訓，其中一位堂兄在臺見到先父時筆直站立，請坐方得坐下（可見家教謹嚴）。伯叔他們說：芝泉老人不只一次談到洪憲稱帝之事，對他們講：「那些在外反對袁世凱之輩，通電全國，組織護國軍，慷慨激昂，都是在外嚷嚷。我們裡面反對的都是在他巴掌心底下，冒的是生死風險，外面哪能了解？」袁世凱稱帝，舉國上下反對，段祺瑞以共和再造爲己任，當然不贊同。但他投軍便追隨袁項城，赴德習炮術也與袁有關，洪憲帝制，他在袁項城身邊早已得知消息，臥榻之旁反對異議，動見觀瞻。芝泉老人後來對先父他們說：「我們反對是拿著家人的性命冒險的，與外面撐旗吶喊不能一般的看。」日軍在東北鬧事後，圖窮匕現，企圖威迫利誘一些有聲望者出來組織僞政權、壯大聲勢。芝泉老人已退隱在天津日租界，四周日本警騎嚴密窺伺，他後來對子姪輩說：自己早瞭然於心。有天清早，他梳洗畢，輕鬆穿件長衫，沒帶任何其他衣物，出門像去買報紙的樣子，一個人散步閒逛，慢慢走向天津火車站；看沒人注意，跳上一班南下的火車，直駛到濟南站才下車，請車站的人打個電話給蔣介石行營。蔣本來憂心忡忡，擔心芝泉老人會迫於日軍威逼而出面，這會接到電話，大喜過望，立刻派錢大鈞到車站旁的一個小旅館接他。段祺瑞不想多驚動，便安排他到上海。這些軼聞掌故，我小時常聽父執輩談論，在臺灣，北洋軍閥已不足以貴，也非能藉此攀龍附鳳，有時從小處可以看出爲人的氣節風範。洪憲稱帝一事，袁項城揹天下罵名而死，幾乎千夫所指。芝泉老人已是一介平民，爲袁家園林遭人踐踏沒收，親筆致蔣介石函，希望能保護袁世凱遺產。洪憲帝制已成往事，功過自有定論。芝泉老人在手札中說「保障人權即整飾綱紀之要務，綱紀實而國家未有不治者」，他的寬厚與用心是兼而有之的。

近代中國救亡圖存，從洋務自強運動後，以學習西方匯爲主流。先則以「西洋炸礮……戰守工具，天下無敵」，但船礮都從外國購入，本國設廠製造大都爲拼裝性質，洋務派自強結果是集團自強而中國並未自強。而後認爲「中國積弱由於患貧……若不早圖變計……以貧交富，以弱敵強，未有不受其敵者」，因而發展經營實業，以官辦、官督商辦、商辦三途下手，但中國仍然在貧弱之林。而後變法維新，稍見端倪，從軍政經三方圖治。根據段祺瑞的年譜所記：他自弱冠習武，便對炸礮特有所感，在旅順習臺礮，而後遊學德國克虜伯礮廠（Krupp Arsenal）專研礮術。在甲午戰爭時，鎮守威海礮臺，抗擊日軍，是北洋中著名的礮軍指揮。洋務自強運動以學習西洋炸礮爲首要目標，也是從戰場上所感受戰力不如西方的慘痛經驗，對段祺瑞的習武生涯及學礮術爲先具有決定性的影響。

北洋系史上多稱軍閥，是以軍人爲主。袁項城小站練兵，馮國璋、王士珍、段祺瑞都是他的股肱幹部。馮國璋是直系的首領，段祺瑞亦組有皖系，直皖兩系鏖戰紛紛，舉國騷擾。但段祺瑞卻有「三造共和」之名，跨越軍閥之上，史家曾讚他「嶄然有以自見……執國柄，舉措設施，動關大局，蔚爲民國史上有聲有色之人物」。他最大的遺憾應是一九二五年與中山先生約定共商國是，未料中山先生肝病發作，逝世於途。先父當時在黃埔軍校，只見過孫先生兩次，校長蔣中正每晚分批點名，因此前三期的學生他幾乎一生都記得住名字，黃埔軍成爲蔣介石的子弟兵是一點一滴累積而成。中山先生壯志未酬，段祺瑞擔任臨時執政不久也告下臺。孫段兩人從某些史家眼中看來，都想要以武力統一全中國。孫中山辦黃埔軍校，手書「以俄爲師」（原手札現藏列寧軍事博物館），初時黃埔的槍枝彈藥，皆是俄國支援的二手武器，蔣介石受孫公之命，練軍整武，但在各方掣肘下，尤其是聯俄容共的政策，迫使蔣家軍不能一以貫之。相對而言，段祺瑞在北洋各系軍閥割據一方下，以皖系一軍之力，如不能連橫合縱，霸才無主誰憐君？孫段的宏圖遠志，原想南北合縱，結果中山先生功業未成身合死。章太炎借三國之典上聯輓說：「孫郎使天下三分，當魏德初萌，江表豈能忘襲許。」司馬光並非完全贊同《三國志》之說，章太炎襲取司馬光餘緒，孫公的志業未成，中國仍待南軍北伐。段祺瑞也不以名位戀棧，在孫死後即辭臨時執政下野，梁啓超讚揚他：「不顧一身利害，爲國家勇於負責，舉國中恐無人能比。」這豈是一般民國軍閥之流汲汲營營的功名之徒。〈正道居集自序〉中說：「癸亥歲五易元首，選非其道，浙遼軍興，國無政府……海內環請，未忍膜視，遂就臨時執政。」可見芝泉老人是以國事而非權位爲重。後又說：「適遊士風靡，侈談新奇，人心澆漓，將無底止。念非孔孟之道不足以挽頹風，欲述斯旨，難已於言。」一九二四年孫公在南方，軍閥環伺，終究突破困局，以俄爲師，興辦軍校，然段祺瑞在北方，直系奉系及馮玉祥等各路軍馬騷動天下，芝泉老人外無奧援，竟想以孔孟之道以挽頹風，豈不是迂腐之至？

我常想，把孫段並稱在海峽兩岸是甘冒不韙之事。中山先生在大陸定位爲革命的先行者，在臺灣尤尊稱爲國父，享有崇高的地位。段祺瑞「窺其一生事功，仍屬軍閥者流」。袁崇煥遺言：「一生事業總成空，半世功名在夢中。」段祺瑞沒有這樣的落拓自憐，晚年拋卻一切，以詩文抒懷，「探討聖賢之精蘊，誠欲有所建白，不負先人期許而光大之也」。他在民國史上有三造共和之名，但世上多譏諷其實不知共和思想爲何物，這他在《正道居集》早已先知之，「慙我者日伺其旁……不自度量，誓挽狂瀾，未克制止，遷流至今」，名位早已置之度外。他下野後，兩袖清風，茹素自遣。他外孫女張乃惠說：「外公當了那大的官，人們會以爲他財產不會太少，母親也能繼承他的遺產……其實外公不吃空缺、不收禮，除了好家風，什麼也沒留下。母親印象最深刻的禮物是當時的江蘇督軍，後來成爲漢奸齊燮元送的幾扇鑲嵌著各種寶石的屛風，五光十色……誰知第二天再看，寶物不見了，原來外公一早就派人歸還給齊燮元。我外公除薪水外，沒有其他收入。……人們不會相信，外公當官二十來年，一直租房住。」後來是袁世凱以送乾女兒的名義（張乃惠的外婆是袁的乾女兒），送套房子，可沒給房契。「等老袁一死……外公二話不說帶著一家人搬了家」。張乃惠又回憶說：「外公認爲孩子們應該靠自己，從最低層做起，一步步上升，不能一下子就做官，所以她的舅舅、姨父都沒撈到什麼一官半職。」我回想在臺灣時，我的堂兄是芝泉老人的直系孫子，官拜少將師長。他是中央陸軍軍官學校正期生，從少尉歷經各級訓練升至少將，在臺灣校級到將級的一關，蔣介石當政時都必須親點考核，通過方能升級任職，堂兄說蔣介石點名時早已知道他的身分，不但沒有殊遇，反而要參謀嚴加督導，他是憑己身才能一步一腳印升至少將師長。那時先父已退休，也沒加以保薦，從這可以看出段祺瑞的治家風格與為人。芝泉老人曾督辦保定軍校，學校鬧學潮，其中一學生蔣志清在開除之列，他慧眼獨具，沒有同意，送他去日本留學，果然有成，獲孫中山賞識辦理黃埔軍校。段祺瑞曾與王芸生談及治國之道，不外「維持人民，提倡商業」八字，基於這點，他給蔣回信寫了首詩：「憂樂與好惡，原盡與民同。三章法定權，民足國不窮……提倡興百業，四海揚仁風」。他又不改知人論世之風，對王芸生說：「現在中國無第一等人才，二等人才也很少，蔣先生是站在二等邊上的。」就治軍論，蔣先生當然是個人才。說起蔣歷時數年，將兵數十萬，沒能將江西的紅軍肅清，他感嘆「中國事之難為可知」，他繼續說：「中國事壞在一般人的我見太深」。汪精衛去上海看他時，他當面就說：「現在不是講吾的時候了！」他笑著對汪說：「現在不講『吾』的，除了『吾』，還有誰呢？」芝泉老人最後的結論說「治國如防水，水堤一決，就難再防堵了」。他說這話時是寧漢分裂前，世事如棋，芝泉老人觀棋論世，棋局在他心裡是清清楚楚的。

孫蔣以黃埔為基地，最終以武力統一了中國。孫雖賫志以歿，但在兩岸皆設壇紀念。《創世紀》裡，造物主對亞伯蘭說：「我必賜福給你，叫你的名為大。」亞伯蘭在那顯現的地方築了一座壇。後來遷往南地，又為造物者築了一座壇。回到最先築壇的地方，便是從前搭帳棚之處，「人若能數算地上的塵沙，才能數算你的後裔」。亞伯蘭就搬了帳棚，在新到之地築了一座壇。想萬祚者後人爲他各處築壇，奔波各地者爲家人後續仍住在帳棚中，不求功名傳世。孫公說四方風動，末代皇帝溥儀便在舉國風潮下宣布退位而結束二千餘年的君主專制，不是只有清一代。民國共和事成，芝泉老人輓孫中山聯：「共和告成，溯厥本源，首功自來推人世。」芝泉老人後來戮力以赴三造共和，竟不能與後世共推移。康有爲詩云：「但見花開落，不聞人是非。」芝泉老人晚年落居帳棚中，於外間是非早已還諸天地，留下詩文名爲《正道居集》不過明志而已。後生如煒舜有靈得識君，上窮碧落，輯佚篇章，通電文告，「十年求訪費爬梳」，「旁礴大千嘆之德」，爲老人求世間公論，殊不知如李清照所感：「千古風流八詠樓，江山留與後人愁。」共和也罷，共產也罷，都已由後人向歷史交代了。

序二

詠懷段祺瑞

王洋國

香港中文大學的陳煒舜教授即將推出新著《段祺瑞正道居詩文註解》，其導言〈段祺瑞《正道居集》感世宗旨探論〉是一篇純學術論著，正文所錄篇章以段氏當年自編《正道居集》爲基礎，加以補輯、註釋。全書引經據典、考證翔實，予人一種「上窮碧落下黃泉」之弘毅精神，躍然紙上。讀後，對於段祺瑞的思想精神、人格風範，乃至爲政之道，自有深一層的認識。

民國聞人段祺瑞，出身行伍世家，早年畢業於天津的北洋武備學堂，以及後來的德國柏林軍校，潛修有成，見解出眾；文韜武略，蔚然可觀。段氏熟諳古文、深通經律，親睹清末國勢日頹、危在旦夕，身居廟堂、不勝其寒，故其晚年詩作多富憂患之思、感懷之情。

通覽陳煒舜教授主編之《段祺瑞正道居詩文註解》，因其從段氏所作〈內感〉、〈外感〉出發，所見者深，所慮者周，故能於條陳縷析、反覆探論之間，開啓閱讀者的思路與理念，進而對段祺瑞這個人或那個時代有了比較公正、客觀的認知。尤其，對於段氏一生掙扎於「歷史感慨」、「時局憂感」間，備感進退維谷、左右爲難之情，亦有相當程度的掌握。

「雖不能至，心嚮往之。」筆者對於陳煒舜教授究竟是抱持何種情懷來研究段祺瑞其人其事，是深感興趣的。清末民初，中國出現的是兩千年未有之「巨變」，不論是追求「傳統內變」或「傳統外變」，皆已說明「以不變應萬變」勢無以立足於亞洲、生存於世界。因此，研究段祺瑞實無異於在向一部中國現代史作宏觀式的探問。

另從段祺瑞的大量詩作之中，益信國人實有透澈研究日本這個國家歷史及其民族特性之必要。段氏掌政期間，日本「要建立其獨自的國際秩序」的意圖已昭然若揭，故對中國的侵略步步進逼，毫不手軟。推究其實，也就是日人想要落實其成爲亞洲「中央之國」的思想及地位。所以，當他在與日人打交道的過程，飽受欺凌、備感屈辱，雖不得不虛與委蛇、以拖待變，惟憂患日深，甚或導致日人變本加厲、爲禍日切，且遺患至今，又豈能無視？

段祺瑞雖爲軍人出身，但始終秉持儒釋兼融之道來治理國政，並大力倡導其「民生教化」

與「國是建白」思想。前者著重儒、釋思想的相生相濟及其應用之道；後者則以〈策國篇〉爲要，推廣自由言論、權集中央、富民勸善、實邊修路、發展工商、提倡道德等宏論。讀其詩如見其人，益發證明軍人是同樣有能力參政和治國的。故西人所謂的「文武關係」，實不足以盡信也。

註解者簡介

王紫妍	香港中文大學中國語言及文學系
吳青樺	臺灣暨南國際大學歷史研究所
李小妮	香港中文大學中國語言及文學系
李嘉玲	臺灣成功大學中國文學研究所
林小龍	香港中文大學中國語言及文學系
林彥廷	臺灣成功大學中國文學研究所
金玉琦	臺灣大學臺灣文學研究所
凌頌榮	香港中文大學中國語言及文學系
唐甜甜	香港中文大學中國語言及文學系
張桂琼	北京語言大學中國文學系
陳玉衡	香港中文大學中國語言及文學系
陳智詠	臺灣東華大學中國語文學系
陳嘉琳	北京大學中國語言文學系

依姓名筆劃序

陳慧中	香港中文大學中國語言及文學系
陸晨婕	香港中文大學中國語言及文學系
曾郁翔	臺灣佛光大學文學所
黃永順	香港中文大學中國語言及文學系
黃君榑	英國劍橋大學亞洲及中東研究學院
黃若舜	香港中文大學中國語言及文學系
黃啓深	美國亞利桑那大學東亞研究系
溫朝淵	臺灣佛光大學文學所
萬圓芝	臺灣中正大學中國文學系
鄒靈璞	香港中文大學中國語言及文學系
廖蘭欣	臺灣東華大學中國語文學系
蔡維倫	臺灣佛光大學文學所
蔣之涵	香港中文大學中國語言及文學系
黎智豐	香港中文大學中國語言及文學系
蕭家怡	臺灣佛光大學文學所

目次

原序

文目·正編

文目·續編

文目·補編

詩目．正編

詩目．續編

詩目．再續編

詩目．補編

導讀

段祺瑞《正道居集》感世宗旨探論

陳煒舜

段祺瑞（一八六五～一九三六）爲民初政壇著名人物，著有《正道居集》。由於時代及政治原因，段氏著作流傳甚少，世人鮮克窺其全豹。筆者以《正道居集》爲中心，探析其詩文之感世宗旨。「感世」一語，來自段氏所作〈內感〉、〈外感〉二篇，其散文初編亦名《正道居感世集》。段氏強調諸集所收作品皆「有關世道人心者」，而筆者進而歸納爲「感懷」、「感化」兩層涵義。本文首先梳理正道居諸集的版本情況，再詳細論析其詩文之感世宗旨如何透過「感懷」、「感化」兩種主題而呈現：第三節從歷史感慨、時局憂感兩方面討論正道居詩文的「感懷」主題，第四節從民生教化、國是建白兩方面討論其「感化」主題。筆者以爲，《正道居集》諸詩文作爲段氏於己於國之獨白，洵乎研究其生平思想，乃至近代歷史的第一手資料。

一　引言

段祺瑞（一八六五年三月六日～一九三六年十一月二日），原名啓瑞，字芝泉，晚號正道居士、正道老人，安徽合肥人。民初國務總理、臨時執政，早年即與馮國璋（一八五九～一九一九）、王士珍（一八六一～一九三〇）並稱爲「北洋三傑」，爲袁世凱（一八五九～一九一六）去世後的主要北洋領袖。少時家貧，光緒十一年（一八八五）考入北洋武備學堂，習炮兵科。十五年（一八八九）春，獲李鴻章（一八二三～一九〇一）青睞，選派到德國留學，先在柏林軍校學習軍氏理論，後轉往克虜伯炮廠（Krupp Arsenal）實習。甲午戰起，督率學生協守炮臺，抗擊日軍。是年底，清廷命袁世凱組辦新建陸軍，武器、編制、操練全用西法，爲中國陸軍近代化之開端，亦標誌北洋系之肇始。段祺瑞擔任炮隊統帶、監督兼代理總教習，成爲袁世凱的親信。廿七年（一九〇一），以三品知府銜任武衛右軍各學堂總辦。同年剿滅景廷賓之亂，陞正二品候補道，加巴圖魯號，賞戴花翎。卅二年（一九〇六），接任北洋陸軍速成學堂（後擴建爲保定軍官學堂）督辦。宣統二年（一九一〇），賞頭品頂戴，加侍郎銜，外放任江北提督。三年（一九一一），任清軍第二軍軍統、湖廣總督。

民國元年（一九一二）初，帶領北洋將領四十六人通電，請清帝退位。袁世凱就任大總統，段祺瑞出任陸軍總長。二年（一九一三），一度代理國務總理，後署理湖北都督兼領河南都督。四年（一九一五），袁世凱簽訂《二十一條》，段以養病爲由辭職。是年底，袁世凱謀畫稱帝，段不擁護。五年（一九一六）三月，袁世凱被迫取消帝制，邀請段祺瑞出任國務總理。六月袁去世，黎元洪（一八六四～一九二八）接任大總統，段祺瑞與之產生府院之爭，引發張勳（一八五四～一九二三）復辟，段氏組討逆軍平亂。此後馮國璋、徐世昌（一八五五～一九三九）繼任大總統，段氏皆爲實際秉政者。九年（一九二〇）直皖戰爭爆發，皖軍敗績，段祺瑞隱居天津，開始吃素念佛。十三年（一九二四），馮玉祥（一八八二～一九四八）發動北京政變，聯合張作霖（一八七五～一九二八）請段祺瑞擔任臨時政府執政。十五年（一九二六）春發生「三一八慘案」。四月九日段氏通電下野，再隱天津。二十年（一九三一）九一八事變後，拒絕日本拉攏。兩年後應蔣介石（一八八七～一九七五）之邀移居上海。廿五年（一九三六）在上海病逝，享壽七十二。

段祺瑞出身行伍，然有一定文史修養，晚年尤好創作詩文，先後結爲正道居諸集。章士釗（一八八一～一九七三）爲收錄段祺瑞散文的《正道居感世集》作序，論云：「惟公偶操柔翰，雅善名理，每有述作，伸紙輒千數百言。以釗少解文墨，屬令洗伐。釗亦以此道非公所長，意存獻可，而反覆視之，轉無以易。造意初若不屬，細審其脈自在。選詞初若生硬，實乃樸茂，非俗手所能。」[1]復如徐一士（一八九〇～一九七一）論其詩文云：「文學非所長，然頗留心翰墨，所作亦有別饒意致者。」[2]其後《正道居感世集》正續集、《正道居詩》正續集合編爲《正道居集》。

如段祺瑞〈自序〉所言，《正道居集》所收詩文皆「有關世道人心者」，段氏且希望此書一出：「庶幾聖經賢傳，精意煥發，奠安海內，極於四遠，治世界於一鑪，咸沐大同之化云爾。」[3]進而言之，段祺瑞編定《正道居集》的標準，至少有二端：一、諸通電、公文並非段氏所作，不予納入。二、如〈友梅姻丈絕筆詩惻隱憂傷次韻奉挽〉、〈陸軍上將遠威將軍徐君神道碑〉或講述亡者之生平業績，或表達作者之哀感，與《正道居集》其他篇章的旨意有所不同。尤有進者，《正道居集》雖無「感世」字樣，但「感世」之旨仍一以貫之。先觀《感世集》所收五文，〈聖賢英雄異同論〉以史論爲主，借古喻今。〈內感〉、〈外感〉二篇論述內政、外交，〈靈學要誌敘〉、〈靈學特刊序〉則對中國傳統之宗教推崇備至。前三篇更被段氏視爲得意之作，觀其〈賦答修慧長老〉詩可知：「宣揚大同化，竭力聖功傳。聖賢英雄論，兩感內外篇。」[4]《正道居集》之文卷增入三篇，〈儒釋異同論〉進一步闡發傳統宗教之殊勝處。〈產猴記〉先言家中所養兩猴之癡迷，歸結出「愛之不以道而殺之，雖愛奚益」之理，以勸誡世人克己接物。〈因雪記〉雖云「啓發兒曹之文思」，然對於國事陵夷的現狀亦有「曲致虔誠，默禱上蒼」的祈願。至於詩歌部分，如〈賦答修慧長老〉、〈孔道鳴〉、〈達觀〉、〈十勵篇〉、〈八箴〉、〈正道詠〉、〈讀孔子閒居篇書後〉等皆鼓吹儒釋二道之作。〈砭世詠〉三首、〈末世哀〉、〈時局幻化感〉、〈閔世〉、〈持正義〉、〈觀世篇〉、〈醒世〉等皆感懷時局之作。他如〈先賢詠〉吟詠李鴻章，〈藤村男爵索書口占即贈〉贈日本友人，〈弱弟哀〉悼念亡弟，〈旅大游〉記錄遊觀，〈詠雪二首次某君韻〉吟詠冬雪，〈和伯行韻〉乃和李經方（一八五五～一九三四）弈棋之作，不一而足。然整體而言，這些詩作的主題皆以「天下大事」爲依歸。各篇之中，段氏作爲民國大老、國家元首的意識非常強烈。即便如〈弱弟哀〉之自悲，或其他詩作之酬唱，對象讀者亦非僅其個人或二三友朋，而是全國民眾。兼以段氏本身嚴肅刻板、不苟言笑，故詩文集中幾乎沒有吟風賞月的作品。筆者以爲，「感世」即所謂「有關世道人心」，其「感」可由「感懷」及「感化」兩個主題而呈現之。「感懷」乃客觀世界對於個人心靈的棖觸，包括歷史感慨與時局憂感；「感化」則爲個人思想對於群眾意識的影響，包括民生教化與國是建白。下文擬先綜論正道居諸集之版本，然後依次論述《正道居集》所收詩文之「感懷」及「感化」主題，

1 章士釗：〈序〉，段祺瑞：《正道居感世集》（上海圖書館藏民國刊本），頁一a—一b。

2 徐一士著、徐禾選編：《亦佳廬小品》（北京市：中華書局，二〇〇九年），頁七十八。

3 段祺瑞：〈自序〉，《正道居集》（上海圖書館藏民國刊本），頁二a。

4 段祺瑞：《正道居集》（上海圖書館藏民國刊本），詩卷，頁一b。

以見其感世宗旨。

二　段祺瑞正道居諸集版本綜論

段祺瑞《正道居集・自序》云：「溯余髫齡就傅，歷十餘載，探討聖賢之精蘊，誠欲有所建白，不負先人期許而光大之也。」[5]黃征等指出，就讀私塾對段氏一生影響很大，年幼即對儒家經書有一初步了解。[6]進而言之，段氏此時也必然受到舊體詩文寫作的訓練。其後段祺瑞投筆從戎，光緒十一年進入天津武備學堂，先後學習兵法、地利、軍器、炮臺、算法、測繪等課程。復如黃征等所云，清王朝爲了鞏固統治，「中學爲體、西學爲用」乃是不可逾越的原則。熟讀經史，以感發忠義之心，仍是該學堂的根本宗旨。故每日熟讀並背誦經史一段，依舊是段祺瑞等人的必修課。這也爲後來段祺瑞的「文治」打下了牢固基礎。[7]由於他兼通軍政、文義，其後能在芸芸將帥中脫穎而出，可想而知。彭秀良指出，徐樹錚（一八八〇～一九二五）民國十四年（一九二五）的〈上段執政書〉提到爲已經去世的林紓（一八五二～一九二四）、姚永概（一八六六～一九二三）請飭存恤，又爲柯劭忞（一八五〇～一九三三）、王樹枏（一八五一～一九三六）、馬其昶（一八五五～一九三〇）、胡玉縉（一八五九～一九四〇）、陳漢章（一八六四～一九三八）、賈恩紱（一八六五～一九四八）等名宿請求厚贈祿養。此書不但是對段的請求，也是對段多年敬重名士宿儒的一個回顧。[8]段祺瑞作爲袁氏門生，清末編練新軍的不少重要文字如《編練章制》、《戰法操典》、《訓練操法詳晰略說》等，「半由其手訂」。[9]然目前所見其名下之著作，僅有正道居諸集而已。

段氏《正道居集．自序》云：

癸亥歲五易元首，選非其道，浙遼軍興，國無政府……海内環請，未忍膜視，遂就臨時執政。適遊士風靡，侈談新奇，人心澆漓，將無底止。念非孔孟之道不足以挽頹風，欲述斯旨，難已於言。凡有關世道人心者，漸積成帙。友好堅促，一再刊行。[10]

段祺瑞早年戎馬倥偬，無暇文事，民國以後於政壇數度起落，年齒既長，亦漸多感慨，故其詩文多爲晚年所作。今人李慶東指出，段祺瑞東山再起擔任臨時執政（一九二四～一九二六），

5 段祺瑞：〈自序〉，《正道居集》（上海圖書館藏民國刊本），頁一a。
6 黃征、陳長河、馬烈：《段祺瑞與皖系軍閥》（鄭州市：河南人民出版社，一九九〇年），頁三。
7 黃征、陳長河、馬烈：《段祺瑞與皖系軍閥》（鄭州市：河南人民出版社，一九九〇年），頁五—六。
8 彭秀良：《段祺瑞傳》（北京市：中華書局，二〇一五年），頁二四二—二四三。
9 中國社科院近代史所民國史組編：《清末新軍編練沿革》（北京市：中華書局，一九七八年），頁二十六。
10 段祺瑞：〈自序〉，《正道居集》（上海圖書館藏民國刊本），頁二a。

軍國大事自有張作霖、馮玉祥等人代爲操辦，因此每逢失意閒暇之時，便賦詩作文、代聖賢立言，乘機超脫一下，故寫於這一時期的作品保留下來的最多。[11]如〈聖賢英雄異同論〉、〈內感篇〉等作於執政任上，先結爲《正道居感世集》。十五年（一九二六）下野後，復居天津，作詩更爲頻繁。此外，段氏外孫女袁迪新（一九二二～）云：「每天早上起來，外公頭件事便是念經誦佛，待吃過早飯，他的老部下王揖唐便過來，幫他整理編選歷年來的詩文，準備刊印一部《正道居集》。」[12]而王符武回憶，一起披閱舊時詩文、協助刪定者還有王覺三。[13]兼以〈自序〉有「一再刊行」字樣，可知《正道居集》在段祺瑞自臨時執政下野之後仍有編輯。今人胡曉《段祺瑞年譜》則於十八年（一九二九）下記錄：「居天津日租界須磨街。與王揖唐討論《正道居集》。[14]廿二年（一九三三），段祺瑞南下上海，則《正道居集》之最後編定刊印，當在此四年之間。

上海圖書館所藏正道居諸集，共有四種，即：《正道居感世集》、《正道居詩》、《正道居詩》、《正道居詩續集》及《正道居集》。《感世集》收錄〈聖賢英雄異同論〉、〈內感篇〉、〈外感篇〉、〈靈學要誌敘〉、〈靈學特刊序〉五文，前有章士釗序，落款爲十五年（一九二六）二月。名爲《感世集》，蓋因書中有〈內感〉、〈外感〉兩篇。而〈內感篇〉更於十四年（一九二五）三月二十四日刊登於《政府公報》。「內感」是對國內時局的感想，「外感」是對國際時局的感想。[15]〈內感篇〉論內政，〈外感篇〉論外交，反映了段祺瑞施政的核心思想。[16]

〈聖賢英雄異同論〉一文，《甲寅週刊》作〈聖賢與英雄異同論〉。除此文外，段祺瑞尚有好幾篇作品登載於此刊。[17]《甲寅週刊》既是章士釗在段祺瑞授意或默許下創辦的，故持正道

11 李慶東：《段祺瑞幕府與幕僚》（杭州市：浙江文藝出版社，二〇一〇年），頁三十七。

12 《環球人物》雜誌編：《往事如煙：民國政要後代回憶實錄》（北京市：人民出版社，二〇一三年），頁四十。

13 黃征、陳長河、馬烈：《段祺瑞與皖系軍閥》（鄭州市：河南人民出版社，一九九〇年），頁三〇五。

14 胡曉：《段祺瑞年譜》（合肥市：安徽大學出版社，二〇〇七年），頁二五三。

15 見魯迅〈馬上日記．豫序〉註，載《華蓋集續編》，收入魯迅先生紀念委員會編纂：《魯迅全集》（北京市：人民文學出版社，一九七三年），頁二八九。

16 大連圖書館藏有《聖賢英雄異同論》不分卷，民國十五年鉛印本一冊，題爲「段勳業撰」。其出版年分與上圖《感世集》之章序落款相合，蓋爲此文之單行本。又網上谷歌圖書（Google Books）資料所見，有章士釗《聖賢英雄異同論》，所藏何處未詳。觀上圖《感世集》，扉頁及各文題下並無段祺瑞之署名；而章序云「合肥段公勳業炳然一時」，此蓋大連圖書館誤以「段勳業」爲著者姓名。谷歌圖書將著者題作章士釗，則有兩種可能：一、因著者於書中未有署名，遂誤以序者爲著者；二、段氏此文先登於章士釗主編《甲寅週刊》第一卷第二十六期，章氏以筆名孤桐下按語曰：「右爲執政徵文命題，內行校閱各卷，忽饒興趣，爰擬斯篇，以示多士。孤桐謹識附。」而其目錄又不標著者姓名，後人遂可能誤以此文爲章氏所爲，《章士釗全集》亦予收入。

17 民國十四年（一九二五），章士釗任段祺瑞執政府教育總長，於七月十一日在北京出版《甲寅週刊》。至十六年（一九二七）二月停刊，前後共出四十五期。該刊早期曾刊登反袁文章，其後在文化上宣揚尊孔讀經，主張保存國粹，反對新文化運動；經濟上主張農工並重，側重農業發展；政治上反對國民黨黨治，主張民權。其作者群因政見相似，被稱爲「甲寅派」。《中國現代文學期刊目錄彙編》指出：「該刊刊登了不少當時北洋軍閥政府執政段祺瑞的文章，段祺瑞命題的徵文，章士釗段祺瑞的呈文，反映段祺瑞政府意旨的『時評』。章

居諸集比觀，段祺瑞與甲寅派在思想政見上非常契合。茲將段氏刊登於《甲寅週刊》第一卷的作品表列如下：

表一

	篇名	編號及日期	備註
1	二感篇	十八期，民國十四年十一月十四日	正道居諸集分爲〈內感篇〉及〈外感篇〉。
2	聖賢與英雄異同論	二十六期，民國十五年一月九日	單行本及正道居諸集作〈聖賢英雄異同論〉。
3	產猴記	三十一期，民國十五年二月二十七日	
4	因雪記	三十三期，民國十五年三月十三日	
5	和蘇戡	三十八期，民國十六年一月一日	正道居諸集不收。
6	有感次範孫和王仁安均	四十期，民國十六年一月十五日	正道居諸集不收。
7	覺迷吟	四十三期，民國十六年二月十九日	
8	弱弟哀	四十五期，民國十六年三月五日	

除〈聖賢與英雄異同論〉未有署名外，〈二感篇〉、〈產猴記〉及〈因雪記〉題段祺瑞本名，

詩篇則題「正道」。誠如《中國現代文學期刊目錄彙編》所言，此刊共登「特載」八篇，包括章士釗的一封電報、三個呈文和段祺瑞的四篇文章。而段氏的四篇詩作則刊登於「詩錄」部分。[18]而目前所知其他書刊所載段氏詩文聯語，亦表列如下：

表二

	篇名	期刊、編號及年分	備註
1	祝詞	《華僑雜誌》一期，民國二年	正道居諸集不收。

士釗的文字每期都占相當多的篇幅，因此，該刊被人們稱之爲『廣告性的半官報』。」（見唐沅等編：《中國現代文學期刊目錄彙編》（天津市：天津人民出版社，一九八八年），卷二，頁七一九。）

18 〈聖賢與英雄異同論〉也是段祺瑞的徵文命題之一。郭雙林云：「第二次有獎特別徵文從一九二五年十月三日開始，題目爲〈聖賢與英雄異同論〉，由段祺瑞擬定，獎金也由段捐出三千元廉俸支付，到十月底齊稿。根據第一次徵文啓事，凡獲獎的文章都將在《甲寅週刊》上刊載。事實上，兩次徵文，入選文章達一百一十六篇，而在《甲寅週刊》上公開刊登的僅三篇，即潘大道的〈代議不易辨〉、文天倪的〈科道制與代議制之利害得失如何立法與彈劾二權之分合利弊安在此項條文應如何規定其各分別論之〉和唐蘭的〈聖賢與英雄異同論〉，分別爲第一次有獎徵文的第一、二名和第二次有獎徵文的第一名。由此可見徵文效果，至少在章士釗看來不怎麼樣。」（郭雙林：〈論《甲寅》雜誌與「甲寅派」〉，本書編委會編：《近代文化研究的繼承與創新》（北京市：中華書局，二〇一〇年），頁三五八－三五九。）而錢仲聯《夢苕庵詩話》云：「嘉興唐蘭庵（蘭），……曾作〈聖賢英雄異同論〉，應《甲寅週刊》之徵。段芝老見之，大激賞，疇以四百金。金脫手豪遊，數日而盡。已而敝車羸馬，泊如也。其落拓自喜如此。」見錢仲聯：《夢苕庵詩話》（濟南市：齊魯書社，一九八六年），頁八十一－八十二。唐蘭一文刊登於三十一期。

	篇名	期刊、編號及年分	備註
2	創刊祝詞	《大戰事報》創刊號，民國七年	正道居諸集不收。
3	增刊題詞	《大陸報》雙十節紀念增刊，民國七年	正道居諸集不收。
4	輓衍聖公孔令貽聯	孔府檔案	正道居諸集不收。
5	輓前總統馮國璋聯	《河間馮公榮哀錄》，民國八年	正道居諸集不收。
6	重刊佛祖道影跋	《佛祖道影》，民國十一年	正道居諸集不收。
7	題黃鶴樓聯	吳恭亨《對聯話》卷四，民國十三年	正道居諸集不收。
8	致祭孫中山文	《大公報》，民國十四年三月二十三日	正道居諸集不收。
9	慰許世英喪子書	《南洋商報》，民國十四年五月十九日；《海潮音》六卷四期	正道居諸集不收。
10	内感篇	《政府公報》三四〇〇期，民國十四年	
11	内感篇	《晉民快覽》民國十四年四期	
12	外感篇	同上，民國十五年（五週年紀念號）	
13	輓孫中山先生聯	《喚群特刊》民國十五年三期	正道居諸集不收。
14	大學證釋序	《大學證釋》	正道居諸集不收。
15	鍊氣行功秘訣外編序	張慶霖《鍊氣行功秘訣外編》	正道居諸集不收。

	篇名	期刊、編號及年分	備註
16	中秋節日作十首三（錄十首）	《遼東詩壇》十六期，民國十五年；《上海畫報》（民國十五年十月四日）；《大漢公報》（民國十五年十月二十日）；《南洋商報》（民國十五年十二月十七日）。	正道居諸集不收。《遼東詩壇》以外皆題〈將軍歌〉。
17	奉贈清浦子爵	同上十八期，民國十五年	正道居諸集不收。
18	詠雪二律	同上二十三期，民國十六年	
19	策國篇	同上二十四期，民國十六年	
20	賦答修慧長老	同上二十六期，民國十六年	
21	旅大游	同上二十七期，民國十六年。又載《國聞週報》四卷三十一期，民國十六年	
22	伯型枉詩次答	《國聞週報》四卷二十九期，民國十六年	正道居諸集不收。
23	大廈詠	《民視日報》，民國十七年（七周年紀念彙刊）	正道居諸集不收。
24	贈徐專使李恩雨副使序	《來復》九十期，民國十八年	正道居諸集不收。
25	覆蔣總司令函書	《軍事雜誌》（南京）第三期，民國十七年；《合肥文史資料》第十四輯，一九九六年	正道居諸集不收。

	篇名	期刊、編號及年分	備註
26	禮義廉恥立	《遼東詩壇》六十八期，民國二十年	正道居諸集題爲〈閔時〉。
27	時輪金剛法會緣起	《現代佛教》民國二十三年三月、《佛教居士林特刊》民國二十三年六月、《佛學半月刊》民國二十三年五月	正道居諸集不收。
28	病中吟	《興華》三十卷十二期，民國二十二年	正道居諸集不收。
29	友梅姻丈絕筆詩惻隱憂傷次韻奉挽	《北洋畫報》十八卷八九五期，民國二十二年	正道居諸集不收。
30	《鴻嗷輯．樹德篇》題詞	《鴻嗷輯．樹德篇》，民國二十三年	正道居諸集不收。
31	贈蔣中正	王芸生〈贛行雜記〉（上），《國聞週報》十一卷三十七期，民國二十三年	正道居諸集不收。
32	會長段祺瑞氏致總裁書狀	《中日密教》一卷二期（民國二十三年十一月）	正道居諸集不收。
33	菩提學會籌備委員會函請贊助經費	《西陲宣化使公署月刊》一卷六期，民國二十四年	正道居諸集不收。

	篇名	期刊、編號及年分	備註
34	菩提學會函懇頒發藏文甘珠丹珠兩部經論以便迻譯	同上	正道居諸集不收。
35	讀孔子閒居篇書後	《詩經》一卷六期，民國二十五年	
36	題詞	《安徽旅鄂同鄉會第一屆會務彙刊》，民國二十五年	正道居諸集不收。
37	楹聯	同上	正道居諸集不收。
38	菩提正道菩薩戒論後序	《佛學半月刊》一二三期，民國二十五年	正道居諸集不收。
39	菩提學會初迎能海大師來滬講經函	同上一二七期，民國二十五年	正道居諸集不收。
40	菩提學會再迎能海大師來滬講經函	同上一二七期，民國二十五年	正道居諸集不收。
41	菩提學會迎請覺拔上師函	同上一二七期，民國二十五年	正道居諸集不收。
42	章太炎壽辰頌詞	《中央日報》二四一三號，民國二十四年一月八日	正道居諸集不收。
43	劉母高太夫人誄	《佛學半月刊》一三〇期，民國二十五年七月	正道居諸集不收。

	篇名	期刊、編號及年分	備註
44	于博士就南京大主教職紀念冊題辭	《文藻月刊》一卷二期，民國二十六年	正道居諸集不收。
45	八勿	《教育生活》四卷四期，民國二十五年	正道居諸集不收。
46	陸軍上將遠威將軍徐君神道碑	《徐樹錚先生文集年譜合刊》，民國五十一年	正道居諸集不收。
47	爲保護袁世凱遺產致蔣介石手札	《檔案於史學》一九九六年第一期	正道居諸集不收。
48	輓海陸軍大元帥張作霖聯	《張氏帥府志》二〇一三年	正道居諸集不收。
49	朝日新聞社飛行亞歐紀念	二〇一五年秋季日本美協拍賣	正道居諸集不收。
50	別廬山	《大器磅礴：于右任碑派書風與民國風華》二〇一七年秋	正道居諸集不收。

上圖所藏《正道居詩》僅錄〈賦答修慧長老〉、〈砭世詠〉一、二，合計三首。《詩續集》則有〈策國篇〉、〈孔道鳴〉、〈弱弟哀〉、〈藤村男爵索書口占即贈〉、〈覺迷吟〉、〈末世哀〉、〈旅

大游〉、〈懷舊〉、〈閔時〉、〈達觀〉、〈十勵篇〉、〈八箴〉、〈贈度青〉、〈和均眎範孫逸塘〉、〈詠雪二首次某君韻〉，合計十五題三十二首。

此外，北京國家圖書館藏有《正道居感世集》四冊，著錄爲「一卷，詩二卷，續集一卷」。實則每冊一卷，第一卷爲《感世集》，第三、四卷分別爲《正道居詩》及《詩續集》。第二卷亦即所謂「續集一卷」，書名爲《正道居感世續集》，收錄〈儒釋異同論〉、〈產猴記〉、〈因雪記〉三文。《感世續集》乃上圖所未藏者。進而言之，《感世》正續集及《正道居詩》所收作品篇幅較長，故每篇頁碼皆獨立編排；唯《詩續集》諸篇則統一序次頁碼。

至於上海、北京諸圖所藏《正道居集》，係《感世集》、《感世續集》、《正道居詩》及《詩續集》的合訂本。全書前有段祺瑞自序，次爲目次，分「文目」、「詩目」，正文亦編爲「文」、「詩」兩卷。兩卷首頁首行皆僅標「正道居集」四字而無文、詩字樣，次行標「合肥段祺瑞」，頁碼則兩卷分別編排。文卷所收諸篇仍依《感世》正續集之編排次序。詩卷依次全收《正道居詩》及《詩續集》諸篇，又增入十八首。[19]換言之，《正道居集》共收文八篇，詩三十三題五

19 計有〈和伯行韻〉、〈可憐吟〉、〈時局幻化感〉、〈伯行枉詩且有頌不忘規之語次韻奉答〉、〈閔世〉、〈持正義〉、

十首，乃目前內容最爲齊備者。本文所論，亦以《正道居集》爲中心。

如表一及表二所見，現存民初期刊中尚有不少段祺瑞佚詩佚文。如《甲寅週刊》之〈和蘇戡〉、〈有感次範孫和王仁安均〉、《遼東詩壇》之〈中秋節日作十首〉、〈禮義廉恥立〉、《民視日報》之〈大廈詠〉、〈病中吟〉、《國聞週報》之〈伯型枉詩次答〉《來復》之〈贈徐專使李恩兩副使序〉、《佛學半月刊》之〈菩提正道菩薩戒論後序〉、〈菩提學會迎請覺拔上師函〉、〈菩提學會初迎能海大師來滬講經函〉、〈菩提學會再迎能海大師來滬講經函〉等皆是。又如救世新教《大學證釋》一書中有段祺瑞序文，亦不見於正道居諸集。次者，段氏佚詩亦偶存於遺墨中，如〈友梅姻丈絕筆詩惻隱憂傷次韻奉輓〉[20]、〈朝日新聞社飛行亞歐紀念〉[21]，此蓋刪削之例。復如二十三年（一九三四）夏，段祺瑞應蔣介石之邀移居上海已屆一年，因胃出血而在蔣介石安排下到廬山避暑，接受《大公報》記者王芸生採訪。他說覆函中寫了一詩，尚能記憶：

憂樂與好惡，原盡與民同。三章法定漢，民足國不窮。
興邦用順守，世民竟全功。提倡興百業，四海揚仁風。[22]

今人殷文波有〈段祺瑞覆蔣介石信〉一文，謂其祖父殷樹森爲老同盟會員，教其抄寫此信於《聽潮軒書齋尺牘抄本》之〈名人尺牘之部〉。原尺牘已不存，然殷文波由能背誦原文。[23]其信云：「兄曾讀孔氏之書，忠恕接物，富貴浮雲，此亦海內所共知者。古有名〔明〕訓：『民爲〔惟〕邦本，本固邦寧。』爾稱主義既在民，際此民不堪命，希三致意焉。」與「提倡興百業，四海揚仁風」之旨意正合，此詩當即該覆函所附者，而其作固在《正道居集》刊行之後。

其次，由於身居要職，段祺瑞名下的通電、公文爲數甚多。而這些文字不少皆出自徐樹錚之手。光緒廿八年（一九〇二），徐樹錚懷揣自撰《國事條陳》求見山東巡撫袁世凱。袁氏看

〈讖占〉、〈饒舌僧〉、〈正道詠〉、〈觀世篇〉、〈醒世〉、〈王朵丞和余正道詠次答〉、〈先賢詠〉、〈砭世詠〉三、〈往事吟〉、〈錯認我〉、〈除夕偶成和某君韻〉、〈讀孔子閒居篇書後〉。

20 見〈段芝泉挽貞惠先生詩〉，《北洋畫報》第十八卷第八九五期（一九三三年），頁二。又見於李慶東：《段祺瑞幕府與幕僚》（杭州市：浙江文藝出版社，二〇一〇年），頁七十三。

21 「二〇一五年秋季日本美協拍賣」，（https://images.artfoxlive.com/product/19452.html），二〇一六年三月六日。

22 王芸生：〈贛行雜記〉（上），《國聞週報》第十一卷第三十七期（一九三四年），頁五。參賀偉：〈民國要員與廬山〉，《檔案天地》二〇〇七年第一期，頁十五。

23 殷文波：〈段祺瑞覆蔣介石信〉，《合肥文史資料》十四輯，頁七十五—七十六。此函最早刊於《軍事雜誌》（南京）第三期（一九二八年），頁三。文字與殷氏所記略有不同，蓋當時尺牘編者已有刪改，或殷文波記憶有誤耳。

罷以爲見解不凡，遂指派山東督練公所總辦段祺瑞接洽考察。段祺瑞對這位青年極爲欣賞，一見如故，從此視徐爲入室弟子，文案公牘皆交其主辦。如民國元年（一九一二）初，身爲湖廣總督兼第一軍總統的段祺瑞聯合四十六名北洋軍官，兩度領銜向清廷發出請願共和的通電，贏得「一造共和」之名，而通電即爲徐樹錚手筆。此後如六年（一九一七）〈討張勳通電〉、十三年起臨時執政諸令亦然。十四年（一九二五）十二月三十日，徐樹錚遭馮玉祥遣人暗殺。段祺瑞得聞噩耗，乃爲徐樹錚購置棺木，親撰〈陸軍上將遠威將軍徐君神道碑〉。又十六年（一九二七），北伐如火如荼，段祺瑞於九月十七日致函蔣介石，敦促其保護袁世凱遺產。[24]這些文字皆不見於《正道居感世集》，亦未錄入最後編定之《正道居集》。

由於《正道居集》刊印不久，段祺瑞即南遷上海。其後抗戰爆發，國難方殷。故此書之流傳極爲有限。目前僅上圖、北圖等寥寥幾處有藏，鮮爲人知。世人對《正道居集》所錄篇章之認知，大抵來自《一士類稿》。該書有〈談段祺瑞〉一篇，作於段氏初逝之際，錄有〈因雪記〉、〈先賢詠〉、〈和伯行〉、〈詠雪二首次某君韻〉其一、〈伯行杜詩且有頌不忘規之語次韻奉答〉及〈策國篇〉，前一爲文，後五爲詩。錢仲聯編《清詩紀事》，亦將諸詩迻錄，因故流傳較廣。此外，集中〈持正義〉一詩，亦見於曹汝霖（一八七七～一九六六）《一生之回憶》前的陳孝威序，文字略有差異，可資校勘。若非陳序，今人僅憑《正道居集》，固難知此詩乃段祺瑞贈曹汝霖之作。二〇一四年，劉春子、殷向飛所編《段祺瑞：三造共和的籠中虎》一書，除選錄〈因雪記〉、〈先賢詠〉、〈伯行杜詩且有頌不忘規之語次韻奉答〉、〈策國篇〉、〈內感篇〉、〈聖賢英雄異同論〉、〈外感篇〉、〈產猴記〉諸詩文外，且錄有〈為保護袁世凱遺產致蔣介石手札〉、〈輓孫中山聯〉、〈遺言〉三篇。[25]

三、正道居詩文的感懷主題

正道居詩文的創作，大抵皆在上世紀二十年代中後期，此時段祺瑞曾擔任國名義元首（臨時執政），不久下野，故富於寫作閒暇。段祺瑞熟諳古史，每有評騭，對於晚清民初史則更因親身經歷而多所議論、興慨。抑有進者，民初以來憂患相尋，故正道居詩文對於時局的憂感，又往往可回溯到民初史事。本節對於感懷主題之討論，即分為歷史感慨及時局憂感兩方面來開展。

24 張愛平：〈段祺瑞致蔣介石的一封密信〉，《檔案與史學》（一九九六年第一期），頁七十二。

25 劉春子、殷向飛編：《段祺瑞：三造共和的籠中虎》（南京市：江蘇文藝出版社，二〇一四年）。〈為保護袁世凱遺產致蔣介石手札〉即民國十六年九月十七日之信，錄入張愛平之文章者。

（一）歷史感慨

段祺瑞的歷史知識甚爲豐富，如〈聖賢英雄異同論〉便有段落自三皇五帝至元代的歷史作了一番通盤評論。其論元代之興曰：

元太祖成吉斯汗起於漠北，強弓怒馬，衝突無前，我外無人，盡死不惜。宋敝於金，而金亦力竭。收漁人之利，進據中原，長驅而南，至於印度之鐵欄關。納角端之忠告，即日班師。西滅國四十，洪波蕩漾於俄境，英雄之稱，赫耀全球。馬上得之，不能馬上治之。幸有耶律楚材、廉希憲、劉秉忠三賢宰相，學識超邁，尤爲罕見。補苴罅漏，苟安八十餘年，一經挫敗，風捲敗葉，掃蕩無餘。一國之英雄如是，一鎮一隅之英雄更可知矣。武功之結果，可爲後世之殷鑑。[26]

段氏認爲，英雄如成吉思汗，若不行聖賢之道，在歷史上也只是過眼雲煙。如此論述，顯然是勸戒民初割據四方的軍閥，不要以英雄自居而殘暴不仁。此外，正道居詩文中也不時引用相關典故，如〈內感篇〉云：「唐虞之民，鼓腹而歌，帝力何有。桀紂之世，時日曷喪，民願偕亡。」[27]不僅簡單扼要地描繪出堯舜、桀紂時代的社會面貌，且暗引《帝王世紀》及《尚書》

的文字。[28]又如〈達觀〉篇：「據國不納父，蒯聵被子篡。謀蓋都君績，欣欣喜自獻。共叔請大邑，鄭莊任滋蔓。黃泉誓見母，梟獍無少閒。」[29]歷數蒯聵、象、鄭莊公等不孝不悌的掌故，不一而足。

段祺瑞在清末已經出仕，故其詩文不時會回顧那段歷史。無論回顧古史還是近代史，都有鑑古知今之意。如〈先賢詠〉即以長篇五古的體式評述了晚清重臣、合肥先賢李鴻章的一生事業，從李鴻章早年入曾國藩幕，征粵匪、討捻軍、甲午海戰、庚子賠款，以敘事爲經、議論爲緯，全面評述了這位鄉先賢的一生事蹟，流露出作者的推崇之情。而其〈往事吟〉亦云：「文學諸大老，唱和韻矜奇。自命爲清流，濁者究是誰？」「殊知徒專橫，內外相乖離。購艦三千萬，林園供虛糜。」「北洋敵日本，合肥一肩仔。其他廿二省，何嘗有所資？」[30]對於甲午戰

26 段祺瑞：《正道居集》（上海圖書館藏民國刊本），文卷，頁六a—b。

27 段祺瑞：《正道居集》（上海圖書館藏民國刊本），文卷，頁八b。

28 皇甫謐《帝王世紀》云帝堯之世：「天下太和，百姓無事，有老人擊壤而歌曰：日出而作，日入而息，鑿井而飲，耕田而食，帝力何有哉！」《尚書・湯誓》云：「時日曷喪，吾與汝偕亡。」見皇甫謐：《帝王世紀》（北京市：中華書局，一九八五年），頁三；孔安國（傳）、孔穎達等（正義）：《尚書正義》，《十三經注疏》本（臺北市：藝文印書館據清嘉慶二十年〔一八一五〕南昌府學刊本影印，一九八一年），頁一八〇。

29 段祺瑞：《正道居集》（上海圖書館藏民國刊本），詩卷，頁九b—十a。

30 段祺瑞：《正道居集》（上海圖書館藏民國刊本），詩卷，頁二十三b—二十四a。

爭前夕，自命清流的翁同龢（一八三〇～一九〇四）等閣臣、挪用北洋軍費建造頤和園的西太后（一八三五～一九〇八）、以及其他作壁上觀、置身事外的封疆大吏皆有批評。後文又齒及庚子之亂：

庚子復仇教，八國決雄雌。親貴嘉其義，強悍猛熊羆。
三數賢輔佐，致身肝膽披。誇大僅一觸，隨即撤殿帷。
責難嚴且厲，國幾不堪支。舊都還須臾，氣概復訑訑。31

在段祺瑞看來，義和團盲目仇視洋教，已有失偏激。而端王載漪（一八五六～一九二二）乃至西太后等竟惑於團民神功之說，更是不可思議。他還認爲，八國聯軍的殺傷力被人誇大，而西太后卻信其言，隨即西逃。故列強在談判桌上咄咄逼人，庚子賠款使中國利益大受損失。但兩宮還都後，滿清權貴依然洋洋自得。國事之不可爲，由是可見。對於作爲故主的西太后，段祺瑞在詩中盡量避免指名道姓，然對於其施政之不滿，則溢於言表。

其次，有些篇章在談及清末歷史時，還結合了段氏的自身經歷。如光緒九年（一八八三），清軍決定在旅順口修築海岸炮臺十二座、陸地炮臺九座，共要安裝大炮八十尊。在北洋武備學堂學炮工的段祺瑞奉派到旅順修炮臺。[32]四十四年後的十六年（一九二七）四月至九月間，段祺瑞故地重遊，到大連居住了一段時間，寫下〈旅大游〉與〈懷舊〉兩篇詩作。〈旅大游〉云：

重來四十年，不禁悲與傷。子徵鎮金州，薌林旅順王。
魯卿繼其後，毅軍屯其傍。甲午一戰後，相率去不遑。
旅大俄所租，專橫恃力強。比鄰偏鬥狠，促之走彷徨。
不及十年間，幾度荊棘場。白骨塚如山，表彰有一坊。
當時豪傑士，已盡還北邙。榮華浮雲去，大夢若黃粱。[33]

「子徵鎮金州，薌林旅順王」兩句下雙行小註曰：「當時有此語。」子徵即劉盛休（一八四〇～一九一六），爲段祺瑞同鄉前輩、淮軍將領，劉銘傳（一八三六～一八九六）之族姪。劉

31 段祺瑞：《正道居集》（上海圖書館藏民國刊本），詩卷，頁二十四a。
32 吳廷燮：《段祺瑞年譜》（北京市：中華書局，二〇〇七年），頁九。
33 段祺瑞：《正道居集》（上海圖書館藏民國刊本），詩卷，頁七b。

銘傳辭職歸里後，劉盛休接統銘軍二萬餘眾。光緒中葉，率銘軍駐防金州（大連），補授南陽鎭總兵，籌修戰守設施。段祺瑞修築炮臺，正是因應劉盛休的要求。薌林即劉含芳，安徽省貴池人，通曉法文，爲李鴻章得力助手。光緒七年（一八八一）起奉李鴻章之命駐守旅順十一年，把旅順建成了北洋海軍重鎭，功績顯著。魯卿爲龔照璵（一八四〇～一九〇一），亦合肥人，光緒十六年（一八九〇）經李鴻章推薦，總辦旅順船塢工程。甲午戰爭中，龔氏聞知金州失守，就乘海軍廣濟輪逃往煙臺。次年爲清廷判處死刑，究未執行。其後俄、德、法三國干涉，日本撤離，金州和旅順爲沙俄租借，號稱達里尼市（Дальний，遙遠之意）。日俄戰後又爲日本占領，改達里尼爲大連，至抗戰勝利後方才歸還。段氏此詩前半以敘述爲主，即便寫龔照璵之潰敗，也只是「相率去不遑」一句，又旁帶「毅軍屯其傍」，以映襯龔氏的不戰而走，頗有冷峻之感。而全篇最後四句，雖富於對劉盛休、劉含芳的業已物化、世事滄桑的感慨，卻隱含著旅大已非中國所有的惋惜。至於〈懷舊〉一篇，則進一步描述了日治之下旅大的面貌：

大連設國防，柳樹屯居中。不才曾承乏，要塞分西東。
回首四十年，光景大不同。俄強租旅大，日勝執爲功。
海壖仍俄舊，大興土木工。商業萃西岸，萬國梯航通。
向罕人跡到，今多百家叢。君子求諸己，自問須返躬。

旅順儲軍備，糾糾氣尚充。惜哉人我見，幻化豈云終。[34]

日本自沙俄手中接管旅大後，參照俄國原來的規劃圖進一步建設，不僅人口稠密、商業繁榮，軍備也充實。持日人管制的旅大與當時中國內地相比，差距甚大。故「君子求諸己，自問須返躬」兩句，意謂國人雖然痛恨日本，卻不能不捫心自問，有沒有如日人般團結一致、發憤圖強？然今人張鳴論道：「最根本的是，自打《二十一條》之後，中日兩國之間國民的基本信任已經蕩然無存……《二十一條》對中國人，尤其是對知識界的刺激實在是太大了，早已風聲鶴唳，任何中日間的交易，都可以向喪失權益的方向解讀。以當時的慘痛經驗而言，這樣的解讀，也未必沒有道理。」[35]因此，此篇篇末「惜哉人我見，幻化豈云終」兩句，感慨良深。此見已成，要國人以敵為師，談何容易！此詩標題雖是對往事的感懷，卻也表達了對時局的態度。

此外，段祺瑞對自己當年主政時的措施也有追憶。如其贈給曹汝霖的〈持正義〉詩，著力

34 段祺瑞：《正道居集》（上海圖書館藏民國刊本），詩卷，頁八a。
35 張鳴：《北洋裂變：軍閥與五四》（臺北市：遠流出版事業公司，二〇一一年），頁二五八。

評述了自己對西原借款的態度。西原借款是民國六年至七年（一九一七～一九一八）間段祺瑞政府和日本寺內正毅（一八五二～一九一九）內閣所簽訂一系列借款的總稱，因日方經手西原龜三（一八七三～一九五四）而得名。寺內鑑於前任大隈重信（一八三八～一九二二）內閣強迫中國接受《二十一條》不成，決定調整對華政策，採取懷柔方式，停止支持南方革命黨人，增加對北洋政府的經濟援助，以擴大其在華利益。經曹汝霖、陸宗輿、章宗祥三人承辦，以山東和東北地區的鐵路、礦產、森林等爲抵押，前後獲得貸款一點四五億日元。今人許毅、趙雲旗認爲：「西原借款」是段祺瑞政府爲了封建獨裁，而與日本帝國主義進行的一筆骯髒的政治交易。[36]然段氏〈持正義〉詩辯解道：

不佞持正義，十稔政潮裡。立意張四維，一往直如矢。
側目忌憚者，無辭可比擬。謂左右不善，信口相詬訾。
唱和聲嘈雜，一世胥風靡。賣國曹陸章，何嘗究所以？
章我素遠隔，何故謗未弭？三君曾同學，宮商聯角徵。
休怪殃池魚，亦因城門燬。歐戰我積弱，比鄰恰染指。
強哉陸不撓，樽俎費唇齒。撤回第五件，智力亦足使。
曹迭掌度支，讕言騰蕙苡。貸債乃通例，胡不諒人只？

款皆十足交，絲毫未肥己。列邦所稀有，誣蔑乃復爾。
忠恕固難喻，甘以非爲是。數雖百兆零，案可考終始。
參戰所收回，奚啻十倍蓰。[37]

西原龜三畢生以「王道主義者」自居，認爲作爲東亞民族精髓的王道，即和合一致，王道的現代化、經濟化是協同協力的精神，發揚與實現，[38]故其願爲寺內內閣爲借款事宜奔走。據顧維鈞（一八八八～一九八五）回憶，當年外債之發行，中國政府的實收均不到九成。[39]然日本借款卻因寺內的懷柔政策及西原的王道主義理念而實足交付、滾滾西來，故段氏稱許爲「款皆十足交」、「列邦所稀有」、「忠恕固難喻」，其因在此。至於段氏試圖以西原借款達成其武力統一的理念，誠如馮學榮所言，以孫、段爲代表的南北雙方都各自認爲自己是正義的、「中華民國正統」，而且都想要武力統一全中國。[40]其後國民政府同樣是以武力北伐來達成南北之基本統

36 許毅、趙雲旗：〈「西原借款」與段祺瑞獨裁賣國〉，載許毅主編：《北洋政府外債與封建復辟》（北京市：經濟科學出版社，二〇〇〇年），頁一九六。
37 段祺瑞：《正道居集》（上海圖書館藏民國刊本），詩卷，頁十七b—十八a。
38 〔日〕西原龜三：《經濟自治論策》（東京都：國策研究會，一九二六年），頁四。
39 唐德剛：《民國史軍閥篇：段祺瑞政權》（臺北市：遠流出版事業公司，二〇一二年），頁二三八。
40 馮學榮：《從共和到內戰：見證北洋十七年》（香港：中華書局，二〇一四年），頁一八七。

一的。張鳴則謂：參與西原借款的曹、陸、章沒有如從前經手借款的梁士詒（一八六九～一九三三）、盛宣懷（一八四四～一九一六）般拿回扣，大體上是乾淨的，個人品行也的確要好些。[41]此亦即段氏所謂「絲毫未肥己」。李北濤云：「天眞爛漫之學生，滿強熱血，無可發洩，一有刺激，立即爆發。乃有雄桀之徒，乘機利用，貽禍江東，令學生集矢於所謂親日派之曹汝霖，舉凡日本《二十一條》交涉、青島懸案、巴黎和會失敗，無一不歸咎於曹，遂有五四風潮之發生，硬說曹親日賣國，再拉出兩位被稱親日派之章宗祥（時任駐日公使）、陸宗輿（時任法制局長）爲陪客，以打倒曹、陸、章之口號，遊行狂呼，橫行一切。」[42]蓋國人自古以來強調志節，流於意氣之爭時，對外強硬者多目爲愛國志士，主和者乃斥爲賣國。近代國難接踵，這種情況尤爲嚴重，形成一種虛矯的愛國主義高調。清末民初，只要與外人交涉而妥協者，多數會被扣上「賣國賊」、「漢奸」之名，曹、陸、章的遭遇也不難想像。然三人身爲技術官僚，所做的包括引入西原借款的中日交涉，都無非是承襲了晚清外交官們一貫的做法，盡可能在字面上摳來摳去，以求減少損失，盡可能用協議和條文，對強暴的對手加以某種約束。[43]段祺瑞面臨政府財政危機，對日本的借款欣然接受，甚至一開始就不打算歸還，而這筆款項最後也終於成爲日本政府的壞帳。故段祺瑞在晚年作此詩時，始終認爲中國占了大便宜。然如寺內正毅所言：「本人在任期內，借與中國之款，三倍於從前之數；實際扶植日本在中國之權利，何止十倍於《二十一條》。」[44]寺內之言雖不無自我吹噓，然其著眼處顯然並不止於經濟，這與段祺瑞所見大有出入。當然，段氏仍相信自己主政時「持正義」而「一往直如矢」，則未免剛愎自用之譏了。

（二）時局憂感

上目所論〈懷舊〉一詩，詩題雖云回顧往昔，然以不少篇幅描寫大連在日本占據後的發展現狀，而嘆息國人不能以日爲師，已可納入時局憂感的範圍。而〈聖賢英雄異同論〉勸戒各地軍閥棄英雄之殺戮而行聖賢之仁義；〈因雪記〉中念佛、弈棋、觀景的筆墨雖占去全文泰半，實賦予大雪以消災除禍的涵義，寄望上蒼爲時局「啓一線之生機」。此外，《正道居集》中尚有不少篇章涉及時局憂感的主題。如其對於國際局勢，不時發表意見。舉例而言，〈矽世詠〉二論述一戰以來的局面道：

41 張鳴：《北洋裂變：軍閥與五四》（臺北市：遠流出版事業公司，二〇一一年），頁二三七。
42 李北濤：〈段祺瑞及其同時名人〉，載薛大可著、蔡登山主編：《北洋軍閥：雄霸一方》（臺北市：獨立作家，二〇一四年），頁四十一。
43 李北濤：〈段祺瑞及其同時名人〉，載薛大可著、蔡登山主編：《北洋軍閥：雄霸一方》（臺北市：獨立作家，二〇一四年），頁二三八。
44 劉彥：《帝國主義壓迫中國史》（上海市：太平洋書店，一九三一年），下卷，頁一三七。

歐戰撼全球，大地盡瘡痍。列強相對峙，彼此爭雄雌。
怨讟積愈久，兇惡愈前茲。飛機空中走，爆彈任意撝。
綠氣死光發，大邑盡殭屍。罔論婦與孺，草木也枯萎。
暴力反仁義，胡以立根基？物已先自腐，蟲生更何疑。45

段祺瑞認爲，歐戰本身的性質就是列強爭霸，反仁義、行暴力，幾無公義可言。加上船堅炮利、科技先進，戰後赤地千里的情形，也就不難想像了。比對〈外感篇〉云：

塞爾維亞導火一線爆發，致令全球驚撼，動員六十兆，死傷三千萬，亙古所無，創此惡劇。孤人之子，寡人之妻，淒涼悲慘，鬼神涕泣。敗者勿論，即使勝者所得幾何？百不償一，元氣大傷，宜有警惕，以愼將來。而戰後之約，名爲減兵，仍競能是圖，務絕異己。潛艇也，飛機也，綠氣也，死光也。男婦老幼，戰員與否，觸機便發，一鑪可冶。酷烈凶殘，千百倍前。46

對於戰勝國怙惡不悛，毫不總結教訓而依舊大力投入軍備競賽，感慨不已。既然講強權而忘公理，那些居中調停的國際和平組織無疑形同虛設：「海牙和會，力理相閒，似難允執厥中，幾同故事。國際聯盟，理勝而力弱，永久和平，仍難作爲保障。」[47]海牙會議（Hague Conventions）一稱「世界保和大會」或「萬國和平會議」，由俄皇尼古拉二世（Николай II，一八七二～一九一八）發起，第一次會議於一八九九年舉行，參加者有中、俄、英、法、美、日等二十六國；第二次會議於一九〇七年舉行，與會四十四國。兩次會議通過十三個公約、三個宣言，合稱「海牙公約」。實際上，列強以和平的外衣自我裝扮，只是麻痺敵方，假裁軍、眞備戰。至於作爲聯合國先行者的國際聯盟（League of Nations），在《凡爾賽條約》簽訂後組成，高峰期擁有五十八個會員國。然而國聯缺乏軍隊武力及執行決議的強制力，最終難以調解國際糾紛，無法阻止法西斯侵略及二戰爆發。故段祺瑞稱前者「力理相間」、後者「理勝而力弱」，可謂一語中的。

至於有關國內時局的憂感，形諸詩文者爲數更多。如〈閔世〉篇云：

45 段祺瑞：《正道居集》（上海圖書館藏民國刊本），詩卷，頁三b—四a。
46 段祺瑞：《正道居集》（上海圖書館藏民國刊本），文卷，頁十二b—十三a。
47 段祺瑞：《正道居集》（上海圖書館藏民國刊本），文卷，頁十四b。

漸流爲政客，侈談無羞恥。更進列黨籍，堅持彼與此。
納污斂群眾，附勢爭延企。利用爲前導，犧牲類糠粃。
伐異幟鮮明，自詡森壁壘。嗟彼風不古，趨下心如水。[48]

民初的議會政治，乃是從西方引入的。然而此制在英美行之有年，在中國卻是草創。國會議員生活腐化、攻訐不休，成爲人們普遍的印象。[49]段祺瑞在詩中指責這些政客廣納黨羽、趨炎附勢、黨同伐異，不爲無因。夏如秋認爲，段祺瑞雖有「三造共和」之美譽，而無「共和」之思想。張勳復辟失敗後，段氏再起，卻拒絕恢復「臨時約法」和國會，這是他最大的失誤。[50]此言固然，但如張鳴論黎段府院之爭云：段祺瑞雖然是個武人，但當時對西方代議制的迷信，卻是一種大趨勢，段祺瑞也不能例外，也幻想著可以通過這種制度的正經運作，獲得成效，改變中國的面貌。但眞的操作起來，段祺瑞發現事情完全變了味。大家對權力紛爭有興致，但於制度建設卻無心情。自從前國民黨系統的議員領袖孫洪伊（一八七二～一九三六）入閣，做了內務部長，並與徐樹錚、段祺瑞發生激烈權力鬥爭後，段祺瑞跟國會的關係變得日益緊張。[51]故批評其「繼承了袁世凱的衣缽，繼續推行專制獨裁統治」云云，[52]立論不免有所偏頗。近來有學者指出：第二屆民國國會（安福國會）一直被認爲是段祺瑞的御用政客團體「安福俱樂部」一手包辦製造而成，有不少污點，但其立法運作過程，可圈可點處如行政監督權的實施、文官制度的立法等，還是不少。[53]

其實段祺瑞對於政黨政治雖有接觸，卻並不可能徹底了解。其〈內感篇〉云：

> 但名之以黨，能無偏乎？然世界所尚，未敢擅斷。無奈人欲無盡，我見太深，獨立難

48 段祺瑞：《正道居集》（上海圖書館藏民國刊本），詩卷，頁八a。

49 案：正如唐德剛所言：「『議會政府』（Parliamentary Government）原是我國近代史上，政治轉型運動的終極目標。不幸在轉型初期，這個議會卻是個無法躐等施行的體制，一個可笑的大盲腸。它那八百羅漢的議員也是頗爲社會輿論所詬病的，生活腐化的高級官僚，何以如此呢？……他們原是各省區之內，對革命有功的革命派和立憲派（老保皇黨），甚或是一些特地爲競選議員而組織的各種社團的頭頭，相互鬥爭和協調，在經過各省縣的諮議局或省議會（也不是民選的），和各省都督，分別指派出來的，他們沒有選民。……這個羅漢廟，卻是個逐漸腐爛的政治醬缸。任何才智之士（包括梁啓超），一旦投入，爲時不久，就會變成一個黨同伐異，爭吵不休的北京特產的幫閒政客。」見唐德剛：《民國史軍閥篇：段祺瑞政權》（臺北市：遠流出版事業公司，二〇一二年），頁一五五—一五六。

50 夏如秋：《皖遊札記：解析中國近現代歷史上若干事件和人物的眞實細節》（臺北市：萬卷樓圖書公司，二〇一四年），〈段祺瑞的棋局〉，頁二三八。

51 張鳴：《北洋裂變：軍閥與五四》（臺北市：遠流出版事業公司，二〇一一年），頁六十。

52 許毅、趙雲旗：〈「西原借款」與段祺瑞獨裁賣國〉，載許毅主編：《北洋政府外債與封建復辟》（北京市：經濟科學出版社，二〇〇〇年），頁一六七。

53 嚴泉：《民國初年的國會政治》（北京市：新星出版社，二〇一四年），頁八十三—一〇五。

支，攫取無據。巧立學說，以資號召，一呼萬應，勢力雄厚，有恃不恐，殺機頓生，驅逐無辜，流血萬千，自殘國力，在所不卹。下而有共產黨、無政府黨，流品龐雜，鳩集尤易，身無長物，因利乘便。假愛國之名以禍國，愛群之名以害群。氣燄滔天，大地震撼。謂之民意，人莫我何。[54]

段祺瑞以施政者當有「不偏不黨，王道蕩蕩」的格局，若拘於一黨，則所見必有偏差。可是，傳統中國的言官監察功能，隨著明清以來君權的膨脹已日益萎縮，幾乎淪爲替帝王監管百官的工具。相比之下，西方政壇朝野兩黨相互督促的制度行之有效，可爲傳世之法。不過，要讓這種西式的政黨政治令國人「淪肌浹髓」，並非一朝之事，而段氏身後出現的「黨天下」的情況，卻也不幸眞如其所逆料，以一個擁有共同利益的小集團來掌控政權，與古代帝王的「家天下」庶幾無異。進而言之，即便段氏之皖系，乃至北洋，雖非政黨，卻未嘗不是一個利益集團。如段氏的西原借款受到時人及後世詬病，除因牽涉日本之外，更重要的緣故同樣是被認爲黨同伐異。黃征等論云：從名稱看，除少數幾項爲軍事借款外，大部分都是以經濟建設的名目出現。但實際上恰恰相反，絕大部分是用作政府和軍事開支的。段祺瑞政府就是依靠日本不斷「輸血」，才能維持其統治和逐步擴大軍隊，連年不斷地對南方進行戰爭。[55]這些借款中究竟有多少用於南方戰爭，至今猶有爭議。儘管段祺瑞信奉武力統一，將對南方的戰爭視爲正義事業，但旁人看來卻只爲了皖系及北洋的私利，這也正是其〈閔世〉詩中鞭撻最重者。

段祺瑞也論及共產主義在中國的興起，其〈觀世篇〉曰：

歐戰勝利者，都若帶箭麋。民命不足惜，暴厲殊堪悲。
悖天好生德，何處立根基。攫拿出常情，人豈弗鑑兹。
隱忍近百年，并未較毫氂。物腐蟲自生，國内若棼絲。
生活日漸高，貧富有等差。學説因風起，傾慕馬克司。
工黨勢力眾，持論恆紛歧。蘇俄刱共產，未免更支離。
泰山與丘垤，自來有高卑。強壓令齊一，怪誕竟如斯。
列強應付難，心形已俱疲。一般喜新彥，歐風爭欲窺。
寓目皆至寶，無學辨醇疵。糟粕篇滿載，歸言願實施。

54 段祺瑞：《正道居集》（上海圖書館藏民國刊本），文卷，頁十b—十一a。
55 黃征、陳長河、馬烈：《段祺瑞與皖系軍閥》（鄭州市：河南人民出版社，一九九〇年），頁九十四—九十五。

一旦政柄握，可以爲欲爲。[56]

段氏認爲左傾思想爲國人所喜，是因爲鴉片戰爭以來中國屢受列強侵凌，割地賠款、民生凋敝所致。國內物價上揚、貧富分化，適逢蘇聯不斷通過「第三國際」向外輸送共產主義思想。共產主義者以無產階級代言人自居，自然容易贏得知識分子和貧苦大眾歸心。社會上有不同階層的人本屬自然，一如泰山與丘垤的高卑之差。雖說高岸可以爲谷、深谷可以爲陵，但這並非朝夕之事。如果強調階級鬥爭，勉強要泯滅高卑之差，唯有去高就卑而已。故段氏目其爲「怪誕」。而國內一般知識分子好新務奇、崇洋以爲寶，可是學力不足、不辨精華糟粕，強欲將中國改爲共產體制，希圖一旦秉政。對於這種情狀，作爲文化保守主義者的段祺瑞表達了極大的焦慮。此外，鄧演達（一八九五～一九三一）、宋慶齡（一八九三～一九八一）在共產國際的支持下組織第三黨，段祺瑞在〈砭世詠〉二也有談及：「國際第三黨，自內持異辭。小康僅有法，一壞若漏卮。」[57]民國十六年（一九二七）蔣介石清共、國共分裂。宋慶齡認爲「容共」是孫中山（一八六六～一九二五）的既定政策，蔣介石此舉是對孫中山的背叛。另一方面，宋、鄧等人也對中共當時的暴力土改政策有所保留，因此欲於國共之外另組「第三黨」，並希望得到蘇聯共產國際的支持援助。然而，第三黨提倡「平民革命」，把工人、農民、小商人和青年學生都歸入「勞動平民階級」，視爲「革命群眾」，與共產黨的「工農革命」路線大相逕庭，自然得不到蘇聯的支持。[58] 段氏稱其爲「國際」第三黨，而所持異辭又「自內」而發，不無春秋筆法。在他看來，第三黨招攬城市平民，只有「小康之法」（如周恩來〔一八九八～一九七六〕說「第三黨是代表小資產階級的」），而其理念及行爲一若漏卮，無法自圓其說，於事無補。不久，第三黨因國民黨和共產國際的雙重壓力而失敗，自然不待蓍龜而知了。

四　正道居詩文的感化主題

所謂感化主題，可分爲民生教化及國是建白兩方面，亦即段祺瑞的個人信仰和治國理念之呈現。整體而言，段氏相關思想不出儒釋兼融之道：即信奉以儒治人、以佛治心。五四以來，傳統遭到破壞，新的秩序卻未能馬上建立。段氏竭力倡導回歸傳統道德，未嘗不標誌著中國社會對於當時現狀的一種反應。內政與外交方面，段氏也多所建白，其對日本的態度尤堪注意。

56 段祺瑞：《正道居集》（上海圖書館藏民國刊本），詩卷，頁十九b—二十a。

57 段祺瑞：《正道居集》（上海圖書館藏民國刊本），詩卷，頁三a。

58 見樊振：〈宋慶齡鄧演達海外籌組「第三黨」始末〉，《縱橫》二〇一一年第十二期；諶旭彬：〈宋慶齡籌組「第三黨」始末〉，（http://view.news.qq.com/a/20131011/000001.htm），二〇一五年二月十七日。

（一）民生教化

如前文所言，段祺瑞早年在私塾和軍校便接受儒家教育，晚年又皈依佛教，故儒釋合一構成了正道居諸集中民生教化思想的主要內容。例如在〈儒釋異同論〉一文中，他先引述世人所言「世間法勤求治道，澤被生民；出世間法四大既假，萬象皆空。儒釋兩教之大別，確鑿可據」。但卻不以爲然：

（兩教）異途同歸，無非爲斯世斯民也。蓋孔子以道德仁義禮爲準繩，隱居求志、行義達道、明德新民、止於至善、修身齊家治國平天下爲依歸，天覆地載，一視同仁，泯其畛域，包羅萬類。世尊以生老病死苦啓悲憫，普度眾生，佛之宏願，茹苦自修，現身說法，不種因爲眞諦，無人無我，免啓紛爭，應該法界性，勿令心妄造；甘居清寂，涵育大千，名曰出世，無時不心乎世間也。孔子曰：「先進於禮樂，野人也。後進於禮樂，君子也。如用之，則吾從先進。」固知文明之進步，爭競之風愈烈，所以從先進者，欲復上古敦樸之習，有以抑勒之與！佛悟徹終始，隨緣善化之旨，正復相同。……至於克己復禮，非禮勿言、勿聽勿視勿動，作善降祥，作惡降殃，與夫身口意所生，貪嗔癡所戒，皆自治之工夫，更無所謂異同也。[59]

段氏釋《論語》「先進」一節，乃從何晏舊說：「歸之淳素，先進猶近古風，故從之。」[60]他認爲佛教主張「甘居清寂」，正與孔子「從先進」之意相同；文明進步，社會變化五花八門，導致人心不古，必須以敦樸之道以治之。其次，段氏認爲儒釋在善惡觀念上皆強調自治，也無異同可言。而兩者略有差異者：

惟聞其聲不忍食其肉、君子遠庖廚，僅不聞其聲已耳，仍不免於食。顧天生動物，業由自作，應遭慘劫，理有固然；然恣口腹者，即使適可而止，而物與之說，猶未盡致。其胎卵濕化，賦性本同，在如來視爲一體。不殺則滅因，滅因則無果，由惻隱之端，極仁愛於究竟。……又夫子之道，忠恕而已，己所不欲，勿施於人。無故加之而不怒，所挾持者甚大。彌勒佛偈有云：「人罵就說好，人打自臥倒。他也省力氣，我也少煩惱。」逆來視爲前因，自無痕迹可言，此儒與釋微有不同之處。[61]

59 段祺瑞：《正道居集》（上海圖書館藏民國刊本），文卷，頁二十一a—二十一b。
60 〔魏〕何晏註、〔宋〕邢昺疏：《論語注疏》（臺北市：藝文印書館據一八一五年阮元刻本影印），頁九十六。
61 段祺瑞：《正道居集》（上海圖書館藏民國刊本），文卷，頁十九b—二十一a。

宋儒張載〈西銘〉曰：「民吾同胞，物吾與也。」謂以生民爲同胞、萬物爲同類，故當汎愛人和世間所有物類。然如《孟子》所言「聞其聲不忍食其肉」，卻猶不免於食肉，則儒者「物與」之說，在段祺瑞看來尚乏踐行之實。反而佛教茹素，卻是儒家惻隱仁愛的極致。根據段府老僕王楚卿回憶，段祺瑞拜佛茹素始於民國九年直皖戰爭失敗下野。[62]而段氏幼女段式巽（一九〇一～一九九三）則回憶，段祺瑞以爲「作爲武人，難免打仗死人，應該懺悔罪過」，故通過吃素來爲過去在軍旅生涯中殺人的罪孽而懺悔，釋冤解結。據說段祺瑞晚年胃部潰瘍出血，醫生家人勸他開葷以加強營養，段祺瑞斷然拒絕道：「人可死，葷不可開。」[63]可見其修行之力。而站在佛教立場勸戒世人，段氏主要強調者亦爲戒殺。參以其他作品，如〈賦答修慧長老〉：「殺生佛所戒，意味深淵泉。」「眾生累世業，大劫成自然。」[64]〈砭世詠〉一云：「天竺大明王，智慧賅六通。……戒殺說因果，玄奧越太空。」[65]〈末世哀〉更針對施政者云：「天有好生德，忍作荊棘場？因果罔或爽，戕人還自戕。殘民逞私意，自然有天殃。」[66]其次，他認爲處理旁人的嗔念，儒家只是以忠恕之道來承受、化解，而佛教則將這種承受視爲對前因的償還，更爲徹底。段氏以爲儒家只注重現世，而佛教則「大慈大悲，無量無邊，不止娑婆世界而已」。因此他總結道：「以進爲進者，儒學也，立身之具，美善兼通。以退爲進者，釋教也，能世人之難能，潛移默化，此儒釋所以異同也。」[67]換言之，段祺瑞以爲儒釋二道用世之心一致，其差異只是方法與功夫程度的不同而已。

在所謂「世間法」方面，段祺瑞對孔子同樣推崇不已。其〈孔道鳴〉云：「則天惟唐堯，無能名郅隆。孔子集大成，獨肩道在躬。至誠贊化育，大德配蒼穹。萬古生民類，悉在教化中。孝弟仁之本，綱常澈始終。修齊逮治平，體用悉貫通。至道括瀛寰，小康進大同。」[68]此外，段氏還有兩組詩向世人弘揚傳統道德，以儒家思想爲主，佛教爲輔。其一爲〈十勵篇〉，包括〈勸學〉、〈倫常〉、〈規婦〉、〈存仁〉、〈處世〉、〈交游〉、〈作人〉、〈出仕〉、〈治道〉、〈因果〉；其二爲〈八箴〉，包括〈仁〉、〈義〉、〈禮〉、〈智〉、〈孝〉、〈弟〉、〈忠〉、〈信〉。如〈存仁〉篇云：「求學原爲己，但期不違仁。富貴浮雲去，惟有德潤身。陋巷亦可樂，憂道不憂貧。好惡雖異俗，自來各有眞。」[69]主要將「四書」成句檃栝爲詩，以便世人記誦。

---

62 王楚卿：〈段祺瑞公館見聞〉，《文史資料選輯》（北京市：中華書局，一九六三年），第四十一輯，頁三五一。
63 戴健：〈段祺瑞：皖系北洋軍閥集團的首領〉，載合肥市政協文史資料委員會、阜陽市政協文史資料委員會編：《皖系北洋人物》（合肥市：安徽人民出版社，一九九三年），頁二十四—二十八。
64 段祺瑞：《正道居集》（上海圖書館藏民國刊本），詩卷，頁一b。
65 段祺瑞：《正道居集》（上海圖書館藏民國刊本），詩卷，頁二b。
66 段祺瑞：《正道居集》（上海圖書館藏民國刊本），詩卷，頁七a。
67 段祺瑞：《正道居集》（上海圖書館藏民國刊本），文卷，頁二十二b。
68 段祺瑞：《正道居集》（上海圖書館藏民國刊本），詩卷，頁五a。
69 段祺瑞：《正道居集》（上海圖書館藏民國刊本），詩卷，頁十一a。

對於道教思想，正道居詩文也有涉及。然其〈儒釋異同論〉云：「道教雖介儒釋之間，似難以峻其極。」[70]意謂道教之理未及儒釋爾。不過有趣的是，段氏仍有〈靈學要誌敘〉、〈靈學特刊序〉二文，揄揚道教。五四運動崇尚科學精神，而靈學的出現乃是對五四精神的反動。所謂靈學，一般包括他心通（心靈感應）、天眼通、招魂術、輪迴、先知先覺、意念致動等內容。民國七年初，上海成立了靈學會，出版《靈學叢志》，設「盛德坛」扶乩，而其倡導者竟是籌建中華書局的俞復（一八五六～一九四三）、陸費逵（一八八六～一九四一）和翻譯家嚴復（一八五四～一九二一）。八年（一九一九），迮仲良、朱翰墀、朱品三等人在北京成立一個靈學組織悟善社，建「廣善壇」，以孚佑帝君（即呂祖）爲壇主，以「鬼神救國」爲宗旨，當年九月發行《靈學要誌》。十三年（一九二四），悟善社創立救世新教，次年經北洋政府內務部批准，在北京組成總會。此教中心人物是安福系政客江朝宗，策劃及捐助人包括段祺瑞、錢能訓（一八六九～一九二四）、陸宗輿、曹汝霖、吳佩孚（一八七四～一九三九）、章宗祥等人。[71]故段祺瑞爲《靈學要誌》作敘，順理成章。其敘曰：「靈者，神明之謂也。我孚佑帝君悲劫運之浩蕩，立社都門，命名悟善，以神仙之妙用，補人事之不足，書沙驗事，覺世牖民，善者使益向善，惡者懼而知改。」[72]蓋以世人多僅講求現世利益，不信三世因果；若以鬼神之事導其向善，不敢在現世爲非作歹，則道教之功用亦不可沒。然而全篇之中，段氏所論述的基礎仍爲儒釋二家，而以《老子》、《太上感應篇》等道書之言加以印證。

至於〈靈學特刊序〉則進一步討論到科學與信仰之間的矛盾：「夫萌芽之科學，以管窺天，誤人實深。長此以往，人類滅絕，所以仙佛本其婆心，不憚塵勞，預言禍福以警俗，使之悟善，格其前非。特惜省之不猛，且少見而多怪耳。」[73]黃克武指出：民初盛行的靈學研究一方面源自西方和日本的心靈研究與中國社會的扶乩傳統，另一方面則因一戰之後中國社會對西方物質文明的過度發展感到絕望，企圖闡明精神的價值、啓發道德修養與宗教情懷的思潮有密切關係。[74]達爾文《天演論》的首譯者嚴復提倡靈學，蓋因天演論所帶出弱肉強食的叢林法則，未嘗不成爲帝國主義侵略政策的依據。而段祺瑞於詩中不時提及西方列強使用高科技武器，導致死傷慘重，[75]故其兩度爲悟善社的刊物欣然命筆作序，良有以也。

段祺瑞還偶將身邊發生的故事寫成散文，藉以勸導世人。如〈產猴記〉曰：

70 段祺瑞：《正道居集》（上海圖書館藏民國刊本），文卷，頁十九b。
71 酒井忠夫撰、青格力譯：〈善書的流傳以及新儒教、新道教和民間信仰（民間宗教結社）〉，載路遙主編：《民間信仰與社會生活》（上海市：上海人民出版社，二〇一一年），頁六十八。
72 段祺瑞：《正道居集》（上海圖書館藏民國刊本），文卷，頁十五a。
73 段祺瑞：《正道居集》（上海圖書館藏民國刊本），文卷，頁十八b。
74 黃克武：《惟適之安：嚴復與近代中國的文化轉型》（臺北市：聯經出版事業公司，二〇一〇年），頁一六五。
75 如前引〈砭世詠〉二、〈賦答修慧長老〉等篇中皆有相關詩句。

> 家養兩猴，數年不育。本日產一猴，雌侯乳之，撫之，愛護之，卵翼之，惟恐不至。雄猴凝視環走窠外，至情油然而生。出於天眞，不能自休。詰朝告者曰：「兩猴爭覆其子，窠狹猴眾，孺猴殭斃。」兩猴痛甚，仍堅握其屍不失。取而埋之，則相從號咷，終日不食。試還之，堅握焉如故。蠢哉猴也，愛之不以其道而殺之，雖愛奚益！[76]

兩猴爭寵其子，反導致幼猴凍死。段祺瑞從這則軼事中，歸結出「愛之不以其道而殺之，雖愛奚益」的道理，又進一步闡發道：

> 總之父嚴母慈，兄友弟恭，孝悌始於家庭，仁愛推於四遠，內而夫唱婦隨，外而睦婣任卹，誠經世之大法，興家之要素。海枯石爛，此誼未可忘也。但初娶之婦善教之，而難養之性以馴。嬰孩之子善教之，而禮義之方以立。及其長也，勤課問學以立身，督責克己以接物，達己達人，而中正之道於是乎成。諺云：「人莫知其子之惡。」溺愛者恆如是也。縱其情欲，任性而爲，迨死到臨頭，不堪救藥，藉使椎心泣血，而亦無可如何耳。何以異於猴之自殺其子者乎？夫復誰尤？[77]

此文先登於《甲寅週刊》，章士釗按語云：「昨歲（案：即民國十四年（一九二五））除夕，執政草此見示，所記事小，充類義大，意莊於昌黎之傳毛穎，詞切於柳州之紀橐駝，其志蓋欲傳示子孫，默持風會，苦心孤詣，盡見於辭。爰揭登焉，藉明世道。今之君子，幸勿囫圇讀之。」[78]雖不無溢美，然段氏創作之本意，亦克進一步說明。在五四運動以後提倡傳統道德，未免貽人以頑固守舊之譏。其所謂「難養之性以馴」，對女性社會角色仍抱持著過時的認知，更有可能引人非議。不過，西方的民主和科學精神，在段氏看來並未在中國產生立竿見影之效。民初的議會政治的爭執不休，令他在平定張勳復辟後決定組織「御用國會」；而當時學界對德先生、賽先生的仰慕，在他看來卻往往以破壞、犧牲傳統道德爲代價。因此，段祺瑞晚年大力鼓吹傳統道德，希望國人回到儒釋二道的懷抱，就不難理解了。

（二）國是建白

段祺瑞的民生教化思想以儒釋二道爲依歸，他認爲先有此修身齊家的基礎，方可治國。他晚年曾作〈策國篇〉長詩，較全面地談論到自己對國家發展的理念，徐一士稱其「關懷國事之

76 段祺瑞：《正道居集》（上海圖書館藏民國刊本），文卷，頁二十二b—二十三a。

77 段祺瑞：《正道居集》（上海圖書館藏民國刊本），文卷，頁二十三b—二十四a。

78 段祺瑞：〈產猴記〉，《甲寅週刊》第一卷第三十一期（一九二六年），頁一。參章士釗：《章士釗全集》（上海市：文匯出版社，二〇〇〇年），卷六，頁一四四。

忱，溢於言表」。[79]其詩云：

鄉鎮聚爲邑，聯邑以成國。國家幅員廣，畫省爲區域。
民與國一體，忍令自殘賊？利害關國家，胡可安緘默？
果具眞知見，興邦言難得。民智苦不齊，胸襟寡翰墨。
發言徒盈庭，轉致生惶惑。政府省長設，各國垂典則。
邑宰如家督，權限賴修飭。統治成一貫，籌策紆奇特。
政不在多言，天健無休息。晚近綱紀隳，高位僉人弋。
武夫競干政，舉國受掊克。擾攘無寧土，自反多愧色。
往事不堪言，掃除勿粉飾。日新循序進，廉恥繼道德。
農時失已久，飢寒兼憂逼。民瘼先所急，務令足衣食。
靖共期力行，百司各循職。良善勤獎誘，去莠懲奸慝。
言出法必隨，不容有窺測。土沃人煙稀，無過於朔北。
曠土五分二，博種資地力。兵民移實邊，十省兩千億。
內地生計裕，邊疆更繁殖。道路廣修築，交通無閉塞。
集我國人資，銀行大組織。獨立官府外，經理總黜陟。

發達新事業，隨時相輔翊。輸入減漏卮，製造精品式。
肥料酌土宜，灌溉通溝洫。比户餘粟布，孝弟申宜亟。
既富而後教，登峰務造極。國際蒸蒸上，誰復我挫抑？[80]

這篇長詩對於時局的看法，可歸納爲幾點：

一、自由言論：民眾與國一體，若有想法或建議，不應緘默不語，眞知灼見自可一言興邦。然而，段認爲民智不齊，受過教育的國民爲數甚多，如果眾聲喧嘩，收效只會適得其反。

二、權集中央：段祺瑞任總理時，主張武力統一，功敗垂成。他認爲，地方官員的職責就像管家，權限應該受到中央制約，不能使其割據坐大成爲土皇帝。只有在大一統的格局下，政令才可施行無礙。他更坦白承認：近年來小人得志、武夫干政，戰和無常，令全國生靈塗炭，自己與有責焉，回顧往事，於心多愧。

三、富民勸善：連年征戰，導致農時久失，人民衣食堪憂。政府在勸農之餘，還應協助灌

79 徐一士：《亦佳廬小品》（北京市：中華書局，二〇〇九年），頁八十二。
80 段祺瑞：《正道居集》（上海圖書館藏民國刊本），詩卷，頁四 a—五 a。

溉溝洫。爲使百姓生活安穩，更要獎善懲惡，不至爲歹徒所威脅壓榨。

四、實邊修路：東北地廣人稀，而土壤肥沃。若能移民實邊，不僅可減少內地的競爭，也可令邊疆富庶起來。而配套措施，則以修路通車爲首要。

五、發展工商：中國銀行事業不發達，每受外人掌控掣肘。國人若能集資興辦銀行，同時進一步發展工商業，生產優質貨品，則對外貿易逆差可以舒緩。

六、提倡道德：在人民富有之後，政府便應通過教育來提升全民的知識水平，樹立正確的道德觀念。

根據徐一士所云，此詩作於十六年，即國民革命軍北伐之際。此時段祺瑞已下野居於天津，作爲此詩，當有感於北洋政權風雨飄搖，然對中國的未來卻依然滿懷憧憬。

外交方面，段祺瑞在〈十勵篇．治道〉篇寫道：「孔子大同化，覆載盡包藏。親親而仁民，由邇及遐荒。種族畛域泯，無所爭威強。庶減刀兵劫，救世功無量。」[81]段祺瑞雖因西原借款而被視爲親日派，但他在袁世凱時代反對簽署《二十一條》，並打算與日本決一死戰；晚年又爲避免遭漢奸利用，舉家自天津南遷上海。至於西原借款，惲寶惠（一八八五～一九七九）回憶段祺瑞一開始就準備賴帳不還，並向代總統馮國璋直言不諱。[82]而前引段氏自作〈持正義〉篇，則稱讚借款的寺內內閣「款皆十足交」、「列邦所稀有」、「忠恕固難喻」。段氏之詩固有可能為事後粉飾其說，然其與馮國璋本有瑜亮心結，「賴帳不還」也只怕是信口搪塞之言。筆者以為，段氏並未將寺內內閣與其前任大隈內閣一概相量，簡單地視為「敵國」。在段祺瑞眼中，寺內、西原所奉行的王道政策，一改日本的帝國主義形象，與他所推崇的儒家思想契合。否則，僅因「款皆十足交」便以「忠恕」稱許對方，無乃太過。曹汝霖指有了這筆貸款，「官員無欠薪，軍警無欠餉，學校經費月必照發，出使經費月必照匯，即清室優待費用四百萬元從未積欠，至交卸時，庫存尚有三百萬元，此皆財政部有帳可稽」。[83]解決了政府營運的燃眉之急，再以餘款策劃南征，方才符合輕重緩急。正如張鳴所論，從康有為（一八五八～

81 段祺瑞：《正道居集》（上海圖書館藏民國刊本），詩卷，頁十二a。

82 惲寶惠回憶：一天，細雨初晴。馮國璋總統打電話到國務院，約段祺瑞總理到馮國璋家中，有事面談。段內閣的秘書長惲寶惠告訴段時，段說：「好，咱們去，開開櫃子，帶著點錢，大概是馮老四又想贏我幾個。」他認為是馮約他打牌。當惲陪著段見到馮後，才知不是那麼回事！段剛一坐下，馮就說：「現在外面都說你竟向日本借債，打內戰搞武力統一，你要慎重啊。」段問：「誰說的？是誰在發這種不利於國家的謬論？」馮說：「你別管是什麼人說的啦，事情不是明擺著嗎？」段說：「政府經濟拮据，處處需要錢，入不敷出，不借債怎麼辦？打內戰搞統一，誰願意打內戰？可是你不打他，他打你，就拿湖南的情形來說吧，是我們要打仗，還是他們要打我們？主持一個國家的人，沒有不想統一的，難道說你當大總統，願意東不聽命，西不奉令，跟中央對抗嗎？」馮說：「可是債借多了，將來怎麼還哪？打仗又沒有必勝的把握，枉使生靈塗炭，實在叫人痛心！我看還是都慎重點好。」段說：「慎重是對的，可是不能不幹事呀。咱們對日本也就是利用一時，這些借款誰打算還他呀，只要咱們國家強起來，到時候一瞪眼全拉倒。」見王毓超：《北洋人士話滄桑》（北京市：中國文史出版社，一九九三年），頁四十五。

83 曹汝霖：《一生之回憶》（香港：春秋雜誌社，一九六六年），頁一七六。

一九二七）到孫中山都有過出賣領土主權以換得中國改革和強大之資本的設想，段祺瑞如果這樣想也不奇怪。更何況就當時而言，段祺瑞並沒有意識他的親日會導致主權的流失。[84]

段氏還有〈藤村男爵索書口占即贈〉一詩，先錄於《正道居詩》。此藤村氏即藤村義朗（一八七一～一九三三），爲日本之實業家、政治家，曾任上海公共租界工部局董事。民國十五年（一九二六），藤村隨清浦奎吾（一八五〇～一九四二）訪華，向段祺瑞求書。段氏藉此機會口占一詩，表達了自己對日外交的看法。詩云：

黠者唱黃禍，意在謀分瓜。神皋渡弱水，相望僅一窪。
種族文化同，由來是一家。兄弟不鬩牆，外侮疇能加。
我本大農國，願共話桑麻。盈朒互相資，比鄰孰與遮。
舵工善觀風，轉致路三叉。南針握不移，直指自無差。
諸君惠然來，意氣薄雲霞。交鄰有大道，此願不厭奢。
根本誠已固，枝葉自榮華。宣尼大同化，推行極天涯。[85]

中日「同文同種」之說，本爲日人所造。甲午戰爭後，日本爲了與英、俄等國勢力抗衡，遂製造「同文同種」、「日中一體」的輿論，企圖拉攏中國為其所用。而這種輿論的產生，靈感則來自「滿漢一體」的格套：滿清以完全不同於漢族的文化、文字和生活習俗而入主中原二百餘載，只因旗人主動融入了中華文化體系。[86]段祺瑞早年親身經歷甲午戰爭，不可能不了解此說的由來。然其在詩中強調「種族文化同，由來是一家」，則是希望中日能坦誠相處，顧念「兄弟之情」，不復以兵戈禍及兩國百姓。參以其作於同時的〈奉贈清浦子爵〉，也有稱許對方「慷慨謀國利，相摯為睦鄰」、而相聚則「同朋東亞事，肯為道諄諄」等語。[87]可嘆的是，幾年後就發生了九一八事變。而段祺瑞風塵僕僕自津赴滬後，書面回答記者道：「當此共赴國難之際，政府既有整個禦侮方針和辦法，無論朝野，皆應一致起為後援。瑞雖衰年，亦當勉從國人之後。」又曰：「日本暴橫行為，已到情不能感，理不可喻之地步。我國唯有上下一心一德，努力自救。語云：『求人不如求己。』全國積極準備，合力應付，則雖有十日本，何足畏哉？」[88]由是推之，蓋其以前此與寺內、西原相交則喻之以理，與藤村、清浦等相交更感之以

84 張鳴：《北洋裂變：軍閥與五四》（臺北市：遠流出版事業公司，二〇一一年），頁二四九。
85 段祺瑞：《正道居集》（上海圖書館藏民國刊本），詩卷，頁六a。
86 見徐博東、黃志平：《丘逢甲傳》，增訂本（臺北市：秀威資訊科技公司，二〇一一年），頁一〇二。
87 段祺瑞：〈奉贈清浦子爵〉，《遼東詩壇》第十六期（一九二六年），頁三。清浦子爵即清浦奎吾（一八五〇～一九四二），大正末年（一九二四）曾任內閣總理大臣。
88 《申報》，民國廿一年元月二十三日。

情也。

五　結語

宋國濤說得好：段祺瑞出身行伍世家，飽嚐世間冷暖；身懷救國之志，卻無法施展強國才華；受新式軍事教育和有留學歐洲經歷，但思想行爲方式卻受中國傳統文化影響很深。[89] 劉春子、殷向飛則云：「以事功論，民國人物與段祺瑞相侔者指不勝屈；而以情操初衷論，則與段祺瑞相提並論者少。遊走於爾虞我詐的政壇，段祺瑞自白固有英雄欺世之語，然而嘗一臠而知鼎味，從段氏片言隻語中，我們可以望見其風骨，也能於其間品鑑民國往事之滋味。」[90] 本文在簡介段氏生平、梳理正道居諸集的版本情況後，繼而論析《正道居集》詩文之感世宗旨。感世宗旨可透過兩個主題來呈現：感懷、感化。感懷包括歷史感慨及時局憂感兩方面，段氏對古今歷史及國家現狀的評騭與感嘆每每形於筆墨。如〈聖賢英雄異同論〉歷數各代史事，藉以勸戒民初割據軍閥（甚至世界列強）。〈先賢詠〉評述李鴻章的一生事業，〈旅大游〉與〈懷舊〉談到甲午戰後中日國力此消彼長的現實，〈持正義〉甚至以曹汝霖等人與日交涉的往事爲主旨。對於西方諸國弱肉強食的行徑，段氏頗有批評。而二〈感〉篇、〈砭世詠〉等對於國內議會政治的混亂、學生運動的紛紜、共產主義的興起，也表達了頗深的憂慮。「感化」則包括民生教化、國是建白兩方面。民生教化方面，〈儒釋異同論〉重申二教殊途同歸，〈孔道鳴〉、〈十勵篇〉等則爲儒釋合一之道的引申。段氏對道教的評價雖不及儒釋，但仍肯定其勸善之旨，故有〈靈學要誌敘〉、〈靈學特刊序〉二篇之作。甚至如〈產猴記〉，更以接近寓言的形式揭櫫「愛之不以其道而殺之，雖愛奚益」的道理。國是建白方面，如〈策國篇〉提出對自由言論、權集中央、富民勸善、實邊修路、發展工商、提倡道德等政策的看法。〈藤村男爵索書口占即贈〉等詩則始終不卑不亢地表達出中日睦鄰的外交觀念。誠然，《正道居集》所收詩文乃研究其生平思想以至近代歷史的第一手資料。

89 宋國濤：《民國總理檔案》（北京市：人民日報出版社，二〇一一年），頁五十一。
90 劉春子、殷向飛編：《段祺瑞：三造共和的籠中虎》（南京市：江蘇文藝出版社，二〇一四年），頁七。

參考書目

專書

〔魏〕何晏註　〔宋〕邢昺疏　《論語注疏》　臺北市　藝文印書館據一八一五年阮元刻本影印

《環球人物》雜誌編　《往事如煙：民國政要後代回憶實錄》　北京市　人民出版社　二〇一三年

中國社科院近代史所民國史組編　《清末新軍編練沿革》　北京市　中華書局　一九七八年

王毓超　《北洋人士話滄桑》　北京市　中國文史出版社　一九九三年

吳廷燮　《段祺瑞年譜》　北京市　中華書局　二〇〇七年

宋國濤　《民國總理檔案》　北京市　人民日報出版社　二〇一一年

李慶東　《段祺瑞幕府與幕僚》　杭州市　浙江文藝出版社　二〇一〇年

段祺瑞　《正道居感世集》　上海圖書館藏民國刊本

胡曉　《段祺瑞年譜》　合肥市　安徽大學出版社　二〇〇七年
唐沅等編　《中國現代文學期刊目錄彙編》　天津市　天津人民出版社　一九八八年
唐德剛　《民國史軍閥篇：段祺瑞政權》　臺北市　遠流出版事業公司　二〇一二年
夏如秋　《皖游札記：解析中國近現代歷史上若干事件和人物的眞實細節》　臺北市　萬卷樓圖書公司　二〇一四年
徐一士　《亦佳廬小品》　北京市　中華書局　二〇〇九年
徐博東、黃志平　《丘逢甲傳》　增訂本　臺北市　秀威資訊科技公司　二〇一一年
張鳴　《北洋裂變：軍閥與五四》　臺北市　遠流出版事業公司　二〇一一年
曹汝霖　《一生之回憶》　香港　春秋雜誌社　一九六六年　頁一七六
章士釗　《章士釗全集》　上海市　文匯出版社　二〇〇〇年
彭秀良　《段祺瑞傳》　北京市　中華書局　二〇一五年
馮學榮　《從共和到內戰：見證北洋十七年》　香港　中華書局　二〇一四年
黃克武　《惟適之安：嚴復與近代中國的文化轉型》　臺北市　聯經出版事業公司　二〇一〇年
黃征、陳長河、馬烈　《段祺瑞與皖系軍閥》　鄭州市　河南人民出版社　一九九〇年
路遙主編　《民間信仰與社會生活》　上海市　上海人民出版社　二〇一一年

劉彥《帝國主義壓迫中國史》　上海市　太平洋書店　一九三一年
劉春子、殷向飛編《段祺瑞：三造共和的籠中虎》　南京市　江蘇文藝出版社　二〇一四年
魯迅先生紀念委員會編纂《魯迅全集》　北京市　人民文學出版社　一九七三年
錢仲聯《夢苕庵詩話》　濟南市　齊魯書社　一九八六年
嚴泉《民國初年的國會政治》　北京市　新星出版社　二〇一四年
〔日〕西原龜三《經濟自治論策》　東京都　國策研究會　一九二六年

單篇文章

郭雙林〈論《甲寅》雜誌與「甲寅派」〉　本書編委會編《近代文化研究的繼承與創新》　北京市　中華書局　二〇一〇年
戴健〈段祺瑞：皖系北洋軍閥集團的首領〉　載合肥市政協文史資料委員會、阜陽市政協文史資料委員會編《皖系北洋人物》　合肥市　安徽人民出版社　一九九三年　頁二十四—二十八
許毅、趙雲旗〈「西原借款」與段祺瑞獨裁賣國〉　載許毅主編《北洋政府外債與封建復辟》　北京市　經濟科學出版社　二〇〇〇年
李北濤〈段祺瑞及其同時名人〉　載薛大可著、蔡登山主編《北洋軍閥：雄霸一方》　臺

北市　獨立作家　二〇一四年
酒井忠夫撰、青格力譯　〈善書的流傳以及新儒教、新道教和民間信仰（民間宗教結社）〉
載路遙主編　《民間信仰與社會生活》　上海市　上海人民出版社　二〇一一年　頁六十
八

期刊文章

段祺瑞　〈覆蔣總司令函書〉　《軍事雜誌》（南京）　第三期（一九二八）　頁三
《申報》　民國廿二年（一九三三）元月二十三日
〈段芝泉挽貞惠先生詩〉　《北洋畫報》第十八卷第八九五期（一九三三）　頁二
段祺瑞　〈奉贈清浦子爵〉　《遼東詩壇》　第十六期（一九二六）　頁三
段祺瑞　〈產猴記〉　《甲寅週刊》　第一卷三十一期（一九二六）　頁一
王楚卿　〈段祺瑞公館見聞〉　《文史資料選輯》第四十一輯
張愛平　〈段祺瑞致蔣介石的一封密信〉　《檔案與史學》一九九六年第一期　頁七十二—七
十三
殷文波　〈段祺瑞覆蔣介石信〉　《合肥文史資料》　第十四輯　頁七十五—七十六
賀偉　〈民國要員與廬山〉　《檔案天地》二〇〇七年第一期　頁十五—十八

樊振〈宋慶齡鄧演達海外籌組「第三黨」始末〉《縱橫》二〇一一年第十二期

網路資料

諶旭彬：〈宋慶齡籌組「第三黨」始末〉，（http://view.news.qq.com/a/20131011/000001.htm），二〇一五年二月十七日）

「二〇一五年秋季日本美協拍賣」，（https://images.artfoxlive.com/product/19452.html），二〇一六年三月六日

凡例

一、本書之編輯，以北京國家圖書館及上海圖書館所藏《正道居集》爲底本。

二、《正道居集》編成前，先後有《正道居感世集》、《正道居感世續集》、《正道居詩》、《正道居詩續集》問世，《正道居集》乃集大成者。《正道居集》分爲文、詩二目，所收篇章次序一仍前此諸集。爲保持諸集原貌，本書依然分爲文、詩二目，各目又加以細釐，詳情如下：

甲、〈文目・正編〉，收《正道居感世集》文五篇。

乙、〈文目・續編〉，收《正道居感世續集》文三篇。

丙、〈文目・補編〉，收輯佚所得文（包括聯、頌、贊辭等）三十二篇。

丁、〈詩目・正編〉，收詩作二題四篇。其中〈賦答修慧長老〉、〈砭世詠〉、〈砭世詠〉二原錄於《正道居詩》；〈砭世詠〉三原錄於《正道居詩續集》，爲便閱讀，茲迻錄於此。

戊、〈詩目・續編〉，收詩作十六題三十三篇。除〈奉贈清浦子爵〉外，其餘皆錄於《正道居詩續集》。新輯得之〈奉贈清浦子爵〉與此集內〈藤村男爵索書口占即贈〉作於同時，故收於此。

己、〈詩目．再續編〉，收詩作十七題十七篇。《正道居集》編成，〈詩目〉所錄除《正道居詩》、《正道居詩續集》所有篇章外，尚多出十八篇，當爲《正道居詩續集》付梓後所作。茲另輯爲一編（〈砭世詠〉三除外）。

庚、〈詩目．補編〉，收輯佚所得詩作十題十篇。

辛、各篇若有他人贈答唱和之作，以附錄形式列於篇後。

壬、《正道居感世集》前有章士釗序，《正道居集》前有段祺瑞自序，茲一併收錄，置於二目之前。

三、〈文目．補編〉、〈詩目．補編〉所收篇章，依寫作時代先後爲次。其餘諸編，一仍《正道居集》原本次第。

四、本書某些篇章（如〈致祭孫中山文〉），爲秘書代筆，然可考證確認若此例者極少。故凡段氏名下篇章，皆行收錄，以免遺珠之憾。

五、舊報刊所見，致段氏之詩文聯語（如唱和、建言、祝壽、哀祭等）爲數不少。然必有段氏酬答、回覆之作，方斟酌附錄，否則一概不收。

六、本書所收作品，每篇分爲兩部分。解題部分爲該篇寫作背景、內容概要、收錄情況等基本資訊。註釋部分則依作品文句加以解析。

七、諸篇解題、註釋部分，分由各位青年學人負責，最後由主編加以增刪、調整、補撰、改寫。然因出自不同註解者之手，故行文上或有差異。不同篇章中，時或有同一詞語、典故之註釋，爲求閱讀方便、保留原註解者之特色，主編不強作統整。

八、爲便閱讀，原書中較罕見之異文一般逕改爲通行體，錯字亦加以修正，並分別在註腳中說明。

九、本書註解中，對於生字之讀音，一律採用同音字直音方式。若國、粵語讀音分歧，則分別註出。

十、段氏主掌軍政多年，相關公文、通電甚夥，然多非其手筆。茲擇重要者編爲一輯，列爲附錄，以利讀者參看。

十一、編註者限於見聞，段氏之作必有不少遺珠。若大雅君子得知情況，尚乞賜告，以期再版時增補。

正道居集・原序

章士釗（註一）《正道居感世集》序

古之大人（註二），以立德、立功、立言為三不朽（註三）。三者俱至，古今來蓋無幾人，而功、言尤難並存。至德者，則恆（註四）與功言相涵（註五），亦有大小純駁（註六）之不同耳（註七）。合肥段公，勳業炳然（註八）一時，此人人能言之。而釗揣（註九）其所養（註一〇），必有異乎恆人（註一一）。年來從公之後，習聞國政，恆接談宴，兼窺細行。察其家人親舊之間，周折（註一二）俯仰（註一三）之際，果一粹然（註一四）儒者之所為。此特目與心叶（註一五），無甚足紀。惟公偶操柔翰（註一六），雅善名理（註一七）。每有述作，伸紙（註一八）輒千數百言。以釗少（註一九）解文墨（註二〇），屬令（註二一）洗伐（註二二）。

釗亦以此道非公所長，意存獻可（註二三）。而反覆視之，轉無以易（註二四）。造意初若不屬，細審其脈自在，選詞初若生硬，實乃樸茂（註二五），非俗手（註二六）所能。然後以知昔者諸葛武侯（註二七）命世宏才，夙夜在公（註二八），而其前後出師諸表（註二九），懿文（註三〇）純理，遠軼（註三一）尋常辭筆者，為非偶然也。本集所收，文特五篇耳（註三二）。苦心宏願，略具於是。世之君子，儻（註三三）亦知執政（註三四）之有文也。輒（註三五）因文以見其道，相與揚搉（註三六）而篤守（註三七）之，於以挽末俗於泰甚（註三八），發國光（註三九）於百一，則本集為不虛行爾。民國十五年二月長沙章士釗謹序。

（蕭家怡註）

註釋

一　章士釗（一八八一～一九七三），字行嚴，筆名黃中黃、青桐、秋桐，生於湖南省善化縣。曾任中華民國北洋政府段祺瑞政府司法總長兼教育總長、中華民國國民政府國民參政會參政員、中華人民共和國全國人大常委會委員、全國政協常委、中央文史研究館館長。五四運動時期任保守刊物《甲寅》雜誌主編。《中國現代文學期刊目錄彙編》指出：「該刊刊登了不少當時北洋軍閥政府執政段祺瑞的文章，段祺瑞命題的徵文，章士釗、段祺瑞的呈文，反映段祺瑞政府意旨的『時評』。章士釗的文字每期都占相當多的篇幅，因此，該刊被人們稱之爲『廣告性的半官報』。」（見唐沅等編：《中國現代文學期刊目錄彙編》〔天津市：天津人民出版社，一九八八年〕，卷二，頁九七三。）段祺瑞死後因爲戰爭因素未能修墓，一九六四年，由章士釗出面，協同段祺瑞的親屬段宏綱等人，在北京香山的萬安公墓西部水字區，安葬了段祺瑞和他妻子張佩蘅的靈柩。段祺瑞的墓碑爲章士釗手書，可見章士釗與段祺瑞之間的關係匪淺。

二 《禮記‧禮運》：「大人世及以爲禮，城郭溝池以爲固。」「大人」即對德高或地位尊者的稱呼。

三 《左傳‧襄公二十四年》：「大上有立德，其次有立功，其次有立言，雖久不廢，此之謂不朽。」意即最高的是樹立德行，其次是樹立功業，再其次是樹立言論。人能做到這樣修身立德、施事立功及著書立言，雖然死了也久久不會廢棄，這才叫不朽。「三不朽」是傳統士人做人處世的最高標準，三者中以修身立德最重要，施事立功次之，最後才是著書立說。

四 恆：經常。

五 涵：沉浸，滋潤。

六 駁：雜，不純。

七　耳：文言助詞，而已、罷了之意。
八　炳然：清楚、顯然可見的樣子。
九　揣：估量、忖度。
一〇　養：培養，品德之陶冶。
一一　恆人：常人、一般人。
一二　周折：曲折、不順利。
一三　俯仰：低頭和抬頭，指一舉一動。
一四　粹然：純正貌。
一五　叶：同協。指眼中所見與心中所想是協調一致的。
一六　翰：毛。柔翰即毛筆。〔晉〕左思〈詠史詩八首〉之一：「弱冠弄柔翰，卓犖觀群書。」
一七　名理：名稱與道理，指魏晉及其後清談家辨析事物名和理的是非同異。此處統指哲理。
一八　伸紙：展開紙張。
一九　少：稍微。
二〇　文墨：泛指文辭、著述之事。
二一　屬令：囑咐和命令。
二二　洗伐：清理。〔清〕文康：《兒女英雄傳》第三十五回：「近科的文章本也華靡過甚，我們既奉命來此，若不趁此著實的洗伐一番，伊于胡底？」此處指就文字作潤色刪訂。
二三　獻可：積極的建議。爲「獻可替否」或「獻替可否」的省略。語本《左傳．昭公二十年》：

「君所謂可，而有否焉，臣獻其否，以成其可；君所謂否，而有可焉，臣獻其可，以去其否。」本指臣子向君王勸善規過，建議興革。此處指對段氏詩文進行筆削。然因段氏爲作者上司，故隱去「替否」二字，以示尊敬。

二四　易：更改。

二五　樸茂：質樸厚重。〔宋〕曾鞏〈宜黃縣縣學記〉：「士有聰明樸茂之質，而無教養之漸，則其材之不成，固然。」

二六　俗手：平庸的作者。

二七　諸葛武侯：諸葛亮（一八一～二三四），三國時代的蜀漢丞相。

二八　夙夜在公：從早到晚地處理公務。

二九　〈前出師表〉作於蜀漢建興五年（二二七），收錄於《三國志》卷三十五。當年蜀漢國力有所恢復，諸葛亮深知蜀國弱小，若想生存必須對外征伐方可延續政權。於是，決意率軍北進，準備征伐魏國。文章情意眞切，感人肺腑，主要內容有規勸君王、委託政事、回顧經歷、表明北伐決心等四部分。蘇軾評其「簡而盡，直而不肆」。〈後出師表〉作於建興六年（二二八）。〔宋〕謝枋得《文章軌範》引用安子順之說：「讀〈出師表〉不哭者不忠，讀〈陳情表〉不哭者不孝。」

三〇　懿文：華美的文章。

三一　遠軼：遠遠超過。

三二　特：僅僅。《感世集》收錄〈聖賢英雄異同論〉、〈內感篇〉、〈外感篇〉、〈靈學要誌敘〉、〈靈學特刊序〉等五文。

三三　同倘。如果、倘若。

三四　執政：段祺瑞曾擔任臨時執政，故稱。

三五　輒：每每、總是。

三六　揚搉：略舉大要、扼要論述。《漢書．敘傳》：「揚搉古今，監世盈虛。」

三七　篤守：忠實地遵守。

三八　《漢書．循吏傳．黃霸》：「凡治道，去其泰甚者耳。」「泰甚」即太甚，過甚。

三九　國光，出於《周易．觀卦．六四》：「觀國之光，利用賓于王。」國光指君王、領袖德行的光輝。

段祺瑞《正道居集》自序

溯（註一）余髫齡（註二）就傅（註三），歷十餘載，探討聖賢之精蘊，誠欲有所建白（註四），不負先人期許而光大之也。環顧域中（註五），富庶甲列強，國勢不振，外患侵陵。弱冠（註六）投筆（註七），跋涉津門（註八），肄業武備，三年學成。更習臺礮（註九）於旅順，建設要塞於大連。期月蕆事（註一〇），遊學歐西（註一一），兩越寒暑。遄（註一二）返北洋，備員械局，旋充兵學教習於威海（註一三），忽忽十年，年已立矣（註一四）。乙未中日搆和（註一五），是年冬，隨項城（註一六）練兵小站（註一七），統帶礮隊，兵種不一，規設各校廣儲軍材。己亥（註一八）夏，調山東兼辦全省營務及各學校。次年移軍保定，靖拳匪之亂（註一九）。統制第三鎮（註二〇），領參謀處，督辦陸軍各校。武衛右軍改編第六鎮（註二一），余復承乏。四年之間，三六兩鎮，迴翔者再。練兵處成立，兼任軍令司正，使分配各省軍官學額，舉國一致，以立強國之基礎。旋授汀州鎮調副都統。庚戌督江北（註二二），踰年督兩湖（註二三）。武昌事變（註二四），民意洶洶，勢莫能遏。仰觀孔子，祖述堯舜，孟子亦云：「民為貴，社稷次之。」（註二五）順應人心，籲請遜政（註二六）。宮廷法唐虞（註二七）之揖讓（註二八），改國體為共和（註二九），邦基（註三〇）肇造（註三一），氣象一新。入長軍部，迭秉鈞衡（註三二）。柄政（註三三）諸公果能公忠謀國，郅治（註三四）之隆，猶反手（註三五）也。民七元首已四易（註三六），不才能盡力索退處散地（註三七）。惎（註三八）我者日伺其旁，紀綱大防，潰於庚申（註三九）。不自度量，誓挽狂瀾，未克制止，遷流至今。攫取為能，權力是視，仁義不講，廉恥盡喪，此爭彼奪，年復一年。上下交征利，而國危矣（註四〇）。癸亥歲（註四一）五易之元首，選非其道（註四二）。浙遼軍興（註四三），國無政府，人可自由，影響國際。關係綦重（註四四），海內環請（註四五），未忍膜視（註四六），遂就臨時執政。（註四七）適遊士（註四八）風靡，侈談（註四九）新奇，人心澆漓（註五〇），將無底止。念非孔孟之道不足以挽頹風，欲述斯旨，難已於言（註五一）。凡有關世道人心者，漸積成帙（註五二）。友好堅促，一再刊行。（註五三）尚冀（註五四）并世（註五五）通人（註五六）弗吝商榷（註五七），庶幾（註五八）聖經賢傳，精意煥發，奠安海內，極於四遠，治世界於一鑪，咸沐（註五九）大同之化云爾。

（蕭家怡註）

註釋

一 溯：音訴，回想。

二 髫齡：幼年。髫音條，本指小孩額前垂下的頭髮。

三 就傅：從師。《禮記．由則》：「十年，出就外傅，居宿於外，學書記。」鄭玄注：「外傅，教學之師也。」

四　建白：建議，陳述主張。

五　域中：本指天下，此處指中國。

六　弱冠：指二十歲。古代男子二十歲行成年加冠之禮，因未及壯年，故稱弱冠。

七　投筆：〔南朝宋〕范曄《後漢書・班超傳》：「大丈夫無它志略，猶當效傅介子、張騫立功異域。」漢代班超因家貧而常為官傭書以供養，後輟業而嘆。後指棄文從軍以衛國建功。

八　津門：天津市的簡稱。光緒十一年（一八八五）六月，李鴻章創辦北洋武備學堂，九月段祺瑞以優異成績考入武備學堂第一期預備生，旋分入砲兵科。

九　礮：砲的異體字。段祺瑞奉令赴旅順，監修砲臺。

一〇　期，音畸。期月，一個月。《論語・子路》：「苟有用我者，期月而已可也，三年有成。」後用以形容辦事治國的功效迅速顯著。蕆：音產，解決。蕆事即完工。

一一　段祺瑞曾赴德國柏林軍校就讀，後又到克虜伯（Krupp）砲廠實習。克虜伯公司是德國最大的以鋼鐵業為主的重工業公司。在二戰以前，克虜伯兵工廠是全世界最重要的軍火生產商之一。

一二　遄：音傳，疾速。

一三　威海：位於山東省文登縣北。威海市是中國現代海軍的搖籃、甲午戰爭時期北洋海軍的重要基地。光緒二十四年（一八九八）七月一日，清廷與英國簽訂《訂租威海衛專條》，英國租借三十二年後，在一九三〇年歸還中國。

一四　《論語・爲政》：「吾十有五而志于學，三十而立。」後以而立爲三十歲的代稱。

一五　乙未爲光緒二十一年（一八九五），當年清廷在甲午戰敗後與日本簽訂《馬關條約》。搆和：議和。

一六　項城：袁世凱原籍河南項城，故稱。袁世凱（一八五九～一九一六），字慰廷，又慰亭、慰庭，號容庵，河南省項城人。出身官宦世家，有軍事常才，曾助清廷平定壬午之亂，亦在朝鮮甲申政變，擊退日軍，因此備受朝廷重用。清廷委任袁創建新軍、洋務等新政，掌有大權。辛亥革命爆發，袁請清帝遜位，結束中國的帝制時代。民國創立，任大總統一職，但戀棧權位，欲回復帝制，備受朝野反對，最終取消帝制，不久後病逝。

一七　小站：鎮名，位於天津市津南區。東臨渤海，位於大沽海防位與天津城廂中間，原爲退海之地。袁世凱曾在此編練新軍。由於這支軍隊原則上歸直隸總督兼北洋通商大臣管轄，因此俗稱北洋軍。

一八　己亥爲光緒二十五年（一八九九）。

一九　拳匪：對義和團的蔑稱。

二〇　北洋軍共分六鎮，駐地如下：一鎮：北京北苑；二鎮：直隸保定；三鎮：吉林長春；四鎮：天津馬廠；五鎮：山東濟南；六鎮：北京南苑。一鎮相當於現在一師的規模。

二一　武衛右軍：清末編練的新式陸軍之一。戊戌政變後，清廷令榮祿節制各軍。十一月，榮祿編成武衛軍，改袁世凱所部新建陸軍爲武衛右軍。翌年四月，袁世凱率武衛右軍七千人赴山東鎮壓義和團，將部隊主力部署在青州、濰縣一線。袁世凱就任山東巡撫後，將山東舊軍改編爲武衛右軍先鋒隊，鎮壓義和團。光緒二十七年（一九〇一），袁世凱就任直隸總督兼北洋大臣，武衛右軍隨其離開山東。光緒三十年（一九〇四）日俄戰起，袁世凱奏請以武衛右軍主力和張之洞的南洋自強軍主力，加上從第三鎮抽調步隊各標第二營（共四營）等，合編組成第六鎮。次年正月正式成鎮，由段祺瑞擔任統制。初爲北洋第四鎮，至光緒三十一年（一九〇五）六月，全國軍隊統一編號，改稱陸軍第六鎮。駐北京南苑。

二二　宣統二年（一九一〇）庚戌，段祺瑞外放，任江北提督，駐江蘇淮安清江浦，負責本地治安。

二三　踰年：次年。宣統三年（一九一一）年武昌起義爆發，清廷重新啓用袁世凱，段祺瑞奉召回京，升任清軍第二軍軍統，奉命與第一軍軍統馮國璋一同南下清剿革命黨，清廷增封段祺瑞爲湖廣總督。

二四　即一九一一年十月十日（農曆八月十九日）爆發的武昌起義。

二五　《孟子·盡心下》：「民爲貴，社稷次之，君爲輕。」人民是國家當中最重要的，國家社稷排名第二，君王排名第三，最不足道。

二六　遜位，即退位。民國元年（一九一二）一月二十六日，段祺瑞等北洋軍五十位將領在袁世凱授意下聯名發布徐樹錚起草的〈北洋五十將乞共和電〉，向隆裕太后逼宮。不久，段祺瑞又發表〈乞共和第二電〉，直接挑明「謹率全軍將士入京，與王公剖陳利害」，請求退位。隆裕於二月十二日頒降懿旨，接受優待條件，代替溥儀發表〈退位詔書〉，並授權袁世凱組建臨時政府。溥儀退位，中華民國正式成立。

二七　《論語・泰伯》：「唐虞之際，於斯爲盛。」唐堯、虞舜二帝。堯舜時代，皆行禪讓，帝位傳賢不傳子。

二八　揖讓：遜讓、以位讓賢。〔唐〕孔穎達〈書經正義序〉：「勛華揖讓而典謨起。」

二九　國家主權在全體人民，不立君主的國體，稱爲「共和」。

三〇　邦基：國家的基礎。

三一　《書・康誥》：「用肇造我區夏，越我一二邦以修。」肇造，開始成立、建造。

三二　迭：相繼。秉：執掌。鈞衡：本意爲平衡、公正，引申爲比喻國家政務重任。秉鈞或秉鈞衡謂執掌政權。〔唐〕高適〈留上李右相〉詩：「鈞衡持國柄，柱石總賢經。」又〔後晉〕劉昫《舊唐書・崔彥昭傳》：「秉鈞之道，何所難哉！」

三三　柄政：掌理政權。

三四　郅治：天下大治，清明太平到極點。郅音致。

三五　反手：翻手掌，比喻事情的容易。

三六　至民國七年，國家元首已換四任。民國元年（一九一二）南京參議院正式選舉袁世凱爲中華民國臨時大總統，民國二年（一九一三）十月六日進行大總統選舉，袁世凱成爲第一任正式的大總統，並於十月十日就職。民國五年（一九一六）六月六日袁世凱死後，黎元洪繼任大總統，馮國璋爲副總統。民國六年（一九一七）七月六日馮國璋以副總統代理大總統職。民國七年（一九一八），徐世昌獲安福國會支持，選舉爲第二任中華民國大總統。孫中山、袁世凱、黎元洪、徐世昌，總共四位總統。

三七　索：求。退處散地：不居要職。民國六年（一九一七）二月十六日，段祺瑞力主加入協約國，黎元洪表示反對，因對德宣戰問題府院發生激烈衝突，段祺瑞主張宣戰，黎元洪不同意，爭執不下，段祺瑞去職。後馮國璋任總統，段祺瑞任總理。民國六年（一九一七）在繼任的馮國璋總統任期內，段祺瑞與馮國璋發生第二次府院之爭，十一月二十二日辭職。次年三月二十三日復職。

三八　惎：音技，毒害、忌恨。

三九　民國九年（一九二〇）直奉兩系結成反段聯盟進攻皖系，這次戰爭歷時五日，皖軍大敗。同年七月十九日，段祺瑞被迫辭去總理。因直系大將吳佩孚就讀保定軍校時，段祺瑞擔任校長，二人有師生之誼。因此，段祺瑞認爲吳佩孚率軍攻擊自己，是破壞了倫理綱紀之大防。

四〇　語出《孟子・梁惠王》。

四一　即民國十二年（一九二三）。

四二　當年六月，曹錕將總統黎元洪驅逐至天津。十月五日重金收買議員，賄選爲大總統。

四三　民國十三年（一九二四）九月，江蘇督軍齊燮元（直系）與浙江督軍盧永祥（皖系）發動江浙戰爭。十五日，奉系張作霖以響應江浙戰爭爲由，聚集十五萬大軍，分兩路向直系地盤山海關、赤峰、承德發起進攻。吳佩孚任「討逆軍總司令」親率二十萬人應戰，兩軍在山海關爭奪激烈。

四四　綦重：極爲重要。綦音其。

四五　環請：指環繞請願，要求段祺瑞復出。

四六 膜視：藐視、等閒視之。

四七 民國十三年（一九二四）十月二十三日，馮玉祥發動北京政變，推翻大總統曹錕，先邀請孫中山北上，後與奉系妥協，請段祺瑞出山，任中華民國臨時執政府之執政。臨時執政名義上雖兼總統、總理之責，但實權卻爲馮玉祥、張作霖所瓜分，段氏僅爲名義元首而已。

四八 〔漢〕司馬遷《史記・蘇秦傳》：「蘇秦兄弟三人，皆游說諸侯以顯名，其術長於權變。」遊士，即遊說謀劃之人士。此處指研究新潮學說、鼓動青年的學者。

四九 侈談：誇大不實的言論。侈音齒。

五〇 澆漓：淡薄。〔南朝齊〕王融〈爲竟陵王與隱士劉虬書〉：「淳清既辨，澆漓代襲。」

五一 已：止。難已於言，指一講解便難以停止。

五二 帙：音秩，書、畫的封套。〔南朝梁〕蕭統〈文選序〉：「飛文染翰，則卷盈乎緗帙。」漸積成帙，指著作逐漸累積成卷。

五三 前此刊行的有《正道居感世集》、《正道居感世續集》、《正道居詩》、《正道居詩續集》等。

五四 冀：音暨，希望。

五五 并世：同時代。《列子・力命》：「朕與子並世也，而人子達並族也。」

五六 通人：學識淵博又能融會貫通，且曉達事理的人。〔漢〕王充《論衡・超奇》：「通書千篇以上，萬卷以下，弘暢雅言，審定文讀，而以教授爲人師者，通人也。」

五七 商榷：商討。

五八 庶幾：表示希望的語氣詞，或許可以之意。《孟子・公孫丑下》：「王庶幾改之，予日望之。」

五九 咸：全部。沐：比喻蒙受、承接。〔魏〕曹植〈求自試表〉：「沐浴聖澤，潛潤德教。」

文目・正編

聖賢英雄異同論

解題

民國十四年（一九二五），章士釗任段祺瑞執政府教育總長，於七月十一日在北京出版《甲寅週刊》。段祺瑞授意在《甲寅週刊》舉行有獎特別徵文，第二次命題徵文從當年十月三日開始，題目爲〈聖賢與英雄異同論〉，由段祺瑞擬定，獎金也由段捐出三千元廉俸支付，到十月底齊稿。是次徵文第一名得主爲唐蘭。段氏自己也試作一篇，刊登於《甲寅週刊》第一卷第二十六號（民十五年一月九日）。其文以史論爲主，自三皇五帝至元代的歷史作了一番通盤評論，並借古喻今，提出「無不英雄之聖人」，勸戒各地軍閥、甚至西方列強，棄英雄之殺戮，而以行聖賢之仁義自期。他指出：「英雄不假仁義之名無以策萬眾，以力服人，終必崩潰。」此文收入《正道居感世集》時，題目方調整爲〈聖賢英雄異同論〉。此文被段氏視爲展現自身主體思想的作品。

孟子曰：「聖人之於民，類也。」（註一）賢與英雄介乎其間（註二），類同而名異。道德仁義，功能權利之別也。生而知之之謂聖，（註三）聰無不聞，明無不見，睿無不能，智無不知。商羊舞，天將雨。（註四）萍實見，楚將興。（註五）西方有聖人，無為而治。（註六）當衛之亂，曰：「柴也其來乎？由也其死乎？」（註七）預言無不驗，其他未有知之者。較之聖人，若星辰之於太空，萬物之於全球，度量相越，（註八）何其遠哉！溯自洪荒之世，渾樸幼稚之始，無典章之可尋，事實之可考。龍馬負圖，伏羲畫八卦，（註九）文王變為六十四卦，（註一〇）世間萬類，兼賅無遺。（註一一）神農嘗百草以活世人，作耒耜以教稼穡。（註一二）黃帝命容成作蓋天以參星宿，（註一三）隸首作算數以盡錙銖，（註一四）蒼頡象鳥獸跡以造字，（註一五）開文物之始基，樹教化之風聲。劈空而忽來，澈底億萬年。迨兩帝三王，皆聖人也。堯土階茅茨，（註一六）惟天為大，惟堯則之，民無能名焉。（註一七）舜耕於歷山，父頑，母嚚，象傲，（註一八）猶以大孝聞。遂禪位於舜曰：「允執厥中。」（註一九）斯時洪水橫流，禹疏淪排決，（註二〇）注諸江海，八年跋涉，三過家門未嘗入也，舜因禪位於禹。桀紂荒淫，民不堪命，湯武弔民伐罪，（註二一）以解倒懸。（註二二）郅治之隆，（註二三）猗歟休哉！（註二四）夫天生烝民，（註二五）各不相屬，若瀚海之塵沙，隨風飄蕩，鳥獸之聚散，蠢然一物，辜負本有之性靈，不解同羣之友助，已無所謂世界也。故復生聖人，作之君以統治之，作之師以教育之，凡聖人在位，世無不治，輔以賢臣，文物大備，作井田法，贍八口家，（註二六）謹庠序之教，（註二七）申孝悌之義，化行俗美，敦以忠信，君師道盡，四民安樂，化育之功也。若夫孔子誠聖之時者也，（註二八）祖述堯舜，憲章文武，（註二九）刪《詩》《書》，（註三〇）訂禮樂，集列聖之大成。雖不得其位，一行則為天下法，一言則為萬世師，講學杏壇洙泗間（註三一），三千弟子七十二賢，明德新民，止於至善，（註三二）誨人不倦，克己功深，（註三三）物格知至，意誠心正，身修家齊，（註三四）必慎其獨，（註三五）不愧屋漏，（註三六）己所不欲，勿施於人，（註三七）貫以忠恕，

（註三八）仁民愛物，親親長長，立己立人，（註三九）出則以國家為己任，老安少懷，朋友信之，（註四〇）極於日月之照臨，先天下憂而憂，後天下樂而樂，（註四一）至誠無息，循天理之公，無人欲之私，能盡人之性，更盡物之性，參天地之化育，與天地參，誠萬古一人者也。嘗論無不英雄之聖人，若賢者遊於聖人之門，拾級登階，升堂入室，自明誠而進修，（註四二）庶幾各得聖人之一體。（註四三）英而不雄，或雄而不英，英雄有無，禀賦不同，固難兼備，而於仁義之道，聞之熟矣。蓋識見超羣，吾謂之英，氣蓋一世，吾謂之雄。若其遠離聖賢之域，專趨英雄之途，恃才陵物，無所忌憚，其流極將有不忍言者。諺語有云：「亂世出英雄。」英雄多，而子遺之民樂生之趣鮮矣。（註四四）周遷洛邑，五霸爭長，猶假仁義之名，尊周室，攘夷狄，糾合諸侯，動逾十國，過都越境，輒需歲月，農廢時，商裹足。且齊桓最盛，聖門羞道，英與雄未之前聞。孔子曰：「微管仲，吾其被髮左衽矣！」（註四五）七雄繼起，王號漸稱，（註四六）合縱連衡，遊說風靡一時，爭城割地，殺人盈城盈野。未幾嬴秦兼併，六王滅，四海一，長城築，始皇稱。長駕遠馭，不愧英雄。加以商鞅法密，桎梏斯民，不仁之甚，力何足恃？陳吳揭竿，豪傑併起，項羽破釜沉舟，九敗章邯，咸陽一炬，卒亡強秦。雄則雄矣，無如印刓不予，（註四七）嘉謨難容，（註四八）以云英也，則猶未逮。且羽之短，正邦之長，范增才不盡用，韓信因而歸漢，共逐秦鹿，終為漢得。每聞讀史者所談，輒道漢高明太，（註四九）布衣而有天下，得之最正，吾意不然。若獨夫之桀之紂，暴虐下民，湯武誅鋤，誰敢謂之不正耶？劉朱皆起於市井，因緣時會，得三數輔佐，戰敗而復合，瘡愈而再戰，前死以成功，亡命所不惜，一正大位，無賴而有賴，尊榮可貴，猜忌日多，兎死狗烹，勳舊戮辱，人類惡業，發揮殆盡，曩云亂世之英雄，若此正與不正，可以勿較。且劉邦烹太公之羹，可分一杯，（註五〇）墮子女車下，（註五一）急於免脫，（註五二）人倫滅絕，道義盡喪，謂之忍人，尤無不可也。王莽篡漢，勤王興師，光武隨兄縯於行閒，（註五三）兵敗單騎而逃，遇女弟伯姬，同騎而行，又遇姊元，趣之上馬。元揮手曰：「行矣！不能相救，無為兩沒。」（註五四）誠女中之英賢也。但匡扶漢室相號召，必須推劉氏為之主。縯、秀雖英雄并稱，而縯尤顯著於秀，眾憚其威明。而更始懦弱，易與共策立之，名既定，赴勢者益忌縯昆仲。秀曰：「事欲不善。」縯曰：「當如是耳。」因縯將劉稷不拜抗威將軍，謗益甚，遂併執縯而斬之。（註五五）秀自父城詣宛，謝弔者不與交私，語惟深引過而已，不敢服兄喪。（註五六）飲食言笑如平常，惟時涕痕沾枕席。秀漸以破虜大將軍行大司馬事，持節循河北，所過郡縣，黜陟能否，（註五七）平遣囚徒，（註五八）除莽苛政，復漢官名。鄧禹杖策追及之，（註五九）建議延攬英雄，深相契合。任使諸將訪禹，皆當其材，（註六〇）豪傑咸歸附之。平王郎，（註六一）討赤眉。迨赤眉破，長安殺更始，始如各將請，上尊號。欲完諸將爵土，不令吏職為過，（註六二）罷各將軍，惟鄧禹、李通、賈復三侯，（註六三）參議大政。綜光武平生，英識雄風，智勇兼備，友於兄弟，保持功臣，方之劉朱，遙為仁厚。南唐節度皇甫暉、姚鳳，號十五萬眾，塞清流關。殿前都虞侯趙匡胤隨征淮南，擊走之。追至城下，暉曰：「願成列以分勝負。」匡胤笑而許之。待暉整陣出，匡胤擁馬項直入，手刃暉中腦，併執鳳。（註六四）待黃袍加身，不得已而上帝號，（註六五）杯酒釋武臣，（註六六）遵命傳帝位，孝友仁義，與光武正復相同。二君皆治世之主也。唐太宗世民，見隋室離亂，有安天下志，豁達大度，智勇果決，少年英雄，命世才也。豪傑踵起，割地稱尊，世民解大疑，決大計，謀臣策士，瞠目而後。以弱敵強，以寡敵眾，戰士猛將，置喙無由。用人不疑，開誠布公，剛柔互用，因應咸宜，轉戰幾遍域中，佐父竟成帝業。惟手足相殘，（註六七）未聞聖賢之大道。父自稱太上皇，能與親心無違？（註六八）武功竟而求文治，房杜魏王輩，（註六九）皆聖門之流亞，在太宗勤求民隱，固盡君道，而匡輔諸臣與有力焉。貞觀四年，戮囚二十九人，（註七〇）三代後無與倫比。總之白玉之瑕，未為純潔，雖泰伯、夷齊之風不能行於新造之國家，（註七）而周公、季友位在臣列，為君謀，為國計，大義滅親，理無不合，非自為謀，胡可妄為比擬？（註七二）斯時世民總制師干，（註七三）貴顯共仰，即殺建成、元吉，高祖並無一言之訾，（註七四）立世民為太子。當時建議廢立，亦無不可，竟至操切而為，（註七五）故不能為世民恕，亦不能為房杜恕也。元太祖成吉斯汗，勉於漠北，強弓怒馬，衝突無前，我外無人，盡死不惜。宋斃於金，而金亦力竭，收漁人之利，進據中原，長驅而南，至於印度之鐵欄關。納角端之忠告，即日班師。（註七六）西滅國四十，洪波蕩漾於俄境。（註七七）英雄之稱，赫耀全球。馬上得之，不能馬上治之，幸有耶律楚材、（註七八）廉希憲、劉秉忠三賢宰相，（註七九）學識超邁，尤為罕見，補苴罅漏，苟安八十餘年。一經挫敗，風捲敗葉，掃蕩無餘。一國之英雄如是，一鎮一隅之英雄，更可知矣。武功之結果，可為後世之殷鑑，當鑑而不鑑，惡醉而強酒，求生而不仁，憫其愚而不能救其亡，哀哉痛矣！蓋道德仁義非英雄所獨無，功能權利非聖賢所不欲。老子曰：「道可道，非常道。」（註八〇）無可名而名之曰道，道也者，天理之至公。儒言赤子之心，（註八一）佛曰真如之性，（註八二）珠藏澤自媚，玉韞山含輝，（註八三）誠於中，形於外，知能渾良，藹然和悅。夫喜怒哀樂之未發謂之中，發而皆中節謂之和。（註八四）中也者，天下之大本也。和也者，天下之達道也。（註八五）致中和，四時行焉，百物興焉。（註八六）顧道為德之體，德為道之用，誠者自成也，而道自道也，返諸至誠謂之道。德輶如毛，（註八七）毛猶有倫，徵諸事實則為德。仁者愛人，慈悲兼賅。麟之仁不踐生草，不履生蟲，（註八八）意至精微。取則不遠，誠有民胞物與之懷，（註八九）幾嚴佛家殺生之戒。（註九〇）義者事之宜，（註九一）見義當為，不為則謂之無勇。（註九二）道德仁義之本旨如此，天命之性，（註九三）英雄聖賢固無所謂異同。然自來不同，根性各別，性本善，習相遠，聖賢求諸己，準繩有據，窮則抱道在躬，陋巷可樂，（註九四）達則兼善天下，（註九五）澤被生民，權之所在，不出其位，功著能展，分所應為，應物攸往而咸宜，（註九六）慮事從心而不踰矩，（註九七）蓋醇乎醇者也。英雄求諸人，奢望無窮，達則乘風破浪，一日千里，勢之所到，無不可為，陵人傲物，莫可一世。物極自反，一到末路，扼腕痛惜，不堪回首。三國、兩晉、六朝、五代，人才之盛，層出不窮。寄蜉蝣於天地，（註九八）惜朝生而暮死。聖賢英雄之別，此其大較也。要知聖賢不藉英雄之力可以積大勳，如旭日當空，無不被其化。英雄不假仁義之名無以策萬眾，以力服人，終必崩潰。溯之往古，比比皆然。噫嘻！吾國土地人民，較之全球不過六分之一之二耳，悲慘之劇，已罄竹難書。默審全球今日之形勢若此，將來情事想像可以得其強半。願環球明達俊傑，討論大同之治，盡力克己之功，淡國際之界，泯種族之分，無宗教黨派之爭，去學說團結之害，（註九九）戰備可以末減，則民人擔負自輕，融通世界之物產，以供全球之食用，人飢己飢，人溺己溺，（註一〇〇）視全球為一體，痛癢相關，使英雄躋於聖賢大同，實現於斯世，想仁人君子樂共研究，庶輕人類循環之浩劫，而造世界共同之樂利也。

（廖蘭欣註）

註釋

一 《孟子．公孫丑上》：「麒麟之於走獸，鳳凰之於飛鳥，泰山之於丘垤，河海之於行潦，類也。聖人之於民，亦類也。出於其類，拔乎其萃。自生民以來，未有盛於孔子也。」類，同類之意。

二 閒，同間。

三 語出《論語．季氏》：「生而知之者，上也；學而知之者，次也；困而學之，又其次也。」

四 〔漢〕王充《論衡．變動》：「天且雨，商羊舞。」商羊，傳說鳥名，一足，晝伏夜飛，天將雨則舞，爲洪水之前兆。

五 〔漢〕劉向《說苑．辨物》：「楚昭王渡江，有物大如斗，直觸王舟，止於舟中。昭王大怪之，使聘問孔子。孔子曰：『此名萍實，令剖而食之，惟霸者能獲之，此吉祥也。』」《孔子家語．致思》引童謠：「楚王渡江得萍實，大如斗，赤如日，剖而食之甘如蜜。」萍實因此被視爲楚國稱霸的祥瑞。

六 《列子．仲尼》：「孔子動容有閒，曰：『西方之人有聖者焉。不治而不亂，不言而自信，不化而自行，蕩蕩乎民無能名焉。』」孔子所謂西方聖人即老子。周地在魯國之西，而老子曾經擔任周室柱下史，故云。

七 〔漢〕司馬遷《史記·衛康叔世家》：「孔子聞衛亂，曰：『嗟乎！柴也其來乎？由也其死矣。』」「柴」即高柴，字子羔，「由」即子路，字仲由，皆孔子門徒。兩人同在衛國爲官，衛國政變，高柴逃走，子路卻因救孔悝而死。孔子聽聞衛亂，便已預知兩人的遭遇，可見他對學生個性的了解。

八 〔漢〕司馬遷《史記·司馬相如列傳》：「人之度量相越，豈不遠哉！」相越，即相去、相差。

九 《周易·繫辭》：「河出圖，洛出書，聖人則之。」河圖、洛書，皆上古傳說中上天所授之圖象、數列，爲聖人在位的祥瑞。伏羲時有龍馬從黃河出現，背負河圖；有神龜從洛水出現，背負洛書。太昊伏羲遂據河圖洛書而畫八卦、造書契。

一〇 《史記·周本紀》記載，周文王遭被商紂王囚禁在羑里七年，在獄潛心易學，將八卦相疊而推演出現在《周易》中的六十四卦。

一一 賅，音該，完備。

一二 《周易·繫辭》：「神農氏作……斫木爲耜，揉木爲耒，耒耜之利，以教天下」。耒耜主要用來翻土播種，形狀爲尖頭或扁頭木棍，下部有一條短横樑。頭部插入土壤時，可用腳踏踩横樑使木棍深入。稼，種植。穡，音色，收割。

一三 〔宋〕劉恕《通鑑外紀》：「黃帝命容成作蓋天，以象周天之形。」容成，相傳爲黃帝臣子或仙人。蓋天，一種天文儀器。先秦時人認爲「天圓如張蓋，地方如棋局」，天如穹隆般覆蓋在平直正方的大地上。

一四 〔宋〕羅泌《路史》：「黃帝有熊氏命隸首定數，以率其羨，要其會，而律度量衡。」隸首，黃帝臣子，擅長算術，相傳是珠算的發明者。古代一錙爲一兩的四分之一，一銖爲一兩的二十四分之一，錙銖泛指數量微細。

一五 蒼頡，一作倉頡，黃帝史官。《春秋元命苞》謂其「窮天地之變，仰觀奎星圜曲之勢，俯察龜文鳥羽山川，指掌而創文字，天爲雨粟，鬼爲夜哭，龍乃潛藏」。

一六 〔漢〕揚雄〈逐貧賦〉：「克佐帝堯，誓爲典則。土階茅茨，匪彫匪飾。」〔漢〕張衡〈東京賦〉：「慕唐虞之茅茨。」泥土臺階、茅草屋頂，形容房屋簡陋，生活儉樸。

一七 《論語・泰伯》：「唯天爲大，唯堯則之。蕩蕩乎！民無能名焉。」意爲帝堯爲君，以偉大崇高的天爲取法對象，人民無法形容他的恩德。

一八 嚚：音銀，愚蠢。象，舜異母弟。

一九 允：誠信。中：中正之道。此爲《論語・堯曰》中堯禪讓時訓勉舜的話，希望他誠信地持守中正之道。

二〇 疏瀹：濬通，瀹：國音月，粵音約。

二一 弔：慰問。

二二 《孟子・公孫丑上》：「當今之時，萬乘之國行仁政，民之悅之，猶解倒懸也。」倒懸，本義指頭朝下而倒掛，解倒懸比喻解救受苦難的人民。

二三 郅：最、極，音至。

二四 猗歟：表示讚美的感嘆詞，語出《詩・商頌・那》。休：美。

二五　烝：眾多，音蒸。

二六　贍：富足，音剡或善。

二七　庠序：學校。庠音祥。

二八　《孟子．萬章下》：「孔子，聖之時者也。」指孔子是聖人之中能適應時勢發展的人。

二九　《禮記．中庸》：「仲尼祖述堯舜，憲章文武。」謂孔子遵循堯舜之道，效法周文王、武王的制度。

三〇　相傳孔子曾將《詩經》、《尚書》兩種古籍加以編輯、調整，史稱刪詩書。《史記．孔子世家》：「古者詩三千餘篇，及至孔子，去其重，取可施於禮義，上采契、后稷、中述殷周之盛，至幽厲之缺。……三百五篇，孔子皆弦歌之。」又孔穎達《尚書正義》引緯書：「孔子求書，得黃帝玄孫帝魁之書，迄於秦穆公，凡三千二百四十篇。斷遠取近，定可爲世法者百二十篇：以百二篇爲《尚書》，十八篇爲《中候》。去三千一百二十篇。」

三一　閒：同間。

三二　《禮記．大學》：「大學之道，在明明德，在親民，在止於至善。」明明德：把光大的品德彰明發揚。親當作新，新民指使人棄舊圖新、去惡從善。止：達到。至：最，極。止於至善指達到極完美的境界。

三三　《論語．先進》：「克己復禮爲仁。」克己：自我克制規範。復：回復。

三四　《禮記．大學》：「物格而後知至，知至而後意誠，意誠而後心正，心正而後身修，身修而後家齊，家齊而後國治，國治而後天下平。」

三五　《禮記．大學》：「君子必愼其獨也。」也就是說，品德高尚的人哪怕是在一個人獨處的時候，也一定要謹愼，精神不能鬆懈，思想不可有邪念。

三六　《詩．大雅．抑》：「相在爾室，尙不愧于屋漏。」屋漏本指天窗，古代往往開設於室內陰暗處以採光。意指即使在隱蔽無人之處，也無所愧疚。

三七　見《論語．衛靈公》：「子貢問曰：『有一言而可以終身行之者乎？』子曰：『其恕乎！己所不欲，勿施於人。』」

三八　見《論語．里仁》：「子曰：『參乎！吾道一以貫之。』曾子曰：『唯。』門人問曰：『何謂也？』曾子曰：『夫子之道，忠恕而已矣。』」

三九　《論語．雍也》：「夫仁者，己欲立而立人，己欲達而達人。」意謂自己若想成功，首先要使別人也能成功，所思所爲要設身處地。

四〇　《論語．公冶長》：「老者安之，朋友信之，少者懷之。」意謂使老人得到安康舒適的生活，朋友得到信任，年輕人得到關愛。

四一　語出〔宋〕范仲淹〈岳陽樓記〉。

四二　《禮記．中庸》：「自誠明，謂之性；自明房，謂之數。誠則明矣，明則誠矣。」錢穆先生指出，「誠」誠是德性，其進修有四步工夫：（一）言行合一、內外合一：口裡說的，心裡想的，外面做的，內心藏的，要使一致。（二）人我合一：人前人後，不自欺欺人，不把自己當工具，也不把別人當工具，循此漸進，達到人我合一的境界。（三）物我合一：對物不用假，不造假。（四）天人合一、神我合一。四步循序漸進。

四三　庶幾：幾乎、差不多。

四四　《詩．大雅．雲漢》：「周餘黎民，靡有孑遺。」孑遺：遺留、剩餘。

四五　語出《論語．憲問》。被髮：散髮不作髻；左袵：右前襟掩向左腋繫帶，將左襟掩覆於內。袵同衽，本義爲衣襟。被髮左袵爲古代中原地區以外少數民族的裝束。管仲協助齊桓公稱霸，提出尊王攘夷的口號。故孔子說：假如沒有管仲，中原將陷於少數民族之手，此時我一定成爲披髮左衽，而華夏文化就因此淪亡了。

四六　戰國早期，僅有楚國、越國僭越稱王。其後諸國陸續僭稱王號，周天子地位日益低落。

四七　印：封爵的印信。刓：切割、損壞，音完。印刓不予，指應給受封者的印信拿在手中，損壞破舊了都捨不得給人。見《史記．淮陰侯列傳》：「項王見人恭敬慈愛，言語嘔嘔，人有疾病，涕泣分食飲，至使人有功當封爵者，印刓敝，忍不能予，此所謂婦人之仁也。」

四八　嘉謨：好計策。

四九　漢高：漢高帝劉邦。明太：明太祖朱元璋。

五〇　《史記．項羽本紀》記載，項羽逮捕了劉邦之父劉太公，揚言劉邦若不投降，就殺了劉太公燉成肉羹。劉邦答道：「我們兩人是結拜兄弟，我父親也是你父親，如果殺了就分我一杯羹。」項羽聽從項伯勸告，沒有殺掉劉太公。

五一　《史記．項羽本紀》記載，劉邦被項羽大將季布追趕，由於車重難行，恐被追及，遂將子女二人（惠帝與魯元公主）推墮車下。夏侯嬰跳下車來，將孩子抱回。此後每到緊急時，子女又被劉邦踢下車，卻仍被夏侯嬰救起。

五二 兔脫：像兔子一樣迅速逃跑。

五三 光武：漢光武帝劉秀，東漢開國之君。縯：劉秀長兄劉縯。新朝末年，劉縯、劉秀兄弟率數千人起義，號舂陵軍，後加入綠林軍。更始稱帝後，任大司徒，封漢信侯。後被更始帝劉玄猜忌而遭殺害。

五四 見〔南朝宋〕范曄：《後漢書・鄧晨列傳》。

五五 《後漢書・劉縯傳》記載：劉稷爲劉縯的同宗兼部下，劉稷在前線作戰，得知劉玄即位爲更始帝的消息後，憤怒異常，爲劉縯叫屈。劉玄得知後，故意任命劉稷爲抗威將軍，劉稷拒絕接受。劉玄遂以抗命爲由，將劉稷收繫，下令斬首。劉縯據理力爭，也被一併誅殺。

五六 《後漢書・光武本紀》記載：劉縯死後，劉秀爲了不受更始帝猜忌，急忙返回宛城謝罪，不私下接觸劉縯部將，並表示兄長犯上，自己也有過錯。

五七 黜陟：指人才的進退，官吏的升降。能否：賢才與不肖之徒。

五八 平遣：平反遣歸。

五九 鄧禹（二～五一八），字仲華，南陽新野人，東漢開國「雲臺二十八將」之首，協助劉秀建立東漢，劉秀「恃之以爲蕭何者」，封高密侯。杖策：拄杖。《後漢書・鄧禹傳》記載：鄧禹聽說劉秀在河北安撫、集中百姓，於是拄杖投靠，追至鄴城遂與劉秀相會。

六〇 指漢光武帝任命使用諸將之前，都會造訪鄧禹，聽取意見，故用人皆能恰如其分。

六一 王郎，趙國邯鄲縣人，新莽末年群雄之一，割據河北。後敗於劉秀，逃亡途中被殺。

六二 指漢光武帝想以爵祿、土地賞賜功臣諸將，而不委任他們官職。

六三　李通，字次元，南陽郡宛縣人，後漢開國功臣之一，封固始侯。妻子是光武帝劉秀之妹伯姬。賈復，字君文，南陽郡冠軍縣人。爲東漢開國「雲臺二十八將」之一，封膠東侯。

六四　趙匡胤隨周世宗征南唐事，見《宋史・太祖本紀》。

六五　後周顯德七年（九六〇），禁軍於陳橋驛（今河南封丘東南陳橋鎭）爲殿前都點檢（禁軍最高長官）趙匡胤披上龍袍，擁戴爲帝，建立宋朝，史稱「陳橋兵變」或「黃袍加身」。

六六　趙匡胤登基後，爲加強中央集權、避免陳橋兵變之事重演，遂在一次酒宴中諷喻高階軍官們交出兵權，史稱「杯酒釋兵權」。

六七　指唐太宗在玄武門之變中殺害兄長建成、四弟元吉。

六八　指唐高祖在玄武門之變後退位，未必出於自願。

六九　指房玄齡、杜如晦、魏徵、王珪四人，合稱唐初四大名相。

七〇　戮囚：處決死囚。

七一　泰伯，殷商後期周族領袖古公亶父（周太王）長子。因其三弟季歷之子昌（後來的周文王）有聖瑞，太王希望傳位季歷，未來由昌繼承。泰伯與二弟仲雍不忍爭奪，離家遠避於東南，成爲吳國的始祖。伯夷、叔齊爲商末孤竹國君之子，其父欲傳位叔齊，而叔齊不忍與兄長爭位，兩人雙雙投奔周文王養老。至武王伐紂，夷、齊不滿武王以臣犯君，力諫而不聽，兩人最後不食周粟而死。

七二　意謂西周初年周公攝政時誅殺三兄管叔、春秋魯國季友執政時誅滅兄長慶父，都是出自公心，並非出於私心而爲自身謀劃。

七三　師干：軍隊。

七四　訾：過問。音姊。

七五　操切：急躁。

七六　〔明〕宋濂《元史・耶律楚材傳》：「帝（成吉思汗）至東印度，駐鐵門關，有一角獸，形如鹿而馬尾，其色綠，作人言，謂侍衛者曰：『汝主宜早還。』帝以問楚材，對曰：『此瑞獸也，其名角端，能言四方語，好生惡殺，此天降符以告陛下。陛下天之元子，天下之人，皆陛下之子，願承天心，以全民命。』帝即日班師。」鐵欄關爲鐵門關之誤。

七七　一二三六年至一二四二年間，蒙古入侵基輔羅斯，基輔羅斯諸公國成爲蒙古的附庸國達兩百四十年之久。

七八　耶律楚材（一一九〇～一二四四），字晉卿，號湛然居士，遼代皇室，爲遼太祖耶律阿保機長子、東丹國國王耶律倍八世孫。最初出仕金朝，蒙古攻占金中都（今北京）後擔任成吉思汗顧問，隨軍西征。其後亦獲拖雷、窩闊臺重用，官至中書令（相當於宰相），謚文正。學問淵博，積極推行漢法，改革蒙古陋習，對元朝典章和政策影響重大，爲忽必烈建國奠下基礎。

七九　廉希憲（一二三一～一二八〇），字善甫，畏兀兒人，廉訪使布魯海牙之子，因精通經史而有「廉孟子」之稱。曾隨忽必烈攻宋鄂州，憲宗蒙哥駕崩後，助忽必烈登位。平定蒙古貴族叛亂有功，官至平章政事，制定貴族遷轉法。其後隨軍南下，平章荊南行省，安撫荊州江陵。卒封魏公、恆陽王。

八〇　劉秉忠（一二一六～一二七四），原名侃，賜名秉忠，字仲晦，號藏春散人，金國瑞州人，入元後成爲忽必烈幕僚，助其登位。歷任光祿大夫、太子太保、中書令。建議忽必烈「以馬上取天下，不可以馬上治」，參照漢制改善法度、革除弊政。蒙古依據《周易》「大哉乾元」之典定國號爲大元，即劉秉忠之意。參與興建上都、大都，並郭守敬一同訂定授時曆。卒謚文正，贈太傅、常山王。

八一　出自《老子·第一章》，意謂：可以言說的道，並非我們平常理解的道。

八二　《孟子·離婁下》：「大人者，不失其赤子之心者也。」赤子：初生嬰兒。赤子之心謂純潔善良的心地。

八三　眞如（bhūta-tathatā）：又稱如實、如如、本無，法的本性、眞實本質與眞實自性。

八四　兩句比喻修養的眞諦，出自宋朱熹〈齋居感興二十首〉其三，意謂夜明珠即便埋藏著，光澤依然可露出嫵媚；美玉雖未從山中挖掘出來，但也能看到山色隱含輝光。

八五　語出《禮記·中庸》。

八六　語出《論語·陽貨》，謂四季好好地運行，大地萬物在繁盛地生長。

八七　輶：音由，輕。倫：可比擬之物。《詩·大雅·烝民》：「德輶如毛，民鮮克舉之。」《禮記·中庸》：「《詩》曰：『德輶如毛。』毛猶有倫。」意謂德輕如羽毛，指施行仁德並不困難，而端賴其是否有志。

八八　《詩·周南·麟之趾》〔唐〕孔穎達疏引〔三國吳〕陸璣曰：「〔麟〕不履生蟲，不踐生草。」謂麒麟秉性仁厚，不會踐踏活著的小動物和生長的草木。

八九　民爲同胞，物爲同類。指愛人和一切物類。語出〔宋〕張載〈西銘〉：「民吾同胞，物吾與也。」

九〇　指幾乎與佛教不殺生的戒律一樣嚴格。

九一　意謂人所應做之事就是義，凡是合宜的、有益大眾之事皆是義。《韓詩外傳》：「愛由情出，謂之仁，節愛理宜，謂之義。」《釋名》：「義者，宜也。」《朱子語類》：「義者，心之制，事之宜也。」

九二　語出《論語．爲政》：「見義不爲，無勇也。」

九三　語出《禮記．中庸》：「天命之謂性。」意謂上天所賦予人的本質特性叫作本性（天性）。

九四　參《論語．雍也》孔子稱讚顏回之語：「賢哉，回也！一簞食，一瓢飲，在陋巷，人不堪其憂，回也不改其樂。賢哉，回也！」

九五　語出《孟子．盡心上》：「窮則獨善其身，達則兼善天下。」意謂不得志時就潔身自好、修養一己之品德，得志時廣布恩澤，使天下都蒙其惠。

九六　攸往：所往。意謂因應事物的需求有所行動，而全部皆能合宜。

九七　語出《論語．學而》：「七十而從心所欲，不踰矩。」矩，繪製方形的角尺，引申爲法度之義。孔子自稱到七十歲時，其修爲可以順從心之所欲而不踰越法度。

九八　蜉蝣：一種昆蟲，古代認爲朝生而暮死。〔宋〕蘇軾〈前赤壁賦〉：「寄蜉蝣於天地。」意謂生命短暫，好像蜉蝣寄居天地之間。

九九　團結：此處指拉黨結派。

一〇〇　語出《孟子·離婁下》：「禹思天下有溺者，由己溺之也；稷思天下有飢者，由己飢之也。」大禹治水有功，后稷擅長農事，兩人視人民疾苦乃由自己所造成，因此解除其痛苦責無旁貸。

内感篇

解題

本篇作於臨時執政任上，民國十四年（一九二五）三月二十四日刊登於《政府公報》，旋與〈外感篇〉一同發表於《甲寅週刊》第一卷第十八號（民國十四年十一月十四日），合稱〈二感篇〉。後又收錄於《正道居感世集》及《正道居集》。文中以爲中國五千年來，治少亂多，乃是由於世人作惡造成共業，引致上天降殃。民國建立，採用議會政治，一改皇權時代貴賤有別的不平等狀態，本是好事。但有人鼓吹全盤西化，放棄中華文化的根本，卻不了解東西方各有發展的脈絡，學習西方的科技自無不可，但在文化上強令相同，罔顧中國自身修齊治平的立國要素，卻是在所不可。段氏認爲，居上位者必須以身作則，作爲道德典範，繼而提升全民的道德層次，如此中國才有安定和平的未來。

仰觀羲皇（註一）五千年來，治亂無常，分合靡定（註二）。唐虞之民，鼓腹而歌（註三），帝力何有（註四）；桀紂之世，時日曷喪，民願偕亡。（註五）周自東遷，遞及清季，爭霸稱雄，併小陵弱。討四夷，犯邊疆，割據鼎峙（註六），稱干比戈（註七），流寇滋蔓，盜賊竊發，饑饉年凶，瘟疫時行，無百數十年之安重，人民倒懸之苦，無代無之。夫上天有好生之德，何治世之日少，而亂離之日多，豈故造此淒涼悲慘之劇耶？嗚呼！噫嘻！非天為之，乃人自為之也。道德仁義為立身之本，機巧變詐實戕性（註八）之賊。君子憂道不憂貧（註九），朝聞道夕死可也（註一〇）。小人憂貧不明道，果能苟得，殺身不計也。欲壑難滿，任情而為，祖宗所遺，剝削逾量。人類億兆，交際遠邇，惠愛固有，損人時多。生生世世，恩怨叢積，因果相循，複雜萬端。造化乘除，輪回轆轉（註一一），死造生前，已成鐵案。焚於火，溺於水，殘於兵，歿於疫。現世再世，或數十世，一報再報，收之於天。或假人手，倫常之閒，容有不免，甚至永錮三途。（註一二）善人惡報，惡人善慶，在果之善惡，熟之先後（註一三），幸而解脫，必隱有濟人（註一四）之功。否則小之災及一身，大而成劫。黃巢禍唐，（註一五）獻忠屠川（註一六），西歐戰禍，（註一七）東瀛震陷，（註一八）人徒見事情之慘，而不知由來之因。經曰：「作善降祥，作惡降殃。」（註一九）巨細備具，包羅萬類。識者惕然而驚，悚然而懼。世人不悟，惟有痛惜悲憫，而無可如何者耳。迨民國鼎新，滌數百代王業之污染，階級無存，隆代議士（註二〇）平民之制度，宜有嘉謨（註二一），共樂太平，而孰意竟有不然者矣。一般學人曾游歐美，滿擬肖其裝飾，以新吾之廳堂（註二二）。殊不知彼邦文物建設，皆由習慣而來。二千餘年，不知幾經改革，費千萬人之心思，始有今日。我之歷史已先三千年，四萬萬人民依舊也。力田而食，地利無盡，勤苦儉樸，蔚成國俗。移物質之文明，以悅人情，非我所宜也。且禮教異趣，服食異式，強使之同，惡乎可？孔子曰：「周因於殷禮，所損益可知也。」（註二三）謂為損益，必非廓而清之。（註二四）雖曰一治一亂，一盛一衰，見不一見。然而列聖相傳，廿四代史，必有立國要素於其閒（註一二五）。孝悌始於家庭，敦親親之義，仁民愛物，極於四遠。無畛域之分，種族之見。故曰天之所覆，地之所載，莫不尊親。（註一二六）老吾老以及人之老，幼吾幼以及人之幼。（註一二七）視天下為一家。聖門之徒，羞道桓文之事。（註一二八）至聖大同之化，迥異英雄創建之功。精蘊盡棄，豈不轉貽效顰之譏哉？若其科學，明聲光化電之用，竭製造器機之精，發達實業，捍衛國家，取其所長，補吾之短可也。至於尚功利，事侵陵，背人道，違天和，曾見歐戰告終，與戰各邦驚駭失措，幾同破產。瞠目而視，罔知所從。無已悉仍舊貫（註一二九），加而精之。備兵而謀，角觸不免（註一三〇），滅國絕世（註一三一），恐甚往昔。事後再悔，可以預卜。若多士濟濟（註一三二），構思辯論。期政治刷新，國步增進，宜矣。但名之以黨。能無偏乎？（註一三三）然世界所尚，未敢擅斷。無奈人欲無盡，我見太深。獨力難支，攫取無據，巧立學說，以資號召。一呼萬應，勢力雄厚，有恃不恐，殺機頓生。（註一三四）驅逐無辜，流血萬千，自殘國力，在所不卹。下而有共產黨、無政府黨。流品龐雜，鳩集尤易。身無長物（註三五），因利乘便（註三六）。假愛國之名以禍國，愛羣之名以害羣。氣燄滔天，大地震撼，謂之民意，人莫我何。最奇特者，人之所無而我更有。澎湃之學潮，可謂新之又新。孔孟恆言：「民為邦本，本固邦寧。」（註三七）天視天聽，悉自於民。（註三八）載之經傳，果真民意。當事者固不敢離經以悖道，假借云者，不加裁制，胡可以安良善？鄭子產曰：「水懦，民玩多死焉。」（註三九）故唐堯四凶之殛（註四〇），孔子少正卯之誅。（註四一）聖王聖人，仁愛淵博，不得已而出此。是必有故。大凡治國之道，綱紀為先。《論語》云：「道之以政，齊之以刑，民免而無恥。」（註四二）吁！無恥之刑，亦復蕩然。大防之決，在於庚申，止於甲子。（註四三）若能如十三洲之義起，事定功成，（註四四）各歸本業，復以義終，無自衛自便之念，罅漏不生，即逆駛而上，必有進境，絕不致仍徘徊於中流，讓華盛頓獨美於前也。然而任大事者，欲速不達。為國家人民計，不得不動心忍性，委婉善導，以期有濟。迂迴蕩漾，固所難免，而仍復潰決奔騰，不知禍之所居。茫茫神州，將焉所託，則萬萬有不可也。凡我同胞，深望懍懷刑之戒（註四五），策公共之樂。意誠心正，身修家齊。克己功深，福利自遠。幹國成家，酬世作人，道盡於斯。皇天無親（註四六），願共勉之。

（黃若舜註）

註釋

一　羲皇：即伏羲氏，傳說中的上古聖王，或以之爲人類的始祖；發明結繩記事的方法，並觀萬物以畫八卦。羲皇之世謂上古之世。

二　靡定：無定。

三　鼓腹：擊腹代鼓，以應歌節。語出《莊子．馬蹄》：「夫赫胥氏之時，民居不知所爲，行不知所之，含哺而熙，鼓腹而遊，民能以此矣。」

四　語出〈擊壤歌〉：「日出而作，日入而息，鑿井而飲，耕田而食，帝力何有於我哉！」意謂施政者對於自己並無任何影響。由此可見天下大治日久，百姓以爲這一切都理所當然。

五　夏桀統治殘暴，且自詡爲太陽，認爲將與太陽永存。夏民都盼他死去，甚至恨不得同歸於盡，詛咒道：「這個太陽啊，你什麼時候能滅亡？我和你一起滅亡！」見《書・湯誓》：「夏王率遏眾力，率割夏邑。有眾率怠弗協，曰：『時日曷喪？予及汝皆亡。』夏德若茲，今朕必往。」

六　鼎峙：如鼎的三足般並峙而立。語出《三國志・吳志》：「故能自擅江表，成鼎峙之業。」

七　稱：舉起。比：排列。干：盾牌。《書・牧誓》：「稱爾戈，比爾干，立爾矛，予其誓。」

八　戕性：殘害人性。戕音墻。

九　語出《論語・衛靈公》：「子曰：『君子謀道不謀食。耕也，餒在其中矣；學也，祿在其中矣。君子憂道不憂貧。』」

一〇　語出《論語・里仁》：「子曰：『朝聞道，夕死可矣。』」

一一　轆轉：像轆轤一樣轉動。

一二　三途：佛教以「地獄道」、「餓鬼道」、「畜生道」爲三惡道，合稱「三途」。

一三　佛教「因果論」認爲生前所受的業有輕重不同的分別，死後果報據此分別先受與後受，重要的業先熟，次要的業後熟。如《大乘阿毗達磨雜集論》：「云：『何次第受異熟果耶？』答：『於彼身中重者先熟，或將死時現在前者，或先所數習者，或最初所行者，彼異熟先熟。』」

一四　濟人：幫助他人，利益公眾。〔明〕沈受先《三元記》第三齣：「一點仁心天地知，濟人利物孰能如。」

一五　黃巢（八三五～八八四），曹州冤句（今山東菏澤）人。唐末民變首領，率眾反唐，直接導致唐朝的覆亡。

一六　張獻忠（一六〇六～一六四七），陝西延安衞柳樹澗（今陝西定邊）人，明末民變首領，割據於四川，曾建立大西政權，曾大肆屠殺川民數百萬。

一七　指第一次世界大戰。

一八　指大正十二年（一九二三）九月一日發生的關東大地震。地震規模高達八點一級，震源深度十五公里，震央位於神奈川縣相模灣的伊豆大島，影響範圍包括了東京、神奈川縣、千葉縣以及靜岡縣。災害死亡人數估計達十萬，還有大約四萬人失蹤。

一九　語出《書．伊訓》：「作善降之百祥，作不善降之百殃。」

二〇　隆：推崇。代議士：在代議民主的構思中，人民選出代議士（國會議員）來制定法律、監督政府。

二一　語出《書．伊訓》：「聖謨洋洋，嘉言孔彰。」

二二　此處將西方文化之皮毛比喻成室內之裝飾，將中國文化根基比喻成廳堂，兩者並不相合。

二三　《論語．爲政》：「子張問：『十世可知也？』子曰：『殷因於夏禮，所損益，可知也；周因於殷禮，所損益，可知也；其或繼周者，雖百世可知也。』」

二四　廓而清之：掃蕩而清除之。

二五　閒：同間。

二六　《禮記．孔子閑居》：「子夏曰：『敢問何謂三無私？』孔子曰：『天無私覆，地無私載，日月無私照。奉斯三者以勞天下，此之謂三無私。』」

二七　語出《孟子．梁惠王上》：「老吾老，以及人之老；幼吾幼，以及人之幼。天下可運於掌。」

二八　語出《孟子．梁惠王上》：「仲尼之徒無道桓、文之事者，是以後世無傳焉。臣未之聞也。無以，則王乎？」

二九　悉仍舊貫，語出《論語．先進》：「魯人為長府。閔子騫曰：『仍舊貫，如之何？何必改作？』子曰：『夫人不言，言必有中。』」

三〇　角觸，語出《莊子．則陽》：「有國於蝸之左角者曰觸氏，有國於蝸之右角者曰蠻氏，時相與爭地而戰，伏尸數萬，逐北旬有五日而後反。」

三一　《論語．堯曰》：「興滅國，繼絕世，舉逸民，天下之民歸心焉。」

三二　《詩．文王》：「濟濟多士，文王以寧。」

三三　語出《書．洪範》：「無偏無黨，王道蕩蕩；無黨無偏，王道平平；無反無側，王道正直。」

三四　《陰符經》：「天發殺機，斗轉星移；地發殺機，龍蛇起陸；人發殺機，天地反覆。」

三五　語出〔南朝宋〕劉義慶《世說新語．德行》：「對曰：『丈人不悉恭，恭作人無長物。』」

三六　〔漢〕賈誼〈過秦論〉：「秦有餘力而制其弊，追亡逐北，伏屍百萬，流血漂櫓，因利乘便，宰割天下。」

三七　語出《書．五子之歌》：「民惟邦本，本固邦寧。」

三八　語出《書・泰誓》：「天視自我民視，天聽自我民聽。」

三九　語出《左傳・昭公二十年》：「鄭子產有疾，謂子大叔曰：『我死，子必爲政。唯有德者，能以寬服民，其次莫如猛。夫火烈，民望而畏之，故鮮死焉；水懦弱，民狎而玩之，則多死焉。故寬難。』疾數月而卒。」由於水性柔，人們掉以輕心，反而多有溺斃者。

四〇　四凶：指上古唐堯在位時期，被虞舜流放到四方的四個惡人。典出《書・堯典》：「流共工於幽州，放驩兜於崇山，竄三苗於三危，殛鯀於羽山，四罪而天下咸服。」

四一　少正卯：魯國大夫，相傳因亂政而遭孔子誅殺。典出《荀子・宥坐》：「孔子爲魯攝相，朝七日而誅少正卯。」

四二　語出《論語・爲政》：「子曰：『道之以政，齊之以刑，民免而無恥；道之以德，齊之以禮，有恥且格。』」

四三　指直皖戰爭、曹錕賄選及北京政變。參段氏〈正道居集自序〉。

四四　指美國獨立戰爭最先由大西洋沿岸的十三個英國殖民地發動起義。

四五　懍，畏懼。懷刑之戒，語出《論語・里仁》：「子曰：『君子懷德，小人懷土；君子懷刑，小人懷惠。』」

四六　語出《書・蔡仲之命》：「皇天無親，惟德是輔。」

外感篇

解題

本篇與〈內感篇〉一同發表於《甲寅週刊》第一卷第十八號（民國十四年十一月十四日），合稱〈二感篇〉。後又收錄於《正道居感世集》及《正道居集》，表達了段氏對國際時局的感想。對於西方列強的開疆拓土，歐戰之激烈慘酷，段氏歷歷道來之餘，卻只視爲「英雄事業」。在他看來，只有不嗜殺人的聖賢，才能使世界重歸和平。因此他提出，應該讓世界各國人士抱持著民胞物與的度量，協商組織一國際機構，輪推首長、主持公道，視萬國爲一家，手足相助，才能消除外患內難。歐戰結束時成立的國際聯盟顯然便以維護世界和平爲主要任務，但面對列強戰後的分贓卻無能爲力。段氏特意強調新機構要以天理人道爲依歸，顯然對國聯「理勝而力弱」之弊端深有感觸。

博覽五洲七十餘國，（註一）儼然東周一大戰國。其戰國之造因結果，（註二）歷歷在目，吾人審之熟矣。若拿破崙之戰全歐，（註三）大彼德之策遠東，（註四）兩美南北，（註五）角逐比隣，平治強藩，（註六）崛起興王，赫赫隆隆，（註七）英雄事業，洵屬盛舉。（註八）溯自一千六百八十年來，新舊教爭，干戈頻仍。（註九）心思輾轉，午夜傍徨，忽勝而喜，忽敗而悲，銅駝臥荆棘，（註一〇）繁市盡瓦礫，紛紛擾擾，三百年來，仁人不忍屬目。（註一一）徼倖猶以為功，（註一二）事後靜思，尚不能廢然思返。迨塞爾維亞導火一線爆發，（註一三）致令全球驚撼，動員六十兆，死傷三千萬，亙古所無。創此惡劇，（註一四）孤人之子，寡人之妻，淒涼悲慘，鬼神涕泣，敗者勿論，即使勝者所得幾何？百不償一，元氣大傷，宜有警惕，以慎將來。然而戰後之約，名為滅兵，（註一五）仍競能是圖，（註一六）務絕異己，潛艇也，飛機也，綠氣也，死光也。男婦老幼，戰員與否，觸機便發，一鑪可冶。（註一七）酷烈凶殘，千百倍前。披髮野祀，不及百年其為戎；（註一八）杜鵑鳴洛，三十年後將大亂。(註一九)見微知著,先哲預言。試問備兵而謀,能無戰乎?兵凶戰危,存亡所關,事不旋踵,(註二〇)將何以善其後?力果足恃,牛耳可以長執。(註二一)何致波蘭復國,(註二二)捷克自主,(註二三)盛衰迭更,出人意外?剝極則復,(註二四)天道循環,一定不易之理。不見窮荒僻島可以興隆,通都大邑終成灰燼,運會之來,又豈人事所能操?人但求心之安,則事自平。人之愛人,正所以愛己,己所不欲,勿施於人。(註二五)孔子之道,忠恕而已。(註二六)詳察世人,了然力行者寥寥不數覯,(註二七)所以世界擾攘,永陷於憂患之中而不能拔。長此以往,人類將絕。暴虎馮河,(註二八)不知自悟,吾故為世人哀,更為好事者哀之矣。粱襄問曰:「天下惡乎定?」孟子曰:「定於一。」曰:「孰能一之?」曰:「不嗜殺人者能一之。」(註二九)夫一,豈易言哉!自道降為德,德降為仁,為義為禮,(註三〇)時至今日,即仁義禮所見,亦鮮小康。(註三一)國家僅恃一法,而共產與無政府黨徒又復從中縱橫捭闔,(註三二)必滅絕人倫,如洪荒之世鳥獸同居而後快。(註三三)吁，有由來矣！非無因而然也？人雖同類，各有自來。賢愚懸遠，善惡各殊，學力高下，志趣不一，窮通分定，早晚異時，勞心者不必勞力，勞力者未必能以勞心，(註三四)等量齊觀，(註三五)未可也。無如知命者少累於口腹，熾於情欲，詐虞賊性，(註三六)陰險削福，累世積孽，劫報災償，(註三七)致令妖魔鬼怪，乘閒竊發，(註三八)以肆其毒。(註三九)欲回天心，(註四〇)必須進德；力挽人禍，惟有謙和。耶回兩教，(註四一)本以敬天愛人為主，而教徒日眾，門户各闢，不循軌物，(註四二)若日噴芒斜向而下，不知相去幾千萬里矣。(註四三)致相殘賊，(註四四)殊為太息。(註四五)孔道不分種族，(註四六)大同無外；(註四七)佛説超出三界，(註四八)盱衡大千；(註四九)道教介兩者之閒，(註五〇)耶回雖略有畛域，(註五一)宗旨亦屬一貫。一千八百十五年，欲以神聖同盟維持和平，無如利害衝突，豈能盡滿人意？卒不能踐。(註五二)海牙和會，(註五三)力理相閒，(註五四)似難允執厥中，(註五五)幾同故事。(註五六)國際聯盟，(註五七)

理勝而力弱，永久和平，仍難作為保障。各邦達人學士，心知其然，致意東方文化，藉以救濟，惻隱心理，沛然勃發，（註五八）識遠意美，（註五九）願為同志，竊恐有迂緩之虞。（註六〇）若急其所急，當今救世良方，惟有先偕五洲人士，擴充胞與之量，（註六一）平心討論，以天理為要素，人道為依歸，五教合一，（註六二）義取大同，協商組一機關，各國人士咸集其間，（註六三）輪推首長，定以年限，主持公道，力謀世界之和平，藹然親愛，調劑與國之艱阻，視萬國為一家，親親長長，人類為同體，無人無我，若身臂相使，手足相助，外患既除，內難自泯。（註六四）戢弱肉強食之風，（註六五）樹治世根本之德，良善之倫，慶昇平於沒世，桀驁之徒，（註六六）自消滅於無形。不揣妄陋，乃用管窺以測天，（註六七）世多賢達，願共討論，以取決焉。

（黎智豐註）

註釋

一　五洲，美洲、非洲、歐洲、亞洲、大洋洲。

二　造因結果，佛教用語，即指無論製造何種因緣，必得相應之後果。

三　拿破崙．波拿巴（Napoléon Bonaparte, 1769-1821），生於科西嘉島，並於法國接受軍事教育，後來領導法蘭西第一帝國對抗歐洲反法同盟，而歐洲大部分國家均有參與戰爭，史稱「拿破崙戰爭」。拿破崙於侵俄戰爭與滑鐵盧戰役中兩次戰敗，最終被流放而卒於聖赫倫那島。

四　大彼德，即俄國沙皇彼得大帝（Peter the Great, 1672-1725）。彼得在位期間對內力行改革，對外進行擴張，奪取波羅的海出海口，發動侵略波斯戰爭，並繼續向遠東擴張，使俄國從一個封閉、落後的內陸國家躋身於現代化的歐洲強國。

五　美國南北戰爭（一八六一～一八六五），美國各州對自由貿易、奴隸制度等政策立場不一，南方諸州脫離聯邦自組政府，並且發動武裝起事，而北方政府舉兵應戰，史稱「南北戰爭」。

六　角逐，爭勝。《戰國策．趙策》：「且王之先帝，駕犀首而驂馬服，以與秦角逐。」平治，整頓。《孟子．公孫丑下》：「如欲平治天下，當今之世，舍我其誰也？吾何爲不豫哉？」

七　赫赫隆隆：顯盛貌。

八　洵：同恂，確實。

九　新舊教爭，意指十六世紀至十七世紀期間基督宗教的教派分裂與爭鬥。

一〇　銅駝臥荆棘，典出《晉書．索靖傳》：「靖有先識遠量，知天下將亂，指洛陽宮門銅駝，嘆曰：『會見汝在荊棘中耳！』」古時宮門放置銅鑄的駱駝，而銅駝伏臥於荊棘叢中，則喻戰後殘破的景象。

一一　屬目，同矚目。

一二　儌倖，亦作僥倖。

一三　導火一瀓：指一九一四年塞拉耶佛事件中塞爾維亞刺客槍殺奧匈帝國皇族成員，奧匈帝國向塞爾維亞宣戰導致歐洲諸國相繼參戰，故爲第一次世界大戰之導火瀓。

一四　創：始。惡劇，意指第一次世界大戰。

一五　戰後之約：第一次世界大戰後各國簽訂於一九一九年《協約國及參戰各國對德和約》，又稱《凡爾賽和約》，其中有要求德國及其盟國裁軍與削減軍備的條款。

一六　競能是圖：以競逐國力爲其目標。

一七　觸機便發：原指觸動弩箭機關便會發射箭矢，此指遇有機會則引起衝突。一鑪可冶，原指不同物料於火爐中混和冶煉，此指男婦老幼均在衝突中受到牽連。

一八　披髮野祀，見《左傳．僖公二十二年》：「辛有適伊川，見被髮而祭於野者，曰：『不及百年，此其戎乎！其禮先亡矣。』秋，秦、晉遷陸渾之戎於伊川。」古時戎夷披髮而不在宗廟祭祀。不及百年其爲戎，指跟從戎夷的習俗後百年後即爲戎夷。

一九　相傳元順帝時，有杜鵑在京師啼叫，預示亡國。見〔明〕嚴從簡《殊域周咨錄》：「至正十二三年，杭潮常不波；十九年，帝都子規啼；至二十二年，順帝夢豬哄大都城，覆遂禁軍民畜豬。天兵既未至京一月，有鶚鵰鳴端明殿，作滅胡之聲。帝命善射者射之，終莫能中。天兵既至柳林，遲明，帝召百官議戰守之計。忽有二狐自內殿出，帝嘆且泣曰：『宮禁嚴密，此物何得以至？非天之所以告朕哉！』即命開建德門北去，實二十七年九月也。」洛，概指京師。

二〇　旋踵：旋轉足跟，即指時間短暫。

二一　牛耳可以長執：執牛耳爲春秋時期諸侯盟誓的儀式，而執牛耳則爲盟主之象徵。

二二　波蘭復國：一九一九年巴黎和會上通過決議，同意重建波蘭共和國。

二三　捷克自主：一九一八年奧匈帝國戰敗解體，而波希米亞、摩拉維亞及斯洛伐克等地區組成獨立國家，並名爲捷克斯洛伐克共和國。

二四　剝極則復：剝卦與復卦爲《周易》卦象，此指物極必反，陰極而陽復。

二五　己所不欲，勿施於人，語出《論語》之〈顏淵〉、〈衛靈公〉。

二六　孔子之道，忠恕而已：《論語．里仁》：「子曰：『參乎！吾道一以貫之。』曾子曰：『唯。』子出。門人問曰：『何謂也？』曾子曰：『夫子之道，忠恕而已矣。』」

二七　覯：遇見。

二八　暴虎：空手搏虎。馮河：涉水渡河。泛指有勇無謀之舉。語出《詩．小雅．小旻》：「不敢暴虎，不敢馮河。」

二九　語出《孟子．梁惠王》：「孟子見梁襄王。出，語人曰：『望之不似人君，就之而不見所畏焉。卒然問曰：『天下惡乎定？』吾對曰：『定于一。』『孰能一之？』對曰：『不嗜殺人者能一之。』」

三〇 語本《老子．第五章》：「故失道而後德，失德而後仁，失仁而後義，失義而後禮。」

三一 小康，語出《禮記．禮運》：「今大道既隱，天下爲家，各親其親，各子其子，貨力爲己，大人世及以爲禮。城郭溝池以爲固，禮義以爲紀；以正君臣，以篤父子，以睦兄弟，以和夫婦，以設制度，以立田里，以賢勇知，以功爲己。故謀用是作，而兵由此起。禹、湯、文、武、成王、周公，由此其選也。此六君子者，未有不謹於禮者也。以著其義，以考其信，著有過，刑仁講讓，示民有常。如有不由此者，在勢者去，眾以爲殃，是謂小康。」

三二 縱橫捭闔，戰國時期策士的遊說技巧。縱橫：合縱連橫。捭闔，開合。《鬼谷子．捭闔》：「捭之者，開也，言也，陽也；闔之者，閉也，默也，陰也。陰陽其和，終始其義。」

三三 洪荒：混沌的狀態，此指遠古時代。

三四 語出《孟子．滕文公上》：「或勞心，或勞力；勞心者治人，勞力者治於人；治於人者食人，治人者食於人：天下之通義也。」

三五 等量齊觀：以同樣的度量不同的事物。

三六 詐虞：欺騙。賊：害。詐虞賊性：即欺詐此一行爲損害天性。

三七 累世積孽：劫報災償，佛教用語，此指屢行惡事必有因果報應。

三八 乘間竊發：趁著機會暗中發作。

三九 肆：放任。

四〇　天心：天意。
四一　耶回兩教：耶教指以耶穌爲核心的基督宗教，回教指穆罕默德所創立的伊斯蘭教。
四二　軌物：事物的規範。
四三　若日噴芒：有如日光照射光芒。
四四　殘賊：逼害。
四五　太息：歎息。
四六　孔道：此指以孔子爲核心的儒家思想。
四七　大同，語出《禮記．禮運》：「大道之行也，天下爲公。選賢與能，講信修睦，故人不獨親其親，不獨子其子，使老有所終，壯有所用，幼有所長，矜寡孤獨廢疾者，皆有所養。男有分，女有歸。貨惡其棄於地也，不必藏於己；力惡其不出於身也，不必爲己。是故謀閉而不興，盜竊亂賊而不作，故外戶而不閉，是謂大同。」
四八　三界：佛教用語，指有情眾生存在於三個領域，分別爲欲界、色界、無色界。
四九　盱衡：張目揚眉。大千，佛教用語，世上存在無數無量的三千大千世界。盱衡大千，縱觀大千世界。盱音虛。
五〇　閒：同間。
五一　畛域：範圍界限，此指分別。
五二　神聖同盟：一八一五年由俄羅斯、奧地利與普魯士三國君主於巴黎會晤時建立的同盟，神聖同盟贊成君權神授，並以基督宗教爲政治系統的基礎。一八二〇年代神聖同盟有多次分裂與衝突，而第一次世界大戰時神聖同盟解散。

五三　海牙和會：亦稱萬國和平會議。第一次海牙和會於一八九九年舉行，主要以解決國際爭端與限制使用特定戰爭技術爲目標。第二次海牙和會則於一九〇七年舉行，擴大原有海牙公約的管轄範疇，亦有更多成員國參與海牙和會。

五四　閒，同間。力理相閒，此指海牙和會的組成既有武力驅使，亦有道理使然。

五五　允執厥中：符合中正之道，語出《書．大禹謨》：「人心惟危，道心惟微，惟精惟一，允執厥中。」

五六　故事：舊事。

五七　國際聯盟：一九二〇年於巴黎和會召開後組成的跨政府組織，主要以防止戰爭與主持仲裁的方式達致世界和平。

五八　沛然：盛大貌。勃發：旺盛。

五九　識遠意美，見識遠大而意願美好。

六〇　迂緩：迂迴遲緩。

六一　胞與：即民胞物與，民爲同胞，物爲同類，泛愛人與一切物類。語出〔宋〕張載〈西銘〉：「民吾同胞，物吾與也。」

六二　五教：上述孔道、佛教、道教、耶教、回教。

六三　咸：皆。

六四　自泯：自然消失。

六五 戢：止。

六六 桀驁：凶悍暴戾。

六七 管窺：管中窺物喻其目光短淺。此自謙之辭。

靈學要誌敘

解題

《靈學要誌》爲民間教派悟善社，於民國九年（一九二〇）在上海所發行之期刊。悟善社者，乃民國八年（一九一九）由河南中州廣善壇信士奉壇命，前往北平建立；十三年（一九二四），改組爲救世新教，一度發展爲民國時期頗具影響力之民間宗教。該教融合儒、道、佛、回、天主、耶穌六教教義，（註一）積極從事慈善事業，並有《大學證釋》、《中庸證釋》、《易經證釋》等書扶鸞而出，欲通過尊孔讀經，挽救末世末劫。教中軍政要人頗多，以江朝宗爲首，其他如曹汝霖、吳佩孚等人皆曾資助該教之創設，（註二）並任教中要職。段祺瑞亦爲其中之一，第一任教統（名義上之領導者）錢能訓過世後，（註三）更曾受教中敕命，接任教統，然爲其所拒絕。《靈學要誌》之刊行，乃民國八年北京設立悟善社總社時，五教教祖共同乩示，（註四）授意創刊，刊物內容主要刊載透過扶乩而得之善書、書畫等。段祺瑞此文正是《靈學要誌》的序文，明確揭示了修性靈以避劫難之宗旨。此文後收錄於《正道居感世集》、《正道居集》。

靈也者，神明之謂也。我孚佑帝君，(註五)悲劫運之浩蕩，(註放)立社都門，(註七)命名悟善：以神仙之妙用，補人事之不足，書沙驗事，(註八)覺世牖民，(註九)善者使益向善，惡者懼而知改。作善降祥，作惡降殃，(註一○)古有明訓。悉本三教聖人之衷曲，(註一一)期挽奇劫於中流。佛曰：人性即佛性。(註一二)《中庸》曰：「天命之謂性，率性之謂道。」(註一三)《道德經》曰：「道可道，非常道」(註一四)、「上德不德，是以有德。」(註一五)故老子以身教，不以言教，(註一六)功成事遂，百姓皆謂我自然。(註一七)儒言赤子之心，(註一八)佛言真如之性，(註一九)皆因此自然之妙用，有以明善而復初也。五帝之世，(註二○)德被生民，(註二一)民歌頌之；三王之世，(註二二)政教脩明，(註二三)賞善罰惡，民畏服之；三代以降，(註二四)政教不立，刑賞紊亂，綱紀陵夷，(註二五)百姓叛之，諸侯會盟要約，而詐僞益生，擾世病民，（註二六）無可窮極。三教聖人同誕生於周室之中葉，適其時趨於衰敝，天心厭亂，已可知矣。本欲洗衰敝之習染，（註二七）還上古之樸素；無如人心澆漓，江河日下，無始以還，（註二八）良知良能，澌滅殆盡。大覺世尊有因果之説，（註二九）六道輪迴，（註三〇）悲無止境，致有普度眾生之願。至聖執忠恕之道，曰：「己所不欲，勿施於人。」（註三一）《春秋》之作，「一字之褒，榮於華袞；一字之貶，嚴於斧鉞。」（註三二）寓懲勸於其閒。（註三三）太上曰：「天道無親，惟與善人；禍福無門，惟人自召。」（註三四）帝君承慈悲之懷，胞與之念，（註三五）故有我來欲繼將亡業，精一薪傳三教幷之句。《靈學要誌》之刊行，有由來矣。《書》曰：「惟人萬物之靈。」（註三六）要知萬物萬類莫不含靈，靈性之增減，在修持之如何耳。今世之果，即前世之因；今世之因，即來世之果。人苦不自知，而文昌帝君現身説法，（註三七）有勸善之陰騭文。（註三八）一十七世士大夫之身，（註三九）前因後果，歷歷可考。孟子曰：「麒麟之於走獸，鳳凰之於飛鳥，類也。聖人之於民，亦類也。」（註四〇）美惡智愚，窮通壽夭，懸隔霄壤，皇天無私，中必有故。聰明正直之謂神，（註四一）大而化之之謂聖，（註四二）無人相、我相、眾生相、壽者相之謂佛。（註四三）伊古以來，一代不再興，所以然者：驕奢過量，斲喪無餘，（註四四）有以致之。但人身難得，釋家之欣羨無量；（註四五）難得者既得，世人不察，以身為我，是非顛倒，猶以燕石為結綠，和璧為碔砆。（註四六）累於口腹，染於六塵，（註四七）性靈巧用，魍魎計窮，（註四八）種種惡因，不可數計；生生死死，萬劫不復，天下蒼生因之而誤盡，豈不令識者太息深痛而無已時耶？不知四大皆假，（註四九）身之為我，不過數十寒暑；莊嚴劫來，奚啻萬千，（註五〇）前世為我，今世即非我，今世為我，來世即非我。我之常此為我者，乃性靈之我也。藉軀殼之我，以培植性靈之我，繼長增高，希賢希聖，為仙為佛；超出三界，普照大千，（註五一）庶不負三聖之慈悲，帝君之婆心已。（註五二）

（林彥廷註）

註釋

一　回教，即伊斯蘭教，在中國信仰伊斯蘭教者，大多爲回民，故以往多稱之爲回教。本文註釋按當時之習慣，將之稱爲回教，讀者識之。

二　曹汝霖（一八七七～一九六六），字潤田，上海人，民初中國政治家。民國四年（一九一五）代表袁世凱政府，與日本簽署《二十一條》；民國八年（一九一九）因負責凡爾賽條約中轉讓與日本的部分權益，被稱爲賣國賊而免職；此後，曹汝霖轉入實業界。民國五十五年（一九六六）於美國底特律逝世。吳佩孚（一八七四～一九三九），字子玉，晚清秀才，直系軍閥之首領。曾被認爲是最有可能武力統一中國的強人，然在第二次直奉戰爭與廣州國民政府北伐二役接連失敗後，遁入四川，一蹶不振。吳佩孚爲文化保守派，提倡尊孔讀經，亦時常與道士緇流往來；曾任救世新教、世界紅卍字會等民間宗教教職。

三　錢能訓（一八六九～一九二四），字幹丞、幹臣，浙江嘉興人。光緒二十四年（一八九八）進士，曾任刑部主事、順天府府尹、陝西布政使等職。民國後，曾出任熊希齡（一八七〇～一九三七）、王士珍（一八六一～一九三〇）、段祺瑞內閣，並曾任國務總理。

四　五教教主：儒教之孔子、道教之老子、釋教之釋迦牟尼、回教之穆罕默德、天主基督之耶穌。

五　孚佑帝君：道教神仙，即呂祖。呂祖，本名呂喦，字洞賓，號純陽子，全眞道五祖之一，道教奉之爲純陽祖師、孚佑帝君，且位列八仙。民間宗教當中，多以呂祖爲無生老母指派掌教之祖師；又一貫道神靈體系中，以之爲基本的五神，故地位極高。又稱爲孚佑大帝、純陽帝君、呂純陽等。

六　明清時期的民間宗教，大多吸收佛教中三佛應劫救世思想，並將之與道教思想融合，形成了「三期末劫」說。該說將宇宙歷史分爲青陽、紅陽、白陽三時期，每時期之末皆有劫數降臨；最後的白陽劫，較青陽劫、紅陽劫更爲厲害，將掃蕩所有妖魔，使世界重歸太平，故又稱爲「三期末劫」。悟善社創立於紛擾的民國初年，也吸收了此種思想，該教著作中時常提及「劫」、「劫運」、「救劫」等，便是這個原因。

六七　都門：即北洋政府時期的首都——北平。悟善社於民國八年（一九一九）於北平建立悟善總社。

八　書沙：降乩，降乩又分文乩、武乩，書沙即是文乩別稱。文乩之乩童被神靈附身後，以竹棒書寫於沙盤上，故得名。又稱開沙、乩沙。

九　《詩．大雅．板》：「天之牖民，如壎如篪。」牖，音友，誘導。謂上天開啓民智，如壎、篪二種樂器一般相合。

一〇　殃，災禍。

一一　三教聖人：儒教之孔子、道教之老子、釋教之釋迦牟尼。衷曲：內心的情意。

一二　此爲大乘佛教的重要概念。大抵佛陀入滅後，隨著佛陀的地位升高，信徒亟需解決「成佛如何可能？」的問題；因此，在眾生平等的概念下，產生了眾生皆有佛性之思想，亦即「人性即佛性」。印度大乘佛教中最早提出此概念的，是《大方廣如來藏經》。

一三 《禮記．中庸》：「天命之謂性，率性之謂道，修道之謂教。」意爲上天所賦予我的，就叫作本性；遵循本性行事，便是道；按照道的原則修養自己，則是教化。

一四 《老子．第一章》：「道可道，非常道。名可名，非常名。」意謂道若是可以言說，就不是恆常之道了；名若是能夠指稱，就不是不變之名了。

一五 《老子．第三十八章》：「上德不德，是以有德；下德不失德，是以無德。」意謂至上之德不自恃有德，才是眞正的有德；下等之德則執著於追求形式之德，反而丟失了德。

一六 《老子．第二章》：「是以聖人處無爲之事，行不言之教。」無爲，順應自然之態度；不言，即不以言語爲教。意即聖人以「無爲」的態度處事，而行「不言」之教化；換句話說，即是以身爲教。

一七 《老子．第十七章》：「太上，下知有之；其次，親而譽之；其次，畏之；其次，侮之。信不足焉，有不信焉。悠兮其貴言。功成事遂，百姓皆謂我自然。」最好的國君，人民不知道他的存在；次等的國君，人民親近而讚譽他；再次等，人民害怕他；最末一等，人民輕侮他。國君若誠信不足，人民便不信任他。故國君應該悠閒自如，愼重言詞，不輕易發號施令；如此一來，不僅成就功業、事情順遂，百姓也感受不到國君的存在，反而以爲一切都是自然而然，本應如此的。

一八 《孟子．離婁下》：「大人者，不失其赤子之心者也。」意謂德行完備的君子，不會失去如嬰兒般純眞的心靈。

一九　眞如（bhūta-tathatā）：又稱如實、如如、本無，法的本性、眞實本質與眞實自性。

二〇　五帝：上古時期五位聖君，說法有三：（一）黃帝、顓頊、帝嚳、堯、舜；（二）大皞、炎帝、黃帝、少昊、顓頊；（三）少昊、顓頊、高辛、堯、舜。此處則以五帝泛指上古時代。

二一　被：覆蓋。

二二　三王：夏、商、周三代開國之君的合稱，說法有三：（一）夏禹、商湯、周文王；（二）夏禹、商湯、周武王；（三）商湯、周文王、周武王。

二三　脩，同修。《靈學要誌》本作：「政教修明。」下文若遇異文，皆仿此例。

二四　三代：謂夏、商、周三代。

二五　陵夷：漸趨衰微，亦作凌夷。

二六　病：此作爲動詞，損害。

二七　習染：因沾染習氣而養成之習慣、癖好。

二八　無始（anādikāla）：佛家語，意思有二，一：指世間諸法皆由因緣而生，因上有因，今生爲前世因緣而生，前世又因再前世之因緣而生，輾轉溯源，無法求得其原始。二：久遠以前。此處所用爲後者。

二九　大覺世尊：即佛陀。自覺、覺他、德行圓滿，故稱大覺（jinaḥ）；爲世間最尊貴，且受人景仰者，故曰世尊（bhagavat）。

三〇　六道輪迴：指眾生因未盡之業，而於六道（ṣaḍ-gatyaḥ）——地獄道、畜生道、餓鬼道、人間道、阿修羅道、天道之間輪迴（saṃsāra）。

三一　《論語．衛靈公》：「子貢曰：『有一言而可以終身行之者乎？』子曰：『其恕乎！己所不欲，勿施於人。』」子貢問孔子可終身奉行之道，孔子答以「恕」字，並指出恕道便是「自己不願意的，不要強加於別人。」

三二　孔子著《春秋》，使用一字定褒貶、微言大義的手法褒忠良、貶亂臣。因此蒙受《春秋》一字之褒揚，勝過獲贈王公貴族之禮服；若遭《春秋》幾句話的貶低，比受到嚴刑峻法更爲嚴厲。語出〔晉〕范寧《春秋穀梁傳集解．序》：「一字之褒，寵踰華袞之贈；片言之貶，辱過市朝之撻。」

三三　閒，同間。《靈學要誌》本作：「寓懲勸於其間。」

三四　太上：謂太上老君。太上老君即老子，先秦思想家，道家思想開創者，道教亦奉其爲祖師與至上神。明清時期的民間宗教，也多有吸收此一思想的。《老子．第七十九章》：「天道無親，常與善人。」《太上感應篇．明義》：「太上曰：『禍福無門，惟人自召；善惡之報，如影隨形。』」此二句皆是老子（太上老君）所說，因此段氏將二句合而爲一。意謂天道公正無私，經常與善人在一起；也因爲如此，所以人的福禍，都是自己的行爲所造成的。

三五　見〈外感篇〉註。

三六　語出《書．泰誓上》：「惟天地萬物父母，惟人萬物之靈。」

三七　文昌帝君：全名文昌梓潼帝君，爲蜀王張育與梓潼一地的地域神祇「亞子」結合而成之神明，因此以「張亞子」爲本名，是主掌文運與考試之神。又簡稱爲文昌君、梓潼帝君。

三八　陰騭文：即成書於宋元時期的道教典籍《文昌帝君陰騭文》。全文以文昌帝君現身訓示的手法，列舉古人行善得福的例子，以說明福禍報應的道理，旨在勸人行善。《靈學要誌》本作：「有勸世之陰騭文。」

三九　語出《文昌帝君陰騭文》：「帝君曰：『吾一十七世為士大夫身，未嘗虐民酷吏。』」文昌帝君自述前十七世都是士大夫，且從未有當過淩虐百姓的酷吏。《陰騭文》以此破題，以明行善事、積福報的道理。

四〇　《孟子．公孫丑上》：「麒麟之於走獸，鳳凰之於飛鳥，泰山之於丘垤，河海之於行潦，類也。聖人之於民，亦類也。出於其類，拔乎其萃。自生民以來，未有盛於孔子也。」類，同類之意。意謂聖人與民眾，就像麒麟與走獸、鳳凰與飛鳥一般，都是同類；但孔子出類拔萃，自有生民以來，沒有比他更偉大的人了。段氏此文節引此語，意在勉勵讀者：聖人與一般人都是同類，二者之差別，僅在於是否修持行善而已

四一　《左傳．莊公三十二年》：「神，聰明正直而壹者也，依人而行。」意為神是聰明正直、專心一意，且能依照不同的人有不同的行事。

四二　《孟子．盡心下》：「可欲之謂善，有諸己之謂信，充實之謂美，充實而有光輝之謂大，大而化之之謂聖，聖而不可知之之謂神。」意謂值得追求的叫作善，自身有善叫作信，善而充實全身叫作美，充實而有光輝叫作大，光大善性而能教化百姓叫作聖；聖人之作為，如天道變化，人不能知道，就叫作神。

四三　《金剛般若波羅密經》：「此人無我相、人相、眾生相、壽者相。所以者何？我相即是非

相，人相、眾生相、壽者相即是非相。何以故？離一切諸相，則名諸佛。」我相，執著於我與他物的分別。人相，執著於人的身分，以爲自己與他物不同。眾生相，執著與無數眾生間複雜的因緣交錯。壽長相，執著於壽命長短。若能在佛法修行的過程中，離於這四相的執著，才能成爲菩薩，甚至成佛。

四四　斲喪：戕害。斲，音啄，砍、削。《靈學要誌》本作：「鑿喪無餘。」

四五　《大莊嚴論經》：「人身難得，佛法難值，諸根難具，信心難生。此一一事皆難值遇，譬如盲龜值浮木孔。」佛家認爲人身最容易修道近佛，若是錯過則機會難再得，因此以人身爲可貴之物。

四六　燕石，燕山所產的石頭，似玉；碔砆，像玉的石頭，二者皆比喻不足珍貴之物。結綠、和璧，美玉的名字，二者皆比喻極爲珍貴的寶物。《靈學要誌》本作：「世人不察，以燕石爲結綠，和璧爲碔砆。」

四七　六塵（ṣaḍ-āyatanāni）：眼所看的，稱爲色塵；耳所聽的，稱爲聲塵；鼻所聞的，稱爲香塵；舌所嚐的，稱爲味塵；身所接觸的，稱爲觸塵；意根（末那識）對前述五塵分別好壞、美醜，所產生的善惡諸法，則稱爲法塵。

四八　魍魎：音網兩，泛指山澤間的精怪。

四九　四大皆假：四大，地、水、火、風，以比喻世間諸法。假，即空，意謂諸法沒有實體，而是因緣和合而成，不會恆常不變，故謂之假。即謂世間一切法並非實有，佛教言此以勸人不可執著。

五〇　奚啻：何止、豈止。啻音翅。

五一　大千：即三千大千世界（tri-sāhasra-mahā-sāhasra-loka-dhātu）的簡稱。爲古印度人的宇宙觀，佛教今日用之以泛指世間諸相。《靈學要誌》本作：「睥睨大千。」

五二　《靈學要誌》本作：「帝君之婆心焉。」且文末有「民國十年歲次辛酉季秋之月段慧本謹序。」慧本爲段祺瑞在救世新教中的道號。

靈學特刊序

解題

此文爲《靈學特刊》之序文。由內文看來，《靈學特刊》應屬悟善社出版之刊物，或爲《靈學要誌》的特刊。序中指出悟善社之使命，正是要挽救劫運於將來，更舉例強調靈學的重要，認爲若世人能夠培植性靈、堅定信仰，方能補益世道、拯救眾生。此文先後收錄於《正道居感世集》、《正道居集》。

世道衰，人心危，輾轉傾陷；累世業積，惡果多熟，大劫將臨。雖仙佛慈悲，莫能挽已成之數。無已飛鸞乩示，（註一）聊度有緣，始於梓潼帝君；而孚佑帝師、紫金佛祖，（註二）尤廣施教化於明、清兩代。近年設悟善總社於京師，各地分社統一五教，化除畛域，（註三）減少傾害，期挽救於已往，輕劫運於將來。此所以講靈學之由來，為急急不可緩之圖也。其靈莫過於鬼神，蓋鬼之知能未備；聰明正直而為神，則玄妙無比。雖然萬物萬類莫不有靈，而人所得獨多，為萬物最靈，但智、愚、賢、不肖異焉。若泰山之於丘垤，（註四）聖人之於民，其所自來不同高下，胡可同年而語哉？然既為人身，佛家之欣羨，肉體固不能以飛昇，（註五）而修持增進之力大，他類望塵而莫及。若能培植其性靈，力行不怠；講道德，行仁義，自明誠；自誠明，（註六）不難為賢為聖，為仙為佛。即如念笤忘箒之周利槃陀伽，（註七）且證菩薩果；（註八）孔子之道，魯者得之，（註九）徵之前賢，可信不誣。（註一〇）若智者誤用聰明，斲喪性靈，縱其情欲，快其身心，不知禮義廉恥為何物，損人利己，不奪不饜；情業所牽，死則為鬼，墮於三途，（註一一）傍生犬彘，（註一二）涼血鱗介，（註一三）降及蜎飛蠕動，（註一四）澌滅其靈性而後已。噫！時至今日，人心澆漓，詭詐百出，莫可窮極。聖賢不足，則因果不足信，法律不足繩。鬼則容或有之，神則荒誕謬論，斷其必無。夫萌芽之科學，以管窺天，誤人實深，長此以往，人類滅絕。所以仙佛本其婆心，不憚塵勞，（註一五）預言禍福以警俗，使之悟善，格其前非。特惜省之不猛，且少見則多怪耳。曾記辛酉夏，（註一六）捷克人勃君到總社問事，鞠躬畢，未幾乩動，（註一七）引領側視；見書拉丁字，肅然起敬，錄入手册。待事竣乩止，問執事者尊之之禮，告以三跪九叩，遂如禮而退。詢其所以，曰：「歐戰五年，三萬里外，家信罕通，不知我母所在。示以現居外家某村中，兩字平安云云。」諺語有之：「百聞不如一見。」捷克人之深信，寧非所見之效哉？將使歐美人多數見之，利其信仰之心，堅其嚮往之誠，如太史公之瞻孔廟，低回留之而不能去；（註一八）泯種族之見，免戰爭之慘，施至誠之道，廣大同之化；尼山之教倍興，（註一九）羲皇之世重覩，（註二〇）則補益世道，拯拔眾生，當無涯岸云爾。

（林彥廷註）

註釋

一　飛鸞：即扶鸞、扶乩。救世新教、一貫道等民間宗教時常通過扶乩的方式頒布宣告神旨，因此又稱爲「飛鸞宣化」。乩示：通過扶乩所得到的啓示。

二　梓潼帝君：即文昌帝君。孚佑帝師：即孚佑帝君。紫金佛祖：即濟公。清中葉鸞書中，濟公被稱爲紫金羅漢，後更尊稱爲紫金佛祖。

三　畛域：畛，音診。畛域，界線、範圍。

四　泰山：山名，位於今山東省境內，高大壯赫，氣勢磅礴，爲五嶽中的東嶽。丘垤：垤，音蝶。丘垤，小土堆。

五　飛昇：即成仙。

六　《禮記．中庸》：「自誠明，謂之性；自明誠，謂之教；誠則明矣，明則誠矣。」意謂由眞誠以明道便叫作性，由明白道理進而達到眞誠的境界，便是教化了。眞誠自然能夠明白道理，明白了道理後也就能夠做到眞誠。

七　周利槃陀伽，又作周利槃特（cūḍapanthaka），十六羅漢中之注茶半托迦尊者。其生性駑鈍，不能持誦，因此佛陀令他在擦拭諸比丘的鞋履時，反覆念誦「笤箒除垢」。雖然周利槃陀伽念誦時念笤忘箒，念箒忘笤，但在反覆持誦之下，最終還是得證阿羅漢果。

八　周利槃陀伽所證爲阿羅漢果，非菩薩果，此處有誤。

九　《史記．儒林列傳》記載，漢高祖劉邦在誅項羽後，舉兵包圍魯，但魯中儒生仍然講習禮樂，弦歌之音不輟；這與孔子周遊列國時，於匡地遭宋人圍困，依然弦歌不錯一樣。因此文中才說「孔子之道，魯者得之。」

一〇 誣，虛妄、欺騙。

一一 三途（tridusgati）：火途、刀途、血途，亦即六道之中的地獄、餓鬼、畜生道。又作三塗。

一二 彘：音志，豬。

一三 鱗介：魚、貝類，泛指水族。

一四 蜎飛蠕動：形容昆蟲蠕動的樣子。蜎，音淵，蚊子的幼蟲，泛指昆蟲。

一五 不憚：不畏懼。憚，音但。

一六 辛酉夏：民國十年（一九二一）夏天。

一七 乩動：扶乩的儀式中，神靈降駕，乩生兩人手持附著木筆的架子，書寫於沙上。木筆飛動，因此稱爲乩動。

一八 《史記．孔子世家》載有太史公司馬遷之贊文，自述至魯地觀孔廟，見諸生學習、躬行禮儀，徘徊流連，不捨離去。

一九 尼山：山名，位於山東曲阜城東南，爲孔子的生地；本名尼丘山，因避孔子諱，更名爲尼山。亦可借代爲孔子，此處之尼山便是指孔子。

二〇 羲皇：即伏羲氏。傳說中的上古聖王，或以之爲人類的始祖；發明結繩記事的方法，並觀萬物以畫八卦。羲皇之世謂上古之世。

文目・續編

儒釋異同論

解題

世人多以爲儒、釋二教，一入世，一出世，有所扞格。然段祺瑞同時信仰儒、道、釋三教，更曾出任融合儒、道、佛、回、天主、耶穌六教教義之救世新教教統，（註一）故撰文反駁。全文透過比較佛陀與孔子之出身、思想、修身方式，彌縫二教，指出二教大同而小異。本文收錄於《正道居感世續集》、《正道居集》。

竊嘗聞僧俗相聚而言曰：「世間法勤求治道，澤被生民；出世間法四大既假，萬象皆空。（註二）儒釋兩教之大別，確鑿可據若是。」然余意則謂有大謬不然者矣。夫天生烝民，（註三）聚而為族為邨，為市為邑，為國家，為世界。食為民天，果腹願償，既飽且暖；情欲意識爭遂馳騁，無休息，無止境。種因不善，其果必惡，世道益衰，人心愈危。道教雖介儒釋之閒，似難以峻其極。聖佛同生於周室，（註四）天心厭亂可知。表裡併進，異途同歸，無非為斯世斯民也。蓋孔子以道德仁義禮為準繩，隱居求志，行義達道，明德新民，止於至善，修身齊家，治國平天下為依歸；（註五）天覆地載，一視同仁，泯其畛域，（註六）包羅萬類。世尊以生老病死，（註七）苦啟悲憫，普度眾生；佛之宏願，茹苦自修，現身說法，以不種因為真諦；（註八）無人無我，（註九）免啟紛爭，應觀法界性，勿令心妄造；（註一〇）甘居清寂，涵育大千，（註一一）名曰出世，無時不心乎世閒也。孔子曰：「先進於禮樂，野人也；後進於禮樂，君子也。如用之，則吾從先進。」（註一二）固知文明之進步，爭競之風愈烈。所以從先進者，欲復上古敦樸之習，有以抑勒之與？佛悟澈終始，隨緣善化之旨，正復相同；越秦漢而下，迄於五代，千有餘年。陷管、商功利之術，（註一三）人心詐偽，益成江河日下之勢。周、張、程、朱五子，（註一四）挺生宋代，承繼道統，（註一五）補苴罅漏，（註一六）挽救世道，功不可泯；而詆排佛、老，謂為虛無，不織而衣，不耕而食，空門徒眾，視為惰民。面壁儒生，何嘗知世界三千？但叢林偏宇內，（註一七）沙彌固難齊一；口誦詩書，學子豈無敗類？子孫不善，罪及祖考，豈得謂平？凡治人者必食於人，化人者又何獨不然？周昭王二十四年四月八日，五色光入太微，《周書異記》所載。太史蘇由奏曰：西方聖人降生，千年後聲教至於此土。（註一八）漢明帝四年，夢金人丈六，佩日輪，飛至殿庭。傅毅曰：「按《周書異記》所載，必是乎！」（註一九）孔子曰：「西方有聖人，無為而治。」（註二〇）證之聖人所言，周漢兩代所載，入主出奴，（註二一）所見不廣，宋儒之謂也。至於克己復禮，非禮勿言、勿聽、勿視、勿動，作善降祥，作惡降殃，（註二二）與夫身口意所生，貪嗔癡所戒，（註二三）皆自治之工夫，更無所謂異同也。惟聞其聲不忍食其肉，君子遠庖廚，（註二四）僅不聞其聲已耳，仍不免於食。顧天生動物，業由自作，應遭慘劫，理有固然。然恣口腹者，即使適可而止，而物與之説，猶未盡致。其胎卵溼化，(註二五)賦性本同，在如來視為一體，不殺則滅因，滅因則無果。由惻隱之端，極仁愛於究竟，體好生之德，致中和之道。不然因因果果，連類而及，愈趨愈甚，莫可遏抑，人類浩劫，終難末減。又夫子之道，忠恕而已，(註二六)己所不欲，勿施於人，(註二七)無故加之而不怒，所挾持者甚大。(註二八)彌勒佛偈有云：「人罵就説好，人打自臥倒，他也省力氣，我也少煩惱。」(註二九)逆來視為前因，自無痕迹之可言，此儒與釋微有不同之處也。大成至聖，(註三〇)一車兩馬，(註三一)七十二君之廷，(註三二)一十五國之郊，(註三三)栖栖一代，(註三四)卒有乘桴浮海之歎。(註三五)講學杏壇洙泗間，(註三六)期繼起之有人，發幽光於將來，知不可為而不為；雖棲身林下，何嘗須臾忘情於世？此何異震旦緣熟，(註三七)達摩東來，承佛一花五葉之旨，(註三八)煥異彩於華夏耶？往古知識幼稚，大地之外，輕氣上浮而為天，星宿羅列，另有世界，非所敢知；晚近遠鏡加大，較近之恆星始知且大於地，亦默認為世界。其他見之不得其詳，能見者，更不知恆河沙數。佛已預言之曰：大千世界。（註三九）總之，孔子大同之化，統一地球而言，達則兼善天下，彌於六合；（註四〇）窮則獨善其身，退藏於密。若娑婆世界，（註四一）沉淪孽海，欲登彼岸，勢有難能。佛憫其苦，願以身代，即入地獄，在所不辭；大慈大悲，無量無邊，當不止娑婆世界已焉。若以無爭為無為，無我為無人，執萬象皆空以視佛，非第不知大覺之本旨，（註四二）且辜負含養之深恩。要知無爭正可以有為，無我正所以有人，刻苦自勵以責己，優越矜全以利人，夫如是以進為進者，儒學也；立身之具，美善兼備，以退為進者，釋教也。能世人之難能，潛移默化，此儒釋所以異同也。願靈於萬物之倫，繹其意，玩其味，循其獨到之處，省之悟之，精進不已，出世入世，豈不更綽綽然有餘裕哉？

（林彥廷註）

註釋

一　見〈靈學要誌敘〉之【解題】。

二　四大既假，萬象皆空：四大，地、水、火、風，比喻世間萬象。假，即空，意謂諸法沒有實體，乃因緣和合而成，非恆常不變，故謂之假。即謂世間一切法並非實有，佛教言此以勸人不可執著。

三　烝：眾多，音蒸。

四　《老子化胡經》載有老子出函谷關，至天竺，化為佛陀立教之說；老子與孔子同生周代，故言「聖、佛同生周室」。然而，下文引《周書異記》「西方聖人降生，千年後聲教至於此土」之說，明顯視佛教為外來，故所謂「同生周室」，或只是言聖、佛生於同一時代，非如同《化胡經》所云老子即佛陀，與孔子皆生於周朝之領土。

五　語出《禮記．大學》：「大學之道，在明明德，在親民，在止於至善……。古之欲明明德於天下者，先治其國；欲治其國者，先齊其家；欲齊其家者，先修其身；欲修其身者，先正其心；欲正其心者，先誠其意；欲誠其意者，先致其知，致知在格物。物格而後知至，知至而後意誠，意誠而後心正，心正而後身修，身修而後家齊，家齊而後國治，國治而後天下平。」意謂大學之道，在彰顯本有的德性，推己及人，親愛民眾，至於完善。古時欲將德行弘揚天下者，先得治理好國家；想治理好國家，先得治理好家庭；想治理好家庭，先得修養德行；想修養德行，先得端正心意；想端正心意，先得使念頭真誠；想使念頭真誠，先得獲得知識；想獲得知識，先得窮究事物之理。窮究事物之理，便能得到知識；得到知識，便能使念頭眞誠；念頭眞誠，心意自然端正；心意端正，自然能修養德行；能夠修養德行，便能一家和睦；家庭和睦，才能治理好國家；能夠治理好國家，才能使天下太平。

六　畛域：畛，音診。畛域，界線、範圍。

七　世尊（bhagavat）：爲世間最尊貴，且受人景仰者，故曰世尊。

八　眞諦（Paramārtha-satya）：二諦（眞、俗）之一，爲聖智所見之眞實之理。眞者，離於虛妄；諦者，決定而不動。

九　《金剛般若波羅密經》：「此人無我相、人相、眾生相、壽者相。所以者何？我相即是非相，人相、眾生相、壽者相即是非相。何以故？離一切諸相，則名諸佛。」我相，執著於我與他物的分別。人相，執著於人的身分，以爲自己與他物不同。

一〇　語出《華嚴經》中「覺林菩薩偈」：「若人欲了知，三世一切佛；應觀法界性，一切唯心造。」謂欲知三世一切佛之境界，應觀法界性上一切差別，皆唯心所造。

一一　大千：即三千大千世界（tri-sāhasra-mahā-sāhasra-loka-dhātu）的簡稱。爲古印度人的宇宙觀，佛教今日用之以泛指世間諸相。

一二　語出《論語・先進》。謂先輩仕進者之於禮樂，不重文飾，較爲質樸；後輩仕進者之於禮樂，長於文飾，如彬彬君子。若我用禮樂，則會選擇跟隨先輩仕進者。

一三　管商：即管仲（?～西元前六四五）、商鞅（?～西元前三三八），二者皆法家代表人物，其學尚功利。

一四　周、張、程、朱五子：即周敦頤（一〇一七～一〇七三）、張載（一〇二〇～一〇七七）、程顥（一〇三二～一〇八五）、程頤（一〇三三～一一〇七）、朱熹（一一三〇～一二〇〇），對於宋代理學的奠基、發展，有極重要的影響。又號北宋五子。

一五　道統：儒家學術、思想傳承之譜系。

一六　補苴罅漏：綴補縫隙，引申爲彌補事物之缺失。苴，音狙；罅，音下。

一七　叢林：即寺院。眾多比丘合住一處，如樹木叢聚，故名叢林。

一八　《周書異記》載昭王二十四年四月八日，有五色光入貫太微，遍於西方。周昭王以此事詢問太史蘇由，蘇由對曰：「有大聖人生於西方，故有此祥瑞。」此聖人即指佛陀。蘇由並進一步預言在千年後，佛教聲教會傳至中國。太微：古代星座名，三垣之一。又用指皇居。

一九　〔宋〕程輝：《佛教西來玄化應運略錄》載後漢永平七年正月十五日，孝明帝夜夢丈六金人，至皇宮前曰：「聲教流傳此土。」孝明帝於是令群臣占夢。傅毅對曰：「臣讀《周書異記》記載西方有大聖人出世，滅後千載，當有聲教流傳此土。陛下所夢到的一定是這個了。」

二〇　語出《列子．仲尼》：「孔子……，曰：『西方之人有聖者焉，不治而不亂，不言而自信，不化而自行，蕩蕩乎民無能名焉。丘疑其爲聖。弗知眞爲聖歟？眞不聖歟？』」孔子說：「西方有一位聖人，他無爲而治，但國家不亂；不說話，而使人自然信服；不教化，而政令自行。寬廣無際，百姓不知何以稱讚之。我懷疑他是聖人，不知道眞的是聖人呢？眞的不是聖人呢？」此處之聖人本指道家之老子，後世佛教則有以之爲佛陀者。段祺瑞引此典，乃以此處聖人爲佛陀；儒家聖人孔子以佛陀爲西方聖人，便可收調和儒釋之效。

一一　入主出奴：有門戶之見，信己之學說，而排斥他人學說。

一二　語出《論語．顏淵》：「顏淵問仁。子曰：『克己復禮爲仁。一日克己復禮，天下歸仁焉……。』顏淵曰：『請問其目。』子曰：『非禮勿視，非禮勿聽，非禮勿言，非禮勿動。』」顏淵問如何實踐仁？孔子說：「克制自己慾望，使一切回歸於禮，便是仁。若一日能夠切實克制慾望，回歸於禮，天下都會稱讚之爲仁人……。」顏淵又問：「請問實踐仁德的條目有哪些？」孔子說：「不合禮的事不要看，不合禮的話不要聽，不合禮的話不要說，不合禮的事不要做。」《書．伊訓》：「作善降之百祥，作不善降之百殃。」謂行善的人就獲得各種吉祥，作惡的人就降給各種災禍。此皆儒家修身處事之方法、準則。

一三　身口意：即三業（trīni-karmāni），身業、口業、意業。身、口、意者，指業之所由出。貪嗔癡：即三毒（triviṣa），貪者，貪愛；嗔者，嗔恚；痴者，愚痴。此三者爲人世一切煩惱之根本。戒貪嗔癡，止身口意業，亦爲佛門修身之本。此用以與上文儒家修身之法相對。

一四　語出《孟子．梁惠王上》：「君子之於禽獸也，見其生，不忍見其死；聞其聲，不忍食其肉。是以君子遠庖廚也。」謂君子見禽獸之生，便不忍見其死去；聽其臨死前之哀嚎，不忍食其肉。所以君子遠離宰殺牲畜之廚房。

一五　胎卵溼化：即四生（Caturyoni），胎生（Jarāyuja）、卵生（Aṇḍaja）、溼生（Saṁsvedaja）、化生（Upapāduka），世間一切有情眾生的四種出生方式。胎生者，由胎兒生；卵生者，由卵而生；溼生者，由溼潤地之溼氣而生，如蚊蚋、飛蛾等；化生者，無所託而忽有，由過去業力所化，如諸天、地獄中之有情。

二六　語出《論語．里仁》：「曾子曰：『夫子之道，忠恕而已矣。』」曾子謂夫子一以貫之之道，便在於忠、恕二字而已。

二七　語出《論語．衛靈公》：「子貢問曰：『有一言而可以終身行之者乎？』子曰：『其恕乎！己所不欲，勿施於人。』」謂子貢問道：「是否有一個字可以終身奉行的呢？」孔子說：「那就是恕了吧！自己所不想要的，不要加諸他人。」

二八　語出〔宋〕蘇軾〈留侯論〉：「天下大勇者，卒然臨之而不驚，無故加之而不怒。此其所挾持者甚大，而其志甚遠也。」謂天下大勇之人，突然遭變而不會驚慌，無故受辱不會發怒，乃因爲其懷抱的理想、志向高遠。

二九　語出《禪門日誦．寒山拾得問對》：「拾得云：『我曾看過彌勒菩薩偈，……云：『……有人罵老拙，老拙自說好，有人打老拙，老拙自睡倒。涕唾在面上，隨他自乾了。我也省力氣，他也無煩惱。』」

三〇　大成至聖：即孔子，又稱大成至聖先師、大成至聖文宣王。

三一　一車兩馬：《史記．孔子世家》記載魯人南宮敬叔向魯昭公請隨孔子適周問禮，魯昭公便予之一車、兩馬、一童僕隨行。謂行裝簡陋。

三二　七十二君之廷：《莊子．天運》載孔子對老聃說：「我研究《詩》、《書》、《禮》、《樂》、《易》、《春秋》已久，熟知其道理，並以此求用於七十二位君主，與之討論先王之道、說明周公召公之事蹟，卻沒有一位願意用我。」謂孔子周遊列國以求用，卻有志難伸。

三三　指孔子周遊列國以求推行其政治理念，由魯國出發，途經衛、曹、宋、齊、陳、蔡等國。此處一十五國並非實數，應爲段祺瑞有意配合《詩經》十五〈國風〉之數，以言孔子周遊國家之多。

三四　栖栖：不安貌，栖音西。

三五　語出《論語．公冶長》：「子曰：『道不行，乘桴浮於海。』」孔子謂道不能行，便乘坐竹筏出海。

三六　杏壇洙泗：杏壇，孔子講學之處；洙泗間，洙水、與泗水，孔子在洙泗之間聚徒講學。閒，同間。

三七　震旦（cina）：梵語cina之音譯，即中國。

三八　一花五葉：「一花開五葉，結果自然成。」此東土禪宗初祖達摩付予二祖慧可的偈語，預言禪宗於中國之發展弘揚。一花者，初祖達摩；五葉者，即六祖慧能後，禪宗開枝散葉，衍成之臨濟宗、曹洞宗、雲門宗、法眼宗、潙仰宗。

三九　大千：即三千大千世界（tri-sāhasra-mahā-sāhasra-loka-dhātu）的簡稱。爲古印度人的宇宙觀，佛教今日用之以泛指世間諸相。

四〇　六合：上下四方謂之六合，泛指天下、宇宙。

四一　娑婆世界（Sahā-lokadhātu）：指釋迦牟尼所教化之世界、有情眾生所在的三千大千世界，亦即我輩所處之世界。

四二　非第：第，儘管、但；非第，非但。大覺（jinaḥ）：自覺、覺他、德行圓滿，故稱大覺。

產猴記

解題

本文敘述段祺瑞家中所飼養猿猴之事。由兩猴互爭撫育孺猴，導致孺猴死亡，延伸到父母愛子女之心，若一味溺愛而不加施教，則易使子女行爲偏離倫理規範。文中強調家庭作用的重要性，除了是人們學習倫理規範，感受親情的精神支柱外，更是國家興盛與否的根本。是故庭教之重要不可輕忽，愛與教同樣重要。父母愛子而不教，與兩猴爭子導致孺猴死亡，又有何異？本文原載於《甲寅週刊》第一卷第三十一號（民國十五年二月二十七日），章士釗按語云：「昨歲（案：即民國十四年）除夕，執政草此見示，所記事小，充類義大，意莊於昌黎之傳毛穎，詞切於柳州之紀橐駝，其志蓋欲傳示子孫，默持風會，苦心孤詣，盡見於辭。爰揭登焉，藉明世道。今之君子，幸勿囫圇讀之。」後收錄於《正道居感世續集》、《正道居集》。

家養兩猴，數年不育。本日產一猴，雌猴乳（註一）之，撫之，愛護之，卵翼（註二）之，惟恐不至。雄猴凝視環走窠（註三）外，至情油然而生。出於天真，不能自休。詰朝（註四）告者曰：「兩猴爭覆（註五）其子，窠狹猴眾，孺猴殭斃。兩猴痛甚，仍堅握其屍不失。取而埋之則相從號咷，（註六）終日不食。試還之，堅握焉如故。」蠢哉猴也！愛之不以道而殺之，雖愛奚益？（註七）蓋物之愛，固無異於人之愛。古稱父母愛子之心，無微不至。子生三年，然後免於父母之懷。（註八）故禮制三年之喪，聊誌哀感而敦本誼。（註九）經云：「父母之恩，昊天罔極。」（註一〇）追本窮原，固當盡人（註一一）而知。噫！世風不古，禮教云亡。一脫父母之手，有家有室，往往妯娌不和，夫婦反目，德色訴誶（註一二），見聞於外，有違親心，不一而足。甚至疑堂上之偏愛，而姊弟為之忌嫉。惟知女子終須適人，（註一三）異其族系，而不知產男產女，究屬父母一體，其愛與育，不容二致。夫為人子者明達成材，固為父母所深喜。若其巽弱（註一四）無能，其愛尤不能弛。蓋父母之愛，正所以彌子才之不足者也。又父母言行容有未當，然天下無不是之父母，色笑承歡，胡可稍閒（註一五）？總之父嚴母慈，兄友弟恭，孝悌始於家庭，仁愛推於四遠。內而夫唱婦隨，外而睦姻任卹，（註一六）誠經世之大法，興家之要素。海枯石爛，此誼未可忘也。但初娶之婦善教之，而難養之性以馴。嬰孩之子善教之，而禮義之方以立。及其長也，勤課問學以立身，督責克己以接物。達己達人，（註一七）而中正之道於是乎成。諺云：「人莫知其子之惡。」（註一八）溺愛者恆如是也。縱其情欲，任性而為。迨死到臨頭，不堪救藥，藉使椎心泣血，而亦無可如何耳。何以異於猴之自殺其子者乎，夫復誰尤？（註一九）

（萬圓芝註）

註釋

一　乳：餵奶、哺育。《史記・大宛列傳》：「昆莫生棄於野，烏嗛肉蜚其上，狼往乳之。」〔唐〕皮日休：《正樂府・惜義鳥》：「他巢若有雛，乳之如一家。」

二　卵翼：鳥用翼護卵，孵出小鳥，比喻養育或庇護。《左傳・哀公十六年》：「子西曰：『勝如卵，余翼而長之。』」《陳書・周迪傳》：「卵翼之恩，方斯莫喻。」〔明〕宋濂《瑞安吳門三貞母墓版文》：「張夫人少九齡，誓冰雪自潔，卵翼其子，至於有成。」

三　窠，音科，昆蟲鳥獸之巢穴。

四　詰朝：隔日早晨。

五　覆：查看、審察。《周禮・考工記・弓人》：「覆之而角至，謂之句弓。」鄭玄注：「覆，猶察也。」

六　號咷：同嚎啕，啼哭大喊之意。

七　奚益，意指有何好處呢？見《莊子・齊物論》：「人謂之不死，奚益？」

八　語出自《論語・陽貨》：「子曰：『予之不仁也！子生三年，然後免於父母之懷。夫三年之喪，天下之通喪也。予也，有三年之愛於其父母乎？』」

九　敦：崇尚，注重。《左傳・僖公二十七年》：「說禮、樂而敦《詩》、《書》。」孔穎達疏：「說，謂愛樂之；敦，謂厚重之。」本誼：本來的意義。

一〇　謂父母尊長養育恩德深廣，欲報而無可報答。《詩・小雅・蓼莪》：「父兮生我，母兮鞠我……欲報之德，昊天罔極。」

一一　盡人：所有的人。〔宋〕王禹偁〈五福先後論〉：「夫貧富夭壽，人之定數，天之常道，盡人不能易之。」

一二　詬誶：責罵、辱罵。誶：音碎。

一三　適人，謂女子出嫁。《儀禮．喪服》：「大夫之妾爲庶子適人者。」鄭玄注：「君之庶子，女子子也。庶女子子在室大功，其嫁于大夫亦大功。」李如圭集釋：「上文云適士，則此亦適士也。適士者小功，則嫁于大夫者大功。大功章：『大夫之妾與女子之嫁者。』傳謂嫁于大夫，是也。鄭氏曰：『凡女行于大夫以上曰嫁，行于庶人曰適人。』蓋據此也。」

一四　巽弱：卑順、謙讓。《周易．蒙卦》：「童蒙之吉，順以巽也。」孔穎達疏：「巽謂貌順。故褚氏云……巽者外跡相卑下也。」〔唐〕韓愈〈答魏博田僕射書〉：「位望益尊，謙巽滋甚。」〔宋〕王安石〈易泛論〉：「柔巽隱伏。」

一五　閒：同間。間隔之意。

一六　婣，同姻，睦婣，語出《周禮．地官．大司徒》：「二曰六行：孝、友、睦、婣、任、恤。」鄭玄注：「睦，親於九族；婣，親於外親。」後因以「睦婣」謂對宗族和睦，對外親親密。任卹亦作任恤。謂爲人誠信並予人協助。

一七　《論語．雍也》：「夫仁者，己欲立而立人，己欲達而達人。」

一八　《禮記．大學》：「故好而知其惡，惡而知其美者，天下鮮矣。故諺云：『人莫知其子之惡，莫知其苗之碩。』此謂身不修不可以齊其家。」

一九　尤：罪。此處爲歸咎之意。

因雪記

解題

本文寫於民國十五年正月初五（一九二六年二月十七日）。段氏於民國十三年（一九二四）十月出任臨時執政，此時仍在任上，距離下野僅兩個月。題爲〈因雪記〉，係因爲當日大雪，花園景觀一變，令作者棖觸爲文，表達自己憂心時局卻無能爲力之感。本文雖只是描述段氏於正月五日的「課程」安排，卻難得地展示了他晚年的日常生活：卯正起身靜坐念佛、至外客廳弈棋、早餐、至花園散步，返內客廳誦咒。文中所記正在段宅，舊址爲北京東直門內南門倉塊空地，原屬一王侯府邸。段氏就任執政後，舉家自天津租界搬遷後居住。前後有四個大院，若干跨院。宅邸東方有一中等花園，內建一座小樓，是段祺瑞每日誦經功課的靜室。往後方大園走有道小河，植有荷花，一進後花園可見假山，爲文中段氏觀雪之處。徐一士論曰：「一篇短文，有敘事，有寫景，有感慨，有議論，以文家境詣言，雖尚欠功候，而無冗語，無華飾，眞率而具樸拙之趣。」〈因雪記〉所記雖僅爲一天，卻是認識段氏的晚年的代表散文。文字質樸，兼記敘、寫景、抒情一爐，無贅語華飾，因景抒情亦透露英雄圖窮，無力干政的哀嘆。其內容主要有兩方面：一早起禮佛對弈，側寫日常飲食起居；二是觀雪感興，藉景抒懷憂患時政的無力感慨。結語祈求佛菩薩，藉悲憫蒼生之語，默禱自己的臨時政府亦能有一線生機。故文章從一日早晨禮佛起筆，觀雪歸坐內客廳誦經，完一日課程作結。全文展現段氏儒佛思想，與觀雪憂患國事之嘆。此文原載於《甲寅週刊》第一卷第三十三號（民國十五年三月十三日），後收錄於《正道居感世續集》、《正道居集》。

丙寅（註一）正月五日卯正，披短衣，著下裳，淨面漱口後，念淨口真言。（註二）披長衣，念淨衣真言。（註三）整冠取念珠，放下蒲團（註四），跏趺（註五）西向坐，冥目寧神。虔誦佛號廿轉數珠，合掌讀願文。頂禮已，啟目垂手，收念珠入袋中，起身去蒲團。五年餘如一日也。（註六）持煙及盒，排闥穿房，入外客廳。劉玉堂、周堯階、汪雲峯擁坐弈案，（註七）俱起逆余。（註八）雲峯讓一坐，堯階久不弈，欲先試之。讓三子，兩局俱北。雲峯繼之，所負之數與堯階兩枰等。（註九）適點心至，饅首兩碟，（註一〇）食其一。又盡麥粥兩盂。劉謂雪似嫌小，舉目視之，屋垣皆白。遂出念珠默誦而行。出後門，過上房，赴後園，沿荷池，循引路，搴衣登山。安仁亭近在右側，但不能窮千里之目。轉而左向更上，至正道亭，旋視遠邇，一白無邊。蒼松翠柏，點綴搖曳，清氣襲人，爽朗過望。因思厲氣久鍾，不雨雪已數月。既雪矣，乖戾之意大殺（註一一）。人民災劫，或可豁除。然環顧豫鄂魯直、臨榆張北，陰雲慘淡。兵氣沉霾。（註一二）自顧職之所在，不免憂從中來。綱紀蕩然已久，太阿倒持有年。（註一三）人事計窮，欲速不達。心力交瘁，徒勞無補。（註一四）惟有曲致虔誠，默禱上蒼，由無量之慈悲，啓一線之生機已耳。越涵慧亭，俯首降階，遵曲徑，穿小橋，傍石洞，繞山陽，過宅神祠，（註一五）歸坐內客廳。如意輪王咒（註一六）百十一遍，往生咒（註一七）倍之。大明王真言、往生真言等接續誦畢。完一日之課程。遂援筆誌之。以啓發兒曹之文思。

註釋

（李嘉玲註）

一　即民國十五年（一九二六）。

二　淨口眞言：即淨口業眞言，佛教咒語。佛徒誦經前，先念淨身、口、意三業的眞言，期以無比清淨的身心來誦持無上經典，以表示對佛法的虔敬。

三　淨衣眞言：當爲淨身業眞言。身字從前文而形訛。

四　蒲團：一種坐墊，外型近小而圓型的枕頭；是輔助禪坐的用具，中間常塡塞木棉或蕎麥殼等鬆軟的塡充物。

五　跏趺：打坐姿勢，兩腳交疊盤坐，腳背放在股上，亦稱爲蓮花坐。原爲婆羅門教瑜伽姿勢，後爲佛教、印度教所繼承。

六　民國九年（一九二〇）七月直皖戰爭，段祺瑞敗北下野，是年開始吃素念佛，搬家天津，法名正道居士。家居始闢一佛堂，清晨早起焚香誦經。遷家北京寓所後依然如此，故文章稱五年餘如一日。

七　劉玉堂、周堯階爲安徽合肥人；汪雲峯北京出身，別名耘豐。三人皆爲清末民初的圍棋好手，以汪雲峯棋藝最佳。據《段祺瑞密史》載，段氏平時不好貨，不好色，能飲酒但不放縱，平生好與人對弈，段府成爲清末民初好手在京聚集常所，如汪雲峯、吳清源、吳祥麟、劉棣懷等都先後受其關照。惟段氏棋弈不甚高明，性好勝，故常與其對弈者，總巧妙小輸段氏幾子，博取歡心。

八　逆：迎接。

九　枰：音平，即紋枰，古代對圍棋棋盤的別稱。此指段氏所負的目數與前兩局對弈周堯階目數相差雷同。

一〇　饅首，即饅頭。

一一　殺：消滅。

一二　豫：河南；鄂：湖北；魯：山東；直：直隸省；臨榆：今河北省秦皇島山海關區縣城；張北：今河北省張家口轄下。前此半月的一月二十五日，段祺瑞令方振武爲直魯豫邊防剿匪司令，因應同日張作霖宣布與北京的臨時政府脫離干係，自任東三省自治保安總司令兼軍務總統官一事。故文中有「陰雲慘淡，兵氣沉霾」之感興。

一三　太阿，亦作「泰阿」，寶劍名。指手持劍刃，以柄向人，喻授人以權柄，反受其害。

一四　段氏自認「心力交瘁，徒勞無補」，原因主要有二：（一）自民國九年直皖戰爭失敗下臺，藉天津會議（民國十三年十一月二十四日），張作霖、馮玉祥等公推任臨時執政以來，自己無實權，權力旁落北洋諸系。（二）其親日背景，與金法郎案等對外國際，有舉措失當之嫌。

一五　宅神廟：土地公廟。

一六　如意輪王咒，又稱如意寶輪王陀羅尼、如意輪觀音陀羅尼、大蓮華峰金剛秘密如意輪咒、觀自在菩薩如意心陀羅尼。是佛教如意輪觀音的眞言，此咒能使眾生所求如意圓滿「能於一切所求之事，隨心饒益，皆得成就」，屬十小咒中第一篇。

一七　往生咒，全稱《拔一切業障根本得生淨土陀羅尼》，又稱四甘露咒、往生淨土神咒、阿彌陀佛根本祕密神咒，是佛教淨土宗的重要咒語。

文目・補編

《華僑雜誌》創刊祝詞

解題

《華僑雜誌》是上海華僑聯合會的機關報紙。雜誌之首次發行，在民國二年十一月（一九一三）二次革命失敗之後不久，國內矛盾正熾。然而，《華僑雜誌》持超越黨派之爭的態度，專注於幫助華僑爲國謀福、爲群體自身謀福。段祺瑞當時在熊希齡內閣擔任陸軍總長，其祝詞稱許了華僑的拳拳愛國之心和鼎力襄助之舉。本文原載《華僑雜誌》第一期（民國二年十一月）。

葛藟旁茁，（註一）枝柯以蕃。（註二）既暢其生，（註三）還庇本根。（註四）

緊我僑民，（註五）知衛祖國。共和改建，（註六）各奮智力。（註七）

往昔閉關，（註八）肥瘠秦越。（註九）誠感今孚，（註一〇）詐虞不作。（註一一）類情通德，以善其羣。（註一二）孰綱維是，視此鴻文。（註一三）

（唐甜甜註）

註釋

一　葛藟：葡萄屬植物，狀似葡萄。《詩・周南・南有樛木》：「南有樛木，葛藟纍之。樂只君子，福履綏之。」葛藟爬上樛木，生長蔓延，象徵本文百世。茁：生長。旁茁，有華僑在海外開枝散葉的隱喻。

二　蕃：茂盛。

三　暢：通，沒有阻礙，這裡意爲使生命順利地進行。

四　以上四句是比興，以葛藟比喻僑民，本根則比喻下文所言的祖國。如《詩・大雅・緜》：「緜緜瓜瓞，民之初生。」

五　繄：音醫，語助詞。

六　共和改建：指中華民國建立。

七　奮：發揮、運用。指華僑在民國建立的過程中出力甚多。

八　閉關：指明清兩代的海禁政策。

九　〔唐〕韓愈〈爭臣論〉：「視政之得失，若越人視秦人之肥瘠，忽焉不加喜戚於其心。」「肥瘠秦越」比喻兩個群體關係疏離，故毫不關心彼此的境況好壞。這兩句說過去由於閉關政策，故內地民眾和僑民互不關心。

一〇　孚：誠信。

一一　虞：欺騙，不誠信。

一二　類情通德：有相同的情感和志願，指僑人和內地人一樣，關心國家民族，想要爲之效力、令其受益。《史記・平津侯主父列傳》：「智、仁、勇，此三者天下之通德，所以行之者也。」《周易・繫辭下》：「古者庖羲氏之王天下也，仰則觀象於天，俯則觀法於地，始作八卦，以通神明之德，以類萬物之情。」

一三　孰：誰。綱維：原則、原理。是：語助詞，表示提前。此鴻文，指雜誌中的文章。這兩句詩的意思是，想讓國家民族受益所應當遵循的原則是什麼，請看這些文章。發刊詞中，亦點明辦此刊的宗旨是提供「所以維繫之策，自立之謀」，即強國利民的正確策略、途徑。《莊子・天運》：「天其運乎？地其處乎？日月其爭於所乎？孰主張是？孰維綱是？孰居無事推而行是？」

為武昌安徽會館所撰聯

解題

民國三年（一九一四），段祺瑞應邀在武昌安徽會館題寫此聯。此聯始載於《安徽旅鄂同鄉會第一屆會務彙刊》，謂其懸掛於會館敬愼堂。其後又載於吳伯卿《近代人物與史事》之〈「臨時執政」之段祺瑞〉篇，及高拜石《新編古春風樓瑣記》之〈猛老虎——段芝泉三定共和〉等。二十三年後，段氏復爲該館《旅鄂同鄉會彙刊》題詞，詳後篇。

民國三年孟冬月穀旦（註一）

盃酒話前塵，（註二）萬馬濤聲天際湧；（註三）

登臨懷故國，（註四）八公山色望中來。（註五）

合肥段祺瑞撰並書

（唐甜甜註）

註釋

一　穀旦：良晨，黃道吉日的代稱。《詩·陳風·東門之枌》：「穀旦于差。」

二　塵：梵文visaya，佛教語，指感官所感知的對象（色聲香味觸五塵），以及感官感知本身（法塵）；前塵：原指人世間當前虛妄的塵境，後泛指過去的經驗。語出《楞嚴經》卷二：「一切世間大小內外諸所事業，各屬前塵。」話前塵之意爲，皖人同鄉在此武昌安徽會館相逢，共話往日在家鄉的經歷。

三　萬馬：形容濤聲之雄壯。武漢三鎮位於漢水匯入長江之處，安徽會館臨近兩江，可聽到濤聲。

四　〔宋〕周邦彥〈蘭陵王·柳〉：「登臨望故國，誰識、京華倦客？」故國即故鄉，指安徽。

五　八公山，在安徽淮南，此處代指故鄉安徽。《新編古春風樓瑣記》本，「來」作「收」。「來」與「收」情韻不同，讀者可自裁選。

題黃鶴樓聯

解題

此聯最早見於近人吳恭亨（一八五七～一九三七）所著《對聯話》卷四，有「特爲雄傑」之評。又云：「段，武人，此或爲捉刀之作，然要未可沒也。」吳氏並未說明撰寫年代，蓋與〈爲武昌安徽會館所撰聯〉作於同時，亦即民國三年（一九一四）左右。考黃鶴樓在湖北省武昌蛇山之巔，俯覽江漢，始建於三國吳大帝黃武二年（二二三）。據《元和郡縣圖志》所載，孫權始築夏口故城，「城西臨大江，江南角因磯爲樓，名黃鶴樓」。歷代屢修屢毀，僅明清兩代，便遭毀七次、重修十次。最後一次建於同治七年（一八六八），毀於光緒十年（一八八四）。今日之樓，則爲一九八五年重建。以此推之，段氏撰聯之時，黃鶴樓基址猶爲一片廢墟。湖北方面請段氏撰聯，蓋亦有日後重建後懸掛之打算。黃鶴樓歷來頗多傳說，段氏此聯全不涉及，而以慨嘆興亡、激勵英傑爲主旨，當亦與民初鼎革之時代背景相符。

古今稱形勝，（註一）歷漢迄今，（註二）幾千年王氣（註三）潛消（註四），治亂興亡，都付與大江東去；

雄秀出重霄，高瞻遠矚，八萬里山靈（註五）鬱毓（註六），英雄豪傑，當有共斯樓齊名。

（金玉琦註）

註釋

一　形勝：位置優越，地勢險要。《荀子．強國》：「其固塞險，形埶便，山林川谷美，天材之利多，是形勝也。」

二　東吳黃武二年亦即魏文帝黃初四年、蜀漢先主建興元年，距漢獻帝遜位已有三年之久。段氏將黃鶴樓始建之年歸爲漢代，或可窺見其「漢賊不兩立」的正統觀。「今」字與前文「古今」之「今」重複，疑本爲「清」字，與「漢」對偶方才熨貼。改「清」爲「今」，或係段氏臨時自爲，或係《對聯話》更易、訛誤，當俟進一步考辨。

三　王氣：象徵帝王運數的祥瑞之氣。《東觀漢記．光武帝紀》：「望氣者言，春陵城中有喜氣，曰：『美哉王氣，鬱鬱葱葱。』」

四　潛消：暗中消除。〔唐〕元稹〈崔弘禮鄭州刺史制〉：「春秋時鄭多良士，是以師子大叔之政，而羣盜之氣潛消。」

五　山靈：山巒之靈氣。

六　鬱毓：豐盛貌。〔晉〕左思〈蜀都賦〉：「丹沙赩熾出其阪，蜜房鬱毓被其阜。」

《大戰事報》創刊祝詞

解題

本文刊登於民國七年（一九一八）《大戰事報》創刊號上。民國六年（一九一七），歐戰正熾。當年八月十四日，時爲參戰督辦的段祺瑞力排眾議，終於通過了對德宣戰案，中國以協約國身分參加歐戰。段氏這篇祝詞，強調了中國參戰的道德性：先說戰爭造成的災難，再說武力是恢復和平的必要手段，再說中國人正是以拯救民眾爲目的而動用武力，最後說，仁義之師是聖王所贊同的，並號召國人繼承道統。此報同時也登載了代總統馮國璋的祝詞，馮文提及該報創立的宗旨是「以正確之言論，闡揚人道，保障公法」（見附錄），那麼段氏的觀點，和《大戰事報》的立場是一致的。

慘黷茫茫，（註一）狂流漭泱。（註二）海若蒙茸，（註三）天吳睒暘。（註四）

拯溺濡焦，匪威弗克。（註五）顛蹶圖存，（註六）緊維鐵血。（註七）寰瀛鼎沸，（註八）鼉憤龍愁。（註九）枕戈躍馬，（註一〇）與子同仇。（註一一）軒昊神靈，（註一二）鑒臨不遠。（註一三）億兆偕行，式茲嘉範。（註一四）

附：馮大總統祝詞（註一五）

歐戰發生，于今三載。戰雲瀰漫，幾遍全球。吾國以國際上之關係加入協約。貴報乘時崛起，以正確之言論，闡揚人道，保障公法。他日世界和平，胥在於是基之乎！

（唐甜甜註）

註釋

一　慘黷：昏暗貌。〔北周〕庾信〈竹杖賦〉：「猿吟鷹厲，風霜慘黷。」

二　漭泱：廣大得沒有邊界。〔漢〕張衡〈西京賦〉：「山谷原隰，泱漭無疆。」

三　海若：北海之神，名若。《莊子．秋水》稱爲北海若。又《楚辭．遠遊》：「使湘靈鼓瑟兮，令海若舞馮夷。」蒙茸：蓬亂貌。〔漢〕司馬遷《史記．晉世家》：「狐裘蒙茸，一國三公，吾誰適從？」

四　天吳：水神之名。《山海經．海外東經》：「朝陽之谷，神曰天吳，是爲水伯。其爲獸也，八首人面，八足八尾，皆青黃。」睒睗，音閃釋，疾視貌。〔清〕劉大櫆〈《海舶三集》序〉：天吳睒睗，魚黿撞沖。」以上四句寫第一次世界大戰的亂象。

五　濡：霑濕。克：能。只有有強力和決斷的人，才能拯救天下於危難。

六　顚、蹶：倒下，引申爲毀滅不存。

七　緊：同伊，相當於「是」，維亦發語詞。《國語．吳語》：「君王之于越也，緊起死人而肉白骨也。」這兩句說，只有戰爭和流血，才能維持世界秩序，進而保全人類。

八　寰：疆土。瀛：海。指全世界。鼎沸：比喻聲音響而雜亂的狀態，尤指輿論的喧囂。〔漢〕班固《漢書．霍光傳》：「今群下鼎沸，社稷將傾。」

九　鼉：音駝，揚子鱷。〔戰國〕宋玉〈高唐賦〉：「黿鼉鱣鮪，交積縱橫。」這兩句話形容全世界有義之士都義憤慷慨，議論蜂起。

一〇　枕戈：形容時刻準備迎敵。〔南朝梁〕蕭子顯《南齊書．褚淵傳》：「結壘新亭，枕戈待敵。」

一一　《詩．秦風．無衣》：「王于興師，修我戈矛。與子同仇。」這兩句形容軍隊士氣高漲，同心抗敵。

一二　軒昊：黃帝軒轅氏、太昊伏羲氏的並稱，泛指儒家先王。

一三　《詩・大雅・蕩》：「殷鑒不遠，在夏后之世。」《書・高宗肜日》：「惟天監下民，典厥義。」又《詩・大雅・大明》：「上帝臨女，無貳爾心。」鑒、監、臨皆爲監督之意。故段氏這句話，意謂先王之靈在主動地關注著我等後人。

一四　式：法度。《詩・大雅・下武》曰：「成王之孚，下士之式。」傳曰：「式，法也。」茲：此。這兩句意思是號召國民團結起來，效法先王。

一五　馮國璋自民國六年（一九一七）七月六日至七年（一九一八）十月十日代理中華民國北京政府大總統。

#《大陸報》雙十節紀念增刊題詞

解題

此爲段氏爲《大陸報》（*China Press*）民國六年（一九一七）雙十國慶紀念增刊的題詞。該報爲中美合資，宣統三年（一九一一）在上海正式出版。該報言論代表在滬美僑的利益，爲上海最早的美國式編排的報紙，消息報導迅速及時、繁簡得當，文筆活潑，頗受歡迎。民國六年國慶，遂邀代總統馮國璋、國務總理段祺瑞爲增刊題詞。當時袁世凱去世剛好一年，張勳復辟也告終未幾，且歐戰方酣，故馮國璋稱國家「變故疊生，禍機駭發」、段祺瑞稱「政局蜩螗，邦之不幸」，言非虛發。段氏認爲民國建立不易，立國未幾而內憂外患，而《大陸報》的評論往往能切中時弊，予國人有規勸警省之功。故創作這篇題詞，以資宣揚鼓勵。

政局蜩螗（註一），邦之不幸。孰是紛拏，（註二）而躋遐永。（註三）

喟茲將士，（註四）躍馬同仇（註五）。不遠而復，（註六）奠我神州。（註七）
環海波騰，（註八）群龍萡艙。（註九）本（註一〇）之不圖，遑云對外。
撫瘡嗅痛，（註一一）未遽云安。（註一二）忝參國論，（註一三）中（註一四）實懷慙。
緬彼哲人，（註一五）名都之彥。（註一六）鍼藥膏肓，（註一七）提撕（註一八）宏遠。
九州韋佩，（註一九）匪曰余私。（註二〇）敬承嘉貺，（註二一）申此好詞。

中華民國六年九月，段祺瑞題。

附：中華民國大總統馮國璋題詞

中國改革政體，於茲六年。中間變故疊生，禍機駭發。幸群策群力，維持於飄搖風雨之中，共和國家賴以不墜。比者國基粗定，多難未平，邦人士夙夜憂勤，思所以保邦致治之道。貴報增刊紀念，惠我好音。不獨引為光榮，且以資為政攻錯。謹識片語，以代弁言。

中華民國六年十月馮國璋。

（廖蘭欣註）

註釋

一 蜩螗：蜩音調，螗音唐，皆為蟬類。蟬鳴喧噪，故用來比喻國家議論喧騰，紛亂不寧。《詩．大雅．蕩》：「如蜩如螗。」

二 孰：誰。紛拏：亦作「紛拿」，混亂錯雜、牽扯混戰之意。〔漢〕王逸〈九思．悼亂〉：「肴亂兮紛拏。」《史記．衛將軍驃騎列傳》：「時已昏，漢匈奴相紛拏，殺傷大當。」

三 躋：登上。遐永：遼遠長久。以上兩句意謂：有哪個國家能在紛亂裡國祚長久？

四 喟：音委，嘆息。茲：這些。將士：這裡指參與辛亥革命的軍人。

五 躍馬：策馬奔躍前進。《史記．范睢蔡澤傳》：「吾持梁刺齒肥，躍馬疾驅。」同仇：一致對付仇敵。《詩．秦風．無衣》：「王于興師，脩我戈矛，與子同仇。」

六 不遠而復，語出《周易．復卦．初九》：「不遠復，无祇悔，元吉。」不遠復，字面意思為前行不遠就回來。此處引申為革命起兵未幾便成功推翻清廷，光復華夏。

七 奠：底定。此句指奠定中國民國的基業。

八 環海：指全世界。波騰：波浪翻騰，指國際時局驚濤駭浪、危機四伏。

九 群龍：指列強。菹膾：音狙檜，魚肉醬，借指殺戮。

一〇 本：指國家的根本。

一一　噢：音嫗，呻吟。

一二　遽：音具，快速。兩句謂撫摸瘡口痛苦呻吟，沒那麼快能痊癒。引申爲國家遭難後，一時未能恢復元氣。

一三　忝：羞辱，自謙之詞。國論：有關國計民生的議論。指自己擔任國家的決策者。

一四　中：指心中。

一五　緬：遙遠。哲人：智慧超卓者。

一六　名都：著名都會。彥：才德出眾者，即前句之哲人，謂《大陸報》主筆密勒（Miller）及其他撰稿人。

一七　鍼：同針，針砭。膏肓：古代以心尖脂肪爲膏，心臟與膈膜之間爲肓。比喻爲問題之重點。《左傳．成公十年》：「疾不可爲也，在肓之上，膏之下，攻之不可，達之不及，藥不至焉。」此句謂《大陸報》之評論切中時弊，並能給予良好的建言。

一八　提撕：拉扯、提攜。《詩．大雅．抑》：「匪面命之，言提其耳。」鄭箋：「我非但對面語之，親提撕其耳。」

一九　佩：配戴。韋：熟牛皮。古代西門豹性急，佩韋自戒；董安性緩，佩弓弦自戒。見《韓非子．觀行》。佩韋原指隨時警戒自己，後比喻爲有益的規勸。

二〇　以上兩句謂《大陸報》之評論不僅只爲少數人而發，而是對全中國的規勸。

二一　承：接受。嘉貺：精美的禮物。貺音況。

贈徐專使李恩兩副使序

解題

徐專使指徐樹錚，李、恩指李垣、恩華二人。辛亥革命後，外蒙古宣布獨立，不久改稱自治。民國六年（一九一七）年俄國十月革命爆發，謝米諾夫等白俄人士逃到西伯利亞一帶，繼續進行侵擾外蒙古的活動。同時，日本帝國主義者有意建立所謂「大蒙古國」，對外蒙覬覦已久。有見及此，外蒙古一度想撤銷自治，回歸中國，抵抗日俄。段祺瑞憂慮外蒙落入俄國手中，遂囑咐徐樹錚著手處理。民國八年（一九一九）四月十七日，徐樹錚提出〈西北籌邊辦法大綱〉，組建籌邊使署和西北邊防軍總司令部，召集各級官員討論有關外蒙的政治、軍事及開發等問題。六月十三日，徐世昌任命徐樹錚爲西北籌邊使。十月以後，徐樹錚先後三次赴蒙，其中第二次是在十二月二十二日至二十七日。此序正寫於徐第二次出發至庫倫之前，由段祺瑞於歡迎徐及李、恩二人之宴會上讀出。十二月十五日，段氏率領軍官百餘人在保和殿歡送徐樹錚赴蒙。序文交代徐樹錚冊封李垣、恩華之事，讚揚徐對外蒙事務的貢獻。繼從周朝玁狁至元朝蒙古的歷史，追溯蒙古發展之興衰，並讚嘆元代統治者尊崇堯舜孔孟，與漢人無異。然後就外蒙有意歸治中國之事，表現民國政府融和民族的政治願景。最後道出發展外蒙的重要性，並表達對徐赴蒙工作的寄望。本文刊於《來復》九十期（民國十八年），正道居諸集不收。

十二月十四日，上午十二時，參陸兩部邊防處，會同發起在傳心殿大開讌會，（註一）歡迎徐專使，居時各高級長官及參陸部邊防處各人員齊蒞會，濟濟一堂，實近來未有之盛舉。此會發起，以段督辦為首。段督辦親撰序文，贈徐專使及李思兩副使，以嘉其功。開會時，先由段督辦即席朗誦序文，以代訓詞。段督辦訓詞畢，徐專使答詞，然後奏樂，暢飲而散。茲將段督辦贈序錄後，以誌盛況，亦可見聖道懷遠規模之廣大矣。（註二）

維中華民國八年十二月十五日，徐專使被命（註三）冊封李、恩兩副使之嘉歸治（註四）也。歸治告成，李、恩兩副使始終贊襄（註五）其間，徐使猶為後勁，舉重若輕，不煩而定。此冊使所由來。從此共和合治，等量齊觀，民生民智，同期一致，正不徒歸治已也。溯自周室中葉，玁狁搆難，（註六）燕趙震驚。雖秦皇之盛，亦不敢當強弓怒馬飄忽無前之衝，（註七）是以不憚興長城之大役。漢武縱稍殺其氣勢，（註八）晉代竟復鼎沸。（註九）中原遼金繼起，元主中夏，兵力直達於歐俄，循中亞細亞迄地中海，武力赫耀，震爍前古，全歐駭汗，罔知所措。（註一〇）當斯時也，法堯舜之道，闡孔孟之學，蒙族之興隆，何亞於華夏。嗚呼！由周迄今，三千年於茲，何竟終於榛榛莽莽、渾渾噩噩！地土之荒蕪如舊，丁口之削減何極，可哀孰甚？大凡天地之生物無窮，而四時之發展有序，治亂興衰，固由數定，然至誠格天，（註一一）能盡人之情，亦能盡物之性。天視自我民視，又胡不可以回天？人事之盡，然後聽天可也。數十年來，每見四襲（註一二）色變，恐懼莫名。然曠覽史乘，（註一三）不覺欣然，蓋一亂必有一治，日削終於日拓。《易》曰「否極泰來」，（註一四）信哉言乎！夫世不亂則不治，土不削則不拓，徵之禹跡，疆域之闢，不知幾十百倍矣。即如五胡十六國，擾攘中華，莫可究詰，不轉瞬間，又何嘗有胡漢之跡？是大聖人不偏不倚之道，民胞物與之懷，立治道之本，貫澈萬古。（註一五）凡天之所覆，地之所載，莫不一視大同，一經含煦，（註一六）安然自化，不似他類有種族別，異教有範圍之限。故我民國政府成立，諄切表示，五族一體，昭示宇內，蒙疆發展，此其時歟！閒嘗竊憶生齒不繁，（註一七）無以強國家；地利不闢，無以養黎庶；人民不學，無以進文明；邊備不實，無以固吾圉。（註一八）至如工商實業，可以塞漏卮；礦產森林，可以補財源。大漢漠北，變為富庶之區；邊儌遐荒，悉為通都之市。（註一九）持忠恕以接物，耐堅忍以圖功。定遠充國，（註二〇）何足與數？所謂非常之功待諸非常之人也歟！

（黃啓深註）

註釋

一　傳心殿：位於紫禁城東南，文華殿東，爲清朝皇帝舉行祭告禮之所。

二　以上爲序言，非段氏手筆。

三　被命：奉命、受命。

四　歸治：指外蒙古回歸民國管治。

五　贊襄：協助。

六　玁狁：中國古代民族，又稱「獫狁」、「葷允」、「葷粥」、「獯鬻」等。據王國維〈鬼方昆夷玁狁考〉一文考證，玁狁與鬼方、混夷、獯鬻、戎、狄、胡、匈奴，實爲中國古時北方同一外族名，因「隨世異名，因地殊號」，故衍生出諸多名稱。活動範圍於今陝西、甘肅一帶。西周中期以降，周王朝勢力逐漸削弱，被獫狁多次入侵。周宣王五年（西元前八二三）三月，獫狁進攻西周鎬、方等地，宣王命尹吉甫、南仲等出征，化解了獫狁威脅。《詩．小雅》的〈六月〉和〈出車〉分別歌頌了尹吉甫和南仲北伐玁狁勝利的功績。另外，據清道光年間陝西寶雞市出土的虢季子白盤記載，宣王十二年（西元前八一六），虢季子征伐玁狁至洛水之北，斬殺及俘虜敵軍數百人。

七　當：抵抗。《史記．淮陰侯列傳》：「漢兵遠　窮戰，其鋒不可當。」

八　漢武帝於元光六年（西元前一二九）起，開始派兵攻擊匈奴。元狩四年（西元前一一九），武帝派遣衛青、霍去病率騎兵五萬深入漠北，殲敵七萬多人。匈奴退居漠北地區，無力南下。武帝駕崩，漢朝暫停攻擊匈奴。

九　西晉末年，賈后亂政，引發八王之亂（二九一～三〇六），亂事歷時十六年之久，其間諸王混戰，民間亦有起義和動亂。亂事結束後，晉朝國力大爲削弱，無法控制全國，匈奴人趁機乘虛而入。西元三〇四年，匈奴屠各人劉淵在并州離石起兵，建立漢國，自稱漢王，後於三〇八年稱帝。三一一年，其子劉聰攻占洛陽，三一六年攻陷長安，西晉滅亡。

一〇　元朝（一二七一～一三六八）是由蒙古族建立的大一統帝國。一二〇六年鐵木眞建立蒙古汗國。一二六〇年忽必烈建元「中統」，一二七一年改國號爲元。管治疆域西起今額爾齊斯河，北至西伯利亞，東至日本海、鄂霍次克海、高麗，南至南海、不丹、錫金，版圖空前遼闊。

一一　格天：感通上天。《書．君奭》：「在昔成湯既受命，時則有若伊尹，格於皇天。」

一二　襲：疑爲「裔」字之訛。四裔，即四方邊陲之地。

一三　曠覽：遍覽。史乘：《孟子．離婁下》：「晉之《乘》，楚之《檮杌》，魯之《春秋》，一也。」《乘》爲晉國史籍名，後泛稱史書爲「史乘」。

一四　《易．否卦》：「否之匪人，不利君子貞，大往小來。」《易．泰卦》：「泰，小往大來，吉亨。」

一五　澈，同徹。

一六　含煦：同涵煦，養育滋補。

一七　生齒：古人於嬰兒長出牙齒後登記戶籍。《周禮．秋官．司民》：「司民掌登萬民之數，自生齒以上皆書於版。」後泛指人口。

一八 圉：周邊地區，音宇。《左傳・隱公十一年》：「亦聊以固吾圉也。」原訛作「圍」，逕改。

一九 通都之市：四通八達的城市。

二〇 定遠：班超（三二～一〇二），字仲升，扶風郡平陵縣（今陝西咸陽東北）人。東漢著名將領、外交家。因功獲封定遠侯，故世稱班定遠。趙充國（西元前一三七～前五二），字翁叔，隴西郡上邽人（今甘肅省天水市）人，西漢著名將領。

輓衍聖公孔令貽聯

解題

孔令貽（一八七二～一九一九），字谷孫，號燕庭，山東曲阜人，孔子第七十六代嫡長孫。光緒三年（一八七七）襲封衍聖公。二十四年（一八九八），奉諭爲翰林院侍講，並正式主持公府事務。三十三年（一九〇七），奉旨稽查山東學務。民國三年（一九一四），北洋政府仍封衍聖公。八年（一九一九）春，進京爲廢帝溥儀祝壽，同年秋於北京太僕寺街衍聖公府病逝。有遺腹子一，即孔德成先生（一九二〇～二〇〇八）。據孔府檔案記載，孔令貽去世時，贈送輓詞、輓聯之政要除段氏外，尚有大總統徐世昌、前總統馮國璋、直隸督軍曹錕及張勳等多人。

道近中庸（註一），儒型（註二）未墜；

神歸太素（註三），洙泗（註四）含哀。

（金玉琦註）

註釋

一　中庸：儒家標榜的處世之道。中即不偏不倚，庸即恆常不變。《論語．庸也》：「中庸之為德也，其至矣乎！」

二　型：典範。

三　神：靈魂。神歸即去世。太素：最原始的物質，指天地。〔南朝宋〕王僧達〈祭顏光祿文〉：「秋露未凝，歸神太素。」

四　洙泗，洙水和泗水。春秋時二水屬魯國地，自今山東省泗水縣北合流而下，至曲阜北又分為二水。孔子在洙泗間聚徒講學，故以洙泗代稱儒家。

輓前總統馮國璋聯

解題

馮國璋早年因家貧輟學而投淮軍，後入天津武備學堂習步兵科。在學期間，曾參加科舉考試，中秀才。甲午戰後，作爲清朝駐日公使裕庚隨員而赴日考察軍事。光緒廿二年（一八九六）回國後，入袁世凱小站輔佐編練新軍。與同期的王士珍、段祺瑞合稱「北洋三傑」，頗建功勳。民國後，馮國璋表示反對洪憲帝制。袁世凱去世後，黎元洪出任大總統，旋因府院之爭、張勳復辟而下野。馮國璋以副總統身分代理大總統一職，卻與段祺瑞齟齬日深。段氏主導的安福國會乘馮國璋任期屆滿，選舉徐世昌爲新總統。馮國璋下野還鄉，至民國八年（一九一九）十二月廿八日溘逝，時年六十。劉嘯虎《叱吒北洋》稱此聯爲段氏親擬，「道出了兩人之間，乃至北洋派系中直系與皖系的複雜糾葛」。上聯憶及當年同學同袍之情誼，下聯點出二人雖有政見分歧，卻盡力彌合，協力國事，不料馮氏早逝。或謂此聯「褒貶春秋之微妙，存乎一心，很能體現中國文化的獨特含蓄美」，誠然。此聯原載《河間馮公榮哀錄》（民國九年）。

兵學砥礪（註一）最相知，憶當拔劍狂歌，每興誓（註二）澄清攬轡（註三）；
國事糾紛猶未已，方冀同舟共濟，何遽（註四）傷分道揚鑣。

（金玉琦註）

註釋

一 砥礪：音底麗，砥爲細膩的磨刀石，礪爲粗糙的磨刀石。引申爲磨煉鍛煉，以及相互之間的勉勵。見《山海經．西山經》：「西南三百六十里，曰崦嵫之山……苕水出焉，而西流注於海，其中多砥礪。」郭璞注：「磨石也。精爲砥，粗爲礪。」

二 興誓：起誓。

三 攬轡：拉住馬韁，前往任職之所。澄清：平治天下。表示在亂世革新政治，澄清天下的抱負。參《後漢書．黨錮傳．范滂》：「滂登車攬轡，慨然有澄清天下之志。」

四 遽：音據，倉猝之意。

重印《佛祖道影》跋

解題

《佛祖道影》一書，記載了歷代西天、東土祖師之道行及法相，爲後來修行者之規範，書中圖畫爲晚明緇素所繪，傳贊爲憨山大師爲撰，最早由紫柏大師刻印流傳。明末清初時，福州鼓山湧泉寺永覺、爲霖師徒又增補多位祖師法相，再加傳贊，刻印流通於世。民國十年（一九二一）時，段祺瑞因直皖戰敗下野，隱居天津，開始學佛。他以爲此書可作爲學佛入門者的助緣，於是影印五百部以廣流傳，遂爲新刊本作此跋語。

年來契志林泉，（註一）栖心禪悅，（註二）瀏覽及《佛祖道影》一書。竊以為影者心也，心者佛也，（註三）心佛眾生本無區別。自凡夫背覺合塵，（註四）

間隔為二。今以心中自影之佛，（註五）印佛祖自心之影，（註六）逮至心影交融，頭頭是佛，既無心外之佛，亦無佛外之心，（註七）則心空（註八）證而佛果（註九）現矣。是書其亦初學道者之一助緣乎！爰影印五百部，以期同志共證之。

民國十年八月，段祺瑞跋。

（廖蘭欣註）

註釋

一　契：投合、切合。契志即投放心志之意。林泉：林木泉石，比喻退隱的地方。《北史．韋孝寬傳》：「所居之地，枕帶林泉。」

二　栖：同棲。禪悅：禪定後產生的愉悅感。〔南朝陳〕徐陵〈東陽雙林寺傅大士碑〉：「非服名香，但資禪悅。」

三　〈心王銘〉：「即心即佛，即佛即心。」意謂只要把妄心歇下，那就是佛。而本身若存有佛心，便可成佛。

四　背覺合塵：指遠離菩提正覺，投合五欲六塵。亦即眾生貪戀塵世，不思解脫。語出〔唐〕般剌密帝譯《楞嚴經》卷四：「眾生迷悶，背覺合塵，故發塵勞，有世間相。」

五　自影：自身的影跡。自影之佛指自身一切行跡都合乎佛法。

六　印：印證。自心：佛教謂心、意、識的複合，亦即前七識。佛祖的自心，潔淨無染，其行跡也一樣。

七　〈達磨大師血脈論〉：「心即是佛，佛即是心；心外無佛，佛外無心。若言心外有佛，佛在何處？心外既無佛，何起佛見？」意即佛是心中的自覺之性，無任何的過失和迷惑。眾生有顛倒妄想，是因爲無法覺知自心就是佛。若是了知自心即是佛性，就不會徒然向心外去尋求諸佛。

八　心空：心離自障而空寂無相。《仁王般若波羅密經》卷上：「空慧寂然無緣觀，還觀心空無量報。」

九　佛果：指成佛。佛爲萬行之所成，故稱佛果，即能成之萬行爲因，而所成之萬德爲果。泛指一切萬行之善根、功德。

陸軍上將遠威將軍徐君神道碑

解題

徐樹錚，字又錚、幼錚，號鐵珊，安徽省徐州府蕭縣人。天資聰穎，但考運不佳，未能中舉，遂棄文從武。欲投身袁世凱幕下，但未獲得賞識。在暫宿的旅店被段祺瑞相中，段邀徐擔任自己的幕僚。段相當賞識徐，資助徐至日本陸軍士官學校就讀，徐亦感念段的知遇之恩，對段忠心耿耿。在政務上，徐助益不少，但是徐性格剛強，較不能圓融處事，因此樹敵甚多。民國十四年（一九二五）年底，徐在離開北京的路上，被政敵刺殺身亡。段深感痛失英才，特撰此文，以資紀念。本文收錄於徐道鄰所編《徐樹錚先生文集年譜合刊》，正道居諸集不收。

將軍，葵南公第三子也。（註一）幼而穎悟。（註二）父以拔貢生授教諭，（註三）改州判，（註四）皆不就。（註五）盡出所學以教之。年十有三，補縣庠生

（註六），十七食廩餼（註七）。當甲午（光緒二十年（一八九四））之後，國勢震撼，慨然有大志。江南試罷，不事舉業。（註八）環顧海內：刱練陸軍，（註九）轉撫山東，大有可為，莫項城袁公若也。（註一〇）時年二十有二，跋涉山川，踵轅上書。（註一一）袁公適居喪，命道員朱鍾琪延見。（註一二）朱素有名士稱，所如不合。（註一三）遂作余記室。（註一四）越年，（註一五）項城督北洋，移師保定。余督辦陸軍各學校，統制三六鎮，（註一六）掌記室如故。時與兵士同操作，習跑步，堅苦卓絕，志趣異人。後請留學日本士官學校。卒業歸來，余提督江北，派為軍事參議，領袖羣僚，辛亥（宣統三年（一九一一））之役，（註一七）余署湖廣總督，（註一八）統率一二兩軍，會辦軍務。派為總參謀，贊襄帷幄。（註一九）性剛正，志忠純，重職責，慎交游。其才氣遠出儕輩，相形不免見絀。共和詔下，雖各以守土之故，多專閫於外，（註二〇）而忌憚將軍之懷，猶如往昔。迨余為陸軍總長（元年三月二十日），以將軍為軍學處處長，調任軍馬司司長，兼管總務廳事。尋擢

為次長。余預審將有政變。乙卯（四年）五月，藉病退養。季秋，（註二一）
籌安會設，（註二二）議復帝制，與刱造共和之義相背馳。切言以為不可。致
有財陸交三部參案。詳查陸軍，無隙可抵。時余兼管將軍府，遂調為事務
廳長。（註二三）丙辰（五年）四月，蔡將軍鍔起義滇池，（註二四）直達川疆，
混戰不已。項城知前言之不謬，遂如所請，取消洪憲。（註二五）屬為維持，
舁領揆席。（註二六）端陽次日，（註二七）項城不祿，（註二八）黃陂繼任。（註二
九）調將軍為院秘書長，襄辦國事。案無遺牘，公畢散職，法度謹嚴，不肯
稍徇人意。丁巳（六年）歐戰劇烈，（註三〇）德國不循公法，濫用潛艇。抗
議無效，有傷國體。立意參戰，議會阻撓。余突被免，出寓津門，會有復
辟之變。（註三一）七月三日，誓師討平。總統去職，河間繼任。（註三二）余再
任總理，兼長陸軍。仍調將軍為次長。八月十四日，與德奧宣戰。將軍意
不謂然，而坦直之情可原，令行無不服從也。先是民國二年，余兼代國務
總理：庫倫久為俄人嗾使，要求自治，彼得從而干涉之。幾經折衝，始得

為我完全領土。曾蒞國會十三次，請求通過，格於黨見，(註三三)留難久之。預告遲恐有變，充耳不聞。而俄人藉口，頓翻前約。國勢不振，無以角力。耿耿在心，未嘗去懷。已未歲（八年）選徐世昌為總統。當就職之日，呈辭總理，兼開差缺，仍留領邊防督辦一職。是時陳大員毅，與外蒙商訂六十三條件，即向日俄人所主持之領土一部分。(註三四)中樞已有允意。(註三五)余以外蒙橫亙俄疆五、六千里，儻入俄人彀中，(註三六)國事將不堪言。因屬將軍條陳邊務，冀謀挽救。旋奉西北籌邊使兼總司令之命。八月入蒙，余作序送之：(註三七)勗以忠恕接物，(註三八)堅忍圖功。視事後，(註三九)結納王公，開誠布公，諭以後俄之害，內附之利，和靄近人，多數誠服。(註四〇)佛汗自請撤治。(註四一)越年元旦：舉行冊封禮。(註四二)冰天雪地，往返每不及旬日，(註四三)勞苦異乎尋常。當道終不釋然。(註四四)余時從旁慰勉之。未幾，(註四五)吳佩孚衡陽撤防，(註四六)擅自北歸。曹錕等呈劾將軍專橫，(註四七)政府遂其言，加以處分。若然，以功為罪，是非顛倒，綱紀蕩然，國何以存？余表率有責，不忍坐視，力爭之。政府不為動。不得已，告以疆吏跋扈，政府無術制止，當為討伐。勝則國家之福，敗則有國法在。庚申之役（九年），（註四八）所由起也。勢有可勝，事多中變。知劫數之已成，非人力所能挽回。不願兵事久持，（註四九）重苦吾民，自請議處，還我寄廬。旋知松樹胡同，（註五〇）已在半年前，設有機關，內外協謀，集議十人，以余為的。其所以然者，不便私圖故也。吁！（註五一）余之愚甚矣。溯自庚申迄今，干戈擾攘，（註五二）愈演愈烈，無一塊乾淨土。（註五三）寧非所謀者之厚賜乎？將軍因避居海上，杜門謝客，熟讀百家言。與林紓、（註五四）馬其昶、（註五五）姚永概、（註五六）柯劭忞諸宿學，（註五七）談經衡文相考證，以豁達其匈襟。（註五八）夫學富者識廣，道高者義重。痛國勢之不振，有天下為己任之懷。（註五九）某督（註六〇）有姻婭桑梓之誼，（註六一）曉以大義而不省。（註六二）壬戌年（十一年）九月，遂間道至延平，（註六三）入主王將軍永泉軍（註六四）。履險不驚，屢瀕於危。統兵直搗省垣，設「建國軍政制置府」。（註六五）嗣以閩疆一隅，不足有為，仍委政王將軍而還。甲子（十四年）冬，（註六六）浙奉義師並起，（註六七）近畿響應。（註六八）中樞無主，海內環請執政。（註六九）已知勢有難為，然為國家計，不容遲回。時將軍適行抵香港，因特派考查東西各國政治。冀棄短取長，與我邦家。凡歷十二國；隨員十有五人，多調自各使館，人才是視，薦擢有加，（註七〇）余悉如有請。使車所至；上自君相，下逮士庶，莫不殊禮相待。孔子曰：「使乎使乎！」信矣哉。（註七一）自美啓航抵日本，歷滬到津，皆電止緩行，且派員阻其來京。特惜拘守禮法，未能通權。（註七二）信宿盤桓，（註七三）議論宏通，皆經國大計。默審繼起者將無其匹。冬月十四日晚，攜隨員謁辭南行，微服過余，欲言者再。廣坐促晷，（註七四）未出諸口，至廊房而竟遇害。（註七五）嗚呼痛哉！（註七六）余之過也。所謂仇者偽也。（註七七）將軍怵目赤氛，義形於色，（註七八）致力蓋猶有待，一言之不謹，遂及於難。雖未竟其志，然殺身正所以成仁。（註七九）夫人壽不過數十寒暑，耄耋期頤，（註八〇）無功言之力，寧非草木同朽？古語有云：「名是無窮壽」，（註八一）要在保天命之性，率性之道，（註八二）存正氣於兩間，（註八三）雖夭亦壽也。顏子短命，（註八四）不得道統之傳，（註八五）而名仍出乎曾子之上。（註八六）忠武縱未償匡輔宋室之願，（註八七）而功在簡册，（註八八）元明清以還，（註八九）人世景仰尤隆。中外文人哲士，多為將軍憾（註九〇）。想將軍當亦可以無憾與！

（吳青樺註）

註釋

一　葵南：徐樹錚父親徐忠清的別號。

二　穎悟：聰明。

三　拔貢生：明清科舉制度，由各省學政拔擢品學兼優的生員，保送國子監學習。教諭：學官名，宋代始設，以教育所屬生員，因爲設於縣級，又稱縣教諭。

四　州判：官名，輔佐知州辦理公務。

五　不就：不任職。

六　庠生：生員的別稱。

七　食廩餼：生員歲試優秀者，可獲得朝廷供給的糧食爲生。

八　舉業：爲科舉考試而準備的應考課業。

九　剏：同創。

一〇　項城：袁世凱出生地，以此代稱袁世凱。

一一　上書：以文字向上位者表達意見。

一二　朱鍾琪，生平不詳，曾任山東道員、清史館纂修兼總修。

一三　〔漢〕司馬遷《史記·孟子荀卿列傳》：「天下方務於合從連衡，以攻伐爲賢，而孟軻乃述唐、虞、三代之德，是以所如者不合。」如，到。

一四　記室：掌管文牘的職稱。

一五　徐道鄰註：「項城繼任北洋大臣直立總督，是光緒二十七年（辛丑）冬天的事。先生在《鈔古文辭類纂批點記》裡也說：『憶辛丑歲，梁君式堂，同官保定。』合肥這裡「越年」兩個字，大概是合併以後幾年，籠統言之。」

一六　徐道鄰註：「合肥任第三鎮統制，是光緒三十年（甲辰，一九〇四）五月之事。三十一年（乙巳，一九〇五）正月，調任第四鎮統制，八月，轉任第六鎮統制（見合肥年譜）。」

一七　辛亥之役：指辛亥革命，同盟會於武昌起義，各省響應革命，迫使清帝遜位。

一八　署：暫時代理職務。
一九　贊襄：輔助。
二〇　閫：指在外統帥軍隊的將領。
二一　秋季的第三個月，即陰曆九月。
二二　籌安會：民國四年（一九一五），以楊度、嚴復、劉師培、孫毓筠、胡瑛與李燮和等六人成立的團體，目的是支持袁世凱稱帝。
二三　徐道鄰註：「合肥年譜，記載為民國三年六、七月事。依先生自己的敘述，又似乎應該是民國四年十二月以後的事。參年譜，民國四年。」
二四　蔡鍔（一八八二～一九一六），本名艮寅，字松坡，湖南邵陽人。旅日學習軍事，歸國後任軍職，辛亥革命爆發後，帶領雲南士兵響應革命。袁氏稱帝時，發起護國戰爭，由雲南向北討伐，使袁世凱取消帝制。
二五　洪憲：袁世凱建立中華帝國所立的年號。
二六　畀：給予。
二七　端陽：端午。
二八　不祿：泛稱死亡。
二九　黃陂：黎元洪（一八六四～一九二八）的出生地，在湖北省。黎氏字宋卿，畢業於北洋水師學堂。辛亥革命時，被推舉為各省軍政府領袖。民國成立後，任副總統。袁世凱稱帝時，封黎為親王，但黎反對。袁逝世後，黎被推舉為總統，但與國務總理段祺瑞意見相左，而有

「府院之爭」，黎解除段的總理職務，各省爲追隨段，紛紛宣布獨立，黎請張勳進京調停，卻引發溥儀復辟，於是重邀段爲國務總理，並自行辭去總統職務。曾二度就任總統。

三〇　歐戰：指第一次世界大戰。

三一　復辟之變：由張勳主導的清帝復辟，後被段祺瑞帶領隊討平而落幕。

三二　河間：馮國璋（一八五九～一九一九）的出生地，在河北省。馮氏字華甫，畢業於北洋武備學堂，於袁世凱幕下辦事。反對袁稱帝。黎元洪擔任總統時，馮被選爲副總統。在黎辭去總統職務後由馮接任，期滿與國務總理段祺瑞一同下野。

三三　黨見：黨派之間的成見。

三四　即：同即。

三五　中樞：指中央政府。

三六　彀中：比喻圈套。

三七　即〈贈徐專使李恩兩副使序〉。

三八　勗：勉勵。

三九　視事：任職。

四〇　徐道鄰註：「這一段顯然與事實有出入。參年譜，民國四年。」

四一　佛汗：指第八世哲布尊丹巴呼圖咯圖博客多汗。

四二　冊封：君王授予臣下爵位、封號的儀式。民國的政體雖然沒有君主一職，但此一冊封儀式仍具有歸順的意義。

四三　旬日：十天。

四四　當道：指掌控政權的人。釋然：消除疑慮。

四五　未幾：不久。

四六　吳佩孚（一八七四～一九三九），字子玉，山東省蓬萊縣人。秀才出生，後投筆從戎。護法戰爭時，在湖南擊潰護法軍，但不滿中央由皖系主導，拒絕段祺瑞南下攻略的命令，自衡陽北歸，引發日後的直皖戰爭。

四七　曹錕（一八六二～一九三八），字仲珊，天津大沽口人。畢業於北洋武備學堂，於袁世凱幕下任事。在馮國璋逝世後，成爲直系的首領。於直皖戰爭中擊敗皖系勢力，掌握政權，透過賄賂而獲得總統一職。在第二次直奉戰爭中，將領馮玉祥倒戈，曹被軟禁一年半後獲釋。

四八　庚申之役：指直皖戰爭，直系的曹錕與皖系的段祺瑞爲爭奪政權而發起的戰爭，結果由直系掌控政權。

四九　兵事：戰爭。

五〇　徐道鄰註：「大概是徐世昌的一個陰謀機構。」

五一　吁：表驚嘆之意。

五二　干戈：比喻戰爭。

五三　乾淨土：指清境毫無煩惱的世界。

五四　林紓（一八五二～一九二四），本名群玉，字琴南，號畏廬、冷紅生，福建閩縣人。善用古文創作，雖與新文化運動者意見不同，但亦不排斥白話文的使用。與他人合譯諸多西方文學作品，如《伊索寓言》（*Aesop's Fables*）、《黑奴籲天錄》（*Uncle Tom's Cabin; or, Life Among the Lowly*）、《巴黎茶花女遺事》（*La dame aux camélias*）、《魯濱孫飄流記》（*Robinson Crusoe*）等，是著名的翻譯家。

五五 馬其昶（一八五五～一九三〇），字通伯，號抱潤翁，安徽桐城人。光緒朝舉人，任學部主事。師從戴鈞衡、方東樹、方宗誠、吳汝綸等，屬桐城一派。民國成立後，擔任清史館總纂。著有《抱潤軒文集》、《毛詩學》等書。

五六 姚永概（一八六六～一九二三），字叔節，安徽桐城人。光緒朝舉人，祖先世代爲官，曾授教諭，後辭官轉任幕僚、講學之途。受業於吳汝綸，參與創辦新學。民國成立後，北京大學校長嚴復邀請姚任北大文科學長，與林紓、馬其昶皆爲古文同好。因與提倡魏晉之學的章太炎意見相左，辭去北大工作，後被清史館館長趙爾巽聘爲清史館協修。曾任徐樹錚創辦的正志學校之教務長。

五七 柯劭忞（一八五〇～一九三三），字鳳孫，號蓼園，山東膠州人。光緒朝進士，曾任翰林院庶吉士、編修、湖南學政、貴州提學使、京師大學堂經科監督等職。宣統年間，任資政院議員、典禮院學士。民國成立後，任清史館總纂，此外亦編纂《新元史》、《四庫全書提要》，並著有《蓼園文集》、《蓼園詩鈔》等書。宿學：飽學之人。

五八 匈：同胸。

五九 語出（唐）姚思廉《梁書．孔休源傳》：「當官理務，不憚強禦，常以天下爲己任。」

六〇 徐道鄰註：「指的是李厚基，徐州人。何種親戚關係，我不清楚。參年譜，民國十一年。」

六一　某督：指當時任職福建督軍的李厚基（一八六九～一九四二），字培之，因與徐樹錚同為徐州府人，且有姻親關係，徐樹錚希望李能聯手對抗直系勢力。但李為了保全自己的勢力，拒絕與徐合作。姻婭：指姻親關係。桑梓：借指故鄉。

六二　不省：不理會。

六三　間道：捷徑。

六四　王永泉（一八八〇～一九四二），字百川，天津人。留學日本，歸國後任軍職。與徐樹錚合作驅趕支持直系勢力的福建督軍李厚基，因此被徐樹錚任命為福建總撫，但王不願受徐命令，兩人不歡而散。

六五　建國軍政制置府：徐樹錚在趕走依附直系的福建督軍李厚基後成立的機構，目的是達成全國統一，推崇段祺瑞與孫中山為國家領導。

六六　應為民國十三年，而非十四年。

六七　指第二次直奉戰爭，奉系軍閥聯合浙、皖系、廣東等勢力對抗直系，結果由奉系聯軍獲勝。

六八　近畿：泛稱包含京城以及附近的區域。

六九　第二次直奉戰爭由奉系聯軍掌控政權，請段祺瑞擔任中國民國臨時政府的臨時執政。

七〇　薦擢：推薦拔擢。

七一　引用孔子說的話，稱讚徐樹錚是好使者，語出《論語·憲問》。信，確實。

七二　當時北京的政局混沌不明，段祺瑞認為依徐樹錚的個性，可能會招致危險，所以希望出國考察完畢的徐暫時不要進京，但徐認為考察完畢理應赴京述職，段因此認為徐不知變通。

七三　信宿：連宿兩晚。盤桓：停留。

七四　廣坐：形容很多人的地方。促晷：很短的時間內。意謂徐樹錚在大庭廣眾，且極短的時間內遇害，突顯事情的發生出乎意外。

七五　廊房：河北省廊房市。

七六　表示哀傷。

七七　策劃殺害徐樹錚的主謀馮玉祥，在徐出國考察期間與徐有密切往來，使徐放下心防，徐沒想到馮伺機爲被徐殺害的陸建章報仇。

七八　語出《公羊傳．桓公二年》：「孔父正色而立於朝，則人莫敢過而致難於其君者，孔父可謂義形於色矣。」意謂正義之氣顯露於臉上。

七九　語出《倫語．衛靈公》：「志士仁人，無求生以害仁，有殺身以成仁。」

八〇　耄耋期頤：指年歲很大的人。耄：八、九十歲；耋：七十歲；期頤：百歲以上。

八一　語出〔唐〕劉禹錫〈善卷壇下作〉：「道爲自然貴，名是無窮壽。」謂功名可超越有限的壽命。

八二　語出《禮記．中庸》：「天命之謂性，率性之謂道。」

八三　正氣：正直的氣節。

八四　顏回（西元前五二一～前四八一），字子淵，春秋魯國人，孔子的得意門生，家貧而好學，有不貳過、不遷怒的美德。

八五　道統：儒家思想的傳承。

八六　曾參（西元前五〇五～前四三五），字子輿，春秋魯國人，孔子的弟子之一，以孝順聞名，著有《孝經》傳世。

八七　忠武：岳飛（一一〇三～一一四二）的謚號，字鵬舉，宋代相州（今河南）湯陰人，累官至樞密副使，封武昌郡開國公。屢次擊敗金兵，收復失土，但朝廷主張與金議和，遂被召回，後被秦檜等人羅織入獄，自鴆而亡。自宋孝宗時，爲其平反，追謚武穆，並贈太師、追封鄂王，後又改謚忠武。

八八　簡册：書籍的泛稱。

八九　以還：以來。

九〇　憾：心懷不滿。

致祭孫中山文

解題

民國十三年（一九二四）十一月，孫中山應段祺瑞之邀，北上共商國是。翌年三月十二日，善後會議期間，孫病逝於北京。段祺瑞最初的打算，是在出殯之日親臨主祭，但當日，段氏突然以腳腫穿不得禮靴爲解釋，改派代表前往，輿論怪之。不過，眞正原因據說是，安福系人士稱天安門有可疑分子出沒，勸段規避生命危險。段祺瑞的祭文多由秘書廳擬就，此處亦然。（梁鴻志時任臨時政府秘書長，本文或是由他所作。）本文專力稱頌孫中山辛亥革命之功、讓位袁世凱之德，及孫氏對於志向的熱誠與堅定。至於段孫之政見相左、曾兵戎相見，不便持論，故一筆略過。此文載於民國十四年（一九二五）三月二十三日天津《大公報》及四月十四日《南洋商報》等。

嗚呼！玄黃慘澹，(註一)川嶽茫茫。(註二)羣龍戰野，(註三)風起雲驤。(註四)

不有俊杰，誰能自決。(註五)嗚呼先生，實為人傑。

既躬其實，不有其名。(註六)來如龍見，(註七)去若鴻冥。(註八)

功成不居，(註九)厥志愈偉。(註一〇)垂老兵間，豈繄得已。(註一一)

飄然北上，語我以誠。(註一二)方期安坐，共話澄清。(註一三)

天不我遺，溘然長逝。(註一四)不敏如余，誰與圖治。(註一五)

豪情勝慨，照眼猶新。(註一六)盱衡世變，(註一七)信念前塵。(註一八)

過隙不留，(註一九)摶沙易散。(註二〇)永閟玄房，(註二一)虛瞻金範。(註二二)

天風蒼蒼，海水琅琅。(註二三)靈光爽颯，(註二四)奠此椒漿。(註二五)

嗚呼尚饗。(註二六)

(唐甜甜註)

註釋

一　玄黃：傳統認爲天色玄青，地色黃，後用玄黃分別指代天地。《周易．坤卦．文言》：「夫玄黃者，天地之雜也，天玄而地黃。」〔漢〕揚雄〈劇秦美新〉：「玄黃剖判，上下相嘔。」慘澹：灰暗而無光的樣子。

二　茫茫：輪廓不清。

三　《周易．坤卦》：「上六，龍戰于野，其血玄黃。」

四　驤：奔馳。〔漢〕張衡〈西京賦〉：「乃奮翅而騰驤。」薛綜注曰：「驤，馳也。」以上四句，形容清末內憂外患之亂局。

五　俊、杰：都泛指能力出眾的人。決：豁開阻塞。這兩句意爲，如果沒有精英來指引，民眾無法自行啓蒙，即是說，獲知解決問題的方略。

六　實：實際的付出和好的成果；名：頭銜或地位，即成功後的報償。躬：義同有。這兩句詩說，孫中山對於民國之創立貢獻甚大，卻不在意大總統之名位。

七　龍見，《莊子．在宥》：「尸居而龍見，淵默而雷聲。」比喻帶來了極大的成績。

八　〔漢〕揚雄《法言》：「鴻飛冥冥，弋人何篡焉？」本意是比喻避禍之遠，此處用來比喻飄然而去，不圖名利的行爲。

九　《老子．第二章》：「是以聖人處無爲之事，行不言之教；萬物作焉而不辭，生而不有。爲而不恃，功成而弗居。」

一〇　志：想要實現的對象。這兩句話說，孫中山推翻帝制、建立共和之功成便身退，他的目的、意圖是純粹的，所以愈加偉大。以上文字，肯定孫中山在辛亥革命中確實功績最大，而他因爲個人品德，故主動放棄了他所應得的名位，袁世凱接任之，順理成章。既沒有說袁世凱居功最大，應得總統，故孫中山讓位；也沒有說袁世凱主動來奪取他本不應得的大總統之位，兩面熨貼，十分巧妙。

一一　垂：將近。緊：助詞，無義。這兩句話說，孫中山直到晚年仍在軍中，並非由於他好戰，而是被迫的：武力是達到崇高理想之必要手段。

一二　一九二二年第一次直奉戰爭後，張作霖、段祺瑞、孫中山相互聯絡，結成反直（曹錕、吳佩孚）三角聯盟。一九二四年，第二次直奉戰爭，三方並進，再加馮玉祥倒戈，直系被驅出北京。戰後，馮、張、段決定由段祺瑞入主中央，又先後去電邀孫中山到京共商國是，故孫於是年十一月北上。

一三　澄清：指重建國家的秩序法度。〔南朝宋〕劉義慶《世說新語・德行》：「陳仲舉言爲世則，行爲世範，登車攬轡，有澄清天下之志。」安坐話澄清，指開善後會議。

一四　遺：贈。《詩・大雅・雲漢》：「昊天上帝，則不我遺。」溘：突然。

一五　余：段祺瑞自稱。誰與：與誰。意爲：孫先生死後，像我這樣不聰明的人，能和誰一起商量治國之策？

一六　勝：高超不凡。慨：激動之情。照眼：猶言耀眼。即先生的慷慨風範，讓人印象深刻、記憶清晰。

一七　盱衡：張目揚眉，引申爲觀察分析。〔漢〕班固《漢書・王莽傳》：「盱衡厲色，振揚武怒。」

一八　塵：梵文visaya，佛教語，指感官所感知的對象（色聲香味觸五塵），以及感官感知本身（法塵）；前塵，泛指過去的經驗。這兩句話讚揚孫中山的堅定意志，歷觀世變，仍然相信此前的行事是正義的。

一九　《莊子・知北遊》：「人生天地之間，若白駒之過隙，忽然而已。」

二〇　摶沙：用手將沙子捏成團，比喻難以維持的事物。〔宋〕蘇軾〈二公再和亦再答之〉：「親友如摶沙，放手還復散。」此處和「過隙」對舉，喻短暫之生命。

二一　閟：關閉。《詩・鄘風・載馳》：「視爾不臧，我思不閟。」毛傳：「閟，閉也。」玄房，幽深的房舍，指墓室。

二二　虛：空，無結果地。範：模具，中空的外殼；金範：指棺槨。

二三　蒼蒼：廣大空曠的樣子。琅琅：模擬金石相擊的聲音。樂府古辭〈飲馬長城窟行〉：「枯桑知天風，海水知天寒。」

二四　爽颯：充滿力量的樣子。

二五　奠：放置祭品。椒漿，用椒浸製的酒。《楚辭・九歌・東皇太一》：「蕙肴蒸兮蘭藉，奠桂酒兮椒漿。」

二六　尚饗：表示希望死者享用祭品，多用作祭文的結語。

輓孫中山聯

解題

此輓聯是段氏自作。上聯稱讚孫中山在創立共和中居「首功」，「首」當解爲「最大」。暗含的意思則是，孫居首功，自己可居次：畢竟也曾三次翊贊共和。段祺瑞與孫中山，都有救世之心，也都認爲非通過武力不能實現目標，所以，段對孫或有英雄相惜之意。此聯於當時報紙多有轉載。民國十五年（一九二六）四月，段祺瑞下野，此後寓居天津七年。民國廿二年（一九三三）一月，段南下，由蔣介石等人陪同，往謁中山陵，幾多感慨，引人遐思。聯於書刊多有轉載，本書以《喚群特刊》民國十五年三期所載爲底本。

共和告成，（註一）溯厥本源，（註二）首功自來推人世；（註三）

革命而往，無間終始，（註四）大年不假問蒼天。（註五）

附：臨時執政府褒揚令

前臨時大總統孫文，倡導共和，肇我華夏。辛亥之役，成功不居，仍於國計民生殫心擘畫。宏謨毅力，薄海同欽。本執政夙慕耆勳，亟資匡濟，就職伊始，敦勸入都，方期克享遐齡，共籌國是。天胡不憖，遽奪元功。軫念艱虞，彌深愴悼。所有飾終典禮，著內務部詳加擬議，務極優隆，用符崇德報功之至意。

（唐甜甜註）

註釋

一　指辛亥革命，建立民國。

二　厥：同其，指代「共和告成」。尋求共和告成的原因。

三　自來：即來自，來源於〔宋〕陸游〈讀宛陵先生詩〉：「鍛煉無遺力，淵源有自來。」推：尋求，探索。人世，人類社會。上聯是說，孫中山之所以能有大功於共和，是因爲他能探究、了解世道人心。

四　無間：梵文anantarya-marga，佛教語，無處不在且永遠持續。《涅槃經》：「阿者言無，鼻者名間，爲無時間，爲無空間，爲無量受業報之界。」此處形容孫中山的革命意志自始至終沒有間斷。

五　大年：長壽。《莊子·逍遙遊》：「小知不及大知，小年不及大年。」假，憑藉、依賴。這句話意爲，長壽與否，從天那裡得不到答案。也即是說，生命無常，不可預知。

慰許世英喪子書

解題

擔任善後會議秘書長期間，(註一)許世英因遭喪子之痛，(註二)異常消極，段祺瑞乃爲文安慰。此文登載於《南洋商報》（一九二五年五月十九日），題爲〈段芝泉慰許世英喪子書〉，並於正文前略述緣由。《海潮音》第六卷第四期亦有刊載，題爲〈段祺瑞以佛乘慰許世英〉。

善後會議秘書長許世英，因抱喪子之痛，異常消極，已由東安飯店遷入永康胡同，休息數日。段祺瑞昨（三日）特派費保彥賫親筆函件，(註三)前往慰問。原文如次：(註四)

俊人老弟左右：頃聞吾弟抱西河之痛，(註五)情不能已。余初聞之，不免為之太息。（註六）以人情之義，固不能恝然於懷；（註七）論佛家說，不免癡之甚矣。（註八）四大皆假，萬象皆空，（註九）此身猶非我之所有，其他夫妻子女，無一莫非恩愛債怨所結合，生未造而死已定。自古皆有死，雖百歲亦不能免，父母之恩，昊天罔極，（註一〇）子欲養而親不待，古人徒深痛悼，而無可如何耳，況子之棄我而去乎？彼之債已收而恩已絕，前因後果，絲毫不爽，（註一一）又何痛念之有？癡固佛家所戒，癡於情則傷身，未來之事業無量，不能因無謂之痛而自誤。尚望達人達觀，勿作兒女之態，為識者所譏也。連日事頗緊要，推開感情，偕謀國事。兄非矯情，略知佛乘之原理，（註一二）而再見於九泉，（註一三）必不認為父子也，吾弟盍猛省之。（註一四）小兄瑞啓。

（林彥廷註）

註釋

一　民國十三年（一九二四）十月，馮玉祥策動北京政變，直系曹錕、吳佩孚倒臺。其後，皖系段祺瑞被推爲中華民國臨時政府執政，於同年十二月取消中華民國臨時約法，並爲「解決時局糾紛，議籌建設方案」，召開善後會議。

二　許世英（一八七三～一九六四），字靜仁，號俊人，安徽省秋浦縣（今東至縣）人。民國元年（一九一二），受袁世凱任命，擔任大理院院長；並歷任陸徵祥內閣、趙秉鈞內閣、段祺瑞臨時內閣司法總長，於任內確立中國律師制度。袁世凱過世後，入段祺瑞之皖系，曾出任善後會議秘書長、國務總理等職。

三　費保彥（一八九〇～一九八〇），又名子彬、四橋，江蘇武進人。曾任黑龍江省財政廳廳長、國民政府外交部顧問等職。賫，拿、持，爲齎之異體字，音躋。

四　以上爲報紙介紹之語，非段氏原文。

五　《禮記．檀弓上》：「子夏喪其子而喪其明。曾子弔之，曰：『吾聞之也：朋友喪明，則哭之。』曾子哭，子夏亦哭，曰：『天乎，予之無罪也！』曾子怒曰：『商，女何無罪也？吾與女事夫子於洙泗之間，退而老於西河之上，使西河之民疑女於夫子，爾罪一也；喪爾親，使民未有聞焉，爾罪二也；喪爾子，喪爾明，爾罪三也。』而曰：『女何無罪與？』子夏投其杖而拜曰：『吾過矣！吾過矣！吾離群而索居。亦已久矣。』」子夏喪子，悲痛欲絕，因而哭瞎雙眼。曾子前往祭弔時，因子夏泣訴，乃斥責子夏，舉其三罪。因子夏於孔子去世後，退居西河，後人乃以西河之痛、抱痛西河以指稱喪子。

六　太息：嘆氣、嘆息。

七　恝然：忽視、淡忘而不在乎貌。恝音戛。

八　癡：即貪、嗔、癡三毒（triviṣa）之一。貪者，貪愛；嗔者，嗔恚；癡者，愚癡。三者皆爲人世一切煩惱之根本。

九　四大皆假，萬象皆空：四大，地、水、火、風，以比喻世間諸法；萬象，一切景象。假，即空，意謂諸法沒有實體，而是因緣和合而成，不會恆常不變，故謂之假。四大皆假，萬象皆空，即謂世間諸法、一切景象，都是緣起而生，並非實有。佛教言此以勸人不可執著。

一〇　《詩・小雅・蓼莪》：「欲報之德，昊天罔極。」比喻父母之恩，如蒼天般無窮無盡，難以回報。

一一　不爽：爽，犯錯，差池。不爽，沒有錯誤。

一二　佛乘：教導眾生成佛之法，即佛法。

一三　九泉：猶黃泉。人死後靈魂所處之地下，亦即陰間。

一四　盍，何不，音合。

大學證釋序

解　題

本文爲《大學證釋》之序文。《大學證釋》由救世新教（悟善社改組而成）於民國十六年（一九二七）刊印，爲扶鸞儀式中，神靈透過乩身書寫於沙上，再記錄成書的經典；以相同方式成書者還有《中庸證釋》、《易經證釋》等。此書不惟是救世新教的經典，在今日一貫道中，也有相當重要的地位。序文內容在表明救世新教乃應劫而生，爲救劫而成立；此外，文中更批評當時社會視聖學爲草芥之風氣，將使中國陷於更大的劫難當中，並進一步指出《大學證釋》的救劫目的。

孔聖集列聖之大成，祖述堯舜，憲章文武；（註一）訂禮樂，刪《詩》、《書》，傳《孝經》、《論語》；（註二）立倫常之極則，處世之準繩。《大學》教修身、齊家、治國、平天下之要道，（註三）《中庸》論自誠明謂之性，自明誠謂之教，至誠可以參天地之化育；（註四）大經大法，人倫師表，不帝而曰素王，（註五）萬古以還，大成至聖一人而已。（註六）迨呂氏子篡竊秦柄，（註七）滅六王，一四海，為所欲為，雄心莫遏；（註八）由是焚書坑儒，喪道德，絕仁義，大本傾陷，不二世而亡。（註九）雖報應昭然，曾不旋踵，（註一〇）而簡編因以殘缺，後世即有愛護之士，亦無可考證。迨至宋代，程朱諸子略加註釋，（註一一）仍其闕略；信好之心可貴，而真傳之旨閒非，世之學者，不無遺憾。晚近浩劫將臨，仙佛本悲憫之懷、普度之心，立總壇於京師，命名悟善，廣顯靈異，使人改過向善；嗣創救世新教，無非覺世警俗，振聾啓聵，（註一二）立大同之基礎，挽劫運於將來。更設聖壇，覃敷教義，（註一三）補經傳之脫略，理前人之不敢移易者；綱目分明，貫澈終始，二千年來絕學疑案，一旦表而出之，使人信仰之心油然而生。噫嘻！雖有仙佛之慈悲，而已成之劫數難免。清季有某會者，迤演遞嬗，

（註一四）匯同納異，今稱為黨；（註一五）其中秀士有之，而青年學子因是誤入歧途，廢求學立身之根本，國家人才遂乃敗壞，殊為可惜；且其所招徠者，下級無智識之人尤居多數，以其易集而足資破壞也。夫黨者，聖人之所不與也，故曰：「君子不黨。」（註一六）蓋一云黨，即不能至公而無私。且入主出奴，旗鼓相峙，內訌鬩很不已，（註一七）外侮因之而生，真愛國者安忍出此？蓋俄羅斯以少數紅黨，（註一八）壓制全族百餘兆人民，無論心思才力之如何，所得僅許其自給，餘則沒為公有，以是生產不能裕，智能無所用。有自俄來者，見其人民蓬頭垢面，饑餓而死者充塞道路，直造成一國之惰民而已。試問列強鼎峙，得毋置於天演淘汰之中乎？要知天生烝民（註一九），各有自來，智、愚、賢、不肖異焉；謂將久處暴民專制之下，不知自救，恐無是人情，亦無是天理也。事實顯然，國人竟不之知，而且引其亡人，聽其命令，受其接濟，遵其約束，一若為其屬土然。堂堂文明之胄，反為其利誘，品斯下矣。最可痛者，大成至聖求諸已而後教人以修身、齊家、治國、平天下之道，凡天上所覆，地上所載，一視同仁，無畛域、種族、宗教之別，此大同無外之化；將來拯世界戰爭之慘禍，出十八萬萬人民於水火之中，置諸衽席之上，（註二〇）舍斯道而莫由；（註二一）乃所到之處，以禁讀聖經，毀滅聖廟特聞。（註二二）夫聖人者，國命之所託也；彼輩已革一時一代之命矣，猶欲併此萬世之命而亦革之，此何為耶？章炳麟學問宏富，（註二三）在民黨中資深望重，《大義錄》之作，（註二四）更有功於革命；亦嘗以石敬塘、（註二五）吳三桂之背逆相責，（註二六）而無如其不省悟也。十五年中，如此紛擾不已，且駸駸惟大本之是撥焉。（註二七）視全國人民，尚有樂生之趣否耶？洪荒之世，鳥獸同居，由野而進於今日文明之境；茲更毀聖人之化，欲反禽獸之域，自欺欺人，逆天而行，吾恐罪孽浮於呂氏之子，不轉瞬間，將暴發於大地之上矣。今幸《大學》一書，先已宣示成帙（註二八），新教事業，殆將蔚然而起。祺瑞感觸時事，因而序之。

民國十五年歲次丙寅冬段祺瑞謹序。

註釋

（林彥廷註）

一　《禮記．中庸》：「仲尼祖述堯舜，憲章文武。」意即孔子遵循堯舜之道，效法周文王、周武王之制。

二　相傳古《詩》、《書》皆有三千餘篇，經孔子分別刪訂，《詩》餘下三百零五篇，《書》則餘百篇。至於《孝經》、《論語》，前者相傳爲孔子爲曾子講述孝道的紀錄，後者則記載孔子言行，故曰孔子傳《孝經》、《論語》。

三　《禮記．大學》：「物格而後知至，知至而後意誠，意誠而後心正，心正而後身修，身修而後家齊，家齊而後國治，國治而後天下平。」謂窮究事物後，便能知曉道理；知曉道理，方能眞誠已意；能夠眞誠己意，自然心術端正；心術一端正，才能修養自身；修養自身，則能進一步整治家政；能整治家政，方可治理國家；國政修明，最終方可是天下太平。

四　語出《禮記．中庸》：「自誠明，謂之性；自明誠，謂之教。誠則明矣，明則誠矣。唯天下至誠，爲能盡其性；能盡其性，則能盡人之性；能盡人之性，則能盡物之性；能盡物之性，則可以贊天地之化育；可以贊天地之化育，則可以與天地參矣。」意謂由眞誠以明道叫作性，由明白道理進而達到眞誠的境界，便是教化。而只有天下至誠，方能發揮本性，發揮萬物之性，幫助天地化育、生養萬物，進而與天地並列。

五　素王：漢以來對孔子之稱號，指孔子雖無王位，卻有王者之道。

六　大成至聖：即孔子。元武宗乃於元大德十一年（一〇一二）追謚孔子爲「至聖文宣王」，並加號「大成至聖文宣王」。

七　呂氏子：即秦始皇嬴政。關於嬴政之身世，《史記・秦始皇本紀》記載其爲秦莊襄王子楚與趙姬之子；然而根據《史記・呂不韋列傳》之記載，趙姬爲呂不韋贈予子楚的，而贈予前呂不韋已經知道趙姬懷有自己的孩子。換句話說，根據上述記載，嬴政爲呂不韋之私生子。對於此說，反對者不少，但段祺瑞顯然相信此說，才會稱秦始皇爲「呂氏子」，言其即位爲「篡竊秦柄」。

八　遏：音惡，禁絕、阻止。

九　秦始皇駕崩後，胡亥繼位，是爲秦二世。後胡亥被趙高及其女婿閻樂逼死於望夷宮，子嬰繼任，不到四十六天便投降劉邦，秦朝滅亡，故謂「不二世而亡」。

一〇　曾：音增，尚且；旋踵，一轉腳，比喻極短的時間。

一一　程朱謂程頤、程顥與朱熹，二程爲北宋理學的大宗，而宋朱熹受程頤影響頗深，故並稱程朱。

一二　大聲喚醒愚昧的人們，又作振聾發聵。聵，音潰，失聰者。

一三　覃：音談，深；敷，散布、傳播。

一四　迤：音以，彎曲迴旋；演，同衍，廣闊；遞嬗，交替轉換，嬗音善。謂該會輾轉發展。

一五　此指由同盟會逐步改組而成之中國國民黨。

一六 《論語．衛靈公》：「君子矜而不爭，群而不黨。」言君子莊重而不爭強鬥勝，合群而不結黨營私。

一七 鬪很：鬪，通鬥；很，通狠，以凶狠之手段與他人爭勝。

一八 紅黨，即蘇俄當時執政之全聯盟共產黨。一九一七年二月革命後，俄國社會民主工黨中的布爾什維克派獨立建黨；同年十月革命中，該黨推翻俄國臨時政府；最後進一步贏得內戰，於一九二二年成立蘇維埃社會主義共和國聯邦，成為蘇聯唯一合法政黨。至一九二五年，該黨改稱全聯盟共產黨；段祺瑞此文撰於民國十五年（一九二六），當時已然改稱。又該黨尚紅，因此又稱為紅黨。

一九 烝民：百姓、民眾。語出《詩．大雅．烝民》：「天生烝民，有物有則。」

二〇 衽席：衽同袵，音任，臥席，用以比喻太平安居之地。

二一 舍，通捨；由，遵循。

二二 民國元年（一九一二）一月，教育部頒布〈普通教育暫行辦法〉，廢止小學讀經。同年七月，北京臨時教育會議上，更有「學校不應拜孔子」之提案；該案雖未通過，但學校內也因此不硬性規定祀孔，欲以此使學校祀孔自然消滅。

二三 章炳麟（一八六九～一九三六），字枚叔，號太炎，浙江餘杭人，為民初經學家、史學家、思想家。早歲受家庭教育影響，已有排滿的民族主義思想；日後投入革命事業，與康有為、梁啓超、孫文等皆有來往，並曾加入同盟會，主持同盟會刊物《民報》；中華民國成立後，亦曾於政府任職。

一四　《大義錄》爲光緒三十二年（一九〇六）所刊行的革命宣傳文選，該書的宗旨在闡揚民族主義，主張推翻滿清統治，並力排立憲運動。全書收錄文二十二篇，其中亦包括章炳麟之〈哀焚書〉等。

一五　石敬塘（八九二～九四二），五代時後晉的開國君主，廟號高祖。本爲後唐節度使，舉兵叛變被圍，因此向契丹求援。勝利後，受契丹冊封爲大晉皇帝，認遼太宗耶律德光爲父，以兒皇帝自居，並依約割讓燕雲十六州。

一六　吳三桂（一六一二～一六七八），字長伯，遼西人。崇禎時奉命鎮守山海關，然而在李自成攻克北京，滅亡明朝後，吳三桂受到李自成、多爾袞腹背夾擊，故私下求助於多爾袞，引清兵入關，剿滅李自成。李自成潰敗後，清軍攻入北京，多爾袞迎清世祖入關，將首都由盛京遷至北京，並封吳三桂爲平西王。

一七　駸：音侵，駸駸，形容事物之勢日趨強大。大本，事物最重要的根本，此指孔教聖經。撥，排除。

一八　帙：音秩，書、畫之封套，借代爲書；成帙，即成書。

鍊氣行功秘訣外編序

解題

本文爲張慶霖《鍊氣行功秘訣外編》（民國十八年刊行）之序文。張氏原籍揚州，爲著名報人、武術家，著有《鍊氣行功秘訣內外編》。曾任《邗江雜誌》編輯，與揚州金一明同創《十里春風報》。曾在《小說叢報》上發表《橋上人》、《女兒最怕》、《斷頭僧》等多部短篇小說。張氏曾在段府擔任家庭教師，故請段祺瑞爲《鍊氣行功秘訣外編》作序。至於《內編》則有張學良、金一明序。金序謂張氏爲少林衣鉢，推崇曰：「練《易筋》者，不能比其神；練《洗髓》者，不能知其妙。……其法與《易筋》、《洗髓》兩篇大同小異。至其道則又高出《洗》、《易》萬萬也。」龔鵬程在〈達摩《易筋經》論考〉一文中指出，張氏《內編》十一章抄錄〈氣功歌訣秘抄〉六篇，首篇即在《易筋經》中，餘者皆爲《洗髓經》之文字。張、金二人稱爲「秘抄」，實爲大言欺人，以驚俗耳、駭俗目爲務。龔氏又云：「段氏非此道中人，或不嫻仙佛武術之事；金一明則爲大行家，……乃竟隨聲附和，不知張氏此書不僅抄錄者即爲兩經之歌訣，其所述功法亦衍兩經之緒，誠可怪嘆！」（見龔氏〈達摩《易筋經》論考〉）段祺瑞未必諳於武術氣功，其序主要借題發揮，強調氣功爲「修眞之道」，希望世間蠅營狗苟者讀過此書，略窺大道，可將貪婪競進之心稍爲放下而已。

修真（註一）之道，乃天下第一件大事，亦天下第一件難事。以其至大至難，所以古今人皆謂之為天下希有之事也。即便深明造化，洞曉陰陽，存經久不易之心，歷萬刦不磨之志，調攝運會，（註二）循序漸進，專以求之，恒以行之，尚恐百中不能成一。而後世學人，不究此事為何事，未曾學道，即欲成道；未曾學人，即欲成仙。無怪乎學道者有如牛毛，成道者自然麟角（註三）矣。余幼即慕道，長未忘返。（註四）晚年退政（註五）後，奉行尤力。惟於真道未悟，玄境無從趨探，但束心身而已。（註六）邗上（註七）張慶霖君，為孫輩教習（註八），撰有《氣功秘訣外篇》，請政（註九）於余。翻閱一過，略聞香風（註一〇），並知自己從前之錯，亦知天下學道人大率皆錯。張君宏著，前編完全列論煉氣行功，為技擊學，探本窮源。（註一一）此編則又進一層，旨在修道求真，其八法九要（註一二），亦明瞭、亦精確，由淺及深，自卑登高，梯級（註一三）無亂，堪稱佳構。雖然，張君非道人也，乃快人也。是篇之旨，初非願望盡人求道。良以紀元以還，（註一四）迄無甯（註一五）歲，民生何辜，罹此禍亂。一般盜國殃民、利祿薰心者，讀斯篇如服一帖清涼散（註一六），可以休矣。至天下學道之人，讀斯篇，縱不能行此天下希有之事，亦可以知有此天下希用之事也。張君與天下人，其亦諱余說而表同情也耶？（註一七）

民國十六年冬，段芝泉氏用述其意，為序如此。

（廖蘭欣註）

註釋

一 修眞：養性修眞之簡稱，亦即涵養與天俱來的眞性情。《西遊記》第四十三回：「我著他在黑水河養性修眞。」

二 調攝：調養。〔宋〕沈遼〈德相送荊公三詩用元韻戲為之〉詩：「衰齡易生倦，幽巖就調攝。」運會：時運際會。宋代邵雍《皇極經世書》以三十年為一世，十二世為一運，三十運為一會，十二會為一元。所謂調攝運會，即指順應時運際會而加以自我調養。

三 麟角：即鳳毛麟角，比喻稀少。

四 長未忘返：指晚年時並未忘卻少時慕道之心，回歸初衷。

五 退政：此處指從臨時執政任上下野。

六 束：約束。束心身指學佛者之持戒。段氏此處自謙，謂於眞道玄境未能體悟探求，只能以持戒的方式來自修。

七 邗：音韓，即邗溝，古運河名，春秋時吳國所鑿，即今江南運河，自江蘇省江都縣西北至淮安縣，長三百七十里。邗上借指揚州。

八 教習：教導講習，此處謂張慶霖為段氏孫輩的家庭教師。

九 請政：請求斧正。

一〇 香風：本指帶有香氣的風，引申指大道發出之馨香，〔南朝梁〕簡文帝〈六根懺文〉：「香風淨土之聲，寶樹鏗鏘之響，於一念中，恍然入悟。」

一一　張氏前此有《練氣行功秘訣》一書，請張學良作序，其言曰：「技擊之道，大而足徵一國民族之強弱，小亦關係個人身體之健全。」故段祺瑞謂此編內容以技擊爲主。

一二　八法九要：《外編》上篇爲〈神室八法〉，依次爲剛、柔、誠、信、和、靜、虛、靈；中篇爲〈修眞九要〉，依次爲勘破世事、積德修行、盡心窮理、訪求眞師、煉己築基、和合陰陽、審明火候、外藥了命、內藥了性。

一三　梯級：指學習的次第。

一四　紀元：民國紀元。紀元以還，指民國建立以來。

一五　甯：同寧。

一六　清涼散：中醫藥名，主治熱痧痛。此處借指能對治熱衷功名利祿的良藥。

一七　此句謂張氏著此書、看官讀此書，皆含藏了祛除世間熱毒之念，而由段氏點破。

為保護袁世凱遺產致蔣介石手札

解題

民國十六年（一九二七）正值北伐如火如荼，段祺瑞知悉袁世凱遺族生活拮据，且袁世凱所留下的園林遺受不當處分，對袁世凱的遺族無疑是雪上加霜。段祺瑞希望藉由當時中國最具權力的蔣介石能出面調解此事，因而於九月十七日寫了此一書信給蔣介石。信中段祺瑞以武昌起義之所以能成功，達成孫中山的革命事業，建立共和，袁世凱助益不少，希望蔣介石能念在這情分上以及君子應有的中庸、忠恕之美德，讓袁世凱的遺族生計有所著落。此文刊登於《檔案於史學》一九九六年第一期。

介石老弟總司令右，（註一）侄（註二）歸來，携到四月三日箋函。（註三）不遺在遠，（註四）慰問情殷，（註五）欣何如之。余老境漸增，（註六）耽於安逸。

（註七）又當軍書旁午之際，（註八）未便以無謂之言混亂清聽也。昨覽朱啓鈐多名呈文兩件，（註九）為項城園林產業踐踏沒收，（註一〇）力之所到，肆意株連。（註一一）核之法律，於人權似有未合。回溯往事，情感中發，因而難安緘默。武昌起義，（註一二）中山尚在國外，兄雖力為主持，無項城默運其間，恐終難竟中山之志。說者謂洪憲之非，（註一三）百口莫辯，然而春秋誅心，（註一四）非其心，當無不可。怨左右不善，（註一五）鋪張揚厲，（註一六）舉國唱和，（註一七）謂為民意。兄獨處圍城之中，訖訖仍舊，迨次年四月念日傳見，（註一八）遂往，囑為贊助，（註一九）對以帝制之非宜，（註二〇）畢辭與起。越二日，洪憲取消，（註二一）果真出於自心，迥非片言可了。（註二二）即如中山容共，（註二三）贊成者固有其人，吾弟毅然清之，（註二四）更可大白中山之累。治國之道，恕合乎中，（註二五）所以孔子方為萬世師也。尚冀暇時酌囑執事者，（註二六）行知燕、豫兩省如數發還，（註二七）保障人權即整飭綱紀之要□。綱紀宣而國家未有不治者，邇來水災半天下，想更勞盡慮

矣。專此，並覆，孜候勛綏。（註二八）
兄段祺瑞啓。九月十七日。
（吳青樺註）

註釋

一　蔣介石當時擔任國民革命軍之總司令一職。
二　指段宏綱，係段祺瑞之弟段碧清之子，後爲段祺瑞之養子。
三　筆函：親筆書信。
四　書信使用的感謝詞，指不忘在遠處的人。出自《孟子．離婁下》：「孟子曰：『武王不泄邇，不遺遠。』」
五　殷：感情深厚。
六　老境：指邁入老年的階段。
七　耽：沉浸。
八　旁午：喻事務繁雜。
九　朱啓鈐（一八七一～一九六四），字桂辛、桂莘，號蠖園。祖籍貴州，生於河南信陽。光緒朝舉人，初任京師大學堂譯學館工程提調及監督，後任北京外城巡警總廳廳丞、東三省蒙務局督辦等職。民國成立後，於北洋政府出任交通總長，被視為交通派系。支持袁世凱稱帝，並為其策畫。隨著洪憲帝制的失敗，曾一度遭到通緝，而後赦免。雖曾數次擔任政府官職，但重心逐漸轉向實業。亦是著名的古建築家。呈文：指下級對上級的遞交的公文。

一〇　項城：袁世凱的出生地。

一一　株連：牽連。

一二　清宣統三年（一九一一），以孫中山為領袖的革命黨在武昌發起的武裝抗議成功，全國各省響應革命，迫使清帝遜位，因是年為辛亥年，又稱辛亥革命。

一三　說者：論者。

一四　《春秋》是中國現存最早之編年體史書，年限起訖從魯隱公元年（西元前七二二）至魯哀公十四年（四八一），所載內容為魯國與各諸侯國之大事，另有《左傳》、《公羊傳》、《穀梁傳》三傳為《春秋》之註釋。誅心之說，是源於《左傳》對「趙盾弒其君夷皋」一事的註解：晉君夷皋雖然無道，但身為晉國大夫的趙盾逃亡未出國境，聽聞晉君被弒，立刻返回都城，擁立新君，未追究自己親戚趙穿弒君之罪，因此晉國史官董狐認為趙盾圖謀不詭，在史書上載「趙盾弒其君夷皋」批判趙盾的用心。

一五　怨：責備。

一六　極力地誇張粉飾。

一七　舉國：全國；唱和：相互應和。

一八　迨：等到；念：二十，通「廿」。
一九　囑：託付；贊助：幫助。
二〇　帝制：係袁世凱於民國四年（一九一五）取消共和，實施帝制，號稱「中華帝國」。
二一　洪憲：中華帝國之年號。
二二　迥非：完全不是；片言：簡短幾句話。
二三　指聯俄容共。
二四　指「清黨」一事，民國十六至十七年間（一九二七～一九二八），蔣介石下令清除中國國民黨黨內之異議分子，尤其針對左派及共產黨員。
二五　中庸之道：指立場不偏頗，行為合乎常理，見《禮記．中庸》：「君子中庸，小人反中庸。」
二六　冀：希望。
二七　行知：行文告知；燕：北平市之簡稱，於民國十七年（一九二八）北伐結束後設立，民國十九年（一九三〇）六月降格為省轄市，同年十二月升格回院轄市，與省同級；豫，河南省簡稱。
二八　孜：勤謹。勛，功績；綏，平安之意。用於收信人為政界人士之書信結束問候語。

輓海陸軍大元帥張作霖聯

解題

張作霖（一八七五～一九二八），字雨亭，奉天（今遼寧省）海城人。少時曾入私塾讀書修業，又改學獸醫。甲午戰後，在故里成立地方保安隊。光緒廿六年（一九〇一）獲盛京將軍增祺收編，後擢爲奉天巡防營前路統領。民初，成爲北洋奉系領袖，人稱「東北王」。民國十三年（一九二四），張氏在第二次直奉戰爭中獲勝，掌控北京政府，與馮玉祥籌組臨時執政府，以段祺瑞爲臨時執政。十五年（一九二六）四月，擊敗馮玉祥，段祺瑞下野，張氏全面控制北洋政府。時值國民政府自廣東開展北伐，張作霖被推戴爲安國軍總司令，旋又受擁爲陸海軍大元帥，行使大總統職權，成爲北洋末代元首。十七年（一九二八）六月四日凌晨，張作霖乘坐的火車在皇姑屯站被日本關東軍預埋的炸藥炸毀，史稱「皇姑屯事件」。張氏重傷，返奉天（今瀋陽）後身亡，其子張學良接掌東北軍政，不久宣布東北易幟，歸順國府，中國在形式上重告統一。段氏輓聯篇幅雖短，但上聯憶舊悲今、抒發悼思，質樸而平實，下聯描摹眼前、寄託祝願，惝怳而空靈，足爲死者張目。此聯見載於多種文籍，此處所據爲沈陽市人民政府地方志辦公室編《張氏帥府志》（二〇一三）。

薤露（註一）悲涼懷舊雨（註二）；
雲車（註三）縹緲黯靈旗（註四）。

（金玉琦註）

註釋

一 〈薤露〉：西漢樂府輓歌，以薤上的露水容易曬乾而起興，嗟嘆人生的短暫。薤：音蟹，多年生宿根草本植物，即今人所稱藠頭（俗作蕎頭）。

二 舊雨：老友的代稱。典出《全唐文》卷三百六十〈杜甫二．秋述〉：「常時車馬之客，舊，雨來；今，雨不來。」段、張爲北洋僚友，故稱。

三 雲車：以雲紋爲飾的華貴之車，亦指仙人車乘。此處之意有二：一謂張氏出殯之靈車華貴，二謂張氏登仙，以雲爲車，重返天府。參《史記．孝武本紀》：「文成言曰：『上即欲與神通，宮室被服不象神，神物不至。』乃作畫雲氣車。」

四

縹緲：高遠隱忽而不明。縹讀作漂染之漂。（唐）白居易〈長恨歌〉：「忽聞海上有仙山，山在虛無縹緲間。」靈旗：神靈的旗幟。（唐）劉禹錫〈七夕〉詩之一：「河鼓靈旗動，嫦娥破鏡斜。」此處同樣既指出殯的旛旗，也指死者登仙車駕上的雲旗。因旗幟盛多蔽日，故云「縹緲」、「黯」。

覆蔣總司令函書

解題

民國十七年（一九二八），北伐軍在蔣介石領導下定都南京。此時有人以段祺瑞的名義，在天津大連之間勾結外國勢力，挑撥離間，破壞北伐。蔣介石於七月五日致函段氏，加以勸阻警告，段氏遂於七月十日回覆此函，表示自己並未參與其事，對北伐表示認同，且勸告蔣氏不宜擾民。參《國際現象畫報》第二卷第一期（民國二十二年）中〈南下之段祺瑞〉一文：「在日本帝國主義侵占榆關威脅平津的時候，利用傀儡之餘，更欲挑撥關內動亂，收買舊時親日派為其爪牙，冀圖在華北造成第二個滿洲，樹立一種受日本帝國主義指揮之政治組織。在日本帝國主義陰謀之下，段祺瑞實為日本人心目中最適當的人選。然段氏此次竟能在謠諑聲中，奮其衰老之身，杜敵詭謀，蕭然南下……尚不愧為一個中國男兒也。」今人殷文波謂其祖父、老同盟會員殷樹森曾教其從《聽潮軒書齋尺牘抄本》之〈名人尺牘之部〉中抄錄、背誦此文，殷樹森又評此文道：「正文才三小段，有投降之實，無投降之表，妙在投降，向學生蔣介石投降，又不失師爺君、親、師』」之尊嚴，從蔣先生去信到段覆信前後十天，段氏花五天功夫挖空心事覆出此信，用心之苦非信中筆墨可見者。」（註一）如此妙文，難怪被收入尺牘，以供讀者觀摩學習。此函最早刊於《軍事雜誌》（南京）第三期（民十七），文字與殷氏所記略有不同，蓋當時尺牘編者已有刪改，或殷文波記憶有誤耳。

介石老弟總司令（註二）左右：五日惠書，昨始郵到，獲悉一一（註三）。首都既定（註四），大功告成，兄雖旁觀，與有榮焉。兄向讀孔氏書，忠恕接物、富貴浮雲，想亦海內所共亮者也。今年六十有四矣，衰老多病，茹素學佛，八年於茲。四大既假，萬象皆空，事無容心，言不入耳。謂津連之間，有策略妨礙之舉，（註五）固非兄所宜聞，亦非兄之所樂聞，果耳當戒之，（註六）抑他人有心，假借以行其技也。（註七）夫（註八）民為邦本，本固邦甯。主義（註九）既在民，際此民不堪命，望（註一〇）三致意焉。（註一一）

附：蔣總司令警告段祺瑞書（《軍事雜誌》（南京）一九二八年第二期）

弟子蔣中正謹致敬於芝泉夫子座前，而問起居。中正與先生別垂二十三年，知先生或憶當年門弟子中，有蔣志清其人者。此二十三年中，先生幾度秉國大政，備極煊赫、而中正始終追隨先總理，奔走革命，致力撲滅奉先生為領袖之北洋軍閥，歷盡艱苦，而未嘗偶一修書問者，公也。今燕雲收復，北伐即告完成，中正身臨舊都，未遑甯處，上書敬候起居者，私也。公私之間，截然有鴻溝在。嘗思共和創建以來，先生屢立殊勳。國事敗壞至此，先生亦難辭咎。辛亥之役，先生以北洋宿將，首贊共和，一電遙傳，清社遂傾。此固大有造於民國者。顧當時先總理以北都帝居閎侈，易起奸人妄念，瑕穢叢積，蕩滌尤難。因議建都南京，以立民國萬年不拔之基。袁氏早蓄野心，力持異議，而先生亦依違阿附，未伸正論，必待籌安勸進，始表消極反對，焦頭爛額，所損以多，此先生未明革命之真理，故不能接受先總理之主張，而貽禍於建國之始也。袁氏既死，先生誤於僉壬，已足深惜。張勳復辟，復授先生以再造共和之機。愛先生者，咸謂君子之過，將如日月之食。乃先生仍為群小包圍，創為安福國會，雖先總理崎嶇嶺嶠，堅持護法，卒難破先生武力統一之迷夢。直至徐世昌竊位於前，曹錕賄選於後，先生始稍覺悟，遂有共討曹吳之舉。先總理以為和平統一，未可再失時機，力疾北上，提出國民會議之方案，以求解決一切政治問題。乃先生復為群小所惑，必以善後會議代國民會議，使人疑先生別有用心，遂致先總理賫志以終，中國自此擾亂不已，先生尤躬罹其害，權位不保，勳名亦幾於澌滅。此先生始終為宵小所蔽，不能接受先總理之主張，以自誤誤國也。先生所擁護者，乃共和虛名，所培成者，盡軍閥餘孽，此必非先生始願所及，然未能篤信三民主義，與先總理主張之足以救國，而使縱橫捭闔之徒，得逞其技，則其結果，必至於此。今幸北伐軍事成功，中國已居統一，此實我中國出於危亡之惟一時機也。苟有人心，孰不欲促成新治？且軍閥完全崩潰，所謂北洋正統者，決無死灰復燃之希冀。革命勢力，始終團結，自先總理逝世至今，帝國主義者與軍閥，屢次造作國民黨即破裂之謠，無一得售，稍有智識，又孰願自招滅亡？乃道路藉藉，咸謂天津大連之間，有託庇外人勢力，運用政治手腕，於大局鼎革之時，蟻聚蠅附，極挑撥離間之能事。若惟恐中國果能統一，即無若輩活動之地者。而若輩之招搖煽惑，則莫不假託先生名義為重心。中正深為先生危，不敢不為先生告，以先生曩昔之愛護共和，必不欲淪為亡國編氓。惟若輩舉動，既託先生之名以行，譸張所至，必累盛德。甚望剴切誡諭，加以制止，其猶不從，則望先生悉揮之門外。而中正為擁護革命利益計，將不能不加以嚴重之制裁。北伐勝利，非即革命成功，欲求中國之平等自由，尚賴國民之共同努力。苟能皈依三民主義，共圖新中國之建設，從前種種，自可屏置不問。但革命時代，亦斷不能容反革命者之活動，尤不能容其隨處投機，危害全局。先生靜思往事，熟審潮流，必將確信三民主義為救國唯一良藥，而痛恨政客者流之害國，以圖自救也。中正對於先生已往翊共和之勳績，深致尊重，無敢或望，並深願先生愛惜令名，善用勳望，已固革命之基，而奠共和之實，使天下後世，皆知先生救國愛民之真誠，而不終為奸邪宵小之所誤，是則公私之幸也。語曰：「君子愛人以德。」輒致以弟子之私，布其誠悃，惟希鑒察。

（廖蘭欣註）

註釋

一　見殷文波：〈段祺瑞覆蔣介石信〉，《合肥文史資料》第十四輯（一九九六），頁七十五—七十六。

二　殷樹森評：「稱介石老弟，是以師生關係及年長與年輕所稱之，而稱總司令，意味投降的。」

三　「獲悉一一」四字，殷文波記錄版本作「昨始郵到」。

四　指北伐軍定都南京。殷樹森評：「頭兩句五日惠書等，寫出時間乃十日內苦心言降而已，文字平淡。此後四句乃舊式尺牘開場白一捧場應酬之詞。既稱『首都』，乃北京北洋政府向南京政府投降之義也。」

五　殷樹森評：「關鍵性在該信正文第二段，『津連策略』，津即天津，連即大連。段氏此時，寓公客居天津，信佛。搞一個『空空會』，又叫『緣緣會』，但也到大連。這一大批初放屠刀，死灰猶可復燃的北洋軍閥、政客餘孽，猶可興風作浪，蔣氏的藍衣社早已了解。」

六　殷樹森評：「段氏信以『宜聞』和『樂聞』兩聞均加以非字。雖含含糊糊之語，最後以『戒之』兩字收尾。由此可見當年權傾一時的北洋大軍閥段祺瑞到此已是途窮末路了。」

七　「兄向讀孔氏書」至此，殷氏作：「余已耄矣，耳不聰明。前聽人言，謂津連之間，有策略防礙之舉。固非兄所宜聞，亦非兄有樂聞。果爾當戒之。亦或他人有心，以假藉此事者。兄曾讀孔氏之書，忠恕接物，富貴浮雲，此亦海內所共知者。」

八　「夫」，殷氏作「古有名訓」。

九　「主義」二字前，殷氏所記有「爾稱」二字。

一〇　「望」，殷氏作「希」。

一一　殷氏所記此後有「政祺！段祺瑞手書。一九三三年一月十五日」幾字。查文中有「今年六十有四矣」字樣，當爲民國十七年（一九二八）。且段氏書信率用民國紀年，故殷氏所記年分未必可靠。殷樹森評：「該信正文第三段收尾，在一般人是無話可說了。投降之舉白紙黑字已明明白白了。由於段曾任北洋政府要職，赫赫一世，老師向學生投降，既要表示自己的師道尊嚴，二來又拉拉舊日師生之私人感情。以孔子道統的『忠恕』而引導出蔣記三民主義作結，大有教師爺風度。從啓化、誘導到教師訓斥弟子作結，行文婉轉曲折，如對漢古無一定素養者，不能作好此信。」

時輪金剛法會緣起

（壬申作於北平時輪法會）（註一）

解題

民國廿一年（一九三二）十月，段祺瑞、吳佩孚、（註二）朱慶瀾等人發起時輪金剛法會，（註三）敦請九世班禪主持，（註四）並於故宮太和殿舉行。此文乃是說明法會之緣起。此文先後刊於《現代佛教》（民國二十三年三月）、《佛教居士林特刊》（民國二十三年六月）、《佛學半月刊》（民國二十三年五月）。

密宗中部，（註五）時輪金剛推為首列。（註六）世尊成道期年後（註七），顯現法身，在鷲峯山說《般若波羅密多經》時，（註八）併在印之德聚粳集塔中，說《時輪金剛經》，（註九）香拔喇國王月善，親為記錄。（註一〇）其國在印度之北境，地形圓，內有如蓮蕊之大雪山；花分八瓣，推行四遠，兩瓣相距；中間長河，靈氣所鍾，形狀奇異。月善歸來，造大壇城於馬拉雅大林之中，（註一一）貯經於其間，相傳四十三世，多地藏、文殊及遣邊威德諸明王所化現。（註一二）後八百年，班禪希羅斡及低薩且斡，（註一三）布教於印度希利巴喇波的，（註一四）及波藥羅慧稱，（註一五）先後傳至西藏，綿長至今，未嘗稍輟。此時班禪國師，及安欽呼圖克圖，（註一六）適來與辛大法師動法會之議。（註一七）向者，震旦緣熟，（註一八）達摩東來，（註一九）一花五葉，（註二〇）弘揚於華夏，時輪金剛又何獨不然？小之救一國之災，大之乃滅全世界之浩刧，其他及身成佛者，更不暇以數計也；但向在印藏，結緣不廣，所以歐洲之戰禍，（註二一）東鄰之震陷，（註二二）我國廿餘年之擾攘不已者，無非同業之感召有以致之。因果循環，世人不察，負佛憐憫之懷，要知亙古未聞之奇異，今已相繼而不絕，倘刧再見，恐十百倍於前，更有出人意料之外者。仰體佛之大慈大悲普度宏願，速登眾生於彼岸，皆莫時輪金剛若也。今居末法之際，(註二三)人心澆漓，(註二四)又值大陸之衝，(註二五)寰宇比鄰，啓發益廣，不惟灌頂學人功成圓滿，(註二六)即在四十里之內，當傳法之日，虔心觀想，亦得灌頂之效；其他一覯壇場，(註二七)一聆法音，能脫一切罪戾，亦可結他日往生之緣。雖佛法無量無邊，大千世界，(註二八)莫不函育其中，何災害頻加而不已？良由眾生困於情欲，自拔無術，無緣難度，深盼悲心信願之士，普為傳播，速其醒悟，俾知法會難逢，回頭是岸，自當爭先馳赴，勿待事後追悔云爾。

附：時輪金剛法會引言（不題著者）

時局覯危極矣！智者無所用其謀，勇者無所施其力，此蓋同業之所招，非一二人之□□。同人等究心密法，稔知時輪金剛一經，有護國息災拔苦濟危之力。特議啟建時輪金剛法會，請班禪國師主其事，曾草擬一文，徵求合肥段芝泉先生同意。先生極為讚許，並以原文長廣，未易通俗，特為親撰發起文一通，以表信向而勸來者。先生為國家元勳，法門長者於世出世法具真知灼見，而富弘願悲心。讀其文即可以知其事。顯捐資出力，各勉其能，隨喜讚揚，同歸於善，庶不負先生之苦心，抑亦同人之所感禱也。原文附後，不厭求詳，可兼一寓目焉。

（林彥廷註）

註釋

一　此段文字原刊於單行本《時輪金剛法會緣起》小冊、後錄入《佛教居士林特刊》本，《慈航特刊》本則無。

二　吳佩孚（一八七四～一九三九），字子玉，山東蓬萊人。清季秀才。北洋軍閥首領之一，官至直魯豫巡閱史。追隨曹錕（一八六二～一九三八）討伐張勳（一八五四～一九二三）復辟、參與直皖戰爭。第一次直奉戰爭中，擁護曹錕，至此成爲北洋軍閥中實力最雄者。然其後先於第二次直奉戰爭中遭馮玉祥（一八八二～一九四八）倒戈，後敗於國民政府北伐軍，勢力至此消沉。晚年卜居北平，潛心宗教。

三　朱慶瀾（一八七四～一九四一），字子橋，或作子樵、紫橋。早年有志於學，後乃投筆從戎。曾先後擔任黑龍江督署參謀長、黑龍江護軍使兼民政長、黑龍江巡按使等職。治黑龍江期間，頗受人民愛戴。晚年，以在野身分從事社會福利與救濟事業。

四　圖丹曲吉尼瑪（Thub-bstan Chos-kyi Nyi-ma, 1883-1937），藏傳佛教格魯派第九世班禪，西藏後藏地區之政教領袖。民國十二年（一九二三），因與達賴發生衝突，出逃內蒙；十四年（一九二五），段祺瑞遣員迎班禪至北平；十八年（一九二九），設立班禪駐南京辦事處；民國二十年（一九三一），參加國民會議，國民政府賜號「護國宣化廣慧大師」；廿一年（一九三二），任西陲宣化使；廿四年（一九三五），任國民政府委員。曾九次主持時輪金剛法會。廿五年（一九三六），班禪得以回藏，然途中因英國阻礙，不得入藏。廿六年（一九三七）十二月，班禪因病圓寂。

五　密宗：秘密大乘佛教，又名金剛乘（Vajrayāna），源於印度，是大乘佛教中的一種修行方法。其修行方式多爲秘密傳授，且內容神秘，故名密教。今盛行於西藏及日本。

六　時輪金剛（Kālacakravajra）：藏傳佛教五大金剛之一，密宗無上瑜伽部之高級本尊。其造像多爲四首十二臂雙身像；本尊象徵慈悲，身體爲藍色，其所抱明妃象徵智慧，爲黃色。

七　世尊（bhagavat）：即佛陀，爲世間最尊貴，且受人景仰者，故曰世尊。期年：周年，期音畸。

八　鷲峰山：即靈鷲山（Gṛdhrakūṭa），又稱鷲峰山、耆闍崛山。位於古印度王舍城西，爲圍繞王舍內城的五座山峰之一。釋迦牟尼曾在此說法。《般若波羅密多心經》（*Prajñāpāramitā Hṛdaya sūtra*），簡稱《般若心經》或《心經》，乃由《大般若波羅密多經》剪裁、濃縮而成。本經是闡述大乘佛教之空相與般若思想，爲般若經中之重要經典。

九　印之德聚粳集塔：應指「印度之德聚粳集塔」，又名米積塔。《時輪根本續》謂佛陀證道後翌年，於南天竺功德山安住時，有一無欺仙人，堆米如山；米山經空行母等自性加持，旋即堅固成塔。佛陀即於此塔爲諸天、仙人、香巴拉月賢王等說法。《時輪金剛經》：即《時輪根本續》，又稱《時輪根本經》，乃時輪乘法根本經典。此經相傳乃佛陀於德聚粳集塔向香巴拉月賢王講授佛法，經月賢王記錄而成；月賢王回國後，作注而成《時輪根本續廣釋》。

一〇　香拔喇：即香巴拉（Śambhalaḥ），又名香格里拉（Shangrila），乃藏傳佛教理想淨土、時輪佛法之發源地。月善：即月賢（Sucandra），或稱月賢王、達瓦桑波，乃傳說中香巴拉之國王，曾向佛陀求時輪金剛法門，並將之記錄，使時輪金剛法門在香巴拉興盛。

一一　壇城：即曼荼羅（Mandala），爲瑜伽修行中所需之土臺。

一二　地藏：謂地藏菩薩（Kṣitigarbha），雖爲漢傳佛教四大菩薩之一，但在藏密中亦有其地位。文殊：謂文殊菩薩（Mañjuśrī），又稱文殊師利菩薩，代表智慧，同爲佛教四大菩薩之一。遣邊威德諸明王：即大威德金剛（Yamāntaka），藏傳佛教認爲其乃文殊菩薩之忿怒相，於格魯、寧瑪二派中，皆極受尊崇。全句指香巴拉歷任國王，多爲地藏、文殊等菩薩之化身。

一三　班禪希羅斡（Pan chen ci lu pa）：將《時輪密續》從香巴拉國帶回印度的第一代祖師，被尊稱爲「時輪足」（Kālacakrapāda, dus 'khor zhabs），因其嫡傳弟子亦被尊爲「時輪足」，故藏人稱他爲「大時輪足」（dus 'khor zhabs chen po）。低薩且斡（dus zhabs chung ngu）：「小時輪足」之音譯，正式法名爲Avadhūtipa，是「大時輪足」之弟子，亦即《時輪密續》的第二代印度祖師。

一四　希利巴喇波的（Śrī-parvata）：意爲「吉祥山」，此指「大時輪足」從香巴拉國王領受《時輪密續》時所處之聖山。

一五　波藥羅慧稱：波藥羅（'bro lo）者，'bro乃族姓，lo指「譯師」（lo tsā ba），意爲「卓譯師」。《時輪密續》從印度傳至西藏，其傳承共有數支，其中一支便是由「卓譯師」翻譯傳入。慧稱（shes rab grags）乃其法名。

一六　達巴・洛桑丹增・晉美旺秋（一八八四～一九四七）。「安欽」乃扎什倫布寺密宗扎倉歷代堪布所持尊號，達巴三十六歲時出任密宗扎倉堪布，故享此稱。「呼圖克圖」（Hotogtu）則爲清朝及中華民國初年對部分高級藏傳佛教轉世喇嘛所封之職銜，地位僅次於達賴、班禪；九世班禪額爾德尼民國廿一年（一九三二），授予達巴「班智達熱呼圖克圖」封號。因此，部分漢文文獻將達巴稱作「安欽呼圖克圖」。達巴於九世班禪離藏後，假稱外出修行，通過海路，祕密到達中國內地，與班禪會合。

一七　辛大法師：待考。其人應爲當時活動於北京的蒙古族上師，蒙古喇嘛多取漢姓。九世班禪流亡內地時，與蒙古佛教人士來往密切。

一八　震旦：即中國。梵語Cina的音譯，古印度對中國之稱呼。

一九　菩提達摩（Bodhidharma，？～五三五），簡稱達摩，南印度人或波斯人，爲中國禪宗初代祖師。

二〇　一花五葉：「一花開五葉，結果自然成。」此東土禪宗初祖達摩付予二組慧可的偈語，預言禪宗於中國之發展弘揚。一花者，初祖達摩；五葉者，即六祖慧能後，禪宗開枝散葉，衍成之臨濟宗、曹洞宗、雲門宗、法眼宗、潙仰宗。

二一　歐洲之戰禍：謂歐戰，又稱第一次世界大戰，橫跨一九一四年至一九一八年，戰場主要在歐洲，然世界多數國家都被捲入這場戰爭。

二二　東鄰之震陷：指日本關東大地震，即大正十二年（民國十二年，一九二三）九月一日發生於關東之強烈地震，震央位於神奈川縣相模灣伊豆大島，地震規模高達八點一。東京、橫濱兩大城市，於此次地震遭受嚴重破壞，受災範圍廣及全關東地方，並造成恐慌及騷亂。

二三　末法（sad-dharma-vipralopa）：大乘佛教將教法流傳分爲三個時期，即正法（sad-dharma）、像法（sad-dharma-pratirūpaka）和末法時期。正法指佛滅後，教法住世，依法修行，即能證果，或謂此時期長達五百年；像法則謂雖有教法及修行者，多不能證果，或謂此時期長達千年；末法則指去佛日遠，教法陵夷，人雖秉教，不能證果，或謂此時期長達萬年。佛法盡滅後，則有待未來佛彌勒菩薩降世，普度眾生。

二四　澆漓：人情淡薄。

二五　衝，交通要道。此指各州來往日益便利。

二六　灌頂（Abhiṣecanī）：本爲古代印度帝王即位以及立太子之一種儀式。今日佛教中，則以密教特重灌頂，由上師以五瓶水（象徵如來五智）灌弟子頂，顯示繼承佛位之意；無論結緣、學法、傳法、受戒等，皆行灌頂儀式。

二七　壇場：講經修法之處。

二八　大千：即三千大千世界（tri-sāhasra-mahā-sāhasra-loka-dhātu）的簡稱。爲古印度人的宇宙觀，佛教今日用之以泛指世間諸相。

會長段祺瑞氏致總裁書狀

解題

日本高野山金剛峯寺座主龍池密雄來信，（註一）敦請段祺瑞出任「中日密教研窮會」之會長，（註二）此文則爲段祺瑞之覆信。信中段祺瑞應允擔任會長一職，並表達對於當時世界局勢之憂慮，更提出進一步組織「大同會」之想法。本文篇名本爲日文，即〈會長段祺瑞氏ヨリ總裁ニ致サレシ書狀〉。龍池密雄原信附於文後，兩文皆刊於《中日密教》第一卷第二期（民國二十三年十一月）。

龍池大師法席：東瀛英俊，坐鎮名山，闡明經義，弘揚佛法。持戒野居，（註三）佐治明世，利己利他，首及敝隣。兩國同文同種，猶兄弟也，有無相通，當不始自唐代。益敦親睦，保持和平，唇齒相依，自無外侮。再極我佛普度之懷，推於四遠，拯斯民於苦海而登彼岸，其功德啓有量哉？昨讀惠書，以中日密教研窮會長遙卑不戈（註四），曷勝愧悚（註五）。雖云誦佛有年，而密宗精奧，未嘗學問，濫竽其間，有無補益，願雅意優渥，卻之不情，勉為贊襄，徵諸後效何如？竊嘗觀五洲之中，競爭之風素烈。向者拿破稱雄逞干戈，糜爛西歐；（註六）大比得築路幾萬里，橫彌東亞；（註七）以人民為芻狗，（註八）有違上天好生之德。曾幾何時，電光石火，閃灼而盡，故佛曰：因果循環，《書》云：「作善，降之百祥；作不善，降之百殃。」（註九）《孟子》曰：「善戰者服上刑。」（註一〇）揆諸往事，（註一一）信有徵也。（註一二）迄歐戰一役，震撼全球，亙古所無，動員六十兆，死傷三千萬，勝者瞠目。而後至今，思之未免，警惕無如。人心不古，詐虞互見，戾氣所鍾，（註一三）蕩漾不甯，內憂外患，思何可勝道。國際也，種族也，黨派也，學說也，勞力也，資產也，工商也，經濟也，界線重重，爭點殊多。戰後雖懾於任□之害大，始有縮兵之議，（註一四）而人民之擔負，未曾未減，暗中之籌備，精密更逾於前。求世界之安全，固非空言所能竟其事功。我佛大慈大悲，普照大千，（註一五）高深廣安遠，各教無與倫比。但際此思潮洶湧、固執我見難化之時，而以四大既假、萬象皆空之理喻之，（註一六）無緣難度，深恐格格不入。誦《阿含》者，驟難語以大乘；（註一七）聚淺識者，胡可強以高深？吾人不幸生於娑婆之世，（註一八）仁民愛物，宜盡力之所能達、義之所當為；故不得不委婉曲折，啓迪愚蒙，循循善誘，示以門徑，使之易入，然後再策以遠大。先之以五教合一，耶、回與儒、釋、道敬天之旨，大致無異；以政教為表裡世間之法，大同之化，惟有孔子，天覆他載，包羅寰宇。宣尼、牟尼，（註一九）皆無我見，救世之道，莫是過也。謂宜羅致五洲善人、學士，倡導和平，為世界謀安全。想世人俱有同情，加入多數國家，組織大同會，擇定地點，輪推主席，予以年限。凡國與國有抵觸之點，由會公平解決，兵端不容再見；儻有一國擅啓戰爭，當羣起以力制止，期和平於百代，較之他會以力為理者，固不可同年而語。惟世界工商國家居其多數，工商有時而窮，土地狹隘，不足生存，願歸化者，不得阻止；更須一視同仁，不得稍有歧異，泯其畛域種族之見，(註二〇)始合大同之原則焉。因大師以度人為心，不敢負失人之咎。管窺所及，(註二一)輒忘其陋，藉資商榷，兼取並蓄，殊途同歸，或與拈花微笑之旨默契而符合歟。(註二二)段祺瑞拜復印。

附：總裁ヨリ段祺瑞氏ニ贈ラサレシ書狀(註二三)

中日密教研窮會總裁高野山金剛峯寺第三百八十九世座主大僧正龍池密雄恭啓大中華民國前執政段公嘗竊謂：「治國之術，在於善政，陶民之道，存於善政」，故先聖嘗立為君為師之言，歐賢夙唱政教一致之說。我真言宗主弘法大師受教於青龍寺果公，唱真言於東海瀛洲，眾庶歸向，萬乘信依；而其裨補政化，矯正世道之效，彰於當時，而施於後代；與唐室建造伽藍，優禮僧人，而士風漸移，民心稍改，東西合符。故西教一源，東流百派，而其最與治平宜者，實為我密教。蓋密教之旨，在求成佛於即身，象淨土於現世也。側聞□□貴那佛教久遺密義，長安龍寺今沒荒叢。近時具眼求法之士，不憚瀛洲采藥之勞，我宗銳意挑燈之徒，乃抱合浦珠還之喜。頃者中日志士相率修明密教歲時會，同名以中日密教研窮會；小衲以不敏之資，承乏傳燈之職，乃得不當之推，敢任裁法之正。然會友之旨，歸於濟眾，講法之要，存於導俗，是本會之所以不可不別置會長以並總裁也。總裁之職，既擇於弊邦；會長之任，固不能不選諸貴邦也。執事以不世出之才負中華民望，當處顯位，夙建宏謨。敢請執事屈其尊貴，長斯會同，借為邦餘力，導濟眾之大業。會以研窮名効，實足補經綸。則不唯會友之幸，亦為中日二邦之幸。無堪款懇惻切之至。密雄再拜。

（林彥廷註）

註釋

一 龍池大師：龍池密雄（一八四三～一九三四），舊姓和田，備後國深安郡道上村（今廣島縣神辺町）出身。安政六年（一八五九），登高野山修行，明治六年任高野山顯正院住持，後又任總持院，福山明王院住持。爲抗明治維新時之廢佛滅釋運動，龍池密雄乃計畫統合備後地方眞言宗寺院。大正三年（一九一四），經高野山富性院門主、東京大覺寺門跡等職，成爲高野山金剛峯寺座主，並兼任眞言宗高野派管長。

二 中日密教研窮會：又名中日密教研究會，乃以日本眞言宗爲主體創設，與中國關係匪淺。該會乃總裁龍池密雄，與中華民國各勢力要人共十六人聯名發起。成立後，以段祺瑞爲會長，而高凌霨（一八七〇～一九四〇）、王揖唐（一八七七～一九四八）任副會長；會中重要職位亦多任命中國方面之人士。據〈中日密教研究會設立趣意書〉，該會旨在促成東亞民族之精神團結」與「文化向上」、從事藏傳佛教之「眞相究明」，以及藏傳佛教與眞言宗之「互融提攜」。實務上則擬互相派遣視察團與研究員，調查研究中國之密教遺跡，舉辦中日碩學主講之特別密教講座，編纂、翻譯、刊行各種相關文獻，設置語言教育機構，並發行會報等。

三 持戒：守戒律。

四 遙卑不戈：當爲「遙畀不才」之形訛。畀：同俾，給予。不才：不成材，自謙的稱呼。

五 曷，同何。愧悚，惶恐。

六 拿破：拿破崙．波拿巴（Napoléon Bonaparte, 1769-1821），法國政治、軍事家。一八〇四年，拿破崙受參議院擁戴稱帝。此後，拿破崙領導法蘭西第一帝國，與歐洲反法同盟對抗，歐洲列強莫不捲入其中。

七 大比得：彼得一世．阿列克謝耶維奇．羅曼諾夫（Пётр Алексеевич Романов, 1672-1725），俄羅斯帝國羅曼諾夫王朝沙皇、俄國皇帝。在位期間力行改革，推動俄羅斯現代化，人稱彼得大帝（Пётр Великий）。

八 《老子》：「天地不仁，以萬物爲芻狗；聖人不仁，以百姓爲芻狗。」芻狗，古時祭祀用之草編狗形，用後即棄，故後用以譬喻輕賤之物。老子原意，乃指天地聖人平等對待萬物百姓如芻狗，段氏於此僅取輕賤物之意。

九 《書．伊訓》：「惟上帝不常，作善，降之百祥；作不善，降之百殃。」謂上帝之賞罰並非一定，行善者，上帝便會降福；爲惡者，上帝則會降下各種災禍。

一〇 《孟子．離婁上》：「故善戰者服上刑，連諸侯者次之，辟草萊、任土地者次之。」謂好戰之人應受最嚴厲之刑罰，連結諸侯者次之，開墾、分土授民者再次之。

一一 揆，審度、揣測。

一二 信有徵：確實有據。

一三 戾氣：凶暴之氣。鍾：積聚。

一四 一戰後，有鑒於戰事之慘烈，世界各國領袖以及民間，多有呼籲裁軍者。一戰後成立之國際聯盟（League of Nations），便成立有「世界裁軍會議」，並希望能將各國軍備，裁減至「能維護國土安全並執行常規國際義務」的最低限度。

一五　大千：即三千大千世界（tri-sāhasra-mahā-sāhasra-loka-dhātu）的簡稱。爲古印度人的宇宙觀，佛教今日用之以泛指世間諸相。

一六　四大皆假，萬象皆空：四大，地、水、火、風，以比喻世間諸法；萬象，一切景象。假，即空，意謂諸法沒有實體，而是因緣和合而成，不會恆常不變，故謂之假。四大皆假，萬象皆空，即謂世間諸法、一切景象，都是緣起而生，並非實有。佛教言此以勸人不可執著。

一七　《阿含》（*āgama*）：原始佛教之根本經典，包括《長阿含經》（*Dīrgha Āgama*）、《中阿含經》（*Madhyama Āgama*）、《雜阿含經》（*Saṃyukta Āgama*）、《增一阿含經》（*Ek · ttarika Āgama*）四部。中國於隋唐以降，重視「渡人」之大乘佛教流行，貶低「自渡」之小乘佛教，《阿含》被視爲小乘經典，故不被重視。段祺瑞亦如此認爲，方謂：誦習小乘佛教經典《阿含》者，難以驟然與言大乘佛法。

一八　娑婆（Sahā）：即娑婆世界。指釋迦牟尼所教化之世界、有情眾生所在的三千大千世界，亦即我輩所處之世界。

一九　宣尼：對孔子之尊稱。孔子，字仲尼，漢平帝時追諡孔子爲褒成宣尼公，故名。牟尼：佛陀之尊稱，爲梵文音譯，意爲「文」、「仁」、「寂寞」。

二〇　畛域：畛，音診。畛域，界線、範圍。

二一　管窺：以管窺天，喻見識狹窄。

二二　佛陀於靈山會說法，手持鮮花示眾，惟眾人皆面無表情不解禪意，只有維摩訶迦葉面露笑容，世尊遂將心法傳於迦葉。後世以拈花微笑比喻參悟禪理、以心傳心、默契、會心之意。

一三 〈總裁致段祺瑞氏書狀〉，本文篇名本爲日文。

菩提學會籌備委員會函請贊助經費

解題

民國廿四年（一九三五），九世班禪於杭州主持時輪金剛法會畢，（註一）旋即應上海市長吳鐵城之邀赴上海。（註二）五月二十一日，班禪抵達上海，求請段祺瑞、吳鐵城、王一亭、杜月笙、（註三）屈映光、（註四）趙恆惕、（註五）釋印光等人，（註六）發起以弘法利生、翻譯藏文經典爲宗旨之「菩提學會」，以及溝通漢藏、培養蒙藏人才之「蒙藏學院」。此即菩提學會籌備委員會，向九世班禪請求贊助二組織開支經費之書函。此文刊於《西陲宣化使公署月刊》第一卷第六期。

敬啓者：去歲八月廿八日寄奉第四七九至四八八號捐冊十本，寄達尊兒。

本會自成立後，先組織譯經處，業已譯成經論多種《菩提正道菩薩戒論》

已分期刊登《佛學半月刊》，（註七）計邀慧鑒。現又接辦蒙藏學院，造就佛學人才，所有譯印經論及學院開支（學生學膳書籍各費全免），需費頗為浩大。現定十月十五日開成立大會，諸須籌計進行，非仗諸大善信羣策羣力，無以成茲壯舉。素仰臺端弘法為懷，殷情利他，既承贊助在前，尚祈慨解仁囊，並多方勸募。於十一月十日前，無論多寡，俯賜惠下，全茲功德，無任感盼。專頌善祺。

此致西陲宣化大使班禪大師。理事長段祺瑞。

（林彥廷註）

註釋

一　民國廿四年（一九三五）三月，段祺瑞、王一亭等人，於上海發起杭州靈隱寺啓建時輪金剛法會，至南京迎請九世班禪赴杭州主持。法會於同年四月二十八日啓建。

二　吳鐵城（一八八八～一九五三），祖籍廣州，出生於江西九江。早年投身革命，長年跟隨孫文。民國廿一（一九三二）至廿六年（一九三七），任上海市長。民國卅八年（一九四九），隨國民政府遷臺，後病逝臺北。

三　杜月笙（一八八八～一九五一），名鏞，月笙其字，上海人。上海租界青幫要人，官拜國民革命軍少將。民國卅八年（一九四九），移居香港；兩年後病逝，卒葬臺北縣汐止。

四　屈映光（一八八三～一九七三），字文六，浙江臺州臨海縣人。早年從事反清革命，民國建立後，出任袁世凱政府諸職；袁世凱逝世後，則投靠皖系。民國十八年（一九二九），受密教灌頂，號爲法賢上師，民國卅八年（一九四九）後遷臺。去世時年九十一。

五　趙恆惕（一八八〇～一九七一），字夷午、彝五，號炎午，湖南衡山人。民國九年（一九二〇）至十五年（一九二六）間，爲湖南軍政首領。民國卅八年（一九四九）後，經香港輾轉移居臺灣。

六　釋印光（一八六二～一九四〇），俗名趙紹伊，字子任，法號聖量。陝西郃陽人。幼讀儒經，二十一歲時乃棄儒向佛，於陝西終南山南五臺蓮花洞寺出家，師事道純和尚。釋印光被尊爲淨土宗第十三代祖師，提倡持名念佛，爲淨土宗中興之重要人物。

七　《菩提正道菩薩戒論》：宗喀巴（一三五七～一四一九）撰，有湯薌銘（一八八五～一九七五）、法尊法師（一九〇二～一九八〇）譯本。乃宗喀巴對《瑜伽師地論》中「菩薩地」的〈戒品〉所作註釋，系統闡述佛教之戒律及其精神，是藏傳佛教格魯派重要律典之一。《戒論》之迻譯，由菩提學會主持，段祺瑞撰有跋文，可參見本書收錄之〈菩提正道菩薩戒論後序〉。《佛學半月刊》：民國十九年（一九三〇）十月於上海創刊，上海佛學書局出版，由范古農（一八八一～一九五二）、余了翁（一八七三～一九四一）等主編，民國三十三年十二月停刊。

菩提學會函懇頒發藏文甘珠丹珠兩部經論以便迻譯

解題

此爲菩提學會致九世班禪之書函，除請求班禪襄贊學會營運經費外，更懇請賜與西藏《大藏經》之《甘珠》、《丹珠》（註一），以爲學會翻譯底本。此文刊於《西陲宣化使公署月刊》第一卷第六期。

敬肅者：本會於上年十一月十日開成立大會，蒙指派朱海山處長代表出席（註二），羣情欣奮。當將開會情形，電陳在案。所有本會會址已在龍華擇定，計地二十餘畝，足資建設。惟各部應辦事務，均待積極進行，而經常費用，尚苦無著。伏乞佛座賜予撥助每月經常費若干，以茲維持，而免中輟。本會譯經處在籌備期間，已譯《菩提正道菩薩戒論》、《戒二十頌》、（註三）《上樂、喜金剛圓滿法第》、（註四）《勝住法儀軌》、（註五）《占察儀軌》藏文典經論六部。（註六）懇再頒發藏文《甘珠》、《丹珠》兩部經論，以便迻譯宏揚，（註七）不勝盼禱。茲附奉大會紀錄一份，籌備工作報告書一冊，內章程大會時稍有修改，容另印奉，敬祈慈詧（註八），肅此叩陳，祇頌法樂。理事長段祺瑞。

（林彥廷註）

註釋

一 《大藏經》：乃佛教經典之總集，又分爲漢文、藏文、巴厘語三大體系。本文所指爲藏文系《大藏經》。《甘珠》、《丹珠》：即《甘珠爾》（*Bkah-hgyur*）、《丹珠爾》（*Bstan-hgyur*）。藏文系《大藏經》分爲《甘珠》、《丹珠》、《雜藏》三部分：《甘珠》爲正《藏》，收錄經藏、律藏、密咒；《丹珠》爲副《藏》，收錄論藏、讚頌、經釋、咒釋等。

二　朱海山（一八九四～一九八〇），名福南，以字行，青海民和官亭人，土族。九歲出家爲僧，民國元年（一九一二）入藏深造，拜喜饒嘉措爲師。民國十七年（一九二八）還俗，任班禪辦事處處長兼藏事處處長。曾於家鄉官亭籌辦多所中小學校、圖書館，並推動禁止纏足、吸食鴉片運動。民國二十七年（一九三八），再次落髮爲僧。民國三十六年（一九四七）後，雲遊印度、尼泊爾各地，並圓寂於尼泊爾。

三　《戒二十頌》：即月官（Candragomin）所著《菩薩戒二十頌》（*sdom pa nyi shu pa*）。月官，印度居士，生活於七世紀後半，他將《菩薩地．戒品》中的菩薩戒內容融匯成二十首偈頌。此頌文於敦煌文獻中有自藏譯漢的文本，但因未收入藏經，失傳已久。《菩提正道菩薩戒論》完全引述此頌文，法尊法師也曾單獨另譯。

四　《上樂、喜金剛圓滿法第》：此爲兩部著作之合稱，亦即《上樂金剛圓滿次第》（*bde mchog rdzogs rim*）與《喜金剛圓滿次第》（*dgyes rdo rdzogs rim*）。上樂金剛（獲勝樂金剛）與喜金剛皆爲無上瑜伽部的重要本尊，其圓滿次第的修持在格魯派中亦有多部。

五　《勝住法儀軌》：勝住（rab gnas）者，即漢傳佛教之「開光」。藏傳佛教各派歷代都編寫有此類開光儀軌，爲數甚多。

六　《占察儀軌》：占察（mo yig），即「占卜儀軌」。

七　迻譯：翻譯，將一國語言、文字，轉換爲他國語言、文字。

八　詧：同察。

菩提正道菩薩戒論後序

解題

《菩提正道菩薩戒論》亦稱《菩提正道論》，是藏傳佛教經典，爲格魯派創始人宗喀巴所著，注釋了《瑜伽師地論·本地分·菩薩地戒品》，集當時諸家注釋之大成以闡述佛教戒律，爲格魯派僧人學習戒律的重要讀物。民國廿四年（一九三五），湯薌銘譯成漢文，在《佛教半月刊》上分期發表，而後由上海菩提學會刊行。本文乃段氏爲其所作之序，於民國廿五年（一九三六）年刊登在《佛學半月刊》第一二三期。本文主要講述不同戒律在佛教各方面修行中的重要性，同時亦表現融合顯、密兩宗佛學的主張。

將游覺海，（註一）先牢戒船；（註二）欲趣寶城，（註三）前飭行足。（註四）防邪檢失，(註五)則魔惡不生；(註六)敦善勵行，(註七)則德慧滋長。(註八)止持，則諸惡勿作；(註九)作持，則眾善奉行。(註一〇)自度，則上契菩提；(註一一)利他，則下濟羣品。(註一二)然則菩薩行道，蓋無外乎戒矣。夫戒，有人天所持，則五戒十善是也；(註一三)有二乘所持，則五種出家律儀是也；(註一四)有菩薩所持，則三種毘奈耶聚是也。(註一五)煥乎菩薩戒藏、律儀、則攝人天二乘七種別解脫戒。(註一六)善法、則攝六度善品。(註一七)饒益有情、則攝四攝學處。(註一八)括億善而斯盡，該萬行而靡遺。誠顯密兩乘之津要，福智二嚴之行檝也。(註一九)乃有愚人，未了斯義。或則大乘自許，而取捨盲然；或則語誦徒持，而淨行弛失；或謂密乘行道，不須顯脩；或雖願樂大乘，而不住戒。(註二〇)如是彼彼，悉迷正道。身若狂象，心類鷹猿。開惡趣之原，杜歸真之路。(註二一)豈復識超世之聖道，曉涅槃之通途，不有聖覺，其孰拯斯溺乎？(註二二)由是我宗喀巴大士，心焉愍之，為造斯論，以解其惑，開戒德之妙門，示菩提之正道，辨尸羅之性相，析罪犯之粗微，明兩乘之共由，論二利之所在。〔註二三〕略廣宣釋，理無不盡；文精義博，旨正言明。洵可謂度有海之戒舟，剪稠林之慧劍矣。〔註二四〕本會集弘明之眾願，謀利濟之加行，仰藏衛之法隆，以傳譯為先務。〔註二五〕慨夫正道寥寂，浄律久弛，願譯斯論，以詔來學。〔註二六〕由是住心居士，傳度其文；大德榮尊，證允其義。〔註二七〕二美既并，功德斯圖。〔註二八〕周付梓人，廣其傳布。同法緇素，宜善奉持，勗勵躬行，令法久住焉。〔註二九〕

（黃永順註）

註釋

一　〔唐〕釋道宣所編《廣弘明集》卷二十八上〔北齊〕盧思道之〈遼陽山寺願文〉：「投身覺海，束意玄門，手執明珠，頂受甘露。」又〔宋〕《法演禪師語錄》：「覺海波瀾增浩渺，釋天日月轉光輝。」覺海，指佛教，因「覺悟」為佛教之宗，而其教喻之精深似海，故有此喻。

二　《大乘心地觀經·厭舍品經》：「入佛法海，信為根本。渡生死河，戒為船筏。」戒船，指佛教義旨精深若海，如要參悟大道，超脫生死，當先恪守戒律以作船筏。

三　趣：通「趨」，指趨向、前往。又《阿毗達磨俱舍論》卷八：「趣，謂所往。」指眾生因善惡行為的不同，死後往不同的地方轉生。寶城，指充滿珍藏之城，喻指佛教正法。《北本涅槃經》卷二：「汝等比丘！云何莊嚴正法寶城？具足種種功德正寶——戒、定、知慧，以為墻塹埤堄。」

四　飭，謹慎、恭敬之意。〔唐〕顏師古《匡繆正俗》：「飭者，謹也，敬也。」行足，佛十號之一曰「明行足」。丁福保《佛教大辭典》：「明者，阿耨多羅三藐三菩提也，行足者，腳足之義，指戒定慧言。佛依戒定慧之腳足而得阿耨多羅三藐三菩提，故名明行足。」《涅槃經》卷十八：「明者，名得無量善果，行明腳足。善果者，名阿耨多羅三藐三菩提。腳足者，名為戒慧。乘戒慧足得阿耨多羅三藐三菩提，是故名明行足也。」

五　防：戒備、防止之意。檢，約束、制止之意。此句言提防邪思，制止過失之行為。

六　魔：佛教將阻擾修行的障礙都稱作魔。《大乘法苑義林章》卷六：「可欣名欲，心戚名憂愁，悕求食欲名饑渴，耽欲名愛，令心昧略名睡眠，有所恐怯名怖畏，猶豫兩端名疑，損惱身心名毒，悕譽貪財曰名利，自舉陵他名高慢。欲等即魔，亦持業釋。」

七　敦善勵行，注重並勸勉行善。《禮記·曲禮上》：「博聞強識而讓，敦善行而不怠，謂之君子。」

八　德慧：德行、智慧之意。《孟子．盡心上》：「人之有德慧術知者，恆存乎灰疾。」《注疏》釋「德慧術知」曰：「德行、智慧、道術、才知。」

九　止持：佛教戒律名，指止非防惡的戒律，如五戒、八戒和具足戒等。《四分律行事鈔》卷中之四：「言止持者，方便正念，護本所受，禁防身口，不造諸惡，目之曰止；止而無違，戒體光潔，順本所受，稱之曰持。持由止成，號止持戒。」

一〇　作持：佛教中教人「眾善奉行」的戒律，與止持戒同爲戒律之兩大類。《四分律行事鈔》卷中四云：「作持，惡既已離，至須修善，必以策勤三業（即身、口、意），修習戒行，有善起護，名之爲作。」

一一　《六祖壇經．自序品第一》：「惠能云：『迷時師度，悟了自度；度名雖一，用處不同。惠能生在邊方，語音不正，蒙師付法！今已得悟，只合向性自度。』」又《大智度論》卷六十一曰：「是二乘福德，皆爲自調、自淨、自度。持戒者，是自調；修禪者，是自淨；智慧者，是自度。」又曰：「自調者，正語、正業、正命；自淨者，正念、正定；自度者，正見、正思維、正方便。」自度，佛教中指自我修行，以見自身之佛性。契：相合、相投。菩提，梵文Bodhi，佛教音譯名，指覺悟的境界。

一二　《無量壽經》卷上：「自利利他力圓滿。」又〈唐〉釋迦才《淨土論》第五〈引聖教爲證〉：「菩薩如是修五門行，自利利他，速成阿耨多羅三藐三菩提故。」利他，佛教用語，指將利益施讓給他人。《隋書．文帝紀下》載〈禁毀盜佛道神像詔〉：「佛法深妙，道教虛融，咸降大慈，濟度羣品。」羣品，即萬物、眾生。

一三　佛教分五乘教法：人乘、天乘、聲聞乘、緣覺乘、菩薩乘。人天，即人乘與天乘。持，遵循之意。五戒：不殺生、不偷盜、不邪淫、不妄語、不飲酒。十善：不殺生、不偷盜、不邪淫、不惡口、不兩舌、不妄語、不貪、不嗔、不痴。

一四　二乘：佛教術語，指緣覺乘（中乘）、聲聞乘（小乘），與大乘爲佛教修行的兩個主要法道。釋印順《妙雲集》中編之五：「『出家』的『戒』法，分類爲五：一、『沙彌』戒；二、『沙彌尼』戒；……三、『比丘』戒；四、『比丘尼』戒；……五、『式叉摩那』戒。」五種出家，指五種類別之出家修行的佛教徒。律儀，指佛教的戒律和威儀。

一五　菩薩：梵文Bodhisattva，指修行到一定程度，地位僅次於佛的人。毘奈耶，按丁福保《佛學大辭典》：「（梵：Vinaya）一作鼻那夜，毘那耶，又云毘尼，鞞尼迦。三藏之一，謂佛所說之戒律。譯曰滅，或律，新譯曰調伏。戒律滅諸過非，故云滅，如世間之律法，斷決輕重之罪者，故云律，調和身語意之作業，制伏諸要行，故云調伏。」《瑜伽師地論》卷七十五：「如是且說菩薩所受三種律儀略毘奈耶，菩薩於中常應作意思維修學。」

一六　《論語．泰伯》：「煥乎，其有文章。」煥，光亮、鮮明之意。菩薩戒，《佛學大辭典》釋曰：「大乘菩薩僧之戒律也，總名三聚淨戒，別有二途，一梵網爲宗之說，一瑜伽稟承之說。」攝，接引、引導之意。七種別解脫戒，即「七眾別解脫戒」，《大毗婆沙論》一百二十三卷曰：「此中三種律儀，謂別解脫律儀，靜慮律儀，無漏律儀。唯依別解脫律儀，安立七眾差別，不依餘二。七眾者：一、苾芻，二、苾芻尼，三、式叉摩那，四、室羅摩拏洛迦，五、室羅摩拏理迦，六、鄔波索迦，七、鄔波斯迦。」又《瑜伽師地論》卷四十：「依此在家、出家二分淨戒，略說三種：一律儀戒，二攝善法戒，三饒益有情戒。」按律儀戒主要持善防惡；攝善法戒主要修善法積功德；饒益有情戒主要爲普度眾生。

一七 《中阿含經》卷第四：「即於現世諸斷不善，得眾善法，修習作證耶。」又《金剛般若波羅密經》：「內除貪愛，外行布施，內外相應，獲福德無量，見人作惡，不見其過，自性不生分別，是名離相，依教修行，心無能所，即善法。」善法，即攝善法戒。《瑜伽師地論》卷三十九：「復次菩薩次第圓滿六波羅密多已，能證無上至正菩提。謂施波羅密多、戒波羅密多、忍波羅密多、精進波羅密多、靜慮波羅密多、慧波羅密多。」六度，即梵語之六波羅密，或六波羅密多，漢譯爲六到彼岸，或六度無極。是大乘佛教的修習方法，爲所有菩薩行者必修的善德，指依此布施等六法修習，能超脫生死苦海之此岸，度化至解脫自在的涅槃彼岸。六法包括：布施度（檀那）、持戒度（尸羅）、忍辱度（羼提）、精進度（毗梨耶）、禪定度（禪那）、智慧度（般若）。《瑜伽師地論》卷二十二：「云何名爲於諸善品加行處所成就軌則。隨順世間不越世間，隨順毘奈耶不越毘奈耶。謂於種種善品加行：若於正法受持讀誦；若於尊長修和敬業參覲承事；若於病者起慈悲心殷重供侍；若於如法宣白加行，住慈悲心展轉與欲；若於正法請問聽受翹勤無墮；於諸有智同梵行者，盡其身力而修敬事；於他善品常勤讚勵，常樂爲他宣說正法，入於靜室結跏趺坐繫念思維。如是等類諸餘無量所修善法，皆說名爲善品加行。」善品：釋宗性《百法明門論講析》：「諸善品，指世出世間善，如五戒、十善、四攝、六度等。」

一八 饒益有情：佛教戒名，又叫攝眾生戒，是行一切對有情眾生有益之事，以幫助他人爲目的之戒律。四攝，梵文Catur-sangrahavastu，佛教教義名數，全稱四攝法、四攝事、四事攝法。按任繼愈主編《佛教大辭典》所釋：「菩薩爲攝受眾生，使生親愛之心，歸依佛道，而應做的四件事。是大乘菩薩行的重要內容。據《大品般若經》卷十三等載：一、布施攝，若眾生樂財則施財，愛樂佛法則施佛法；二、愛語攝，隨眾生的根性善言慰喻；三、利行攝，做利益眾生的種種事；四、同事攝，與眾生同處，隨機教化。」

一九　顯密兩乘：指佛教之顯教及密教兩大派別。天臺宗、淨土宗和華嚴宗都屬顯教；密教主要爲藏傳佛教和日本密教。《十住心論·二教論》：「夫佛有三身，教則二種。應化開說，名曰顯教，言顯略追機。法佛談話，謂之密教，言秘奧實說。」《續資治通鑑》卷五十：「言三館職事，文儒之高選，近時用人益輕，遂爲貴游進取之津要。」津要，本指水陸要衝之地，後借指重要途徑。福智二嚴，丁福保《佛學大辭典》釋「二嚴」曰：「（名數）一、智慧莊嚴，研智慧而爲身之莊嚴者。二、福德莊嚴，積德而爲身之莊嚴者。六度中檀等五者，福德莊嚴也，慧度者智慧莊嚴也。《涅般經》二十七曰：『二種莊嚴：一者智慧，二者福德。若有菩薩具足如是二莊嚴者，則如佛性。』」《管子·兵法篇》：「歷水谷，不須舟檝。」檝，同楫，划船的短槳。文中借以喻通往佛法的交通工具。

二〇　盲然：即茫然，形容無知。語誦，指誦讀佛經。《爾雅·釋訓》「暴虎，徒搏也。」《註》：「空手執也。」徒，空之意。持，遵循之意。淨行，佛教教義名，梵文Brahmacarya，又釋梵行、清靜行。指爲得證涅槃而斷除情欲，清淨修行，也泛指佛僧的修行。弛失，鬆懈之意。密乘，即密教。《孝經》：「立身行道，揚名於後世，以顯父母，孝之終也。」行道，謂推行自己的主張或學說，顯脩，即脩顯，意謂不需修行顯教教義。《佛遺教經》：「汝等比丘，已能住戒，當制五根，勿令放逸，入於五欲。」住戒，指能心安住在戒律上。《墨子·經說下》：「彼彼止於彼，此此止於此。」彼彼：指某一假設的對象。

二二　《涅槃經》：「一切衆生，譬如狂象惡馬，佛譬如象馬師而調御之。」狂象，指身體本性若發狂的大象，失去制約。心若鷹猿：指內心像鷹鷙般凶狠貪戾，又如猿猴一般跳蕩浮躁不定。惡趣，佛教用語，梵文durgati，又稱惡道。指因行惡業，而趣往承受痛苦，無法解脫的地方。一般有三惡趣之說，《增一阿含經·地主品》：「有此三不善根，……善根，恚不善根，痴不善根。若比丘有此三不善根者，墮三惡趣。云何爲三？所謂地獄、餓鬼、畜生。」《禮記·孔子閑居》：「必達於禮樂之原。」注：「原：猶本也。」原，起源、根由之意。杜，阻塞、堵塞。《四教儀》卷一曰：「夫道絕二途，畢竟者常樂。法唯一味，寂滅者歸眞。」歸眞，佛教謂僧人死亡，歸於眞如，證得無上菩提。

二三　〔唐〕韋應物〈澧上精舍答趙氏外甥伉〉：「如何小子伉，亦有超世心。」超世，超離塵世，亦指出家。《大乘義章》卷十八：「外國涅槃，此翻爲滅：滅煩惱故，滅生死故，名之爲滅；離衆相故，大寂靜故，名之爲滅。」涅槃，即寂滅之意，爲梵文Nirvana的音譯。指滅除煩惱，超越生死，脫離三界六道。聖覺，佛教教義中有七聖覺，又名七菩提分、七覺支，爲七種達到覺悟的修行方法：念覺（心中念念不忘佛法）、探法覺（以佛法爲標準，辦別是非眞僞）、精進覺（努力修行，不作無益之事）、喜覺（因悟善法而喜悅）、猗覺（斷除煩惱，身心安逸暢快）、定覺（專心思悟佛法，以滅貪憂）、舍覺（捨棄一切差別，待物無偏）。

一二三　宗喀巴（一三五七～一四一九），本名洛桑扎巴（blo-bzang grags-pa），因生於宗喀（今青海湟中縣塔爾寺），故人稱宗喀巴。藏傳佛教格魯派開派祖師，以注重戒律約，講究修習次第，成爲最大的藏傳佛教派別。愍，憐憫、哀憐之意。《廣弘明集．戒功篇序》：「夫群生所以久流轉生死海者，良由無戒德之舟艤也。」戒德，戒行之意。尸羅，梵文sila，即佛教「戒」之意。《大般若經》曰：「如是菩提性相空寂，諸大菩薩尚未能知，何況二乘所知解了，菩提性相尚不可得，況當有實證菩提者。」性相，佛教教義中「性」與「相」的合稱。性指法性，即現象固有，永不可變之本質、本體、本源。相指法相，即呈現於人前，可以辨別認識的現象。《無量壽經》卷上：「自利利人，人我兼利。」又《贊阿彌陀佛偈》：「自利利他力圓滿。」二利，指自利與利他。

一二四　《詩．邶風．靜女》：「自牧歸荑，洵美且異。」洵，誠然、確實之意。有，附名詞前的詞綴，無實際意義，若《荀子．議兵》：「舜伐有苗，……湯代有夏。」〔漢〕劉向《說苑．敬愼》：「吾嘗見稠林之無木，平原爲谿谷。」稠林，茂密的樹林。《維摩經．菩薩品行》：「以智慧劍，破煩惱賊。」〔唐〕白居易〈渭村退居寄禮部崔侍郎翰林錢舍人詩一百韻〉：「斷痴求慧劍，濟苦得慈航。」慧劍，佛教以喻能斬斷煩惱之智慧。

一二五　〔南朝梁〕僧佑：《弘明集．序》：「夫道以人弘，教以文明，弘道明教，故謂之《弘明集》。」弘明，弘揚大道，闡明教義之意。〔五代〕齊己〈送譚三藏入京〉：「阿闍梨與佛身同，灌頂難施利濟功。」利濟，救濟、施恩澤之意。〔唐〕窺基《成唯識論述記》卷九：

「舊言方便道，今言加行，顯與佛果善巧差別，因中行未成圓足，所行必須加功求後勝果。」加行，佛教教義，指加力修行，以作入正位之準備。藏衛：即衛藏，原爲西藏四部之一，舊時亦用作西藏之別稱。

二六　〔明〕高啓〈贈朱山人〉：「學僧持淨律，避客錄奇方。」寂寥，沉寂、冷清之意。淨律，佛教清淨之戒律。

二七　住心居士，即湯薌銘（一八八五～一九七五），字住心，又字鑄新，湖北蘄水人，清末民初海軍將領、政治家、佛教翻譯家。大德，梵文Bhadanta，佛教指有大德行者，用以作佛、菩薩、比丘之長老之敬稱。亦用以作譯經高僧的尊稱，如《宋高僧傳・惠立》：「釋惠立，……敕召充大慈恩寺翻經大德。」尊榮：尊貴、榮耀。

二八　丁福保《佛學大詞典》釋「二美」曰：「（名數）定、慧之二莊嚴也。《吽字義》曰：『二美具足，四辨澄湛。』」

二九　〔北魏〕酈道元《水經注・潁水》：「水中有立石，高十餘丈，廣二十許，上甚平整。緇素之士，多泛舟升陟，取暢幽情。」緇素，指僧俗，僧徒衣黑，俗眾衣白，故稱。勗，同勖，勉勵之意，音旭。

菩提學會初迎能海大師來滬講經函（註一）

解題

民國廿五年（一九三六）四月至五月，上海佛教界人士籌辦丙子息災法會，事前由上海菩提學會專函邀請並派人迎接覺拔堪布、能海等高僧參與講法。本篇與〈菩提學會再迎能海大師來滬講經函〉、〈菩提學會迎請覺拔上師函〉皆爲爲當時之迎請函，刊於民國廿五年五月《佛學半月刊》第一二七期內的《丙子息災法會特刊（第二號）》上。

能海法師慈鑒：嚴冬寒切，弘法辛勞。道履休和，（註二）以懷以頌。法師抗志名山，（註三）化揚北地，（註四）棲心慧定，（註五）熏修戒行。（註六）籍甚徽猶，（註七）久承音德。欽風已積，（註八）味道為勞。（註九）適聞法駕南移有日，（註一〇）伏懇居時蒞止，開示經論。啓發蒙滯，（註一一）廣布慈雲。（註一二）茲推本會理事胡子笏、高觀如二君來前迎候。（註一三）竚望來儀，（註一四）不乖眷意也。肅上順候法安。菩提學會理事長段祺瑞。

（黃永順註）

註釋

一　能海（一八八六～一九六七），藏傳佛教高僧，俗名龔學光，字緝熙，又字闊初，四川綿竹人。

二　《韓非子．解老》：「夫能有其國保其身者，必且體道。」陳奇猷《集釋》曰：「體亦履也。」道履，同體履，此處爲身體與步履之意。按《四部備要》本《和靖詩集》附《諸家詩話》引林逋言：「奉白：『秋涼體履清適。大師去後，曾得信未？』」《左傳．襄公九年》：「若能休和，遠人將至。」休和，安定和平的意思。

三　《六韜．上賢》：「士有抗志高節以爲氣勢，外交諸侯，不重其主者，傷王之威。」抗志，高尙其志之意。

四　化揚，又作「揚化」，教化、弘揚之意。《法演語錄》卷上：「釋迦、彌勒動地雨花，文殊、普賢、觀音、勢至，各踞一方，助佛揚化。」能海法師自一九三四年起，駐錫山西五臺山，地處華北，故曰「化揚北地」。

五　〔唐〕白居易〈病中詩序〉：「余早棲心釋梵，浪跡老莊，因疾觀身，果有所得。」棲心，寄心之意。《修習止觀．坐禪法要》：「若人成就定慧二法，當知此二法，如車之雙輪，鳥之雙翼，如偏修習，即墮邪倒。」慧定，即定、慧，指禪定與智慧。

六　《法苑珠林》卷九：「光榮佛法，擁護世間，衛像防經，長申供養，疏善記惡，永得熏修也。」熏修，佛教以謂淨心修行。

七　〔南朝齊〕王儉〈褚淵碑文〉：「光昭諸侯，風流籍甚。」劉良注曰：「籍甚：言多也。」籍甚，隆盛之意。《詩．小雅．角弓》：「君子有徽猶，小人與屬。」《毛傳》：「徽，美也。」鄭玄箋：「猷，道也。君子有美道以得聲譽，則小人亦樂與之而自連屬。」徽猶，美善之道。

八　《晉書．載記第一．劉元海》：「殿下武皇帝之子，有殊勳於王室，威恩光洽，四海欽風。」欽風，欽敬之意。

九　〔漢〕蔡邕〈被州辟辭讓申屠蟠〉：「安貧樂潛，味道守眞。」味道，體味道之哲理。

一〇　《史記．呂太后本紀》：「迺奉天子法駕，迎（代王）於邸。」法駕，本提天子車駕的一種，今借以爲旅次之敬稱。

一一　〔宋〕歐陽修〈夫子罕言利命仁論〉：「滯者導之使達，蒙者開之使明。」滯，滯留、不通。蒙，愚昧不明。蒙滯，指蒙昧而思想不通之人。

一二　〔宋〕王子昭《雞跖集》：「如來慈心，如彼大雲，蔭注世界。」慈雲，指慈悲之心如雲廣被眾生。

一三　胡子笏（一八七六～一九四三），字瑞霖，法名妙觀，湖北沙市人。早年留學日本，曾任福建、湖南省長，崇信密教佛法，曾資助創立漢藏學院，培養藏文翻譯人才。高觀如，一九〇六～一九七九，號觀廬，江西安義人。留學於日本京都大谷大學，回國後從事佛學書刊編輯工作。著有《大乘佛教概述》、《中國佛教文學與美術》、《法華經述要》、《佛乘宗要》、《佛教弘傳史》、《燕居隨稿》等。又翻譯日本《西藏文典》、《印度哲學宗教史》。晚年編寫《中國佛教經濟政治社會關係史料》、《亞州各國佛教關係史料》。

一四　竚望：凝望、等候。

菩提學會再迎能海大師來滬講經函

解題

詳前篇。此文亦刊於民國廿五年五月《佛學半月刊》第一二七期內的《丙子息災法會特刊（第二號）》。

能海大師慧鑒：春寒未已，法喜惟增。（註一）示教利他，久而無倦。仰承音德，佩望何如。曩曾肅上蕪函，祇懇俯任敝會導師。復推敝胡、高二君，捧函啟請蒞臨滬上，開示經法。均蒙面許，感幸無極。茲以都下法雨弘敷，（註二）近在咫尺。竚聽之情，不忘瞬息。用特肅函重申前請，更推敝會理事朱子橋，湯住心二居士前來迎候。（註三）竚盼來儀藉承法益，（註四）專肅敬頌法安。菩提學會理事長段祺瑞。

（黃永順註）

註釋

一　《維摩經・佛道品》：「法喜以爲妻，慈悲以爲女。」法喜，佛教謂聞見、參悟佛法而生之喜悅。

二　〔唐〕黃滔〈大唐福州報恩定光多寶塔碑記〉：「法雨垂空，必致菩薩化身，羅漢混俗以降也。」法雨，比喻佛法，以其普度眾生，如雨潤澤萬物。《尚書・君牙》：「弘敷五典，式和民則。」弘敷，大力敷揚之意。

三　朱子橋（一八七四～一九四一），名慶瀾，字子橋，浙江山陰人，清末民初政治家。曾任廣東省長、東北中東鐵路護路總司令，兼哈爾濱特別區行政官。一九二五年後退出軍政界，篤信佛教，積極參與宣傳佛學，創立慈善組織。湯住心，見前「住心居士」注。

四　〔漢〕劉楨〈贈從弟〉詩之三：「何時當來儀，將須聖明君。」來儀，比喻傑出人物之降臨。藉承，即承藉，指憑藉或依賴，若《隋書・長孫晟傳》：「今若得尚公主，承藉威靈。」

菩提學會迎請覺拔上師函

解題

詳前篇。此文亦刊於民國廿五年五月《佛學半月刊》第一二七期內的《丙子息災法會特刊（第二號）》。

覺拔上師慈鑒：（註一）遠承音德，（註二）仰企法暉。味道為勞，欽遲久積。（註三）上師四續圓明，（註四）三乘洞達，（註五）度羣生而出藏，乘大願以來華。眾庶所依，贊仰何極！竚德之思，瞬息勿忘。茲以法旆來抵都下，近在咫尺。用特肅函，祇請蒞臨滬上，示脩法要。茲推敝會理事湯住心、朱子橋二居士前來迎候，仰願俯從微請，降迹來儀，藉布法恩，不任感盼。

專函奉陳，敬頌法安。菩提學會理事長段祺瑞。

（黃永順註）

註釋

一　覺拔上師，即多羅覺拔（一九七四～一九？？），西康康定人（今四川康定），藏傳密教喇嘛。是最早將西藏密教傳布中國內地者之一。

二　《楚辭・九章・思美人》：「芳與澤其雜糅兮，羌芳華自中出。紛鬱郁其遠承兮，滿內而外揚。」遠承，即香氣遠飄之意，又作遠烝。汪瑗《集解》曰：「遠烝，謂香氣熏烝襲人之遠聞也。」德音，即德音，指美好的聲譽，若《詩・豳風・狼跋》：「公孫碩膚，德音不瑕。」

三　《晉書・陶潛傳》：「刺史王弘以元熙中臨州，甚欽遲之。」欽遲，即敬仰，後世多用作書函語。

四　四續：即藏傳佛教之四續部，是爲金剛乘修行的四個次第，分別爲「事續」、「行續」、「瑜伽續」、「無上瑜伽續」。圓明，佛家術語，指徹底領悟。

五　《四教儀集注》：「三乘，乘以運載爲義，聲聞以四諦爲乘，緣覺以十二因緣爲乘，菩薩以六度爲乘，運出三界，歸於涅槃。」三乘，佛教術語，謂引導眾生達到解脫的三種方法。一般稱「聲聞」、「緣覺」、「菩薩」爲三乘。洞達，理解透徹之意，若〔漢〕王充《論衡・知實》：「見竅睹微，思慮洞達。」

章太炎壽辰頌詞

解題

章太炎不僅是國學大師，也是辛亥革命元老，光復會首腦之一。袁世凱稱帝，章太炎極力反對。然二次革命後，章氏也不贊成孫中山「以俄爲師」的策略，對孫氏在廣東另立中央、主張北伐，頗不以爲然。黎元洪於民國十七年（一九二八）去世後，章太炎不僅爲他撰寫墓碑文，還在輓聯中發出「與五色國旗俱盡」的感嘆，蓋章氏以爲北洋五色旗所代表的不僅是正統，更是民主議會政治的象徵。因此段祺瑞移居上海後，章太炎幾度登門拜會，並在段氏七秩華誕時撰寫壽文，稱許段氏「弘廓持重」、「經略閎遠」，期望他扭轉抗戰危局，便不難理解了。據《中央日報》第二四一三號（民國二十四年一月八日）報導：「樸學大師章太炎先生，五日爲六七壽辰，因此錦帆路一帶，車水馬龍，賓客盈門。各方來蘇致賀者，計有司法院長居正，中央委員張繼、黃復生，名人章士釗、趙恆惕、吳光新、薛篤弼，邑紳李根源、張一麐、費仲深、金松岑等。寓滬之段祺瑞，並親撰壽頌，文云（略）。由代表齊岳英來蘇慶賀云。」

吳光新本段氏妻弟，亦是心腹。段祺瑞遣吳、齊前往蘇州為章太炎祝壽，足見二人之禮尚往來，惺惺相惜。

惟赫（註一）章君，文掩姬漢。（註二）躬與鼎革，（註三）明昭禹甸。（註四）抱道講學，為世大師。黃髮鮐背，（註五）視此祝詞。

附：章太炎壽段祺瑞文（《黃花》民國二十三年第四期）

日本陷熱河之明年，合肥段公年七十矣。三月二十三日，於夏正直公生日，義故欲舉觴以為祝。公謂國家多難非其時。於是餘杭章炳麟言曰：所謂祝公者，非彫琢曼辭以為諛，顧欲公任其難耳！君子急病而讓夷，公不宜引避。公辭弗獲，乃許。按公平生行事，馳説者慮有異同，惟與中華民國終始不能異，再造共和之績，夫人所知也。自遼瀋事起，塞北半陷，侵尋三稔，北畿瀕寇，祇以長城為界，其危如累棋。人所僥倖者，恃蘇維埃與日本一戰耳！北方勝，中國幸而瓦全，然亦不能收失地。東方勝，即河朔一例淪於小朠。今之形勢，非若晉宋二代，可以江左延命也，此中智以上之所為危。其與民國終始如公者，固當計及之矣。公於日本初亦主親善，然不肯蹙地以媚之也。及三省陷，東人覘國者，數以好言餂公。公力折之，蓋始之不欲恃氣矜以攖人之怒者，鄰交之道也。終之必以正色相遇者，體國之義也。曩關東陷後數月，炳麟在天津，與公從容論國事。公嘗恨往者：人情不恕，外蒙古已送款，復為內兵牽制失之，語次愀然。誠令公計不挫，即漠南北皆列巨鎮，足與東三省相扶，就不幸失三省，熱河必不動矣。此公之經略最閎遠者，而今當為追痛者也。水之未潰也，一丸泥足以障之。及其既潰，日夜負土楗石，猶不過殺其少半。今所望於公者，非遽以盡收失地相要也，要令長城以內，敵不得恣意蹂踐，察哈爾、綏遠，兵足自固，猶始終為中國守。斯事在往日固易，今非有十倍之力，即不可坐覬。任其難者，非公當誰屬耶？去歲日本陷熱河時，適與公生日相直，公聞之嘔血，病幾不支。今鑽燧已改矣，而公幸伉健。往事紛紜，宜無可追述；後之事，猶幸公以全力任之耳！昔郭汾陽有大功於唐，為讒夫所構，廢處里第，清代李肅毅亦以兵屻罷鎮，蓋僵臥賢良寺者三年。及吐蕃犯闕，天子奔陝，終賴汾陽拯之。八國聯軍陷京師，亦賴肅毅出與支拄，得以講解。雖厚致歲幣，終無割地之辱。今公之遇，不過如郭李，且其天性廓弘持重，與汾陽相似，而肅毅又其鄉里先進，素嘗聞其風烈者也。天果不亡中國，雖有猜忌之士，百計螫之，終不能抑之不起。炳麟為中國祝，故不得不以是祝公。祝哽有辭，古之制也，遂書以為序。

（廖蘭欣註）

註釋

一　惟：句首發語詞。赫：顯明、盛大之意。

二 文：文章學術。掩：掩蓋、超越。姬：周王室姬姓，代指周朝。

三 躬：親自。與：參加。鼎革：改朝換代，這裡指辛亥革命。《周易》有革、鼎兩卦，分別象徵破除和建設。〈序卦〉：「革物者莫若鼎，故受之以鼎。」〔唐〕徐浩〈謁禹廟詩〉：「鼎革固天啓，運興匪人謀。」

四 明：光明。昭：照亮。禹甸：大禹將中國爲九州，故稱禹甸。後爲中國的代稱。《詩．小雅．信南山》：「信彼南山，維禹甸之。」

五 黃髮：相傳人到高壽，頭髮由白而轉黃。〔晉〕陶淵明〈桃花源記〉：「黃髮垂髫，並怡然自樂。」鮐背：老人背上的斑點如鮐魚背般。一云老人氣色衰退，皮膚消瘦，背若鮐魚。鮐音臺。黃髮、鮐背皆形容長壽的老人。〔三國魏〕曹植〈魏德論〉：「鮐背之老，擊壤而嬉。」〔唐〕李德裕〈上尊號玉冊文〉：「服冕之士，戴鶡之倫，暨藩侯邦伯、黃髮鮐背，不謀而進。」

劉母高太夫人誄

解題

段祺瑞等人發起菩提學會，劉彭翊爲其事業部主事。（註一）因逢劉母過世，劉彭翊乃求誄文於段祺瑞，故有此文。本文刊於《佛學半月刊》第一三〇期（民國二十五年七月）。

維中華民國二十五年四月二十五日，（註二）劉母高太夫人西歸，春秋八十有二。（註三）慈容漸遠，懿範長存；（註四）聞訊生悲，追懷仰贊。太夫人占數欒縣（註五），世為名家。考中憲公，厚行碩學，太夫人其長息也。幼挺淑質，嫻習禮數；閒華端粹，稟諸自然。以年十九，歸鳳棲公，敬事舅姑，參和內外。時姑氏治家，嚴有法度；躬率諸娣，（註六）盡孝承歡；恭儉柔明，上下相睦；德行之尚，不妄喜慍；以禮閑持，動輒中節；內外族姻，靡不稱歎。（註七）太夫人持躬儉約，淡泊自甘，然宅性仁慈，樂行檀度；（註八）遇水旱災，輒施贍賑，或有匱乏，必加周恤。逮至晚年，棲心內教，（註九）習知四聖之諦，（註一〇）皈信一乘之法。（註一一）薰修淨業，（註一二）持誦佛名，覺道資糧，（註一三）積修無厭。雖敷懿德，（註一四）本欲出離，（註一五）既廣福因，亦臻壽考。（註一六）太夫人有孫男女十七，曾孫男女九，悉敦均一之愛，而篤分棗之慈，（註一七）繞膝承歡，顧盼自樂。然持禮方諸繩墨，（註一八）用心過於丹青，（註一九）以是一門之中，翼翼繩繩，（註二〇）皆能遵守法度，莫違儀則。有子四人：彭壽、（註二一）彭久、（註二二）彭翊、彭陽，（註二三）皆貞惠以承世德，開敏以光門業；（註二四）季子彭翊，尤能具淑世之才，行出世道。上年菩提學會成立，彭翊被推主事業部，慨任鉅資，建大佛事，護法重擔，負者有人。迺者彭翊以書來，（註二五）稱述太夫人神歸安養，聆訊之下，感歎交并。嗚呼！入世備洪疇之福，出世以佛道為歸；具仁壽而楊德風，(註二六)棄娑婆而登淨土。(註二七)非所謂福智資糧幷皆具足者，(註二八)其孰能如是耶？謹於丙子法會大威德金剛尊勝佛頂兩道場中，(註二九)專修超薦，(註三〇)速證菩提，(註三一)幷致誄詞。(註三二)誄曰：世滯幽曠，女德弗揚，彤史絕書，(註三三)閨教罔張。(註三四)唯太夫人，抗塵勵俗，秉質幽閑，恭儉明淑。既茂四德，(註三五)復敦百行，(註三六)持躬以禮，待物以誠。於舅於姑，曲承孝道，既睦內外，復敦長少。自奉至約，以施則饒，稱賢於族，旌表於朝。(註三七)懿德維昭，轉皈佛法，生死不居，聿修淨業。(註三八)動合律儀，(註三九)言成軌則，(註四〇)繩繩孫子，義方是飭。(註四一)子孫曾孫，綵衣盈門，子賢而達，孫秀而文。歲時上壽，簪笏相映，(註四二)五福既備，(註四三)一時稱盛。既登八二，胡不萬年？(註四四)日月云吉，登彼樂源。人之生死，幻也如寄，唯此懿行，永錫儕類。(註四五)福慧既具，宜登佛乘，(註四六)暫歸安養，終歸無生。(註四七)

中華民國二十五年六月日菩提學會會長班禪額爾德尼、副會長釋印光、理事長段祺瑞、常務理事屈映光、朱慶瀾、湯薌銘等二十八人拜手同撰。

（林彥廷註）

註釋

一　劉彭翊（一八八六～？），字宇民，直隸寧河（今屬天津）人。畢業於燕京大學。曾任江蘇鹽運公署副鹽運使、山東省河務局局長、任安徽省政府委員兼財政廳廳長。著有《東遊日記》、《日本佛法訪問記》。

二　維，助詞，無義，多用於句首、句中。

三　春秋：年齡。

四　懿範：良好的女德模範。

五　占數：入籍定居。欒縣：疑爲河北省欒縣。

六　躬，親自、親身。娣，古代同事一夫之女子中，年幼者爲「娣」。

七　靡，無。

八　檀度：佛教語，又稱檀波羅密，六波羅密（ṣaḍ-pāramitā，六種可以達到涅槃彼岸之法門）之一。又稱檀波羅密，檀乃施與，波羅密則是度之義，亦即透過給予財（財佈施）、法（法佈施）或消除恐怖（無畏佈施）等方法，以度生死而入涅槃。

九　內教：佛教指稱自教爲內教，以他教爲外教。

一〇　四聖諦（catvāri āryasatyāni）：又作四眞諦，即苦、集、滅、道四諦，以言括苦之普遍存在、苦之原因、苦之消滅與滅苦之方法，乃佛教之根本義理。

一一　一乘（Eka-yāna）：成佛之教，亦即佛法，同佛乘。因佛法唯一，故曰一乘或一佛乘。

一二　薰修：薰謂薰染，修即修行。以德修身，如以香薰衣，故稱薰修。淨業：佛教語，又作清淨業，指世福、戒福、行福三種清淨之福業。世福者，孝養父母，奉侍師長，慈心不殺，修十善業；戒福者，受持三歸，具足眾戒，不犯威儀；行福者，發菩提心，深信因果，讀誦大乘，勸進行者。此處泛稱往生西方淨土之修行。

一三　覺道：正覺之道，即成佛之大道。資糧（sambhāra）：佛教語。必需品，引申爲能趨向菩提之諸善法。

一四　懿德：美德，今多用指婦女之美德。

一五　出離：佛教語。棄絕欲樂，以免爲塵垢所染。又稱捨離、捨世。

一六　壽考：高壽。

一七　〔唐〕李延壽等《南史．王泰傳》：「年數歲時，祖母集諸孫侄，散棗栗於床。群兒競之，

一八　泰獨不取。」王泰之祖母分棗於孫姪，故此處以分棗喻劉母高太夫人對孫兒之慈愛。
一八　繩墨：法度、規矩。
一九　丹青：丹冊、青史，泛指史籍。
二〇　翼翼繩繩：恭敬謹慎貌。
二一　劉彭壽（生卒年不詳），字壬三，清末秀才，曾任中華民國國會參議院議員、立法院議員、全國菸酒事務署署長等職。長蘆鹽商代表人物之一，並曾創辦天津福星麵粉公司。
二二　劉彭久（一八八四～一九六九），字鶴齡。民國年間曾任中華懋業銀行營業主任，與兄長劉彭壽共同創辦福星麵粉公司。
二三　劉彭陽（生卒年不詳），曾任天津鹽業銀行常務董事。
二四　開敏：通達機敏。
二五　迺，音、義皆同乃，竟然、居然。
二六　楊，應作揚，原文有誤。
二七　娑婆（Sahā）：即娑婆世界。指釋迦牟尼所教化之世界、有情眾生所在的三千大千世界，亦即我輩所處之世界。
二八　福智資糧：資糧（sambhāra），必需品之意，謂趨向菩提之資本。福智資糧謂「福德資糧」、「智慧資糧」，「福德智慧」者，謂宿世所修福德，爲今生財寶，能遇善知識、離諸障礙、勤修行；「智慧資糧」者，謂宿世所修智慧，使今生聰慧，解了法義。
二九　大威德金剛（Yamāntaka），藏傳佛教認爲其乃文殊菩薩之忿怒相，於格魯、寧瑪二派中，皆極受尊崇。尊勝佛頂：佛教密宗經典中，有《佛頂尊勝陀羅尼經》（*Uṣṇīṣa vijaya dhāraṇī sūtra*），經中有名爲佛頂尊勝陀羅尼（Sarva Durgati Pariś · dhana Uṣṇīṣa-vijaya Dhāraṇī）之咒，可「滅惡業、離地獄、增福壽」。此處「大威德金剛」、「尊勝佛頂」，皆爲道場之名。

三〇　超薦：超渡，一種爲亡者所做之佛事。

三一　菩提（bodhi）：斷絕世間煩惱、成就涅槃之智慧。

三二　誄詞：哀悼文字，多弘揚亡者德行，敘述亡者世業。大抵四言爲句。

三三　彤史：記錄宮闈生活的宮史。

三四　閨教：女子的道德、禮節教育。

三五　四德：此處指婦德、婦言、婦容、婦功。

三六　百行：各種品行、德行，百亟言其多。

三七　旌表：表彰、表揚。旌，音經。

三八　聿，發語詞，無義，多用於句首、句中。

三九　律儀：佛教之戒律、威儀。

四〇　軌則：法則、規矩。

四一　飭，裝飾、修飾，通飾，音斥。

四二　簪笏相映：簪，冠簪；笏，手版。古代仕宦者用品，比喻爲官貴顯。相映者，指劉母子孫中達官顯貴眾多。

四三　五福：指壽、富、康寧、攸好德、考終命等五種福氣，或曰壽、富、貴、安樂、子孫眾多。

四四　胡，何、爲何。

四五　永錫儕類：錫，賜予；儕類，同類的人。謂劉母之懿行，永遠施及眾人。

四六　佛乘：教導眾生成佛之法，即佛法。

四七　無生：佛教語，謂脫離生死輪迴。

于博士（註一）就南京大主教職紀念冊題辭

解題

于斌爲天主教樞機主教，爲國爲民，卓有貢獻。民國二十五年（一九三六），于氏受當時教宗庇護十二世（一八七六～一九五八）任命爲南京代牧區主教，本文即爲段祺瑞之祝賀題詞。全文由天道廣大，教各有宗說起，進而敘述基督宗教在中國傳播之歷史、任命于斌的庇護十二世之成就，最後歸結於于斌之受命擔任主教。本文發表於《文藻月刊》第一卷第二期（民國二十六年），刊登時段氏已經辭世。

洪惟天道，（註二）其大無垠。凡在幬覆，（註三）共沐陶鈞。（註四）溟莫之中，自有主宰。名無可名，真原斯在。

教各有宗，不分國界。鑒觀不爽，（註五）勸懲是賴。
定名雖異，諦理則同。率性承命，化育羣倫。
景教之興，（註六）肇自羅馬。教與政通，風行朝野。
亦越李唐，誕生大德。（註七）曰阿羅本，（註八）遠蒞中國，
諸州置寺；（註九）士儗於僧。玄網丕振，聖道大興。（註一〇）
洎乎有名，（註一一）益彰厥教。鍊塵成真，式崇廟貌。
比阿繼世，（註一二）乃眷東顧。祭禱昭虔，妙法宏布。
未登極前，搜譯華史。諷諭和平，歐美嫉視。（註一三）
講通文化，體察民情。東西合轍，亭毒人紘。（註一四）
爰（註一五）命博士，主持教典。維（註一六）于斌君，聿膺斯選。（註一七）
上京稅駕（註一八），重振斯文。弘紹遠緒，大集舊勳。
道無古今，地無中外。氣類感通，是大和會。
合肥段祺瑞拜撰。

註釋

（林彥廷註）

一　于斌（一九〇一～一九七八），字野聲，洗名保祿，黑龍江海倫縣人。曾獲神學、哲學、政治學博士學位，並歷任天主教南京代牧區主教、輔仁大學校長、樞機主教等職。一生爲國爲民，不僅在抗戰時期爲救國奔走，更曾致力於取消美國、加拿大對華人的移民苛法，卓有貢獻。

二　洪惟：深思。

三　幬覆：覆蓋。幬，音到。《禮記・中庸》：「譬如天地之無不持載，無不覆幬。」

四　陶鈞：聖王之治。本指製陶器時所用旋盤，後多將陶工旋盤製器，譬喻聖王治理天下。《漢書・鄒陽傳》：「是以聖王制世御俗，獨化於陶鈞之上。」

五　爽：失誤、犯錯。

六　景教（Nestorianism）：唐代時傳入中國之基督教聶斯托里派，爲最早進入中國的基督教派，亦是唐代官方認可之宗教。明朝時出土的「大秦景教流行中國碑」，記載了景教在中國流傳的歷史。段祺瑞所以言景教，乃追述基督宗教在中國之發展。

七　大德（bhadanta）：對佛菩薩、高僧之敬稱。今已廣泛使用，成爲佛教界中一般禮稱。

八　阿羅本（Alopen Abraham）：唐朝時景教主教，貞觀九年（六三五）率傳教團抵長安，唐太宗（五九八～六四九）親自接見，並派時任宰相之房玄齡（五七九～六四八）親自長安西郊迎接。唐高宗（六二八～六八三）年間被奉爲鎮國大法主。段祺瑞此文於《文藻月刊》刊登時作「『日』阿羅本」，然〈大秦景教流行中國碑〉則作：「大秦國有上德『曰』阿羅本，占青雲而載眞經，望風律以馳艱險，貞觀九祀，至於長安。」於義較妥，今特正之。

九　〈大秦景教流行中國碑〉記載唐高宗時，曾下詔景教於諸州建景寺。

一〇　時入武周，因武后信奉僧尼，景教發展並不順利，頗受僧佛道士排擊。幸賴教士阿羅撼（Aluohan Abraham, 615-710）佛化景教教義，以及眾教士集資建「大周頌德天樞」於洛陽，方使之順利發展。〈大秦景教流行中國碑〉曰：「聖曆年，釋子用壯，騰口於東周；先天末，下士大笑，訕謗於西鎬。有若僧首羅含，大德及烈，並金方貴緒，物外高僧，共振玄網，俱維絕紐。」雖未言及阿羅撼「士儗於僧」及「大周頌德天樞」之事，然大抵描述此段歷史。

一一　洎：及、到，音既。

一二　比阿：庇護十二世（Venerabilis Pius PP. XII, 1876-1958）之音譯。庇護十二世爲天主教第二百六十任教宗，其任內承認了中國祭祖等禮儀，改變天主教會在中國發展困難之處境，並建立了聖統制。又民國三十一年（一九四二），庇護十二世任內，梵諦岡與中華民國建立外交關係。于斌南京主教之身分，便是由庇護十二世任命。

一三　嫉視：本意爲仇視，此處有羨妒之義。

一四　亭毒人紘：化育綱紀。亭毒：長、養、化育。《老子．第五十一章》：「長之育之，亭之毒之，養之覆之。」人紘：綱紀。〔漢〕蔡邕〈釋誨〉：「天網縱，人紘弛。」

一五　爰：音援，句首發語詞。

一六　維：發語詞。

一七　聿：句首發語詞，無義，國音玉，粵音悅。膺：承擔，音英。

一八　上京：于斌於民國二十五年（一九三六）被任命為南京總教區總主教，時中華民國首都為南京。稅駕：休息、棲止，指棲止於其南京總主教之職。

《旅鄂同鄉會彙刊》題詞

解題

前清大吏李鴻章原籍安徽合肥，同治八年（一八六九），在武昌創立全皖公所，給鄉黨提供會館、銀錢等。然而爲時太久，綱紀鬆弛，到了民國廿二年（一九三三），公所已徹底淪爲藏污納垢之地。同年，安徽人陸龍有慨於此，邀集同鄉若干人，組織了安徽旅鄂同鄉會，意圖恢復並拓展公所原先的功能。民國廿五年（一九三六），陸龍創辦此刊物，以記錄同鄉會的事跡等。二十三年前，段氏到訪武昌，曾於此會館題下一聯（詳前篇）。故這次題詞，可謂再續前緣。本文載《安徽旅鄂同鄉會第一屆會務彙刊》（民國二十五年一月）。

莘莘諸子，鄉黨之英。（註一）聿新舊觀，蔚起人文。（註二）

箕裘克紹，（註三）江漢蜚聲。（註四）

（唐甜甜註）

註釋

一　莘莘：眾多的樣子。英：尤爲優秀者。

二　聿：助詞，無義。觀：所觀到的對象，面貌、景象。蔚：華美的樣子，《周易．革卦》：「君子豹變，其文蔚也。」這句話意爲同鄉會會友令全皖公所人才濟濟、面貌煥然一新。

三　《禮記．學記》：「良冶之子必學爲裘，良弓之子必學爲箕。」箕：簸箕。裘：皮衣。克：能夠。紹：繼承。克紹箕裘，比喻能夠繼承父祖的事業。同鄉會所紹者即李鴻章。

四　江漢：長江、漢水的合稱，代指武昌。蜚，與「飛」通用。《漢書．司馬相如傳》：「蜚英聲，騰茂實。」

朝日新聞社飛行亞歐紀念

解題

民國廿六年（一九三七），爲慶祝英王佐治六世（George VI）加冕，日本朝日新聞社向軍方借來日式偵察機「神風（Kamikaze）」，進行東京往倫敦的聯絡飛行，四月六日起飛，十日著陸，歷時逾九十四小時，創造了當時的世界紀錄。考民國二十年（一九三一）之後，日方多次邀請段祺瑞出山，試圖借其影響力控制華北政府，但遭拒絕。段晚年寓居上海時與朝日新聞社有人情往來，贈予墨寶，主要仍是民間交流，亦屬正常。本文乃提前寫就，爲試飛活動造勢，以奇肱國人善造飛車的神話典故，讚航空工業之發達進步，預祝歐亞跨洲飛行成功。此文見於二〇一五年秋季日本美協拍賣的段祺瑞書法紙本手卷，落款爲「朝日新聞社飛行亞歐紀念，段祺瑞書祝」。

奇肱之國，能作飛車。（註一）神遊八極，（註二）此其權輿。（註三）

風會既開，（註四）奇功益見。躡日挑雲，疾如星電。（註五）

西歐東亞，噏吸可通。（註六）地圜九萬，俯視濛濛。

大化無端，始於一指。（註七）孰揆其機，（註八）請從隗始。（註九）

（陸晨婕註）

註釋

一　奇肱國：又稱奇股國，乃《山海經》所載之神話異國，《淮南子》記為海外三十六國之一。奇肱國人僅一足或一臂，身具三目，善於製造可順風而行的飛行。《山海經‧海外西經》曰：「奇肱之國在其北，其人一臂三目，有陰有陽，乘文馬。有鳥焉，兩頭，赤黃色，在其旁。」〔西晉〕張華《博物志》：「奇肱國，其民善機巧，以殺百禽，能為飛車從風遠行。」〔東晉〕郭璞《山海經圖贊》：「妙哉工巧，奇肱之人！因風構思，製為車輪。」本次試飛所用正是日軍自產的偵察機，段祺瑞以奇肱之典故，雖是讚譽其科技發達，但也暗指日本對中國而言是形態奇異的遠方小國。車：音居。

二　八極：即八大方位，指八方極遠之地，與下文「西歐東亞」、「地圜九萬」的中西地理觀念相通。

三　《詩．秦風．權輿》：「今也每食無餘，于嗟乎！不承權輿。」權輿，即起始、開始。

四　風會：風氣、時尚。

五　躡：音攝，一可指踩、踏，二可指追蹤。躡日挑雲，既言飛機之快，其疾如電，對應下句「噏吸可通」；又言飛行之高，與日月比肩，對應下句「俯視濛濛」。參〔魏〕嵇康〈贈秀才入軍五首〉其一：「風馳電逝，躡景追飛。」

六　噏：同吸。此聯指呼吸的瞬間，東西方便可連通。

七　《荀子．天論》：「四時代御，陰陽大化。」大化，即變化。一指：語出《莊子．齊物論》：「天地一指也。」此處謂人類只賴一指便可往來於天地造化之間，實言機師只須手指便可駕駛飛機。

八　揆：此處指掌管。「揆其機」語義雙關，機既有玄機、機遇之意，亦指飛機。

九　《戰國策．燕策一》記載燕昭王欲招人才，向齊國報仇，往見郭隗，郭隗答若要招賢，請先從我開始，「請從隗始」便成爲能人賢士帶頭自薦的典故。段祺瑞在文末展現了禮貌和友好，同時也表達了對日本先進的飛機製造業的羨慕之心。

遺囑

解題

段祺瑞晚年拒絕與日本合作，在蔣介石的邀請之下，於民國廿二年（一九三三）二月移居上海。廿五年（一九三六）十一月一日突發急性胃病，送上海宏恩醫院急救治，翌日病逝。這份遺囑本是親筆書寫，落款爲「丙子中秋後五日」，亦即廿五年十月五日，距段氏辭世不足一月。文中以「八勿」言國家復興之道，當時多有轉載。本書所據，爲《天津商報每日畫刊》第二十一卷第三十九期（民國二十五年）之〈悼段合肥專頁〉所載。

余年已七十有餘（註一），一朝怛化（註二），揆（註三）諸生寄死歸（註四）之理，一切無所縈懷（註五），惟我瞻四方，蹙國（註六）萬里，民窮財盡，實所痛心，生平不喜多言，往日曲突徙薪（註七）之謀，國人或不盡省記，今則本識途之驗（註八），為將死之鳴（註九），願我國人靜聽而力行焉！則余雖死猶生（註一〇），九原（註一一）瞑目矣。國雖微弱，必有復興直道（註一二），亦至簡單。

勿因我見，而輕啓政爭，

勿尚空談，而不顧實踐，

勿興不急之務，而浪用民財，

勿信過激之説，而自搖邦本。

講外交者，勿忘鞏固國防；

司教育者，勿忘保存國粹；

治家者，勿棄固有之禮教；

求學者，勿騖時尚之紛華。

此八勿，以應萬有，所謂自力更生者在此，轉弱為強者亦在此矣。余生平不事生產（註一三），後人宜體我樂道安貧之意，喪葬力崇節簡，殮以居士服（註一四），毋以葷腥饋祭（註一五）。此囑。丙子中秋後五日書於霞飛路正道居。（註一六）

附：國民政府褒揚令

前臨時執政段祺瑞，持躬廉介，謀國公忠。辛亥倡率各軍贊助共和，功在民國。及袁氏僭號，潔身引退，力維正義，節概凜然。嗣值復辟變作，誓師馬廠，迅遏逆氛，卒能重奠邦基，鞏固政體，殊功碩望，薄海同欽。茲聞在滬溘逝，老成凋謝，惋悼實深，應即予以國葬，並發給治喪費一萬元。生平事蹟，存備宣付史館。用示國家篤念耆勳之至意。此令！

（陸晨婕註）

註釋

一　段祺瑞生於同治四年（一八六五）三月六日，逝於民國二十五年（一九三六）十一月二日，享年七十一歲。

二　《莊子．大宗師》：「俄而子來有病，喘喘然將死，其妻子環而泣之。子犁往問之，曰：『叱！避，無怛化！』」〔晉〕郭象《莊子注》：「夫死生猶寤寐耳，於理當寐，不願人驚之，將化而死，亦宜無爲怛之也。」怛，即悲傷憂苦，子犁此言意謂死亡乃自然常事，不應驚擾，不必悲苦，後謂人死爲「怛化」。段祺瑞用此語典，表達面對生老病死時順應自然的態度。

三　揆，推測揣度。

四　《淮南子．精神訓》：「生，寄也；死，歸也。」寄，暫寓，意爲生如暫住人間，死如歸化而去，亦是表達對生死之事的坦然。

五　縈懷：牽掛於心。

六　蹙：困窘，蹙國，即指當時中國內憂外患的局面。

七　曲突徙薪：指將煙囪改成彎的並搬走灶旁的柴草以預防火災，有「防範於未然」之意。典出《漢書．霍光傳》：一位客人向主人提出曲突徙薪的防火建議但未得採納，不久後果然失火，事後主人擺酒重謝前來幫忙的鄰居，卻不邀請最初提建議的客人，由旁人提醒才醒悟。此典故中主人的「不省記」亦與下文「國人或不盡省記」呼應，段祺瑞可能暗指其政治生涯中一些挽救國運的先見之謀或不得實施，或不爲人所記。

八　此處應爲段祺瑞以老馬自喻，「老馬識途」典出《韓非子・說林上》，指經驗豐富者。段祺瑞當兵從政四十餘年，六次主政，可謂名副其實的政壇「老馬」。

九　《論語・泰伯》：「曾子言曰：『鳥之將死，其鳴也哀；人之將死，其言也善。』」此處用「將死之鳴」言後文「八勿」之情意懇切，可見其彌留之際對國運興衰的關切和牽掛。

一〇　語出（晉）常璩《漢中士女志・文姬》：「先公爲漢忠臣，雖死之日，猶生之年。」

一一　九原：春秋時晉國卿大夫的墓地，出自《禮記・檀弓下》：「趙文子與叔譽觀乎九原。」後泛指墓地，亦引申爲黃泉、九泉。

一二　此處用「直道」一詞或強調復興國家須用正道，即施行正確恰當的方式，語出《禮記・雜記》：「其餘則直道而行之是也。」

一三　考光緒五年（一八七九）段祺瑞祖父病逝後，十四歲的段祺瑞扶靈回鄉，因家庭拮据，而一度輟學務農了。段不甘心務農終身，於是外出謀軍職。段式巽回憶：「父親喜歡讀書，不喜耕作，常想另謀生計。」（見〈追憶先父段祺瑞〉，《上海文史資料選輯》第六十九輯。）此處稱「生平不事生產」蓋舉其大要而言之。

一四　民國十五年（一九二六）四月二十日，段祺瑞通電下野，淡出政治中心，退居天津日租界，潛心佛學，自號正道居士（按：又稱正道老人）。遺囑文末交代後事時提及以居士服入殮，與其晚年的信仰經歷有關。

一五　此習慣與其晚年學佛有關，因此遺囑特指明祭品不沾葷腥。

一六　霞飛路正道居：在今上海淮海中路一五一七號，建築爲一棟德國古典風格的三層別墅，面積約一千七百平方公尺。現爲日本駐滬的總領事館。

詩目・正編

賦答修慧長老

解題

此詩是段氏爲答修慧長老而作。修慧其人待考，然觀詩中有「丹成君已久」、「翻悟釋迦禪」之句，可見此人先爲道士，後皈依佛門。此詩原刊於《遼東詩壇》第二十六期（民國十六年），作者名下署「大連」字樣。考段氏下野旅居天津日租界，往往赴大連療養，而修慧蓋爲當地僧侶。全詩分三部分，第一部分從「過獎懷濟急」至「就正有道焉」，先稱許修慧長老的佛學修爲已得正果，讚揚他普度眾生的宏願與行爲。第二部分從「華夏如鼎沸」至「人類悉保全」，描述國內、國外戰事與政局之亂，致使生靈塗炭。自己雖然才德皆少，但仍期望能夠幫助國家走出亂局，救民於水火之中，開太平之世。最後部分由「宣揚大同化」至「放眼遍大千」，講述自己投身佛法，參與著述，向眾生宣揚報應之說，以期達勸善、普度眾生之目的。此詩後收入《正道居詩》、《正道居集》。

過獎懷濟急，（註一）垂青許結緣。（註二）丹成君已久（註三），應策大羅仙。（註四）

不待黃龍見，（註五）翻悟釋迦禪。（註六）祖師徒後悔，卓識奮先鞭。（註七）

四果阿羅漢，（註八）自了不無偏。（註九）彌陀佛普度，（註一〇）泛駕大願船。（註一一）

慈悲同信仰，就正有道焉。（註一二）華夏如鼎沸，（註一三）紛擾十四年。

可哀蚩蚩氓，（註一四）無辜被顛連。（註一五）小人何罪戾，（註一六）懷璧任烹煎。（註一七）

少壯捐鋒鏑，（註一八）威尊徒自憐。（註一九）老弱轉溝壑（註二〇），孑遺命苟延。（註二一）

離散無生趣，閨中泣杜鵑。（註二二）旁觀猶不忍，況且任仔肩。（註二三）

自維才德尠，（註二四）敢曰旋坤乾。（註二五）職志久未達，（註二六）胡以補尤愆。（註二七）

如何銷兵氣，（註二八）得解民倒懸。（註二九）綱紀期必立，（註三〇）執持應有權。（註三一）
四海昇平慶，立馬崑崙巔。歐戰無人理，（註三二）綠氣毒延緜。（註三三）
死傷三千萬，六十兆動員。慘劇勿再見，人類悉保全。
宣揚大同化，竭力聖功傳。聖賢英雄論，（註三四）兩感內外篇。（註三五）
殺生佛所戒，意味深淵泉。（註三六）惡因結惡果，循環如線牽。
輪迴常轆轉，（註三七）死已造生前。眾生累世業，（註三八）大劫成自然。（註三九）
規過多勸善，（註四〇）造福應無邊。譬喻須詳盡，務使入心田。
功德期圓滿，（註四一）同生極樂天。（註四二）橫超出三界（註四三），放眼遍大千。（註四四）

（王紫妍註）

註釋

一　懷：心懷。《南齊書．顧憲之傳》：「當以風濤迅險，人力不捷，屢致膠溺，濟急利物耳。」濟急，救濟危急。

二　垂青：謂以青眼相看，表示重視或愛見。古人以黑眼珠爲青眼。《晉書．阮籍傳》：「籍又能爲青白眼。見禮俗之士，以白眼對之。及嵇喜來弔，籍作白眼，喜不懌而退。喜弟康聞之，乃筴酒挾琴造焉，籍大悅，乃見青眼。」〔元〕谷子敬〈城南柳〉第一折：「爲什麼桃臉破紅顏，柳眼垂青顧，認得俺東君是主。」結緣：佛教用詞，緣即關係，佛經所謂「未成佛道，先結人緣」。

三　〔宋〕蘇軾〈送蹇道士歸廬山〉：「綿綿不絕風塵裡，內外丹成一彈指。」丹成，道家以煉內外丹來修仙，丹成便是指成仙的時候。詩中借以指已經得道之人。

四　策，原指君主對臣下封土、授爵或任免官職的文書，《三國志．蜀志．諸葛亮傳》：「策亮爲丞相。」大羅仙，指天上神仙，道教以天有三十六重，最上層爲大羅天。

五　《呂氏春秋》：「禹南省，方濟乎江，黃龍負舟。」又《尚書中候》：「舜沉璧於河，榮光休至，黃龍負卷舒圖，出入壇畔。」黃龍，古人以黃龍爲祥瑞之物，有賢德者在，黃龍才會現身。見，同現。

六　翻：轉、倒轉之意。翻悟，即轉悟。釋迦，即釋迦牟尼。

七　《晉書．劉琨傳》：「與范陽祖逖爲友。聞逖被用，與親故書曰：『吾枕戈待旦，志梟逆虜，常恐祖生先吾著鞭。』」後世因以「先鞭」謂「占先」或「搶先」。

八　四果，佛教語，謂聲聞乘聖果有四：須陀洹果（預流果，初入聖道之意）、斯陀含果（一來果，指斷除欲界九品中之前六品）、阿那含果（不還果，指斷除一切欲望，不再還來）、阿羅漢果（無學果，指學道圓滿，不用再修學）。

九　自了：指無利他之念，唯圖自身之利益、獨善其身。小乘修行者求阿羅漢果，大乘或貶稱爲自了漢，以爲「衆生無邊誓願度」的菩薩道形成強烈對比。參《碧巖錄》：「師曰：『請渡。』彼即褰衣躡波，如履平地，回顧云：『渡來！渡來！』師咄云：『這自了漢！』」

一〇　彌勒佛，佛教中指從佛受記，將繼承釋迦佛位爲未來佛的菩薩。普度，即普渡。佛教謂廣施法力使衆生普遍得到解脫。

一一　〔唐〕迦才《淨土論》：「阿彌陀佛與觀世音，大勢至，乘大願船，浮生死海，就此娑婆世界，呼喚衆生，令上大願船。」大願船，佛教謂菩薩的誓願，欲盡度衆生於彼岸，故以船喻之。

一二　指親近有道德的人，以改正自身缺失。語出《論語．學而》：「君子食無求飽，居無求安，敏於事而慎於言，就有道而正焉，可謂好學也已。」

一三　鼎沸：指局勢不安，如鼎水沸騰。《三國志．蜀志．譙周傳》：「既非秦末鼎沸之時，實有六國并據之勢。」

一四　《詩．衛風．氓》：「氓之蚩蚩，抱布貿絲。」蚩蚩：敦厚貌。氓：通民。

一五　被：蒙受，遭受之意。〔宋〕張載〈西銘〉：「凡天下疲癃殘疾，惸獨鰥寡，皆吾兄弟之顛連而無告者也。」顚連：困苦，困頓不堪之意。

一六　罪戾，即罪過。〔宋〕秦觀〈邊防策上〉：「赦其罪戾，與之更始。」

一七　《左傳・桓公十年》：「周諺有之：『匹夫無罪，懷璧其罪。』」杜預注：「人利其璧，以璧爲罪。」後世因以「懷璧」喻多財招禍或懷才受忌。烹煎：謂受水深火熱之苦難。

一八　捐：捐身之意。鋒鏑：指刀刃和箭鏃，借指兵器。鏑，音滴。

一九　〔唐〕韓愈〈後廿九日復上書〉：「瀆冒威尊，怕恐無已。」威尊：猶威嚴。

二〇　《孟子・梁惠王下》：「凶年饑歲，君之民，老弱轉乎溝壑，壯者散而之四方者，幾千人矣。」轉溝壑：指棄屍荒外。

二一　《詩・大雅・雲漢》：「周餘黎民，靡有孑遺。」孑遺：遺存、殘留之人。苟延：勉強延續生命。

二二　杜鵑：傳說杜鵑晝夜泣啼，啼至出血，以形容哀痛之甚。

二三　《詩・大雅・生民》：「恆之糜芑，是負是任，以歸肇祀。」任，抱也。

二四　《詩・周頌・維天之命序》：「維天之命，大平告文王也。」陸德明《釋文》：「維，《韓詩》云：『維，念也。』」維，思念、計度之意。自維，即自度的意思。尠：同鮮。鮮寡之意。

二五　《孟子・梁惠王上》：「老吾老，以及人之老；幼吾幼，以及人之幼，天下可運於掌。」「可運於掌」指控制天下，就如運珠於掌中般容易。旋乾坤：指轉變天下局勢。

二六　職志：指責任或宗旨。章炳麟〈駁康有爲論革命書〉：「吾以爲今人雖不盡以逐滿爲職志。」

二七 尤愆：罪咎之意。〔宋〕司馬光〈又和并寄楊樂道十二韻〉：「有如驂之靷，左右隨周旋。庶幾助山甫，袞職無尤愆。」

二八 《漢書・燕刺王劉旦傳》：「謀事不成，妖祥數見，兵氣且至，奈何？」兵氣：戰爭的氣氛。

二九 《孟子・公孫丑上》：「當今之時，萬乘之國行仁政，民之悅之，猶解倒懸也。」倒懸：比喻處境困難或危急。

三〇 《詩・大雅・棫樸》：「勉勉我王，綱紀四方。」綱紀：指治理、管理。

三一 《漢書・外戚傳下・孝成許皇后》：「諸侯拘迫漢制，牧相執持之也。」執持：掌握、控制之義。《公羊傳・桓公十一年》：「權者何？權者反於經然後有善也。」權：指權宜、變通。

三二 歐戰：指第一次世界大戰。因主要戰場在歐洲，故中國當時多稱歐戰。人理：人道。

三三 綠氣：即氯氣。氯氣最早發現於一七七四年，因呈黃綠色而被命名爲chlorine。名稱來自希臘文，有綠色之意。中國早期譯作綠氣，後改爲氯氣。氯彈由德國科學家哈伯（Fritz Haber）所研發，爲化學武器，有毒性。一戰期間由德國陸軍首次使用，尤其是在比利時境內的伊普雷用於對英法聯軍的戰鬥，造成重大傷亡。延緜，持續久遠的意思。

三四 指段氏自著〈聖賢英雄異同論〉。

三五 指段氏自著〈內感篇〉與〈外感篇〉。

三六 深淵泉：如淵泉般深邃。

三七 轆：車輪。轆轉：如車輪般旋轉。

三八　業：梵文karma，佛教謂業由身、口、意三處發動，分別稱身業、口業、意業，業分善、不善、非善非不善三類。一般偏指惡業、孽。若〔南朝梁〕沈約〈均聖論〉：「上聖開宗，宜有次第，亦由佛戒殺人，爲業最重也。」世業，指世間之罪業。如《賢劫經·問三昧品》：「講度世業，無俗計念，意不忽忘，消除蔭蔽。」

三九　《法苑珠林》卷三：「若依《俱舍論》說，謂天地始終三災一運盡時，始名大劫。」大劫：佛家稱天地一成一毀爲劫，即一小劫，合八十小劫爲一大劫，故大劫指極長久的時間，又有大災難的意思。

四〇　規：相勸的意思。

四一　《大乘義章·十功德義三門分別》：「功謂功能，能破生死，能得涅槃，能度眾生，名之爲功，此功是善行家德，故云功德。」圓滿：謂行佛修行度世之事完畢。若〔隋〕煬帝〈與釋智顗書〉：「功德圓滿，便致荊巫。」

四二　《阿彌陀經》：「從是西方，過十萬億佛土，有世界名曰極樂，……其國眾生，無有眾苦，但受諸樂，故名極樂。」極樂天：即西天極樂世界。

四三　三界：佛教所指眾生輪迴的欲界、色界和無色界。

四四　放眼：指放開眼界，不局限在狹小範圍中。大千：佛教所謂三千大千世界之簡稱。

砭世詠一

解題

民國十五年（一九二六），「三一八慘案」發生。同年四月九日，馮玉祥趁勢將段祺瑞從臨時執政的位子上驅逐下臺。此後，段仍寓居於天津日租界，潛心佛學，又時而與幕僚作詩唱和，〈砭世詠〉三首即作於此際。本詩爲第一首，從佛教立場表達了對人生及時局的反思。本詩曾刊於《明報》（民十五年六月十九日），題爲〈箴世詠〉。後收入《正道居詩》及《正道居集》時，方改今題。

地載無盡藏，（註一）天覆本至公。（註二）一落形氣裡（註三），莫不隸幈幪。（註四）

胎卵與濕化，（註五）賦性無異同。（註六）尊卑苦樂殊，胡不允執中。（註七）
等級懸隔迥，（註八）相望如幽穹。（註九）峨冠堂上坐，（註一〇）急遽走侍僮。
樓閣重霄出，風雨透蒿蓬。（註一一）輕裘炫狐貉（註一二），縕袍不蔽躬。（註一三）
食前常方丈，（註一四）終朝腹不充。幸爾為人類，何敢較卑崇。
動物不能語，痛苦忍厥衷。（註一五）書空排雁字，（註一六）強弩弋飛鴻。（註一七）
曠野騰天馬，羈勒走青驄。深藏百尺淵，投餌有漁翁。
舉足任踐踏，那管螻與蟲。（註一八）肥甘為悅口，（註一九）恣殺益逞雄。（註二〇）
觳觫奚不忍，（註二一）剸刃血噴紅。（註二二）不平胡若此，箇中理難窮。
天竺大明王，（註二三）智慧賅六通。（註二四）兩間萬古事，（註二五）燭照無不工。
戒殺說因果，（註二六）玄奧越太空。（註二七）問爾今生果，世人多夢夢。（註二八）
前因渾不知，徒自憂忡忡。（註二九）惡多殃有餘，（註三〇）善積福自豐。
造物費乘除，（註三一）結算有始終。業滿或為人，人亦轉彘犝。（註三二）
良言難入耳，惟有盡其忠。無心一念善，瞬息達天宮。（註三三）

少饒老僧舌，（註二四）時會且忽忽。（註二五）願爾有情衆，（註二六）及時行陰功。（註二七）前生懵懂過，（註二八）藐躬魔障叢。（註二九）來世更可懼，勿作耳旁風。

（蔡維倫註）

註釋

一　〔隋〕淨影寺慧遠《大乘義章》：「德廣難窮，名爲無盡。無盡之德苞含曰藏。」無盡藏：佛教語，謂佛德廣大無邊，作用於萬物，無窮無盡。

二　天覆：上天覆被萬物。〔漢〕班固《漢書·匡衡傳》：「陛下聖德天覆，子愛海內。」意爲君王聖德如蒼天之廣披。

三　〔漢〕賈誼〈鵩鳥賦〉：「形氣轉續兮，變化而嬗。」意爲形與氣互相轉移變遷。形氣：自然中的各種現象。

四　〔漢〕揚雄《法言·吾子》：「震風陵雨，然後知夏屋之爲帡幪也。」意指身處疾風暴雨，才知大屋的蔭護。帡幪：音瓶蒙，帳幕。此引申爲覆蓋。

五　《金剛經》：「所有一切眾生之類，若卵生、若胎生、若濕生、若化生，若有色、若無色、若有想、若無想、若非有想非無想，我皆令入無餘涅槃而滅度之。」此處卵生、胎生、濕生、化生乃一切輪迴眾生的四種出生方式。胎卵濕化，喻爲一切眾生。

六　〔宋〕蘇軾〈爲兄軾下獄上書〉：「臣竊思念，軾居家在官，無大過，惟是賦性愚直，好談古今得失。」賦性：天性、秉性。

七　《書・大禹謨》：「人心惟危，道心惟微，惟精惟一，允執厥中。」允，誠信、誠懇。執中：執中庸之道。

八　隔迥：遠遠隔絕、相距甚遠。

九　幽穹：幽深的天穹。

一〇　〔元〕關漢卿《謝天香》：「必定是峨冠博帶一個士大夫。」峨冠博帶：古代士大夫的裝束。此處峨冠代指具身分地位的官吏。

一一　〔晉〕陶潛〈詠貧士七首〉之六：「仲蔚愛窮居，繞宅生蒿蓬。」指詩專詠漢代張仲蔚，指出張仲蔚喜歡獨貧居，屋子周圍長滿野蒿蓬。蒿蓬，蒿與蓬，泛指野生雜草。此處蒿蓬喻指貧屋。

一二　輕裘：輕暖的皮衣。《論語・雍也》：「赤之適齊也，乘肥馬，衣輕裘。」

一三　緼袍：以亂麻爲絮的袍子。古爲貧者所服。緼，音蘊。《論語・子罕》：「衣敝緼袍。」躬：身體。

一四　《孟子・盡心下》：「說大人，則藐之，勿視其巍巍然。堂高數仞，榱題數尺。我得志弗爲也；食前方丈，侍妾數百人，我得志弗爲也；般樂飲酒，驅騁田獵，後車千乘，我得志弗爲也。」意爲遊說有權勢的大人物，要存著輕視他的心理，不要把他那種富貴高顯的樣子放在眼裡。房子高到幾丈，屋簷寬到幾尺，我即使得志也不這樣做；面前的饌食擺滿了方丈大的桌子，侍奉的姬妾幾百人，我即使得志也不這樣做。食前方丈，吃的食物擺滿一丈見方，形容生活非常奢侈。

一五　〔南朝宋〕范曄《後漢書．胡廣傳》：「臣愚以爲可宣下百官，參其同異，然後覽擇勝否，詳采厥衷。」厥：其。衷：同中。

一六　雁群在空中飛行，常常排爲一字形或人字形，故稱雁字。因雁字如在天空書寫，故稱書空。

一七　弩：音努，又稱窩弓、十字弓。是一種裝有臂的弓，由弩臂、弩弓、弓弦和弩機等部分組成。射程遠、殺傷力強，命中率高。弋，因奕，用帶繩子的箭射鳥。

一八　那：同哪。螻：一種褐色昆蟲，有翅，前腳強化爲挖掘足，能掘地，咬農作物的根。俗稱天螻、蛞螻、土狗。這裡泛指小生命。

一九　《孟子．梁惠王上》：「爲肥甘不足於口與？輕煖不足於體與？」肥甘，美味的食物。

二〇　恣：放縱。逞雄：顯示自己雄壯有力。

二一　《孟子．梁惠王上》：「吾不忍其觳觫，若無罪而就死地。」意爲我不忍心見到牠因恐懼發抖，彷彿沒有犯罪卻要被殺。觳觫：音鵠速，因恐懼而顫抖。

二二　剸：音團，割斷、截斷。

二三　明：即破愚闇之智慧光明，即指眞言陀羅尼，持誦陀羅尼可以讓身口意得到淨化，進而發出光明，持誦陀羅尼的最高境界能夠得到「三明六通」，明王（vidyā-raja），又作持明王、忿怒尊、威怒王。

二四　賅：完備。《莊子．天道》：「明於天，通於聖，六通四辟於帝王之德者，其自爲也，昧然無不靜者矣。」（唐）成玄英疏：「六通，謂四方上下也；四辟，謂春夏秋冬也。」六通：四面八方，無所不通達。

二五　閒：同間。兩間：即天地之間。

二六　因果：佛教用語。（隋）智顗《摩訶止觀》卷五：「招果爲因，克獲爲果。」

二七　玄奧：玄秘深奧。太空：天空。

二八　《詩．大雅．抑》：「視爾夢夢，我心慘慘。」意爲當我見你終日渾渾噩噩，我的心就感到哀傷。夢夢：同瞢瞢，亂也，昏亂不明。夢音蒙。

二九　《詩．召南．草蟲》：「未見君子，憂心忡忡。」忡忡：心跳，焦慮不安。

三〇　殃：禍害。

三一　（唐）韓愈〈三星行〉：「我生之辰，月宿南斗。牛奮其角，箕張其口。牛不見服箱，斗不挹酒漿。箕獨有神靈，無時停簸揚。無善名已聞，無惡聲已讙。名聲相乘除，得少失有餘。三星各在天，什伍東西陳。嗟汝牛與斗，汝獨不能神。」乘除：榮衰、消長。

三二　彘：音志，豬。犝：音童，無角的小牛。

三三　天宮：諸神在天上的住所。

三四　指世人應自動奉行天理，不必他人時時苦口婆心。

三五　〔漢〕班彪〈北征賦〉：「故時會之變化兮，非天命之靡常。」時會：時運。怱怱：同匆匆，匆忙、遽急的樣子。

三六　有情眾：佛教用語，指一切有心識、有感情、有見聞覺知之生命體。

三七　《儒林外史》：「不枉了荀老爹一生忠厚，做多少佛面上的事，廣積陰功。」陰功：同陰德，不為人知的善行。

三八　懵懂：混亂不清楚、迷糊。

三九　藐：輕視。躬：自身。魔障：佛教用語，源於梵語māra，略稱為「魔」，譯作殺者、障礙：即能障礙佛道及修善法之魔，為強調其障礙之意，故梵漢並舉稱為魔障。

砭世詠 二

解題

這首詩宏觀而深富寓意，是段祺瑞晚年退隱時所作。雖然以旁觀者的立場來論述，卻也透析世道、情勢，隱然反映了段氏政治生命的軌跡。開篇從風氣出發，論是非，論法，論理以為現實中的種種荒謬都其來有自，是出於人性的偏執與任意，難以導正，即使因為制度的緣故社會得以和諧，卻終究不能久常。段以為一個眞正安逸的大同社會必然不是靠任何制度來完成的，關鍵反而是人性的自覺。然而自覺出於無形，唯鬼神有司可以警惕。當然，這種看法多少也顯露了他對於社會環境的無限感慨。全詩以五言完成，共八十句，易於閱讀而不失氣韻。本詩收入《正道居詩》及《正道居集》。

世風已不古，禮義漸澆漓。（註一）是非竟顛倒，綱紀悉陵夷。（註二）

廉恥為何物，茫然不自知。詐虞互相生，（註三）輾轉益推移。（註四）
傾軋顯其能，（註五）聲色何訑訑。（註六）滔滔皆是者，（註七）狂妄若騖馳。（註八）
攫取兼殺掠，暴戾乃恣睢。（註九）積勢惟結黨，（註一〇）詭言愚蚩蚩。（註一一）
嗾使千萬眾，（註一二）犧牲以徇私。犯上與作亂，無不優為之。（註一三）
日月照臨下，人心盡如斯。眾生業自作，昊天徒噫嘻。（註一四）
戾氣塞宇宙，（註一五）劫成非所思。（註一六）仙佛懷悲憫，無緣亦難施。（註一七）
百不度一二，（註一八）所裨誠忽絲。（註一九）獻忠屠川已，（註二〇）四境靡孑遺。（註二一）
歐戰撼全球，大地盡瘡痍。列強相對峙，彼此爭雄雌。
怨讟積愈久，（註二二）兇惡逾前茲。（註二三）飛機空中走，爆彈任意摀。（註二四）
綠氣死光發，（註二五）大邑盡殭屍。（註二六）罔論婦與孺，草木也枯萎。
暴力反仁義，（註二七）胡以立根基。物已先自腐，蟲生更何疑。

循環乃天道，報應自有時。（註二八）國際第三黨，（註二九）自內持異辭。（註三〇）
小康僅有法，一壞若漏卮。（註三一）情勢已畢露，何用問蓍龜。（註三二）
監察分善惡，天地有神祇。刑嚴法尤峻，執持在冥司。（註三三）
待其為已甚，懲治何遲遲。（註三四）未令目共覩，（註三五）難免笑狂癡。（註三六）
長沙定湘王，（註三七）不時顯神奇。伏地人哀號，儼然重鞭笞。（註三八）
虔誠禱上蒼，法外施仁慈。敕書頒玄闕，（註三九）所司務倍蓰。（註四〇）
普顯靈異事，作為警惕資。（註四一）五洲當共仰，（註四二）萬派悉追隨。
歸依大同化，（註四三）有誰敢自欺。四民樂其樂，（註四四）三界慶無為。（註四五）

（溫朝淵註）

註釋

一　澆漓：稀薄。〔明〕張溥《王寧朔集·爲竟陵王與隱士劉虬書》：「淳清既辨，澆漓代襲。」
二　陵夷：傾頹、坍塌。〔漢〕司馬遷《史記·高祖功臣侯者年表》：「封爵之誓曰：『使河如帶，泰山若厲。國以永寧，爰及苗裔。』始未嘗不欲固其根本，而枝葉稍陵夷衰微也。」

三　詐，欺僞。虞，猜忌。《左傳・宣公十五年》：「我無爾詐，爾無我虞。」

四　輾轉：反覆不定，翻來覆去。《詩・國風・關雎》：「悠哉悠哉，輾轉反側。」

五　傾軋：欺淩。〔後晉〕劉昫《舊唐書・李宗閔傳》：「比相嫌惡，因是列爲朋黨，皆挾邪取權，兩相傾軋。」

六　訑訑：音移移，傲慢自得貌。《孟子・告子下》：「訑訑之聲音顏色，距人於千里之外。」

七　滔滔：本意指洪水瀰漫，到處都是。比喻社會普遍紛亂。《論語・微子》：「滔滔者天下皆是。」

八　騖馳，即馳騖，急奔而行，意謂不可阻止。《楚辭・離騷》：「忽馳騖以追逐兮，非余心之所急。」

九　恣睢：音姿雖，放縱不羈貌。《史記・伯夷列傳》：「盜跖日殺不辜，肝人之肉，暴戾恣睢，聚黨數千人橫行天下，竟以壽終。」

一〇　積勢：凝聚人心，意謂壯大聲勢。〔宋〕郭茂倩《樂府詩集・晉凱歌二首・勞還師歌》：「將士齊心膂，感義忘其私。積勢如韝弩，赴節如發機。」

一一　蚩蚩：無知貌，此處借指純樸百姓。〔宋〕楊億〈詠許希〉：「作相勸焚書，詐云愚蚩蚩。」《詩・衛風・氓》：「氓之蚩蚩，抱布貿絲。」

一二　嗾使：挑唆。嗾音藪。

一三　優爲：綽有餘裕。《禮記・文王世子》：「……聞之曰：『爲人臣者，殺其身有益於君則爲之。』況于其身以善其君乎？周公優爲之。」

一四　昊天：蒼天。《書・堯典》：「乃命羲和，欽若昊天。」噫嘻：嗟歎之辭。《詩・周頌・噫嘻》：「噫嘻成王！既昭假爾。」

一五　戾氣：惡念。戾音麗。〔明〕張居正《張太岳集》：「冤憤不泄，戾氣不消。」宇宙：時空環境。《文子・自然》：「往古來今謂之宙，四方上下謂之宇。」

一六　劫：泛指大災難。本爲劫波或劫簸（kalpa）的簡稱，是印度教及佛教宇宙觀術語，意思是一段對人類來說極長的時間。因一劫過後，宇宙毀滅並重新開始，故漢語引申出災難的意義。非所思：指不可思議。

一七　施：布施，引申指援助。

一八　度：點化。

一九　裨：助益。忽絲：即絲忽，毫釐以下的長度單位，喻微小。

二〇　明末張獻忠舉兵造反，取四川建立大西國政權，殺人無數。

二一　四境：蜀中各地。《詩・大雅・雲漢》：「周餘黎民，靡有孑遺。」孑遺：殘存。

二二　讟：音讀，負面評價。《左傳・宣公十二年》：「今茲入鄭，民不罷勞，君無怨讟，政有經矣。」怨讟：反感、嫌惡。

二三　前茲：即茲前，意謂以往。

二四　撝：音麾，揮動之意。

二五　綠氣：即氯氣。死光：如同死訊的爆破光線。

二六　邑：都城。殭屍：死絕的大體。

二七　反：背離。

二八　報應：惡果顯現。

二九　國際：指「共產國際」（Коммунистический интернационал），是一九一九年列寧在莫斯科所領導成立的一個以共產黨爲核心成員的國際組織，一九四三年解散，又稱爲第三國際（Третий интернационал）。一九二七年蔣介石清共，國共分裂。宋慶齡認爲「容共」是孫中山的既定政策，蔣介石此舉是對孫中山的背叛。另一方面，宋慶齡、鄧演達等人也對中共當時的暴力土改政策有所保留，因此欲於國共之外另組「第三黨」，並希望得到蘇聯共產國際的支持援助。

三〇　指第三黨在中國國內產生，抱持著不同於國共兩黨的政見。

三一　漏卮：即閉合不全的盛酒器，意謂政策頗有紕漏。第三黨提倡「平民革命」，把工人、農民、小商人和青年學生都歸入「勞動平民階級」，視爲「革命群眾」，與共產黨的「工農革命」路線大相逕庭。在段祺瑞看來，第三黨招攬城市平民，只有「小康之法」，而其理念及行爲一若漏卮，無法自圓其說，於事無補。

三二　蓍龜：即蓍草及大龜，意謂占卜。

三三　冥司：即陰間審判機構。

三四　以上兩句倒裝，謂陰間審判爲何遲遲不來，乃是要等作惡者惡貫滿盈。

三五　覩：同睹。

三六　笑：嘲笑。指陰間審判並非人所共見，自然被一些人嘲笑爲狂癡之說。

三七　定湘王：本是清代湖南善化縣城隍，相傳太平軍圍攻長沙時顯靈護城，乃受封爲「定湘王爺」，後又隨著湘軍西征影響了新疆一帶的信仰。民國元年（一九一二）以後善化併入長沙，定湘王信仰也達到鼎盛的階段。

三八　儼然：非常像。兩句指暗中作惡之人在定湘王像前會伏地哀號，好像遭到嚴厲抽打。

三九　敕書：古代皇帝下達的命令，此處指上帝之諭令。敕，音叱。玄闕：上帝之宮殿，意謂大小宮廟。《楚辭．遠遊》：「選鬼神於太陰兮，登閶闔於玄闕。」

四〇　倍：一倍。蓰：音徙，五倍。倍蓰指爲數甚多。《孟子．滕文公上》：「夫物之不齊，物之情也。或相倍蓰，或相什百，或相千萬。」

四一　資：本義指財貨，此處指事典。

四二　五洲：美洲、非洲、歐洲、亞洲、澳洲，意謂全世界。

四三　大同：安逸社會。《禮記．禮運》：「大道之行也，天下爲公，選賢與能，講信脩睦。故人不獨親其親，不獨子其子。使老有所終，壯有所用，幼有所長，矜寡孤獨廢疾者，皆有所養。男有分，女有歸，貨惡其棄於地也，不必藏於己，力惡其不出於身也，不必爲己。是故謀閉而不興，盜竊亂賊而不作。故外戶而不閉，是謂大同。」

四四　《國語．齊語》：「四民者勿使雜處」四民：士、農、工、商。樂其樂：樂業。

四五　三界：佛教所言欲界、色界、無色界。三界乃是有情眾生的輪迴場所，又稱爲苦海。只有跳出三界外，才能通向涅槃。無爲：順其自然。意爲欲界、色界乃至於無色界終究得以解脫。

砭世詠 三

解題

段祺瑞曾在主持善後會議後，通電呼籲和平，曾言「本孔子一貫之言，凜佛家造孽之誡」。太虛大師曾致書與段，先稱讚「故茲擷華夏之文化，體佛用儒，應世界之思潮，斟今酌古，爲我國人一揚榷焉」，並提出「德行雖廣，有根幹焉，儒曰仁恕，佛曰慈悲」。從這可看出段祺瑞雖武將出身，但思想崇敬儒家。而此篇文章也可看出段祺瑞對太虛大師的意見是十分尊重，如「仁恕」、「根」等關鍵字寫入文中，此詩應在民國十四年（一九二五）後創作而成。從段詩中「仙佛」並置，也反映其佛教觀有著中國三教合流的特點，但對中國土盛行淨土信仰並無提到，而追求涅槃不求淨土往生，可見段祺瑞對自身佛教信仰有其自信。執政時其曾禮遇喇嘛，如白普仁、九世班禪。晚年其佛教友人屈映光、湯薌銘皆皈依藏密，以藏文版《菩薩戒論》翻譯爲漢文《菩提正道菩薩戒論》，並由段所資助上海菩提學會刊印。推測三乘中段祺瑞應以菩薩乘自許。文章中提到解脫離開六道輪迴，生天界勿墮畜生道，人智愚昧肉身短暫，勉勵世人應早日精進求度彼岸，才能效法神仙、佛菩薩的修行，並且離苦而得解脫。本詩收入《正道居詩續集》，蓋創作年代稍晚於前二首，而《正道居集》編成後，目次一仍舊版。爲便讀者閱覽，茲謹將此詩編排於前二首之後。

人為萬物靈，（註一）性固由天賦。（註二）宛如赤子心，（註三）由來稱仁恕。（註四）

五官暨百骸，（註五）驅使若傭僱。（註六）逆旅寄此身。（註七）豈能百年住。

靈性雖一點，（註八）堪同天地數。（註九）世人身為我，（註一〇）鄭重加愛護。

不免情欲蔽，（註一一）作業反自誤。（註一二）詐虞樂不倦。（註一三）遲迴五里霧。（註一四）

要知超上界，（註一五）莫不受萬苦。根基太淺薄，至理何由悟。

善善學未能，（註一六）轉眼百不顧。畢世困坎坷，悻悻徒慍怒。（註一七）

性善習相遠，（註一八）背馳萬里去。無形本已剝，（註一九）偏將大錯鑄。

循環輪迴裡，趨下誠可怖。（註二〇）鱗介非止境（註二一），淒涼將誰訴。

何如早猛省，回頭彼岸渡。（註二二）自強苟不息（註二三），仙佛亦同步。

（曾郁翔註）

註釋

一　《書·泰誓上》：「惟天地萬物父母，惟人萬物之靈。」萬物靈：指人類。

二　〔明〕胡廣《性理大全書》卷二十九：「北溪陳氏曰：『性即理也。何以不謂之理而謂之，性蓋理是汎言天地間人物公共之理，性是在我之理，只這道理受於天，而爲我所有，故謂之性。性字從生從心是人生來具是理於心方名之曰性。』北溪陳氏乃宋大儒朱熹弟子陳淳，說明性是人身生來而有之，因而此處天賦是指受天所賦予。

三　《孟子·離婁下》：「大人者，不失其赤子之心者也。」赤子心：以嬰兒之心比喻純潔。孟子所謂的大人是指他所認爲有理想人格的人。

四　由來：歷來、向來。〔漢〕班固《漢書·敘傳》：「蓋在高祖，……四曰寬明而仁恕。」依照儒家思想便是心中有仁而推己及人。從赤子心到仁恕，文中作者認爲人的天性向來都是良善的。

五　五官：意指人體重要器官，亦多指人面器官。百骸：指人全身骨骼，亦可代指身軀。

六　驅使：使役。詩中作者認爲人的身體非我有，只有使用權。

七　逆旅：指旅館。文中作者認爲人是暫居此人身。

八　靈性：聰慧的天性。

九　數：指規律、必然性。兩句合謂世人只有微薄智慧，卻得承受天地自然法則。

一〇　爲我：是戰國思想家楊朱的主張，提倡極端個人主義。《孟子．盡心上》：「楊子取爲我，拔一毛以利天下，不爲也。」此處指世人皆有自利之心。

一一　情欲：泛指人類一切嗜好、欲念。

一二　作業：做孽、造業果。

一三　詐：欺騙。虞：貽誤。《左傳．宣公十五年》：「我無爾詐，爾無我虞。」

一四　遲迴：徘徊不前。〔三國〕謝承《後漢書》：「河南張楷，性好道術，能作五里霧。」五里霧：比喻迷離恍惚的情境，不明眞相的境界。

一五　上界：天界。佛家三善道中天人居於天界，時有佛菩薩等聖說法，福慧如能雙修則可免再墮天界之下。

一六　《史記．太史公自序》：「善善惡惡，賢賢賤不肖。」善善惡惡：稱讚善事，憎惡壞事。

一七　《孟子．公孫丑下》：「子豈若是小丈夫然哉！諫於其君而不受則怒，悻悻然。」悻悻：憤恨難平的樣子。《論語．學而》：「人不知而不慍，不亦君子乎？」慍：怨恨。此句爲憤恨難平但也無可奈何。

一八　《論語・陽貨》：「子曰：性相近也，習相遠也。」性指先天具有的純眞本性，習指後天習染積久養成的習性。《孟子》：「人之學者，其性善。」孟子認爲人初生之始，本性即爲善。《論語・陽貨》：「子曰：『性相近也，習相遠也。』」孔子認爲人本性皆相近，因後天染習而遠。

一九　無形：本謂天地未生之前元氣渾淪的狀態。《老子・四十一章》：「大象無形。」《增集續傳燈錄》載四明育王大千照禪師偈語：「有物先天地，無形本寂寥。」剝：指剝落、脫離。此句承上文，進一步指人在成長過程中，濡染各種習氣，於是逐漸遠離本性。

二〇　《孟子・告子下》：「三子者不同道，其趨一也。一者何也？曰仁也。」趨：走向、歸向。此句指說墮三惡道是眞實不虛的恐怖。

二一　鱗介：魚類和貝甲類，泛指畜生道。此句指墮入三惡道中畜生道，痛苦的輪迴難有解脫。

二二　〔三國〕康僧鎧譯《佛說無量壽經》：「慧眼見眞，能度彼岸。」梵語波羅Pāra，譯曰彼岸。〔姚秦〕鳩摩羅什譯《大智度論・卷十二》：「彼以生死爲此岸，涅槃爲彼岸，而不能度檀之彼岸。」彼岸，涅槃。而涅槃梵語Nirvāna，意爲寂滅、解脫。爲此句指求解脫的理想。

二三　《易・乾卦・象傳》：「天行健，君子以自強不息。」自強苟不息：指自覺地努力向上，永遠不鬆懈。苟，假使之意。此句強調一個人只有自強不息，才能到達理想的彼岸。

詩目・續編

策國篇

解題

徐一士（一八九〇～一九七一）在〈談段祺瑞〉中，指出此篇寫於「十年前」。徐氏文章寫於民國二十五（一九三六），故「十年前」就是民國十五年（一九二六）。當時，段祺瑞六十二歲，爲中華民國臨時政府臨時執政，名義上主理全國事務。惟同年三月中旬，北京發生「三一八慘案」，學生死傷無數，馮玉祥（一八八二～一九四八）及其部下趁勢於四月初強迫段祺瑞下臺。段祺瑞此後退居天津，潛心佛學，並與王揖唐（一九七七～一九四八）討論編次《正道居集》事宜。此篇展示了段祺瑞的治國方針，當中既包含傳統儒家學說，如孔子之「先富後教」、孟子之「王天下」，而涉及政府當下面對的政策與困難，如「軍閥割據」、「移民實邊」和銀行制度等。作爲上任不久的國家元首，段祺瑞心懷鴻圖壯志，期望人民生活富足，知仁行義，並驅使中國在國際舞臺上富強起來，不爲別國所輕視或壓榨。另一方面，民國早年，時任國務總理的段祺瑞曾向日本借下巨款，並以國家資源及基建爲抵押，一直遭國人非議，故此詩亦有表明其盡忠報國之志，以正視聽的用意。此詩原刊於《遼東詩壇》第二十四期（民國十六年），作者名下署「大連」字樣。後收入《正道居詩》、《正道居集》。

鄉鎮聚為邑，聯邑以成國。（註一）國家幅員廣，（註二）貧省為區域。（註三）

民與國一體，（註四）忍令自殘賊。（註五）利害關國家，胡可安緘默。（註六）

果具真知見，興邦言難得。民智苦未齊，胸襟寡翰墨。（註七）

發言徒盈庭，（註八）轉致生惶惑。（註九）政府省長設，各國垂典則。（註一〇）

邑宰如家督，（註一一）權限賴修飭。（註一二）統治成一貫，（註一三）籌策紓奇特。（註一四）

政不在多言，（註一五）天健無休息。（註一六）晚近綱紀隳，（註一七）高位僉人弋。（註一八）

武夫競干政，舉國受掊克。（註一九）擾攘無寧土，自反多愧色。（註二〇）

往事不堪言，掃除勿粉飾。（註二一）日新循序進，（註二二）廉恥繼道德。
農時失已久，飢寒兼憂逼。（註二三）民瘼先所急，（註二四）務令足衣食。
靖共期力行，（註二五）百司各循職。（註二六）良善勤獎誘，去莠懲奸慝。（註二七）
言出法必隨，不容有窺測。（註二八）土沃人煙稀，無過於朔北。（註二九）
曠土五分二，博種資地力。（註三〇）兵民移實邊，十省兩千億。
內地生計裕，邊疆更繁殖。（註三一）道路廣修築，交通無閉塞。
集我國人資，銀行大組織。獨立官府外，經理總黜陟。（註三二）
發達新事業，隨時相輔翊。（註三三）輸入減漏卮，（註三四）製造精品式。
肥料酌土宜，（註三五）灌溉通溝洫。（註三六）比户餘粟布，孝弟申宜亟。（註三七）
既富而後教，（註三八）登峰務造極。國際蒸蒸上，誰復我挫抑。（註三九）

（凌頌榮註）

註釋

一　邑：古代地方行政單位，縣的別稱，層級於鄉鎮之上。兩句指地方行政單位互相連結，層層推進，組成國家的大整體。

二　幅員：幅爲寬度，員爲周界，合指國家疆土的面積。員，正道居諸集作幅，今依《遼東詩壇》本。

三　貧：作動詞，本意爲分錢，引申爲分割。

四　《禮記·緇衣》：「君以民爲體。」民國建立後，帝制不再，故「君」爲「國」所取代。此處有意就「民國」二字爲解說。

五　殘賊：殘害。

六　胡：擬問詞，怎。安：安於，以此爲安心。

七　翰墨：本指詩文與書法，引申爲書本得來的知識。全句指人民缺乏知識基礎。

八　徒：枉然。盈：充斥。庭：朝廷，引申爲議論國政的場所。

九　惶：恐懼。惑：疑惑。如合上句，意爲沒用的言論太多太亂，反而會導致人民又恐懼又疑惑，不知如何是好。

一〇　垂：垂範，展示榜樣。典則：典章法則，即建立與組持國家運作的章則。

一一　邑宰：地方長官。家督：長子，古時多由家族的長子掌管家庭內部的事務。《史記·越王句踐世家》：「家有長子曰家督。」此句含有以家喻國之意。

一二　修飭：整頓。

一三　一貫：貫通。指政府的統治權威貫通全國。

一四　籌策：籌畫計謀。紆：曲折。〔唐〕杜甫〈詠懷古跡五首〉其四：「三分割據紆籌策，萬古雲霄一羽毛。」

一五　〔漢〕司馬遷《史記・儒林列傳》載申公言：「爲治者不在多言，顧力行何如耳。」指對治國者而言，身體力行地實行政策比空談治國理想重要。

一六　《易・乾卦》：「《象》曰：天行健，君子以自強不息。」指天象運轉無窮，從不休息，掌政事者應當效法之，不斷勉力，永不怠廢。

一七　隳：崩潰，音揮。

一八　僉人：小人。〔明〕陳子龍〈上石齋師〉：「僉人險夫，攀緣轇轕，縱目談笑，各據津梁。」弋：本意爲捕獵時，用連繫繩子的箭矢射鳥，引申爲奪取之意。

一九　指民國時代，國內軍閥割據，爭鬥不絕的亂況。掊克：自伐而好勝之人。見《詩・大雅・蕩》：「曾是彊御？曾是掊克？曾是在位？曾是在服？」

二〇　自反：自我反省。

二一　掃蕩：滌除。粉飾：表面上修正外觀，實際目的卻是遮掩事物內在的腐敗。全句往過往的流弊應當革除，不可透過掩飾手段而讓流弊繼續存在。

二二　日新：天天進步。循序進：按步就班地上升。

二三　《孟子・梁惠王上》：「五畝之宅，樹之以桑，五十者可以衣帛矣；雞豚狗彘之畜，無失其時，七十者可以食肉矣；百畝之田，勿奪其時，數口之家可以無飢矣；〔……〕七十者衣帛食肉，黎民不飢不寒。」孟子在此主張君主不應該胡亂興起戰事，免得人民因忙於服役而錯失務農過程中的種種時機，最終導致農產下降，不能滿足人民基本生活所需。篇中反用其典，指國家動亂，戰事干擾國家的基本生產，引致社會貧苦。

二四　民瘼：人民的痛苦。瘼，音莫。

二五　靖共：認眞看待職務。《詩．小雅．小明》：「靖共爾位，正直是與。」

二六　百司：各級管理政事的官員。《書．立政》：「左右攜僕、百司庶府。」循：遵守。

二七　見《左傳．成公十四年》：「《春秋》之稱，微而顯，志而晦，婉而成章，盡而不汙，懲惡而勸善，非聖人誰能脩之。」當中「懲惡勸善」一語本來僅是指《春秋》一書的內容風格，惟時至後代，則變成了實際的治國辦法。如《大戴禮記．禮察》：「若夫慶賞以勸善，刑罰以懲惡，先王執此之正，堅如金石，行此之信，順如四時，處此之功，無私如天地爾，豈顧不用哉！」

二八　指法令一經頒佈，定必清晰地嚴格地執行，不許人民窺探揣測。

二九　朔北：泛指長城以北的地帶，在中國歷史上一直被視爲荒蕪之地。如〔漢〕李陵〈答蘇武書〉：「流離辛苦，幾死朔北之野。」此處主要指東北。

三〇　資：增進。地方：土地的生產能力。

三一　自「土沃人煙稀」起八句皆言清末民初時期的「移民實邊」政策。清朝覆亡之後，俄國和日本對中國東北地區虎視眈眈，侵擾不斷。民國政府因而高舉「移民實邊」的旗幟，藉開墾土地爲名，鞏固對東北地區的控制權，同時振興邊經地區的經濟發展。此篇主要從經濟及民生角度肯定有關政策。

三二 總：統括管理。黜陟：黜爲升遷，陟爲降職，兩者相加，泛指公司機構內的人事變動。從「集我國人資」起四句實指民國時期的中央銀行制度。民國元年（一九一二），中華民國南京臨時政府把大清銀行改組爲中國銀行，負責管理國庫，發生貨幣等事務，地位相當於中央銀行。二年（一九一三），臨時政府宣布中國銀行歸由財政部管豁，具有行政機關的地位，至北洋政府時期依舊不變。中國銀行及其他由政府主導的銀行都採取官商合辦的形式，惟受產業發展及市場競爭等因素影響，商業資本漸漸壓倒官方資本，使銀行業趨向私營化。篇中所言正是肯定了這個發展方向。

三三 輔翊：扶持、幫助。翊，意奕。

三四 漏：滲漏。巵：酒器。音支。「漏巵」本意爲底部有缺口的大酒器，即空有容量，卻無可盛載，酒水全都浪費於外。後來引申爲權力或利益流出至他人手中。如〔漢〕桓寬《鹽鐵論・本議》：「國有沃野之饒而民不足於食者，工商盛而本業荒也；有山海之貨而民不足於財者，不務民用而淫巧眾也。故川源不能實漏巵，山海不能贍溪壑。」

三五 酌土宜：指斟酌各處土地不同的特性，而採取不同的施肥方式。

三六 溝洫：田野之間的水道。

三七 《孟子・梁惠王上》中，孟子主張，君主使國家富強，人民不用爲生活所需而擔憂後，就當「謹庠序之教，申之以孝悌之義」，即教育人民仁義道德之事。只有經過上述過程，國家才能進入王道盛世。

三八　見《論語．子路》：「子適衛，冉有僕。子曰：『庶矣哉！』冉有曰：『既庶矣，又何加焉？』曰：『富之。』曰：『既富矣，又何加焉？』曰：『教之。』」

三九　復：反問語氣。我：指中國。挫抑：壓抑限制。

孔道

解題

段祺瑞自小接受儒家教育，對孔子的思想非常推崇。作爲學佛之人，他雖認爲儒學所關注的焦點只在現實世界，不及佛理兼及六道，但其追求人類所處的社會臻於大同，畢竟是非常崇高的理想。本詩作於孔誕祭祀之時，充滿對儒家思想的讚頌之詞。本詩收入《正道居詩》、《正道居集》外，又見於《小日報》（民國二十六年十月二十三日），唯其登載日期晚於正道居諸集的刊印，當係轉載。

覆載天與地，（註一）萬類隸帡幪。（註二）四時生百物，豢養澤無窮。（註三）
則天惟唐堯，（註四）無能名郅隆。（註五）孔子集大成，（註六）獨肩道在躬。

（註七）

至誠贊化育，（註八）大德配蒼穹。萬古生民類，悉在教化中。

孝弟仁之本，（註九）綱常澈始終。（註一〇）修齊逮治平。（註一一）體用（註一二）悉貫通。

至道括瀛寰，（註一三）小康進大同。耶回執一教，（註一四）崇奉若華嵩。（註一五）

聖功加而上，（註一六）不敬豈云公。（註一七）昔雖崇大祀，（註一八）民眾若瞶聾。（註一九）

邦本在斯民（註二〇），共和始折衷。（註二一）丁祭垂典則（註二二），官府報豐功。（註二三）

何幸聖誕日，（註二四）白叟雜黃童。躬逢昭曠典（註二五），歡聲澈天空。

歌頌隨心得（註二六），悠久誌尊崇。

（林小龍註）

註釋

一　覆：遮蓋。載：承受。《禮記．中庸》：「天之所覆，地之所載。」

二　萬類：萬物。隸：附著。帡幪：音屛蒙，帳幕。引申爲覆蓋、蔭護。參見〈砭世詠一〉註。

三　豢養：餵養、養育。豢音患。〔漢〕許愼《說文解字》：「豢，以穀圈養豕也。」

四　唐堯：上古聖君。《論語．泰伯》：「唯天爲大，唯堯則之。蕩蕩乎，民無能名焉。巍巍乎，其有成功也。煥乎，其有文章。」則天：謂唐堯可效法蒼天之道。則，效法之意。

五　無能名：無法言說。郅：大、至。隆：盛。〔漢〕司馬遷《史記．司馬相如列傳》：「文王改制，爰周郅隆。」全句謂唐堯的盛德是無法以言語來說明的。

六　《孟子．萬章下》：「孔子之謂集大成。集大成也者，金聲而玉振之也。」此處借孟子之語，稱讚孔子才德兼備、學識淵博，思想集古聖賢之大。

七　在躬：即在身。全句意謂孔子獨自肩負仁義之道於一身。

八　至誠：極度的忠誠、眞誠，是儒家道德修養的最高境界。《禮記．中庸》：「唯天下至誠，爲能經綸天下之大經，立天下之大本，知天地之化育。」化育：教化培育。《孟子．萬章上》：「聖人窮理盡性以至於命，便能贊化育。」

九　孝：孝順父母。弟：同悌，友愛兄弟。《論語．學而》：「孝弟也者，其爲仁之本與！」

一〇　綱常：即三綱五常。君爲臣綱，父爲子綱、夫爲妻綱爲三綱，仁、義、禮、智、信爲五常。澈：同徹，通貫之意。

一一 《禮記．大學》：「物格而後知至，知至而後意誠，意誠而後心正，心正而後身修，身修而後家齊，家齊而後國治，國治而後天下平。」

一二 體用：中國古代哲學的重要範疇。體，指本體、實體；用，指作用、功用或用處。如《朱子語類．太極天地上》：「假如耳便是體，聽便是用；目是體，見是用。」

一三 括：囊括、涵蓋。瀛寰：泛指世界。

一四 耶：指耶穌教、基督教。回：指回教、伊斯蘭教。執一：專一。《韓非子．揚權》：「故聖人執一以靜，使名自命，令事自定。」此處當指基督教、伊斯蘭教皆爲一神教，信仰唯一的上帝、眞主。

一五 華：華山。嵩：嵩山。華嵩指極高之處。

一六 《易．蒙卦．彖傳》：「蒙以養正，聖功也。」聖功，指各種修行各種宗教、思想所遵守的基本原則。如伊斯蘭教的五功乃是唸、禮、齋、課、朝，即證信、禮拜、齋戒、天課和朝覲。段祺瑞認爲，修行聖功者久而久之可能流於虛應故事，必須更進一步。

一七 《論語．爲政》：「子游問孝。子曰：『今之孝者，是謂能養。至於犬馬，皆能有養；不敬，何以別乎？』」《禮記．禮運》：「大道之行也，天下爲公。」段氏認爲，在遵守聖功的基礎上，必須心存敬念，身心如一，這樣才能達到至公至善的境地。

一八 大祀：指是帝制時代指祭祀天地、宗廟等最隆重的典禮。《周禮．春官．肆師》：「立大祀用玉帛牲牷，立次祀用牲幣，立小祀用牲。」

一九 此句意謂帝王舉行祭禮，目的之一是爲了培養百姓的敬念。但當時國家爲帝王所私有，百姓沒有歸屬感，對於這些祭禮如盲如聾，很難培養什麼敬念。

二〇　《書·五子之歌》：「民惟邦本，本固邦寧。」指只有百姓才是國家的根本，根本穩固了，國家也就安寧了。

二一　指民國建立，百姓對於國家才比帝制時代更有作主人的意識。

二二　丁祭：之禮。順治二年（一六四五）定制，每年春、秋二祭，均在仲月上丁，故有這個說法。北洋時代繼承前清制度，每年都會在成賢街國子監舉行丁祭。

二三　民國三年（一九一四）九月二十五日，北洋政府頒發《祭孔令》，公開恢復了前清的祭孔規定。明令於孔子誕辰之日，中央和各地方必須舉行祭孔典禮。段祺瑞認爲繼承清朝祭孔典則，是北洋政府的重大業績。

二四　聖誕，指孔子誕辰。根據金元之際孔子嫡長孫孔元措所撰《孔氏祖庭廣記》，爲農曆八月廿七日，換算爲陽曆九月廿八日。

二五　曠典：指前所未有的典禮。

二六　隨心得：指這首歌頌孔道的詩作乃是隨心而得。

弱弟哀

解題

本詩中有「阿兄六十三」之句，可知大約作於民國十六年（一九二七）左右，當時段氏已因「三一八慘案」而下野，隱居津門，茹素唸佛。時局混亂，當時很多北洋政客、前清貴族，都藉由佛門尋求心靈慰藉，使天津佛教發展一度鼎盛，有「無人不信神，無處不建廟」之況。或有出入段府的僧俗之人恭維段祺瑞是菩薩轉世，爲普渡眾生而下凡。段氏曾哀嘆軍閥禍國殃民，自身雖有普渡眾生的願力，卻難勝群魔。詩中除了感嘆二弟啓輔、三弟啓勳相繼辭世，也對子姪後輩資質平庸而胸中鬱結。於是作者冀望與兄弟於來世再結佛緣。此詩原刊於《甲寅週刊》四十五期（民十六年三月五日），署名「正道」，後收入《正道居詩》、《正道居集》。

修短謂之數，（註一）似勿費疑猜。仲弟四十七，（註二）三弟五一纔。（註三）

前後八年間，暮鼓遞相催。（註四）阿兄六十三，晚景夕陽隤。（註五）
長幼原有序，胡獨不然哉。比肩寥落盡，（註六）侃侃期不來。（註七）
子姪雖旋繞，唯諾多凡才。仰首視老身，孤聳白雲隈。（註八）
怡怡樂何有，襟懷鬱不開。豈堪別離苦，哀爾不我哀。（註九）
娑婆若苦海，（註一〇）沉淪心自灰。來世結佛緣，貝葉眾妙賅。（註一一）
一心了生死，（註一二）功到入蓮胎。（註一三）逍遙三界外，何常有輪迴。（註一四）

（金玉琦註）

註釋

一　修短：指生命的長短。

二　仲弟即段祺瑞二弟段啓輔（一八七五～一九二二）。啓輔讀書少，一生在安徽老家務農，守護祖墳。每年北上看望兄長一次，後因肝癌在北京去世。

三　三弟：即段啓勳（一八七七～一九二七）。啓勳畢業於日本士官學校。當時段祺瑞擔任陸軍部長，因爲避嫌，勸啓勳脫離軍界。啓勳遵從兄意，自一九一二年起在井陘參與辦煤礦，其後頗具規模，一日夜可產煤千噸。

四　暮鼓：佛教規定，寺廟中晚上打鼓，早晨敲鐘；此處比喻生命的大限。

五　夕陽隤：如夕陽般墜倒。隤：下墜。音頹。

六　比肩：肩靠著肩，引申爲兄弟。寥落盡，指全部凋零。

七　侃侃：從容貌。此句謂兩弟皆已辭世，想再與兩弟相聚談天已不可得。

八　白雲限：白雲的一角。指子姪全是平庸之輩，無法了解自己高潔的志向。

九　謂傷感於兩弟之辭世，對自身之孤寂倒並不覺得可憐。

一〇　娑婆：佛教用語，也作索訶、娑河，梵文爲Svahā，華譯堪忍，指釋迦牟尼佛所教化的三千大千世界，此界眾生安忍於十惡，忍受諸煩惱，不肯出離，故名爲忍。如《維摩經》「下方度如肆十貳恆河沙佛土，有世界名娑婆。」苦海：佛教指塵世間的煩惱和苦難。〔南朝〕梁武帝〈淨業賦〉：「輪迴火宅，沉溺苦海，長夜執固，終不能改。」

一一　貝葉：古代印度人用以寫經的樹葉。亦借指佛經。〔唐〕玄奘〈謝敕賚經序啓〉：「遂使給園精舍，并入提封；貝葉靈文，咸歸冊府。」賅：音該，完備。

一二　了生死：了卻生死，指跳出六道而涅槃。

一三　蓮胎：又作蓮花胎。念佛往生彌陀淨土之人，皆在蓮花內化生，喻如母胎，故稱蓮胎。《蓮宗寶鑑》卷八：「當生淨土，入彼蓮胎，受諸快樂。」元照之觀經義疏卷下（大三七・二九五下）：「當知今日想佛之心，相好果德，悉已具足，蓮胎孕質，即是此心，是證菩提，不從他得矣！」

一四 何常：通何嘗。

奉贈清浦子爵（註一）

解題

民國十五年（一九二六）十月十六日，日本前內閣總理樞密院議長清浦奎吾及藤村義朗等十餘人來華觀光交流，在奉天、天津、北京、上海盤桓多日。據《南洋商報》一九二六年十一月二十九日報導：「子爵……好吟詩，當其抵大連時，該地浩然嚶鳴兩詩社開會歡迎，並招待在連之中國詩人王健堂、黃越川、楊鳳鳴、畢大拙等六人，日詩人爲原田恕堂、立川卓堂、福田象外等十一人，分韻吟詩，杯酒唱酬，頗極一時之盛。子爵吟興煥發，終席無倦色。」又云：「日本清浦子爵來華後，有感事詩載報端，內有『兄弟鬩牆先聖戒，庶幾諸將戢干戈』。段祺瑞曾贈一詩。」考十月十九日，孫寶琦、汪大燮在北京設宴款待清浦，也邀得從臨時執政任上下野不久的段祺瑞作陪，席上清浦氏及段、孫等人頗有詩歌唱和，本詩即作於此時，對清浦原作有所呼應。據蔣永敬《國民黨興衰史》所言，當時北洋政府風雨飄搖，清浦曾在北京會晤李石曾、易培基，希望與南方國民政府與日本建立友好關係，並藉此施壓奉張，同時拉攏國府壓制英國勢力。段氏此詩以東道的口吻，對清浦一行表示歡迎。恭維清浦老當益壯、表達敬慕後，硬坐其遠道而來的目的是爲了兩國和平友好而稱許之，假若清浦別有用心，如此稱許也未嘗無警惕之用。此詩刊於《遼東詩壇》第十八期（民國十五年），然未收入正道居諸集。蓋諸集編纂時，中日關係日益緊張，爲免讀者誤解，遂此割捨。由於本詩與〈藤村男爵索書口占即贈〉作於同時，而僅後者收入正道居諸集。爲便讀者閱覽，謹將此詩編排於〈藤村〉一詩之前。

東國（註二）一元老，矍鑠（註三）見精神。遐齡臻七七（註四），矯（註五）哉強健身。
忼慨謀國利（註六），相摯（註七）為睦鄰。越海登大陸，不遑計風塵。
北界與安嶺（註八），南遊大江濱。中途自迴環，悠悠菘析津（註九）。
特惜相見晚，始得握手親。同朋（註一〇）東亞事，肯為道諄諄。
時恐糾紛久，關懷逾國人。躊躇無辭措，不病自吟呻。（註一一）

聊致東道意，杯酒宴嘉賓（註一二）。題贈酬雅懷，勿諼（註一三）此良辰。

（陳慧中註）

註釋

一 清浦子爵即清浦圭吾（一八五〇～一九四二），日本政治家，第二十三任日本內閣總理大臣。歷任司法官、貴族院議員、司法大臣、農商務大臣、樞密院議長等職務。大正十三年（一九二四）出任日本首相，上任僅五個月便辭職。

二 東國：即日本。

三 矍鑠：形容心神、神志、氣力、精力老而強健。

四 清浦生於一八五〇年，訪華時虛齡七十七。

五 矯：堅強貌。《禮記．中庸》：「故君子和而不流，強哉矯！」

六 忼慨：同慷慨。《孟子．梁惠王上》：「孟子見梁惠王。王曰：『叟不遠千里而來，亦將有以利吾國乎？』」此處化用孟子之文，並以「時恐糾紛久，關懷適國人」讚賞對方真誠為國人謀福祉。

七 相摯：互相攜手之意。相，《遼東詩壇》作「眈」，誤，茲改之。

八　興安嶺：位於黑龍江兩岸，由大、小興安嶺和外興安嶺組成。此處借指東三省。

九　析津：即北京。析津本古冀州之地，遼代因燕地為析木之津的分野，稱為析津府。析，《遼東詩壇》誤作柝，今改。

一〇　《論語・學而》：「有朋自遠方來不亦樂乎？」鄭玄注：「同門曰朋也。」

一一　此聯稱自己遷延許久而無法屬辭成詩，又不想無病呻吟。

一二　《詩・小雅・鹿鳴》：「我有旨酒，以晏樂嘉賓之心。」

一三　諼：音萱，忘記。

藤村男爵索書口占即贈（註一）

解題

清浦奎吾擔任首相時，藤村義朗爲遞信大臣。民國十五年清浦訪華，藤村也爲隨行人員之一。據蔣永敬《國民黨興衰史》所言，藤村造訪東北及京滬後，於十一月十日到南昌與蔣介石會晤，請求國府派員赴日聘問。廣州方面因即決定派李石曾、戴季陶、易培基即日前往日本。在此情勢下，廣州方面認爲奉張已無力可與國府衝突，國府可以遷都武漢了。由此可見藤村來華目的於一斑。段氏此詩，曾刊於《南洋商報》（一九二六年十一月二十九日）。該報且云：「日本清浦子爵來華後，有感事詩載報端，內有『兄弟鬩牆先聖戒，庶幾諸將戢干戈』。段祺瑞曾贈一詩。聞同行之藤村男爵，近又持紙求段祺瑞寫詩，段亦以一詩報之，題爲〈藤村男爵索書口占即贈〉。」可見此詩乃是十月十九日晚宴過後未數日，應藤村之請而作。詩中強調中日同文同種，雙方不應受外人疏攏而產生仇釁，當加強誠意，互相扶持，爲孔子大同思想而努力。此詩內涵與前作相彷彿，後收入《正道居詩》、《正道居集》。

黠者（註一）唱黃禍（註二），意在謀分瓜。神皋渡弱水，（註四）相望僅一窪（註五）。

種族文化同，由來是一家（註六）。兄弟不鬩牆（註七），外侮疇（註八）能加。

我本大農國，願共話桑麻。盈朒互相資（註九），比鄰孰予遮（註一〇）。

舵工（註一一）善觀風，轉致路三叉（註一二）。南針（註一三）握不移，直指自無差。

諸君惠然來（註一四），意氣薄雲霞（註一五）。交鄰有大道，此願不厭奢（註一六）。

根本誠已固，枝葉自榮華。宣尼大同化（註一七），推行極天涯。

（陳慧中註）

註釋

一　藤村男爵即藤村義朗（一八七一～一九三三），日本華族，前遞信大臣、貴族院議員，從三位勳三等。爲藤村紫朗之長子，早年畢業於劍橋大學，曾入三井物產會社、歷任倫敦分公司總經理、總公司人事課長兼調查課長、上海分公司經理、上海公共租界工部局董事等。後爲大正日日新聞社長，大正七年任貴族院議員，清浦內閣時期曾任遞信大臣。辭職後，擔任東京燃氣公司董事、國際電話總裁、絲綢業官員等。正道居諸集中，此詩標題皆作「藤村子爵」，然考藤村氏本爲男爵，且《南洋商報》記載此詩標題，亦作「男爵」，可知正道居諸集蓋從清浦子爵名號而訛。茲改正之。

二　黠者：聰明人。帶有負面的意思。

三　黃禍：即「黃禍論」（Yellow Peril）。二十世紀初，歐洲列強認爲以中國與日本爲首的東亞地區具備威脅歐美霸權的潛力，於是炮製此論。

四　神皋：指神明所居住的土地，指中國和日本的國土。〔漢〕張衡〈西京賦〉：「爾乃廣衍沃野，厥田上上，寔爲地之奧區神皋。」弱水，傳說中的河流，此處借指分隔中日的東海。《史記．大宛列傳》：「安息長老傳聞條枝有弱水、西王母，而未嘗見。」此句謂東海兩岸都是神聖的土地。

五　窪：水池。比喻東海之淺窄。

六　《史記．淮南衡山列傳》：「秦皇帝大說，遣振男女三千人，資之五穀種種百工而行。」傳說日本人是秦徐福所攜三千童男女的後裔。甲午戰爭後，日本爲了與英、俄等國勢力抗衡，遂製造「同文同種」、「日中一體」的輿論，企圖拉攏中國爲其所用，中國領袖如段祺瑞、孫中山等也往往接受「同文同種」之論。

七　鬩牆：比喻兄弟相爭，引申爲國家或集團內部的爭鬥。《詩．小雅．常棣》：「兄弟鬩于牆，外禦其侮。」鬩音益。

八　疇：誰。疇音綢。

九　盈：指月滿。朒：音忸，本指月亮農曆月初月亮在東方出現的情形，引申爲虧損。此句謂中日兩國可以和衷共濟，一方若有困境，另一方即可施以援手。

一〇　遮：掩蔽、阻擋。

一一　舵工：即掌舵，比喻主政之人。

一二　此聯謂兩國主政之人雖有政治觸覺，但若目光短淺，就可能把國運帶入三叉歧途。叉，諸集作乂，茲改之。

一三　南針：指南針，謂國家施政方針。

一四　惠然：心境和順貌。惠然來，指當心情順適的時候前來。《詩．邶風．終風》：「終風且霾，惠然肯來。」

一五　薄：音迫，迫近之意。

一六　奢：誇張。作者認爲以大道爲與鄰相處，如此方法並非誇張而不切實際。

一七　宣尼：孔子的諡號。大同，即《禮記．禮運》所言「天下爲公」的理想世界。化：教化。

覺迷吟

解題

本詩題曰「覺迷」，其旨欲將衆生從迷途之沉溺中喚醒。詩中首先概述了佛教的輪迴因果報應説，然後分別描繪了畜生道、餓鬼道、地獄道的慘狀，提出作惡者必得惡報，藉以勸戒世人悔悟，轉而從善。此詩原登於《甲寅週刊》四十三期（民國十六年二月十九日），後收入《正道居詩》、《正道居集》。

方便己之德，損人種因惡。（註一）餘慶由善積（註二），惡小不可作。（註三）任重名不立，（註四）仰愧而俯怍。（註五）回頭百年身，（註六）終天徒惋愕。（註七）

自身無修為，祖蔭固已薄。每見大劫成，貴賤塡溝壑。
魔威難嚮邇，（註八）芸芸任苛虐。（註九）因因而果果，循環相結絡。（註一〇）
報應權子母，（註一一）造物司信約。（註一二）甚至墮三途，（註一三）罪業難臆度。（註一四）
旁生蠢然物，（註一五）捶楚嚴束縛。（註一六）食肉寢其皮，（註一七）宰割烹鼎鑊。
餓鬼喉不開，（註一八）饑火中焦爍。（註一九）地獄無曙光，萬年暗摸索。
稍存仁人心，作鬼亦自若。覺悟猛精進，跬步是極樂。（註二〇）

（王紫妍註）

註釋

一　損：傷害、損傷之意。因惡：即惡因。

二　餘慶：指留給後輩子孫的德澤。《易．坤卦》：「積善之家，必有餘慶。」

三　此語出自《三國志．蜀書．先主傳》：「勿以惡小而爲之，勿以善小而不爲。」

四　任重：擔負重大的責任。《論語・泰伯》：「士不可以不弘毅，任重而道遠。」名不立：出自《論語・衛靈公》：「君子疾沒世而名不稱焉。」意謂君子極恨生前一事無成，死後其名無人稱道。

五　語出《孟子・盡心上》：「仰不愧於天，俯不怍於人。」段詩謂假如身負重任而無法建功立名，於天於人都會感到羞愧。

六　百年身：即一生的意思。〔元〕曾瑞〈端正好・自序〉：「百年身隙外白駒過，事無成潘鬢雙皤。」

七　終天：終身。惋愕：悵嘆驚愕之意。《梁書・昭明太子統傳》：「太子仁德素著，及薨，朝野惋愕。」

八　嚮邇：接近、靠近之意。《書・盤庚上》：「若火之燎於原，不可嚮邇，其猶可撲滅。」

九　《老子・第三十八章》：「夫物芸芸，各復歸其根。」芸芸：本指眾多貌。詩中借以作芸芸眾生之簡語。〔北齊〕顏之推《顏氏家訓・教子》：「又宜思勤督訓者，可願苛虐於骨肉乎？誠不得已也。」苛虐：原為嚴厲、殘暴之意，詩中借作動詞用。

一〇　〔晉〕郭璞〈江賦〉：「溭淢濜溳，龍鱗結絡。」《文選》李善注：「如龍鱗連結交錯也。」結絡：即連結交錯之意。

一一　《國語・周語下》：「古者，天災降戾，於是乎量資幣，權輕重，以振救民。民患輕，則為作重幣以行之，於是乎有母權子而行，民皆得正。若不堪重，則多作輕而行之，亦不廢重，於是乎有子權母而行，小大利之。」本指國家鑄錢，以重幣為母，輕幣為子，權其輕重而行之以利民。後世因以稱藉資本經營或借貸生息爲「權子母」，詩中借指報應之累積相加。

一二　〔元〕無名氏《劉弘嫁婢》第一折：「姑夫無了子嗣，各人的造物，你可怎麼埋怨我，干我什麼事！」造物，即造化、運氣、福分之意。《書・高宗肜日》：「嗚呼！王司敬民，罔非天應，典祀無豐於昵。」孔《傳》：「王者主民，當敬民事。」司：主管、主宰之意。信約：指誠信不欺的盟約。詩中「司信約」爲「信約司」的倒裝。

一三　三途：佛教六道中的三惡道，亦即火途（地獄道）、血途（畜生道）、刀途（餓鬼道）。

一四　臆度：即猜測，推測。

一五　〔清〕紀昀《閱微草堂筆記・姑妄聽之三》：「鄉人皆言其蠢然一物，乃有此福，理不可明。」蠢然：笨拙遲頓的樣子。此處指墮入畜生道、迷失靈性的動物。

一六　捶楚：即杖笞。《晉書・劉隗傳》：「捶楚之下，無求不得。」此句指動物被豢養、捕捉後遭圈禁束縛，不得自由，還會受到杖笞。

一七　動物的肉爲人所食，皮爲人所寢。語出《左傳・襄公二十一年》：「譬于禽獸，臣食其肉，而寢處其皮矣。」

一八　佛教以人生前慳吝之故，死後果報將墮餓鬼道，受饑餓之苦。餓鬼咽細如針，口吐火焰，飲食困難，體形枯瘦。只有做「放焰口」的法事，對餓鬼施水施食、救其饑渴，才能舒緩其痛苦。

一九　焦爍：猶燒灼，形容酷熱。〔宋〕蘇軾〈謝雨文〉：「竊以農事告成，旱魃爲沴，寖罹焦爍之害，遂稽收刈之勤。」

二〇　跬步：即半步，或跨一腳之意。《大戴禮記．勸學》：「不積跬步，無以致千里；不積小流，無以成江海。」跬，國音傀，粵音愧上聲。

末世哀

解題

本詩之中，作者以爲當世時局亂象紛擾如末世，遂從純樸的上古時代談起。他以爲自從盤古開天地以來，經過歷朝歷代的紛爭，人民從善良純樸的本性，逐漸發展出爾虞我詐的亂象，且不斷在歷史中上演。作者有鑑於此，希望藉佛法的慈悲（甚或自比爲佛），感化民心向善，還歸純樸本性，再創和樂安祥之世。此詩收入《正道居詩》、《正道居集》。

盤古開天地，（註一）上世稱羲皇。（註二）元元性猶昔，（註三）渾噩皆善良。（註四）

軀幹多魁偉。情逸壽命長。（註五）周室東遷後。（註六）詐虞漸乖張。

五伯假仁義，（註七）七雄矜威強。（註八）秦晉五代下，（註九）肆意互相傷（註一〇）。

遞降至今日，（註一一）綱常幾滅亡。兵災劫不時，禍至徒徬徨。

歷代不絕書，罕見百年康（註一二）。天有好生德（註一三），忍作荆棘場（註一四）。

因果罔或爽（註一五），戕人還自戕（註一六）。殘民逞私意，自然有天殃。

佛悲衆生苦，見身説法詳（註一七）。任他殘肢體（註一八），視為夙業償（註一九）。

累世了素願（註二〇），功德積無疆（註二一）。一旦證正覺（註二二），洋洋道益彰（註二三）。

方人適自蹙（註二四），盍方大明王（註二五）。人各復本性，熙熙萬世昌（註二六）。

（陳智詠註）

註釋

一　盤古：中國神話傳說中開天闢地的神衹。
二　古代神話傳說中人類的始祖伏羲氏夫婦。〔南朝梁〕任昉《述異記．卷上》：「吳、楚間說，盤古氏夫婦，陰陽之始也。」
三　元元：百姓、庶民。
四　渾噩：形容質樸厚重，嚴肅正大。《文明小史．第一回》：「苗漢雜處，民俗渾噩，猶存上古樸陋之風」。
五　軀幹多魁偉，情逸壽命長：身行高壯建康，心理安適所以長壽。
六　周室東遷：西元前七七一年，周幽王被犬戎所殺，諸侯迎立幽王之子爲王，謚號平。平王移原首都鎬京，東遷雒邑，是爲東周，周室自此衰微。
七　五伯：即五霸，春秋時代擔任領導地位的五位諸侯，指齊桓公、宋襄公、晉文公、秦穆公和楚莊王。《孟子．盡心上》：「堯、舜，性之也；湯、武，身之也；五霸，假之也。久假而不歸，惡知其非有也！」指五霸假借仁義之名，以求濟其貪欲之私。
八　七雄：戰國時代的七個強國，包括關外的韓、趙、魏、齊、楚、燕六國與關內的秦國。矜：逞能。
九　秦晉五代下：指先秦歷各朝至民國初年。
一〇　肆意：毫無顧忌。

一一　遞降：更迭、交替。《呂氏春秋．季春紀．先己》：「當今之世，巧謀並行，詐術遞用」。

一二　康：安定。

一三　好生德：愛惜生靈。指有愛惜生靈，不事殺戮的品德。《書．大禹謨》：「與其殺不辜，寧失不經，好生之德，洽于民心」。

一四　忍作荊棘場：此或爲人民在困難的場域中辛勤作爲。荊棘場：困難、紛亂的時空。場，通場。

一五　罔或爽：失意或得意。指得與失。

一六　戕人還自戕：傷害人的人最後也會傷害到自己。呼應前句「因果」。

一七　佛悲眾生苦，見身說法詳：佛陀慈悲憐憫眾生疾苦，現身傳解脫道法。見，通現。

一八　殘肢體：當指「割肉餵鷹」的佛教典故。佛祖在修行菩薩道前身仍是薩波達王時，看到一隻老鷹追獵一隻白鴿，佛祖爲救白鴿寧願掉割等同白鴿身重的肉和老鷹交換，奇怪的是任憑佛祖不斷割下身上的肉直到肉盡，仍無法等同白鴿身重，最後憑他救度一切眾生的執著，才使天秤上的肉和鴿子等同，最終通過了考驗。

一九　夙業償：從前所積累的業報得以償還。

二〇　累世了素願：以長遠的時間來完成願望。累世：連續好幾代。素願：向來的願望。《五代史平話．唐史》卷下：「如此所爲，不負當年三矢告先王廟的素願」。

二一　無疆：無止境、無窮盡。

二二　正覺：意指眞正之覺悟。

一三 洋洋道益彰：所施行的道法也更加的廣袤深刻。洋洋：此指「道」的廣大貌。

一四 方：攀比、仿效。蹙：緊迫、困窘。

一五 盍：何不。大明王：謂不動尊等諸明王也。此聯謂與人攀比，只會自慚形穢，妄自菲薄。與其以人爲師，何不以佛爲師？

一六 熙熙：和樂的樣子。《老子．第二十章》：「眾人熙熙，如享太牢」。

旅大游（註一）

解題

此詩先後刊登於《遼東詩壇》第二十七期（民十六，署名「芝泉　段祺瑞　天津」）及《國聞週報》第四卷第三十一期（民國十六年，署名「正道」），當作於民國十六年（一九二七）。段氏下野旅居天津，不時會到旅大療養。此次重遊，回想起四十年前的往事，不禁悲從中來。光緒十三年（一八八七），段祺瑞剛從天津武備學堂炮科畢業，被派往旅順督建炮臺。十六年（一八九〇）秋，年僅廿六歲的段祺瑞自德歸國，翌年到威海劉公島創辦威海隨營武備學堂，擔任教習。甲午戰後，威海衛及劉公島失守。段氏與武備學堂的師生鏖戰多日，從劉公島上死裡逃生。當時旅大也被日軍占領。此後，沙俄逼清廷簽訂《旅大租地條約》。日俄戰爭後，此地又爲日本所有，終段氏去世之日都未收復。段氏回想起旅大脫離中國的歷史，感慨萬千，遂成此詩。此詩收入《正道居詩》、《正道居集》。

重來四十年，不禁悲與傷。子徵（註二）鎮金州（註三），薌林（註四）旅順（註五）王。（註六）

魯卿繼其後，毅軍（註七）屯其旁。甲午一戰後，（註八）相率去不遑。

旅大俄所租，（註九）專橫恃力強。比鄰偏鬥狠，促之走徬徨。

不及十年閒（註一〇），幾度荆棘場。白骨塚如山，表彰有一坊。（註一一）

當時豪傑士，已盡還北邙（註一二）。榮華浮雲去，大夢若黃粱（註一三）。

（陳嘉琳註）

註釋

一　旅大：旅順和大連的合稱，即今大連市，曾先後被俄國、日本占領。一九八一年二月九日，經大陸國務院批准，旅大市改稱大連市。

二　劉盛休（一八四〇～一九一六），字子徵，安徽合肥（今肥西）人。清末淮軍提督，曾率銘軍駐防大連。同治元年（一八六二），加入淮軍「銘字營」。光緒中葉，劉盛休統帶銘軍駐防金州大連（今大連市），補授南陽鎮總兵。先後修築大連海口、三山島、黃家山、徐家山、老龍頭礮臺十餘座。光緒二十年（一八九四），中日甲午戰爭爆發後，劉盛休率部扼守鴨綠江下游九連城一線。日軍進攻九連城東北清軍虎山陣地時，劉盛休抗命不至，拒絕赴援。虎山失守後，驚潰敗退，被撤銘軍統領之職。

三 金州：古代大連地區的行政區，金代始設金州縣，現爲遼寧省大連市下轄區。

四 劉含芳（一八四〇～一八九八），字薌林，安徽貴池人，曾屯旅順十一載。光緒七年（一八八一），奉李鴻章之命籌旅順、威海魚雷營、水雷營，修建水雷土船塢，組織修理「順利」輪。八年（一八八二），協助袁保齡旅順海防和港塢建設，任北洋前敵營務處兼旅順船務局總辦。任內積極輔助袁保齡設屯防營、修礮臺、設彈藥庫、開辦水雷、魚雷學堂和醫院等，把旅順打造成北洋海軍重鎮。一八八六年，袁保齡病重，劉含芳在李鴻章任命下主持旅順港塢工程局。中日甲午戰爭爆發後，駐師煙臺率領軍民嚴陣迎敵。光緒廿一年（一八九五）二月十七日，威海失守後，日軍向煙臺逼近，山東巡撫李秉衡勸其退往萊州，劉含芳則表示「巡撫大臣也，可去，某守土吏，去何之？今死此矣！」置毒藥於案上，與其妻冠服以待。廿二年（一八九六），隨宋慶重返旅順，收復失地，見北洋旅順軍港盡成廢墟，悲憤成疾，乞歸。後於安徽青陽病逝。

五 旅順：指旅順口區，隸屬於遼寧省大連市，位於遼寧東島最南端，原屬旅大市。光緒六年（一八八〇），在李鴻章經營下，成爲北洋水師艦隊的主要基地。

六 段氏此句下自註：「當時有此語。」

七 毅軍：清軍將領宋慶所部。同治元年（一八六二），安徽巡撫唐訓方裁臨淮軍，以三營歸記名總兵宋慶所統。因宋慶有毅勇巴圖魯的勇號，故稱毅軍。一八八二年，宋慶統毅軍徙防旅順。

八 光緒二十年（一八九四，農曆甲午年），日本以突襲清朝陸海軍的方式發起了第一次大規模侵華戰爭，史稱「甲午戰爭」，又稱「第一次中日戰爭」。是次戰爭以七月二十五日豐島海戰的爆發爲開端，以次年四月十七日中國戰敗，簽訂《馬關條約》告終。在甲午戰爭中，旅順曾被日軍攻占。日軍在旅順進行了四天三夜的大規模屠殺，史稱「旅順大屠殺」。

九 光緒二十四年（一八九八）三月二十七日，沙俄以干涉還遼有功爲由，逼使清廷簽訂《旅大租地條約》，規定沙俄租借軍港旅順口、商港大連灣二十五年。同年五月七日，再逼使清廷簽訂《旅大租地續約》。

一〇 閒：同間。

一一 日俄戰爭中，日軍統帥乃木希典「肉彈自殺戰術」，向俄軍發起數次總攻，以不計代價的方式攻下二〇三高地。戰爭結束後，乃木以二〇三高地的諧音，將此山改名爲「爾靈山」，並修建一座高十點三公尺、形似日式步槍子彈的紀念碑。此外，又在白玉山修建高六十六點八公尺的表忠塔，紀念日俄戰爭中在旅順戰死的日軍官兵。

一二 北邙：又名邙山，在今洛陽之北。漢魏以來，多爲三侯公卿葬地，故後泛指墓地或墳墓，在此亦借指墓地。〔晉〕陶淵明〈擬古〉其四：「一旦百歲後，相與還北邙。」

一三 典出〔唐〕沈既濟《枕中記》，盧生在邯鄲旅店住宿，倚枕而寐，發了一場享盡富貴榮華的美夢。醒來後發現一切如故，入睡前店主人煮下的小米飯還未熟，因而大徹大悟。後比喻寵達榮華如夢一場，短促虛幻，轉眼成空。

懷舊

解題

本詩與前詩作於同時，爲姊妹篇。前詩所描繪以戰亂爲主，本詩則著力講述日本自沙俄手中接管旅大後開發當地的狀況。日人參照俄國原來的規劃圖，進一步建設，不僅人口稠密、商業繁榮，軍備也充實。持日人管制的旅大與當時中國內地相比，差距甚大。詩中「君子求諸己，自問須返躬」兩句，意謂國人雖然痛恨日本，卻不能不捫心自問，有沒有如日人般團結一致、發憤圖強？然而仇日心態已形成，要國人以敵爲師，談何容易！標題雖是對往事的感懷，但作品卻也表達了對時局的態度。此詩收入《正道居詩》、《正道居集》。

大連設國防，柳樹屯（註一）居中。不才曾承乏，（註二）要塞分西東。
回首四十年，光景大不同。俄強租旅大，（註三）日勝執為功。（註四）

海壖仍俄舊，（註五）大興土木工。商業萃西岸，萬國梯航（註六）通。
向罕人迹到，今多百家叢。君子求諸己，自問須返躬（註七）。
旅順（註八）儲軍備，糾糾（註九）氣尚充。惜哉人我見，幻化（註一〇）豈云終。

（陳嘉琳註）

註釋

一　柳樹屯：位於大連灣。明代之際，因該地柳樹繁茂而得此地名，並一直沿用到清末。柳樹屯灣山形左右拱抱，東南面臨海灣，三山島屏障於前，灣中央有兩半島突伸灣中，左曰和尚島，右曰老龍島（今稱棉花島）。光緒六年（一八八〇），李鴻章以「大連灣距奉天金州三十里，係屬海汊並非海口，實扼北洋形勝，最宜灣泊多船」為由，上奏將旅順口打造成北洋海軍的軍港基地。一八八七年四月，劉盛休在柳樹屯與和尚島海岸線上修建了大連灣港口工程。在柳樹屯海邊興建了一座全鐵結構的棧橋，用於停靠各種船舶、兵員運輸、物資彈藥、糧食起卸等。

二　不才：沒有才能的人，對己之謙稱。承乏：任官的謙詞。《左傳．成公二年》：「敢告不敏，

三　攝官承乏。」光緒十三年（一八八七），作者段祺瑞從天津武備學堂炮科畢業後，曾被派往旅督建炮臺。

四　光緒廿四年（一八九八）三月二十七日，沙俄以干涉還遼有功爲由，逼使清廷簽訂《旅大租地條約》，規定沙俄租借軍港旅順口、商港大連灣二十五年。同年五月七日，沙俄再逼使清廷簽訂《旅大租地續約》。

五　光緒三十年（一九〇四）二月八日，日軍偷襲旅順口，日俄戰爭爆發。經過極其慘烈的一戰，日軍奪取旅順口軍港。

六　光緒廿三年（一八九七），沙俄強行把軍艦開進旅順口，並在青泥窪（大連市市中心的一條街道）開港建市。廿五年（一八九九）八月十一日，沙皇尼古拉二世發布有關建立自由港的敕令，將青泥窪改稱Дальний（達里尼），大連即其音譯。

七　梯航：水陸交通。〔明〕梁辰魚《浣紗記・治定》：「而今應受天王寵，看萬國梯航一旦通。」

八　返躬，同反躬。回頭來檢查自己的言行得失，自我檢束。《禮記・樂記》：「好惡無節於內，知誘於外，不能反躬，天理滅矣。」

九　旅順：指旅順口區，隸屬於遼寧省大連市，位於遼寧東島最南端，原屬旅大市。光緒六年（一八八〇），在李鴻章經營下，成爲北洋水師艦隊的主要基地。

一〇　糾糾：同赳赳，雄壯勇武的樣子。

一一　幻化：天地萬物變化。《列子・周穆王》：「窮數達變，因形移易者謂之化，謂之幻。造物者其巧妙，其功深，固難窮難終；因形者其巧顯，其功淺，故隨起隨滅。知幻化之不異生死也，始可與學幻矣。」

閔時

解題

段祺瑞憐憫世道之紛亂，因而作此〈閔時〉之詩。詩中先陳國內紛亂之現狀，並盼望能有豪傑之士出現，重振綱常，謀求經濟，開拓邊疆，進而使國家富強。此詩原刊於《遼東詩壇》第六十八期（民國二十年），正文無題，或以首句標之。後收入《正道居詩》、《正道居集》，方加今題。

禮義廉恥立，四維始能張。（註一）蕩然既已久，長此力爭強。（註二）

人民如芻狗，（註三）任意膏欃槍。（註四）沈淪汪洋裡，四顧何茫茫。

彼先惡果熟，如波觸岸亡。更有後浪逐，相繼恐不遑。（註五）

謂為磐石安，(註六)似須加考量。荷戈百萬眾，(註七)計口日充腸。(註八)
財源早閉塞，司農徒徬徨。(註九)百業俱凋敝，四民苦備嘗。
竭澤空撈月，(註一〇)舉國殆欲僵。(註一一)不戢且自焚，(註一二)明哲思預
防。(註一三)
逆取須順守，(註一四)名言堪頌揚。坦然功不朽，恃功殊自戕。(註一五)
古今何勝數？歷歷可參詳。深盼傑出士，獨立千仞岡。
無遺盡一覽，挈網在振綱。(註一六)紛更繭自縛，(註一七)定漢法三章。(註一八)
大信昭中外，(註一九)始有濟時方。先務交通復，裕國以便商。
互市為謀利，萬里通梯航。(註二〇)競爭目睽睽，(註二一)環伺肘腋旁。(註二二)
若非公理勝，豈肯容夜郎？(註二三)反躬求諸己，(註二四)何勞多雌黃？(註二五)
曠土尚及半，物阜盡寶藏。(註二六)拓殖行省建，(註二七)重鎮樹遐荒。(註二八)
邊實吾圉固，(註二九)公忠互勗勷。(註三〇)庶富教相承，(註三一)發揚我國光。
特惜併肩侶，議論悉堂皇。(註三二)樂成爭共慶，圖始堅低昂。(註三三)

爾我難相下，（註三四）幻化任滄桑。言甘偏充耳，（註三五）模棱蓄鋒鋩。（註三六）

民喦吁可畏，（註三七）平衡惟彼蒼。（註三八）

（林彥廷註）

註釋

一　四維：即禮、義、廉、恥四種立國之維綱。語出《管子・牧民》：「何謂四維？一曰禮，二曰義，三曰廉，四曰恥。」

二　長：增加、增進，音掌。

三　《老子・第五章》：「天地不仁，以萬物爲芻狗；聖人不仁，以百姓爲芻狗。」芻狗，古時祭祀用之草編狗形，用後即棄，故後用以譬喻輕賤之物。老子原意，乃指天地聖人平等對待萬物百姓如芻狗，段氏於此僅取輕賤物之意。

四　膏：動詞，塗抹潤澤之意。欃槍：本意爲彗星，此處借指武器。欃音讒。膏欃槍：指人民被武器殘害後，其脂膏塗抹在武器上。

五　不遑：無閒暇，沒有時間。

六　磐石：謂穩固之基礎。

七　荷：以肩膀扛著，音賀。

八　計口：計算人數。充腸：充饑。

九　司農：職官名。漢代九卿之一，主管錢糧。徒，平白、白白的。

一〇　竭澤：竭，乾涸。排盡河澤之水。

一一　殆：大概、恐怕。僵：跌倒、仰倒。

一二　戢：收斂，音輯。

一三　明哲：明智而深明事理的人。

一四　〔漢〕班固《漢書．陸賈傳》：「且湯武逆而以取順守之，文武並用，長久之術也。」謂雖不循正道以武取得天下，但應循常理正道，以文治理天下。

一五　殊：超過。自戕：自殺、自盡。戕音牆。

一六　挈網、振綱：要提起一張網，必須揑住網上的大繩。此語引申為振奮綱紀。

一七　紛更：紛亂變異。《史記．汲鄭列傳》：「何乃取高皇帝約束紛更之為？」繭自縛：作繭自縛，使自己陷入困境。此句指紛亂之世道，如同陷入困境。

一八　漢高祖劉邦（西元前二五六－前一九五）攻入秦都咸陽，廢除秦之嚴刑峻法，臨時制定「殺人者死，傷人及盜抵罪」三條法律，與民共守。史或稱「約法三章」。

一九　昭：使顯揚。

二〇　梯航：登山渡海之工具，謂水陸交通。

二一　睽睽：注目貌。

二二　伺：偵查，窺探。肘腋：手肘、腋窩，指最接近之處。多用於禍害之發生。

二三　〔漢〕班固《漢書・西南夷傳》：「滇王與漢使者言曰：『漢孰與我大？』及夜郎侯亦然。以道不通故，各自以爲一州主，不知漢廣大。」夜郎，西漢西南邊境西南夷部族國家。夜郎侯與滇王，因交通阻絕之故，不知漢帝國之幅員，乃向漢使詢問。後世則以夜郎比喻他人妄自尊大、不自量力。

二四　反躬：反過頭要求自己。

二五　雌黃：不顧眞相，隨口批評。

二六　物阜：阜，豐厚；物阜：物產豐隆。

二七　拓殖：開墾荒地，遷移人民居住。此句倒裝，當爲「拓殖建行省」。

二八　遐荒：偏遠之處。樹：建立。此句倒裝，當爲「遐荒樹重鎮」。

二九　邊實：實邊之倒裝，充實邊疆之意。圉：邊境，音與。此句倒裝，當爲「實邊固我圉」。

三〇　公忠：公正忠實。勗勷：幫助、輔佐，音框攘。

三一　相承：依次接連相續。教：使、讓。此句倒裝，當爲「相承教富庶」。

三二　悉：皆、都、全部。堂皇：氣勢宏偉貌。

三三　低昂：與世浮沉。

三四　爾：你。相下：相持不下。

三五　言甘：說話動聽，別有所圖。充耳：塞住耳朵。

三六　模棱：謂含糊、不確切之意見、主張。蓄：藏、儲存。鋒鋩：即鋒芒，刀、劍等兵器銳利之刃口或尖端。此句謂含糊不明確之主張中，暗藏危險。

三七 民碞：僭越失序之事，碞音岩。民碞即謂人民僭越。《書・召誥》：「用顧畏于民碞。」吁：語氣詞，表驚嘆，音虛。

三八 彼蒼：蒼天。《詩・秦風・黃鳥》：「彼蒼者天，殲我良人。」

達觀

解題

本詩寫作於段祺瑞晚年，表達了他對因果報應、倫常禮法、人世苦難和得失成敗的觀念及態度。「達觀」是一種通達、開闊、不拘於眼前的精神境界，在佛學中亦有提及，如蘇軾〈贈江州景德長老〉詩云：「白足高僧解達觀，安排春事滿幽欄。」開篇首先肯定了超然物外的心態和修身行善的價值，提出源於佛法的業因果報循環。再言眾生面臨的苦難，以八句爲一組，分述父母、夫妻、親子、兄弟的聚散離合。又以數個歷史典故，批判不忠不悌不孝的行爲，痛惜仁義道德與綱常倫理的失效和崩潰。而後著筆於民生之艱難困苦，對鰥寡孤獨的無依無靠之民寄予關切和同情。最後，段祺瑞有感於自身經歷，由現世問題引至如何擺脱對世間磨難的恐懼。首尾呼應，再提佛教的三世因果之説，以倡導敦厚向善、豁達開明的人生哲學。這首長詩所涉及的話題甚廣，涵蓋了歷史政治、個人情感和文化信仰，既能管窺段氏在官場沉浮和戎馬生涯中對功名利祿的反思，又能讀出他重視家國觀念和禮樂秩序的儒士心理，也能看到他悲天憫人的情懷和篤信佛教的修行。本詩先後收入《正道居詩》、《正道居集》。

人生最難得，（註一）佛家所歆羨。（註二）非愛娑婆世，（註三）證果捷如電。（註四）

立志超三界，（註五）豈分貴與賤。不亂在一心，左券可獨擅。（註六）

一朝功圓滿，遠勝天府彥。（註七）倘被情欲蔽，更難語性善。（註八）

締結恩怨債，輪迴任旋轉。羅致人羣中，（註九）畢生苦瞑眩。（註一〇）

自作隨身業，累世相糾纏。（註一一）雖有倫常樂，憂患時鍛鍊。（註一二）

堂前椿萱茂，（註一三）人子自歡忭。（註一四）仰觀鬢雪加，（註一五）心動色忽變。（註一六）

昊天罔極恩，（註一七）豈足金盤薦。（註一八）追遠民德厚，（註一九）所以資獎勸。（註二〇）

嬉戲繞膝下，撫育欣繾綣。（註二一）珍惜偏夭折，債償空眷戀。（註二二）
後先稍倒置，毀情動哀怨。不達譏西河，徒讀書萬卷。（註二三）
伉儷情彌篤，笑言無時倦。緣盡飄然去，頓違芙蓉面。（註二四）
兀坐仰屋思，（註二五）淚灑雙棲燕。（註二六）莊生鼓盆歌，（註二七）反復難定論。（註二八）
外侮警非常，（註二九）手足互相援。（註三〇）伯仲吹塤篪，（註三一）歡聲騰庭院。
鴒原忽興悲，（註三二）痛逾丁侯箭。（註三三）恪遵長幼序，書不絕經傳。
越禮非法為，古今豈罕見。據國不納父，蒯聵被子篡。（註三四）
謀蓋都君績，（註三五）欣欣喜自獻。（註三六）共叔請大邑，鄭莊任滋蔓。（註三七）
黃泉誓見母，（註三八）梟獍無少閒。（註三九）折枝待來春，（註四〇）魯桓泡影幻。（註四一）
凡不近人情，千古有遺恨。何況紊綱常，豈能邀天眷。（註四二）
豪富食方丈，（註四三）猶嫌未足願。貧乏號飢寒，（註四四）糟糠和雪嚥。（註四五）

居高且傲物，自大矜顯宦。（註四六）下走奔未遑，（註四七）不時招呵譴。（註四八）
尤哀無告民，（註四九）奚忍謂見慣。（註五〇）鰥夫悲淒涼，嫠婦淚雨霰。（註五一）
衰老孤無養，幼獨鮮顧盼。（註五二）造物何故爾，不寒而膽顫。（註五三）
前因後世果，相牽連一線。（註五四）祥殃由善惡，（註五五）誰復能逃遁。
既往誠難追，未來猶可諫。（註五六）已甚事莫為，存誠戒欺謾。（註五七）
加人一等者，克己行方便。（註五八）獨惜蚩蚩氓，偏以真為贋。（註五九）
一身叢百折，（註六〇）怨尤增煩悶。若自佛眼觀，（註六一）瞭然年億萬。（註六二）

（陸晨婕註）

註釋

一　人生：在六道中人道的生命。《雜阿含經》第十五：「佛告阿難：『人身比盲龜浮木還難得盲龜浮木，雖復差違，或復相得。愚癡凡夫漂流五趣，暫復人身，甚難於彼。所以者何？彼諸眾生不行其義、不行法、不行善、不行眞實，展轉殺害，強者凌弱，造無量惡故。是故，比丘！於四聖諦當未無間等者，當勤方便，起增上欲，學無間等。』」以盲龜浮木為喻，極言往生人道難得。

二　歆羨：即羨慕，歆，音欣。語出《詩・大雅・皇矣》：「帝謂文王：無然畔援，無然歆羨，誕先登於岸。」

三　娑婆（Sahā）世：佛教用語，即娑婆世界。指釋迦牟尼所教化之世界，有情眾生所在的大千世界，即我輩所處之世界。

四　證果：佛教用語，指證入果位，即以正智契合眞理，進入佛、菩薩、聲聞、緣覺等之果位。通過修行達致相應的境界之後，即為證果。「捷如電」指到來之快。此聯指佛家歆羨人道，並非耽戀娑婆世界，而是因為此處容易修成佛果。參《淨空法師法語》：「佛說六道眾生裡面人身最可貴，可貴在哪裡？人道的福報比不上天道，諸天的壽命長、福報大，為什麼說他不可貴，說我們人可貴？可貴的就是人容易覺悟。天人他的福報大，他有男女飲食之欲，他迷在五欲六塵上，不容易覺悟，這就是佛常講的所謂『富貴學道難』。三惡道太苦，他三餐飯都吃不飽，你叫他到這裡來聽經，到那裡念佛，他做不到，所謂『貧窮學道難』。人道在六道裡面是小康，既不是很富貴，三餐飯還能夠混得著，所以容易覺悟。」

五　三界：佛教用語，有情眾生存於三個領域，分別為欲界、色界、無色界。三界以須彌山為中心，代表不同的生命層次。

六　左券：即契約，古時契約用竹片做成，分左右兩片，左片即左券，後引申為有把握，如「穩操左券」、「左券在握」。本句即言不為塵世欲念所擾、超然物外，才能掌握好人生。

七　天府：天上的府邸，即天道。彥：賢士、能人。本句指天道眾生（即神仙）雖然幸福，但畢竟要輪迴。如果通過修行心性而功德圓滿、立地成佛，達到涅槃的境界，跳出六道輪迴，自然比往生天府更加可貴。

八　《圓覺經》云：「一切眾生，皆因淫欲而正性命。」此聯也就是說若被無明情欲之心所蒙蔽，就會輪轉於三界之中而不得解脫。一旦受情欲所左右，千方百計追逐不休，本初的善性就會迷失。

九　羅致：網羅、招致。

一〇　瞑眩：頭暈目眩。語出《書・說命上》：「若藥弗瞑眩，厥疾弗瘳。」此二句指芸芸眾生被困在善惡因果的輪迴循環之中難以脫身。佛教認爲，眾生前世的親友、仇敵，往往在今世扮演重要角色，以報恩、報怨。若不知三世因果，恩恩相報、怨怨相報，則受此業力牽引，在六道輪轉無休。最好當下清償彼此的恩怨，了斷之後才無牽掛，一心成佛。

一一　佛教將世間因果關係解釋爲業因和果報，善因會招致樂果，惡業會招致苦報，可以通過修行轉化。

一二　鍛：同鍛。此人世天倫雖樂，卻並不永久，時時受到憂患的煎熬。

一三　椿萱：椿木爲長壽之樹，故以此代稱父親，如「椿庭」、「大椿」，椿、萱合稱可代指父母，「椿萱並茂」即父母都健在。

一四　忭：音卞，高興、欣喜之貌。

一五　指父母年紀漸增，鬢髮也慢慢變得花白如雪。「仰觀」亦是子女面對父輩時合乎禮數的姿態。

一六　此二聯舉出第一種憂患，即父母老病。

一七　昊天：蒼天、天空。「昊天罔極」是言父母養育之恩廣大，欲報而無可報。語出《詩・小雅・蓼莪》：「父兮生我，母兮鞠我。……欲報之德，昊天罔極。」

一八　本句依舊在談孝道，指父母之恩無可比擬，彌足珍貴。〔宋〕蘇軾〈寓居定惠院之東有海棠〉：「自然富貴出天姿，不待金盤薦華屋。」

一九　語出《論語・學而》：「慎終追遠，民德歸厚。」父母之喪要盡禮節。祭祀祖先要虔誠，這樣才是有德行的社會。

二〇　獎勸：褒獎鼓勵。

二一　繾綣：音遣犬，情意深厚，互不分離之貌。此句開始言親子之情。

二二　佛教以爲子女爲己身前世的冤親債主，今世前來討債，債償則去。

二三　西河之譏指喪子之痛，〔北周〕庾信〈傷心賦〉：「未達東門之意，空懼西河之譏。」典出《史記・仲尼弟子列傳》，孔門弟子子夏到魏國西河講學，學貫詩書禮樂。兒子死後，他痛哭至失明。「徒讀書萬卷」，是指子夏再博學也無法挽回喪子之失。此處舉出第二種憂患，即子女夭殤。

二四　芙蓉面：《西京雜記》云卓文君面若芙蓉，後指美人面。此處言妻子去世，再也無法見其容貌。

二五　仰屋：仰視房樑或房頂，形容冥思苦想或無計可施。《後漢書・寒朗傳》：「及其歸舍，口雖不言，而仰屋竊歎。」〔宋〕王安石〈愛日〉：「含懷孰與語，仰屋思漢喟。」

二六　雙棲燕：燕子雙宿雙飛，亦是夫妻或愛侶的聯想。上句言仰屋，故見燕子。

二七　典出《莊子・至樂》，莊生在妻子過世後鼓盆而歌，因爲他認爲生死不過是形氣的聚散，如四時輪迴般自然，不必特意悲傷。

二八　指莊子喪妻鼓盆，看似超然通透，但內心是否眞的放得下則不得而知。此處舉出第三種憂患，即夫妻離散。

二九　外侮：外來的侵略。《詩・小雅・常棣》：「兄弟鬩于牆，外禦其侮。」

三〇　本聯開始談手足親情。詩中多次講到兄弟友愛或失和的內容，一是字面意思，聯繫日軍占領東三省的歷史背景，可推論亦指外敵環伺時同胞內部的團結和分裂。

三一　伯仲吹塤篪，指兄弟之間關係和睦。語出《詩・小雅・何人斯》：「伯氏吹塤，仲氏吹篪。」伯仲：兄弟中的老大和老二。塤：陶製樂器。國音薰，粵音喧。篪：音遲，竹製的八孔樂器，形似笛子。

三二　典出《詩・小雅・常棣》：「脊令在原，兄弟急難。」脊令即鶺鴒鳥，水鳥。〔漢〕鄭玄《毛詩箋》：「水鳥而今在原，失其常處，則飛則鳴，求其類，天性也。猶兄弟之於急難。」此句指兄弟落難尋求幫助。

三三　丁侯爲殷商諸侯，《太公金匱》記載，武王討紂，丁侯不朝，姜太公遂作丁侯畫像，每日以箭射畫，丁侯便患上重疾。丁侯起初不願臣服於周武，是顧念與商朝的關係，故此處丁侯箭之痛暗指由倫常秩序的崩潰導致的紛爭和痛苦。

三四　聵：原作膭，誤。蒯聵即春秋時期的衛（後）莊公。他是衛靈公的庶子，因謀害嫡母的事情敗露，被其父驅逐，逃至晉國，其子公孫輒被立爲衛出公，後來蒯聵又奪取了兒子的政權，最終被部下所殺。段詩對這類爭權奪利、父子手足相爭的歷史事件持批判態度，以下數句均是有關不孝不悌的典故。「聵」原書作「膭」，逕改。

三五　蓋：傾覆。都：於，作介詞用。君，指上古帝王虞舜。舜有牛羊倉廩，故稱君。

三六　舜的異母弟象傲慢無禮，不尊敬兄長，並與父母幾度試圖謀害舜。而舜始終恪守孝道和仁義，感化了三人。《孟子・萬章上》記載，象認爲陰謀都是自己策劃的，有據功自傲之態，故曰「欣欣喜自獻」。

三七　典出《左傳》之「鄭伯克段於鄢」。共叔段是鄭莊公的親弟弟，莊公即位後，偏愛幼子的母親武姜將京邑請求作爲段的封地，莊公應允。而莊公的孝順和寬容並沒有換來兄弟和睦，反而滋長了段的野心，段與母親合謀起兵叛亂，終被莊公鎭壓。滋蔓：生長蔓延，比喻禍患的滋長擴大。《左傳・隱公元年》記載，祭仲眼見共叔段擴充地盤，於是向鄭莊公進諫，希望早日抑制其坐大：「不如早爲之所，無使滋蔓。蔓，難圖也。蔓草猶不可除，況君之寵弟乎！」莊公卻故意放任，藉以養成其惡，最後一舉收拾。這自然非兄長所當爲。

三八　黃泉見母一事承接上句典故，莊公爲懲罰作爲共叔段叛亂內應的母親武姜，將其安置到城潁，發誓「不至黃泉，毋相見也」。後來莊公思念母親，遂在大夫潁考叔的提議下開鑿地道見黃色泉水，與母親相會。

三九　梟：食母的惡鳥。獍：音徑，食父的惡獸。梟獍即指不孝之人或忘恩負義的惡徒。閒：同間。無少間指沒有細小空隙，亦即毫無差別之意。本聯指責莊公之不孝，與禽獸之類沒有區別。

四〇　等來年春天再折花，意指錯失時機或事情落空。《左傳》記載魯桓公之妻文姜與兄長齊襄公通姦，而《東周列國志》謂文姜贈詩襄公曰：「桃有英，燁燁其靈，今茲不折，詎無來春？叮嚀兮復叮嚀！」詩中運用此典，恰與下文的「泡影」、「遺恨」呼應。

四一　魯桓公發現姦情後，竟被襄公派出的大臣公子彭生所殺。詩中拈出桓公之死，主要是點出這是桓公當初謀害兄長的報應。魯惠公的庶長子爲隱公，嫡長子爲桓公。惠公去世時，桓公年幼，於是先讓隱公上臺，等桓公成人之後再還政。隱公十一年，大夫羽父慫恿隱公除掉桓公，以免後患，但隱公卻無心侵奪桓公之位。羽父擔心桓公即位後清算，轉而向桓公謊稱隱公意圖不軌。於是桓公趁隱公造訪大臣蔿氏家中，命羽父把隱公弒殺，又嫁禍蔿氏，將之滅門。以上所舉，除蒯聵外，皆爲兄弟失和之事，可謂第四種憂患。

四二　棼：亂。上文諸多典故皆爲父子、兄弟、夫妻、君臣關係的失序和破裂，乃綱常倫理之禍亂，天地不容，故反問曰「豈能邀天眷」。

四三　方丈：一丈見方。吃飯時面前一丈見方的地方擺滿食物。形容吃的闊綽。《韓詩外傳》卷九：「今如結駟列騎，所安不過容膝；食方丈於前，所甘不過一肉。」

四四　號：音豪，哭嚎呼喊。

四五　糟糠：酒糟、米糠之類的粗劣食物。嚥：同咽。

四六　顯宦：職位顯赫的官吏。

四七　下走：走卒，供奔走役使的人。典出《漢書．蕭望之列傳》。未遑：未及，無暇顧及。

四八　呵譴：大聲斥責。〔南朝宋〕劉義慶《世說新語．尤悔》：「撞人觸岸，公初不呵譴。」此指底層平民常被欺壓，訴苦無門。

四九　無告民：無依無靠、有苦難訴之人。語出《孟子．梁惠王下》：「老而無妻曰鰥，老而無夫曰寡，老而無子曰獨，幼而無父曰孤。此四者，天下之窮民而無告者。」分別對應下四句。

五〇　奚：疑問代詞，同何、怎。此指不忍見到平民受苦。

五一　嫠婦：寡婦，嫠，音離。淚雨霰：淚如雨下之貌，霰，雪粒。〔宋〕蘇軾〈南華寺〉：「摳衣禮眞相，感動淚雨霰。」

五二　顧盼：此指看顧、照顧。

五三　本句承上啓下，面對人世間的孤苦表達了驚懼和不寒而慄，從而引出了佛教的苦難觀和因果觀。

五四　善惡業報之外，佛家又以過去、現在、未來三世立因果業感之理。以過去之業爲因，招感現在之果；以現在之業爲因，招感未來之果。

五五　祥殃：即福與禍。語出《書．伊訓》：「作善降之百祥，作不善降之百殃。」。

五六　諫：止、補救。本句化用自〔晉〕陶淵明〈歸去來辭〉：「悟已往之不諫，知來者之可追。」指過去已成定局，未來仍可把握。

五七　存誠：保持誠心。《易．乾卦》：「閑邪存其誠。」欺謾：欺騙。《漢書．宣帝紀》：「上計簿，具文而已，務爲欺謾，以避其課。」

五八　加人一等：學問才能超出常人者。語出《禮記．檀弓上》：「獻子加於人一等矣。」本句乃倡導謙遜溫和的態度。

五九　蚩蚩氓：敦厚老實又愚昧無知之人，語出《詩．衛風．氓》：「氓之蚩蚩，抱布貿絲。」指民眾常常被政治時事的表面蒙蔽，或意有所指。

六〇　叢：聚集。指人生總會經歷諸多坎坷波折。

六一　佛教五種眼，亦即肉眼、天眼、慧眼、法眼、佛眼。其中佛眼無事不聞、無事不見、無事不知、無事爲難、無所思維。一切法中，佛眼常照。如《大方等如來藏經》：「如是善男子！我以佛眼觀一切眾生，貪欲恚癡諸煩惱中，有如來智、如來眼、如來身，結加趺坐儼然不動。」此處呼應上文所說的三世因果觀。

六二　年億萬：此指時間的無盡永恆。末句正是點題「達觀」，即看待人生成敗和世間苦難時，不應拘於現時的得失，要以豁達通透的心態面對。

十勵篇

解題

此爲十篇組詩，前九首爲傳統儒家之修身處世之道，末篇爲佛家因果輪迴之語，此組詩蓋爲段氏晚年學佛，有感於心，揉合儒佛二家之論爲修身處世之語。《正道居詩》、《正道居集》皆有收錄。

一　勸學

讀書如農事，荒蕪有若無。地利未能盡，溫飽猶難圖。

學問不成就，終身便力奴。耕莘（註一）釣渭（註二）者，一出領中樞。

二　倫常

人貴靈萬物，（註三）大本在倫常。父嚴持禮教，子孝厥後昌。（註四）兄友弟須恭，（註五）怡怡滿庭堂（註六）。家齊身已修（註七），遠邇（註八）名自揚。

三　規婦

恭儉女之德，（註九）教婦由初來。是非絮絮語，長舌（註一〇）惹禍胎。（註一一）妯娌（註一二）雖異姓，（註一三）不容相疑猜。姻睦（註一四）鄰須和，中饋（註一五）令主裁。

四　存仁

求學原為己，（註一六）但期不違仁。（註一七）富貴浮雲去，（註一八）惟有德潤身（註一九）。

陋巷亦可樂，（註二〇）憂道不憂貧。（註二一）好惡雖異俗，自來各有真。

五　處世

律己須嚴厲，躬厚薄責人。（註二二）接物恆持恕（註二三），主信立此身。
過失誰能免，應予以自新。雖處汚濁世，不緇（註二四）豈染塵。

六　交游

交游須慎始（註二五），庶免悔後遲。勢利豈能久，驕吝宜遠之。（註二六）
道義深契合，切言相箴規。直諒多聞者，（註二七）何妨友兼師。

七　作人

富貴宜好禮，（註二八）艱難力勉為。勤儉遺澤厚，（註二九）見義務爭馳。（註三〇）
受益恆念及。施與隨忘之。遭遇雖隆盛，依然若平時。

八 出仕

選吏能民事（註三一），法度自森嚴。勤慎勿溺職，循良在清廉。有功皆可讓。任勞（註三二）不自謙。仕已無喜慍，（註三三）中正（註三四）以養恬（註三五）。

九 治道

孔子大同化，（註三六）覆載（註三七）盡包藏。親親而仁民，（註三八）由邇及遐荒。種族畛域泯，（註三九）無所爭威強。庶減刀兵劫（註四〇），救世功無量。願與五洲（註四一）士，加意參其詳。

十 因果

輪迴環無端，恩怨債分明。未生先造死，因果當權衡。（註四二）

善惡報不爽，非力所能爭。安養惟淨土，（註四三）要在一心誠。（註四四）

（陳玉衡註）

註釋

一　據《孟子．萬章上》，伊尹未遇湯時耕於莘國郊野，樂於堯舜之道。

二　據《史記．齊太公世家》，呂尚年老時，垂釣於渭水，與出獵之文王相遇。

三　《書．泰誓上》：「惟天地萬物父母，惟人萬物之靈。」意爲天地是萬物之父母，而人在萬物中最具靈性。

四　《周頌．雝》：「燕及皇天，克昌厥後。」意爲安及天下，興旺後嗣。

五　《史記．五帝本紀》：「舉八元，使布五教於四方：父義，母慈，兄友，弟恭，子孝，內平外成。」意爲舉高辛氏才子八人，使五常之教傳布於四方：父義，母慈，兄友，弟恭，子孝，在內安定諸侯國，在外順服夷狄。

六　《論語．子路》：「朋友切切偲偲，兄弟怡怡。」意爲朋友相互切磋和鼓勵，兄弟相處和睦。

七　《禮記．大學》：「心正而後身修，身修而後家齊。」心思端正，才能修養德性；修養德性，才能齊治家族。

八　邇：音爾，近。

九　《內訓》：「戒奢者，必先於節儉也。」意爲要戒除奢侈，必先做到節儉。

一〇　《詩．大雅．瞻卬》：「婦有長舌，維厲之階。」意爲婦人多言亂語，便逮災禍之階。

一一　《內訓》：「諺曰：『誾誾謇謇，匪石可轉；訑訑譞譞，烈火燎原。』」意爲諺語云人如果和悅而又正直地論道，則頑石亦感動而從正；人如果出言詆毀或多言，災禍則將如火燒平原，無可挽救。

一二　妯娌：音軸里，兄弟之妻相互之稱呼。

一三　《內訓》：「間以異姓，乃生乖別。」意爲不賢之婦視夫家的人爲異性，於是導致不和。

一四　《周禮．地官．大司徒》：「二曰六行：孝、友，睦、婣、任、恤。」鄭玄注：「睦，親於九族；婣，親於外親。」「睦」是指與宗族和睦，「婣」是指與外親親密。

一五　《易．家人卦》：「無攸遂，在中饋。」意爲婦人不可隨心所欲，要在家中主持飲食。

一六　《論語．憲問》：「子曰：『古之學者爲己，今之學者爲人。』」意爲孔子說古人學習是爲了修養自身，今人學習是爲了炫耀於人。

一七　《論語．里仁》：「君子無終食之間違仁，造次必於是，顛沛必於是。」意爲君子時刻不違反仁道，緊急時如是，顛沛時如是。

一八　《論語．述而》：「不義而富且貴，於我如浮雲。」意爲不道義之富貴，對我而言便如浮雲。

一九　《禮記·大學》：「富潤屋，德潤身，心廣體胖，故君子必誠其意。」意爲財富能修飾房屋，道德能修養身心，使之廣大寬平，體常舒泰，故君子必使自己的意念眞誠。

二〇　《論語·雍也》：「人不堪其憂，回也不改其樂。賢哉回也！」夫子讚揚顏回語，謂回在陋巷不勝其憂，而回則樂在其中。

二一　《論語·衛靈公》：「君子謀道不謀食。耕也，餒在其中矣；學也，祿在其中矣。君子憂道不憂貧。」意爲君子謀求治國之道而不謀糧食。耕田，有時還會捱餓；學道，卻可拿取俸給。君子只擔心沒學好道，不擔心貧窮。

二二　《論語·衛靈公》：「子曰：『躬自厚而薄責於人，則遠怨矣。』」意爲多責備自己，少責備別人，便可以避免怨恨。

二三　《論語·衛靈公》：「子曰：『其恕乎？己所不欲，勿施於人。』」意爲「孔子說：『那就是『恕』吧？自己不願意的，不要強加於人。』」

二四　《論語·陽貨》：「不曰白乎，涅而不緇。」意爲「沒聽說過潔白的東西嗎？染而不黑」。

二五　《禮記·經解》：「《易》曰：『君子愼始，差若毫釐，繆以千里。』」意爲「《易》曰：『君子行事，開始時必須謹愼，若做差絲毫，結果便會相差很遠。』」

二六　《論語·泰伯》：「子曰：『如有周公之才之美，使驕且吝，其餘不足觀也已。』」意爲孔子說一個人即使有周公一樣美好的才能，如果驕傲而吝嗇，就不值一提了。

二七　《論語·季氏》：「友直，友諒，友多聞，益矣。」意爲與正直的人爲友，與誠實的人爲友，與博聞的人爲友，有益處。

二八 《論語．學而》：「子曰：『可也。未若貧而樂，富而好禮者也。』」意爲孔子說不如貧窮而快樂，富而有涵養。

二九 〔清〕曾國藩〈與四弟書〉：「吾兄弟欲爲先人留遺澤，爲後人惜福，除卻勤儉二字，別無做法。」

三〇 《論語．爲政》：「見義而不爲，無勇也。」意爲遇到不合道義的事而不做，沒有勇。

三一 《孟子．滕文公上》：「孟子曰：『民事不可緩也。』」意爲百姓之事刻不容緩。

三二 《愼子．民雜》：「君臣之道，臣事事而君無事，君逸樂而臣任勞。」意爲臣治事而君不治事，君逸樂而臣不辭勞苦，是君臣之道。

三三 《論語．公冶長》：「令尹子文，三仕爲令尹，無喜色；三已之，無慍色。」意爲令尹子文三次出仕爲令尹，面無喜色；三次遭受罷免，面無怒色。

三四 《孟子．離婁上》：「胸中正，則眸子瞭焉。」意爲心胸正直，則眼眸瞭亮。

三五 《莊子．繕性》：「古之治道者，以恬養知；知生而無以知爲也，謂之以知養恬。」古時治道之人，以恬靜涵養智慧。智慧生成，卻不外用，稱之曰以智慧涵養恬靜。

三六 《禮記．禮運》：「是故謀閉而不興，盜竊亂賊而不作，故外戶而不閉，是謂大同。」意爲計謀不興起，盜竊和亂事不發生，人民門戶不閉，謂之「大同」。

三七 《禮記．中庸》：「天之所覆，地之所載。」意爲天之所覆蓋，地之所盛載。

三八 《孟子．盡心上》：「親親而仁民，仁民而愛物。」意爲親愛親人而仁愛百姓，仁愛百姓而愛惜萬物。

三九 《莊子・秋水》：「泛泛乎其若四方之無窮，其無所畛域。」意爲廣泛如四方之無窮，沒有限域。

四〇 〔宋〕慈受懷深禪師〈戒殺偈〉：「世上多殺生，遂有刀兵劫。」按：以上二句不見於《正道居詩》，而爲《正道居集》所增。註者嘗見一卷《正道居詩》，段氏以墨批補入此二句。

四一 五洲：《正道居詩》作「豪傑」。《正道居詩》段氏墨批已改爲「五洲」。

四二 因果：佛教語，即因緣果報。《涅槃經》：「善惡之報，如影隨形，三世因果，循環不失。」

四三 淨土：佛教語，指西方極樂世界。

四四 佛教有至誠心一語，指專至誠心之願往生之心。

八箴

解題

此爲八篇組詩，以儒家之德目爲題，亦有箴言勸善之意，唯撰作之年不可考。八首詩多用《論》、《孟》，亦化用史事，甚爲扎實。段氏於儒家傳統德目亦有一己之見解，不全然取信經籍。《正道居詩》、《正道居集》皆有收錄。

仁

悲則憫其苦，慈則憂其憂。（註一）惟有仁人者，兼賅（註二）無不周。
痛癢如身受，艱難借箸籌。（註三）蟲草不履踐，（註四）麟德（註五）無匹儔。

（註六）

義

是非有所在，不問親與疏。侃侃而直道，（註七）扶弱力強鋤。
身命猶不惜，奚暇計毀譽。辭曹歸漢去，（註八）大義凌太虛。（註九）

禮

長幼原有序，尊卑自分明。相見各以禮，循分務平衡。
過謙轉為僞，招損在驕盈。（註一〇）汎應難曲當，在我惟存誠。（註一一）

智

懸鏡照來物，畢肖泯紛更。（註一二）人各具表裡，才辯異忠誠。（註一三）
聆音且察理，（註一四）鑑貌辨衷情。環稽往事跡，無可逃論評。

孝

遵訓學不厭，名成便顯親。善體心常慰，啟齒先含嚬。（註一五）晨昏察安否，（註一六）餘事供八珍。（註一七）徹饌問所與，養志意諄諄。（註一八）瞽叟能厎豫，大舜誠聖人。（註一九）

弟

兄弟如手足，（註二〇）同體枝相連。（註二一）行坐序長幼，（註二二）少小自矜憐。家庭樂無閒，（註二三）軾轍學爭妍。（註二四）讓國飄然去，食薇首陽巔。（註二五）

忠

職責負一身，言行寡悔尤。（註二六）受託如己事，未成豈罷休。

縱使旁觀列，義在忍優柔。泣秦援楚覆，（註一七）佐漢復韓讎。（註一八）

信

請求人不厭，在己有權衡。一經唯諾後，毅然速踐行。
虛僞身難立，肯令世人輕。劍贈心早許，掛墓見真誠。（註一九）

（陳玉衡註）

註釋

一　《孟子・梁惠王下》：「樂民之樂者，民亦樂其樂；憂民之憂者，民亦憂其憂。樂以天下，憂以天下，然而不王者，未之有也。」意爲以百姓之憂愁爲一己之憂愁者，百姓亦以君上之憂爲己憂。若君上與天下之人同憂同樂，則可使天下歸服於君。此處憂其憂謂慈愛之人當與他人同憂。

二　兼賅：亦作兼該，各方面均完備之意。〔晉〕陳壽《三國志・魏書二・文帝紀》：「帝天資文藻，下筆成章，博聞彊識，才藝兼該。」

三　借箸籌：即借箸代籌之化用，以案上之筷子爲計算之簽籌，意即爲君上出謀劃策。〔漢〕司馬遷《史記・留侯世家》：「漢王方食，曰：『子房前！客有爲我計橈楚權者。』其以酈生語告，曰：『於子房何如？』良曰：『誰爲陛下畫此計者？陛下事去矣。』漢王曰：『何哉？』張良對曰：『臣請藉前箸爲大王籌之。』」漢三年，項羽圍劉邦於滎陽，漢軍乏食勢危，酈食其爲劉邦獻計以削弱楚國之權勢，張良聽後以箸代籌，詳析此計之七不可，劉邦因此取陳平之計以解滎陽之危。

四　履踐：履行實踐之意。古人言履踐多與禮樂連言之，如《白虎通・禮樂》：「禮樂者，何謂也？禮之爲言履也，可履踐而行樂者。」

五　麒麟爲仁獸，魯哀公十四年，西狩獲麟，孔子甚爲悲痛，以爲其道終窮。《公羊傳・哀公十四年》：「麟者，仁獸也。有王者則至，無王者則不至。」

六　匹儔：同類。〔晉〕陶潛〈遊斜川并序〉：「雖微左重秀，顧瞻無匹儔。」

七　侃侃：不畏言、剛直。〔唐〕柳宗元〈柳常侍行狀〉：「立誠之節，侃侃焉無所屈也。」直道，行正直之道。《論語・衛靈公》：「子曰：『吾之於人也，誰毀誰譽？如有所譽者，其有所試矣。斯民也，三代之所以直道而行也。』」

八　據〔晉〕陳壽《三國志・蜀書六・關羽傳》所載，建安五年，乃曹操袁紹官渡之戰之始，是時曹操擊潰徐州劉備，備遂投奔袁紹，關羽則被曹操所擒。袁紹命大將顏良攻白馬，曹軍莫之能禦，關羽感念曹操恩德，爲其披甲上陣，並斬殺顏良。後又爲曹操斬袁紹大將文醜，曹操甚爲欣賞關羽，多次封賞，然關羽甚重與劉備兄弟之情，遂掛印封金，辭別曹操，重歸劉備麾下。

九　淩：升上。太虛，一指玄妙深奧之理，一指天空，此處當爲後義。

一〇　驕盈，驕傲滿盈之意。《書．大禹謨》：「滿招損，謙受益。」又，《荀子．宥坐》：「孔子觀於魯桓公之廟，有欹器焉，孔子問於守廟者曰：『此爲何器？』守廟者曰：『此蓋爲宥坐之器』，孔子曰：『吾聞宥坐之器者，虛則欹，中則正，滿則覆。』孔子顧謂弟子曰：『注水焉。』弟子挹水而注之。中而正，滿而覆，虛而欹，孔子喟然而歎曰：『吁！惡有滿而不覆者哉！』子路曰：『敢問持滿有道乎？』孔子曰：『聰明聖知，守之以愚；功被天下，守之以讓；勇力撫世，守之以怯，富有四海，守之以謙：此所謂挹而損之之道也。』」孔子於宗廟見宥坐之器，其與弟子言，過滿則覆，以喻爲人之道不宜驕盈，需守之以謙遜。

一一　汎：亦作泛。〔宋〕朱熹《朱子語類．力行》：「學者若得胸中義理明，從此去量度事物，自然泛應曲當。」此語指若能洞明義理，則可泛應曲當，此言應對萬物，皆可恰當。作者此處言以禮應對各人難以恰當，謙滿之間難以平衡，唯有眞誠可合禮。

一二　畢肖：完全相像。〔清〕昭槤《嘯亭續錄．如意館》：「有繪士張宗蒼，以山水擅長，仿宋諸家，無不畢肖。」紛更，紛亂變更。〔漢〕司馬遷《史記．汲鄭列傳》：「非苦就行，放析就功，何乃取高皇帝約束紛更之爲？」

一三　才辯：亦作才辨，才智機辯。〔漢〕班固《漢書．列女傳》：「陳留董祀妻者，同郡蔡邕之女也，名琰，字文姬。博學有才辯，又妙於音律。」

一四　聆音察理：聆聽聲音語言以體察事理。〔明〕吳承恩《西遊記》：「我老孫，頗有龍伏虎的手段，翻江攪海的神通；見貌辨色，聆音察理。」

一五 含嚬：嚬音頻，皺眉。

一六 《禮記．曲禮》：凡爲人子之禮：冬溫而夏清，昏定而晨省，在醜夷不爭。」爲人子者，早上向父母請安，晚間服侍父母就寢。

一七 八珍，即八種珍貴之食物，《周禮．天官．膳夫》鄭玄注云：「珍謂『淳熬』、『淳母』、『炮豚』、『炮牂』、『擣珍』、『漬』、『熬』、『肝膋』也。」此處引申指以貴重之食物侍奉父母。

一八 諄諄：誠懇貌。《孟子．離婁上》：「曾子養曾晳，必有酒肉。將徹，必請所與。問有餘，必曰『有』。……若曾子，則可謂養志也。事親若曾子者，可也。」據此段《孟子》所載，曾子奉養其父，必具備酒肉，徹饌時必詢問父親剩下的飯菜給誰。若其父問是否仍有剩餘，必定答有。如果像曾子這樣侍奉父親，則可以說是順從親意。

一九 底豫：閩本、毛本、監本均作「底」，據阮元《校勘記》所言應作「厎豫」，厎即致，豫即樂。《孟子．離婁上》：「不得乎親，不可以爲人；不順乎親，不可以爲子。舜盡事親之道而瞽瞍厎豫，瞽瞍厎豫而天下化，瞽瞍厎豫而天下之爲父子者定，此之謂大孝。」此段指舜能盡事親之道，使其父高興，而使天下移風易俗，倫常大定，這就是大孝。

二〇 兄弟如手足，〔明〕羅貫中《三國演義．第十五回》：「卻說張飛拔劍要自刎，玄德向前抱住，奪劍擲地曰：『古人云：「兄弟如手足，妻子如衣服。衣服破，尚可縫；手足斷，安可續？」吾三人桃園結義，不求同生，但願同死。』」

二一 同體：一指同一形體，〔漢〕王充《論衡．物勢》：「人事有體，不可斷絕。以目視頭，頭不得不動；以手相足，足不得不搖。目與頭同形，手與足同體。」一指兄弟，〔唐〕房玄齡《晉書．陶瞻傳》：「夏至，殺斌。庾亮上疏曰：『斌雖醜惡，罪在難忍，然王憲有制，骨肉至親，親運刀鋸以刑同體，傷父母之恩，無惻隱之心，應加放黜，以懲暴虐。』亮表未至都，而夏病卒。」枝，亦通肢，《呂氏春秋．圜道》：「人之有形體四枝。」

一二 行坐，行走與坐定，引申爲平素之舉止。〔漢〕王充《論衡．卜筮》：「行坐不異意，出入不易情。」

一三 無閒，即無間。意指家庭之樂無窮，連綿不斷。

一四 軾轍，指宋蘇軾蘇轍兄弟二人，〔宋〕陳鵠《耆舊續聞》：「後又言：『昔仁宗策賢良歸，喜甚，曰：「吾今日又爲子孫得太平宰相兩人」。蓋軾、轍也，而殺之可乎！』」

一五 《史記．伯夷列傳》所載，伯夷叔齊二人乃孤竹君之子，孤竹君立叔齊，叔齊讓國於伯夷，伯夷不受，遂去，叔齊亦不肯爲君，亦逃走，故詩云「讓國飄然去」。後武王伐紂，天下宗周，夷齊二人恥食周粟，采薇而食，莫肯出仕，餓死首陽山上，故詩言「食薇首陽巔」，亦有兄弟情深之意。

一六 《論語．爲政》：「子曰：『多聞闕疑，愼言其餘，則寡尤；多見闕殆，愼行其餘，則寡悔。言寡尤，行寡悔，祿在其中矣。』」意即無論聽看均需謹愼行事，則可減少錯誤。

一七 據《左傳．定公四年》所載，伍員初與申包胥爲友，後伍子胥因家仇而流亡，遂與申包胥表明自己必會報復，而申包胥則言必興楚國。後伍子胥破楚，申包胥往乞秦師，秦王不許，後申包胥哭秦庭七日，秦王感於其誠，遂出兵相助。

二八 張良本爲韓人，其家五世相韓，後韓被秦滅，張良曾與刺客行刺秦王，唯誤中副車。後張良爲漢高祖劉邦之謀士，終平定天下，爲韓報仇。

二九 據《史記·吳太伯世家》所載，季札初使，拜訪徐君，徐君甚愛季札之劍，不敢言之於口。季札心知，但季札因出使上國，不能無劍，故未把劍贈於徐君。及季札還徐，惜徐君已死，於是解劍繫於徐君墓旁之樹，後人以此爲信之良事。

贈奚度青（註一）

解題

本詩是段氏贈予奚侗之作，勉勵其謹守清廉、謹慎、勤勉等當官之法，並提出公門修行比平民所得的益處更上百倍。《正道居詩》、《正道居集》皆有收錄。

三字清慎勤（註二）。循吏（註三）希代珍（註四）。公門（註五）行陰騭（註六）。千百倍（註七）平民。

（張桂琼註）

註釋

一　奚侗（一八七八～一九三九），字度青，安徽當塗人。清末附生（附學生員），畢業於日本明治大學，授法學士。辛亥革命期間，加入文學社團南社。民國建立後出任政府公職。抗戰初，舉家逃難回鄉。此後不再仕官，閉門寫作，著有《莊子補注》、《老子集解》等。其五弟奚倫（一八九六～？）為段氏四女式筠夫婿，二人於民國十五年（一九二六）成婚。

二　〔晉〕王隱《晉書．李秉》記載，司馬昭訓誡三長史，謂官員應當清廉、謹慎、勤勉。後世取「清慎勤」，以為官箴。

三　循吏：奉法循理的官吏。

四　希代珍：稀世珍寶。

五　公門：官府。

六　騭，音質。陰騭：同陰功、陰德，默默行善而不為人知的德行。

七　倍：比平民更有進益。承接上句，取「公門之中好修行」的意思，謂官府內辦事的人較為容易隨時行善助人，比平民更易於修成正果。

和均睎範孫逸塘（註一）

解題

本詩當作於段氏自臨時執政任上下野之後。當時段氏蟄居天津，修行佛法之餘，也時與友人、幕僚有詩歌唱酬。本詩所和之原作待考，但詩中體現出段氏以姜太公自勵之情。《正道居詩》、《正道居集》皆有收錄。

顏（註二）彭（註三）壽算命由天，人事胡能判後先。
皓首磻溪（註四）方發軔（註五），性天（註六）坦蕩且垂鞭。

（李小妮註）

註釋

一　和均：同「和韻」。《人間詞話》：「東坡〈水龍吟〉詠楊花，和均而似原唱；章質夫原唱而似和均，才之不可強也如是。」眎：同「視」。嚴修（一八六〇～一九二九），字範孫，號夢扶，別號偍屚生。直隸天津縣人。光緒九年進士，與張伯苓同爲南開系列學校的創始人，被稱爲「南開校父」。曾任貴州學政，其間捐資辦學，並奏請朝廷，要求廢除科舉，開辦經濟特科。戊戌變法失敗後，辭職回鄉興辦教育。日本考察歸來，被袁世凱聘爲直隸學務長，主持建立了天津模範小學、天河師範學堂、北洋師範學堂、直隸女子師範學堂、直隸高等法政學堂等校。光緒三十年（一九〇四）創辦南開中學，並在南開學校設立了嚴范孫獎學金。王揖唐（一八七七～一九四八），舊名志洋，字慎吾、什公，後更名賡，字一堂，號揖唐，筆名逸塘。安徽合肥人。光緒三十年進士，後留學日本，研習軍事。回國後，先後於清廷、袁世凱政府、段祺瑞政府、中華民國臨時政府及南京國民政府擔任職務。民國三十七年（一九四八），以「爲敵宣傳戰功，叛國親日，五次舉行治安強化運動，供敵糧食、金錢及其他物資，增強敵人實力」等罪名被槍決。著有《今傳是樓詩話》。

二　顏回（西元前五二一～前四八一），字子淵，又稱顏子、顏淵。春秋魯國人。孔子七十二門徒之首。《論語・雍也》：「哀公問：『弟子孰爲好學？』孔子對曰：『有顏回者好學，不遷怒，不貳過。不幸短命死矣，今也則亡，未聞好學者也。』」

三　彭祖：籛姓，名鏗，受封於彭。以享壽八百多歲著稱於世。《列子・力命》：「彭祖之智不出堯舜之上，而壽八百；顏淵之才不出眾人之下，而壽十八。」

四 呂尚：姜姓，呂氏，名尚，一說名望，字尚父，一說字子牙，又稱姜太公、姜子牙、太公望、呂望、尚父、師尚父。周文、武王尊拜爲師，西元前一〇四六年率兵大敗商軍於牧野，後被分封於齊。相傳呂尚八十三歲時垂釣磻溪，得遇文王。《韓詩外傳》卷八：「太公望少爲人壻，老而見去，屠牛朝歌，賃於棘津，釣於磻溪，文王舉而用之，封於齊。」磻，正道居諸集作皤，誤，茲改之。

五 軔：支住車輪，讓它不能轉動的木頭。發軔指拿掉支住車輪的木頭，使車子開始行動。引申指出發，借稱事情的開端。〈離騷〉：「朝發軔於蒼梧兮，夕余至乎縣圃；欲少留此靈瑣兮，日忽忽其將暮。」

六 猶天性：謂人得之於自然的本性。《禮記．中庸》：「天命之謂性。」

詠雪二首次(註一)某君韻

解題

本詩創作年代當與前作相近，詩中描繪的雪景及相隨的民生感嘆可與〈因雪記〉參看。所不同者，〈因雪記〉寫作時尚在執政任上，此時則下野隱居津門矣。其一末聯「閉門思寡過，善惡待天干」，蓋表達自己對過去所爲問心無愧之意。其二末聯「踰垣」一典，當指民國十五年（一九二六）四月鹿鍾麟率國民軍發動政變，段氏自北京逃回天津之事。而「薰穴」一典則自陳心跡，表示擔任臨時執政只是勉爲其難，原本無心大位之意。此二詩次韻原作未詳。《正道居詩》、《正道居集》皆有收錄。

瑞雪豐年兆，哀鴻(註二)轉弗安。眾生悲業(註三)積，我佛結緣難。

冬至陽生漸（註四），春回氣不寒。閉門思寡過（註五），善惡待天干。壓盡塵氛（註六）雪，元元（註七）可暫安。蜉蝣寧計暮（註八），松柏不知寒（註九）。赫赫（註一〇）消原易，嗷嗷哺益難。踰垣（註一一）非得已，薰穴（註一二）漫相干。

（李小妮註）

註釋

一　次韻：古代贈答詩中，依仿他人來詩的韻字次第作詩回贈。亦稱爲「步韻」。

二　哀鳴的鴻鴈。語本《詩．小雅．鴻鴈》：「鴻鴈于飛，哀鳴嗷嗷。」後比喻流離失所的災民。〔清〕洪昇《長生殿．第三十五齣》：「徵調千家，流離百室，哀鴻滿路悲戚，須早招徠，閭閻重見盈實。」

三　業（karma）：業力，佛教用語。指會產生苦樂果報的行為力量。〔南朝梁〕沈約〈佛記序〉：「分五道於人天，設重牢於厚地，各隨業力，的焉不差。」

四　《大戴禮記．夏小正》：「冬至，陽氣（至）始動，諸向生皆蒙蒙符矣。」

五　〔漢〕班固《漢書．趙尹韓張兩王傳》：「是日移病不聽事，因入臥傳舍，閉閤思過。」〔三國蜀〕諸葛亮〈黜來敏教〉：「自謂能以敦厲薄俗，帥之以義。今既不能，表退職，使閉門思愆。」

六　〔晉〕葛洪《抱朴子內篇》：「棄赫奕之朝華，避僨車之險路；吟嘯蒼崖之間，而萬物為塵氛。」〔南朝宋〕吳邁遠〈擬樂府四首．飛來雙白鵠〉：「可憐雙白鵠，雙雙絕塵氛。」

七　人民、百姓。《戰國策．秦一》：「今欲并天下，凌萬乘，詘敵國，制海內，子元元，臣諸侯，非兵不可！」

八　《淮南子．說林訓》：「蜉（游）〔蝣〕不食不飲，三日而死。」《爾雅翼》：「蜉蝣，朝生而暮死。」

九　《論語．子罕》：「子曰：『歲寒，然後知松柏之後彫也。』」

一〇　《爾雅．釋訓》：「赫赫、躍躍，迅也。」《莊子．田子方》：「至陰肅肅，至陽赫赫；肅肅出乎天，赫赫發乎地；兩者交通成和而物生焉，或為之紀而莫見其形。」

一一　踰垣：跳越短牆，逃跑。《孟子．滕文公下》：「段干木踰垣而辟之，泄柳閉門而不納，是皆已甚；迫，斯可以見矣。」《春秋左傳．僖公五年》：「及難，公使寺人披伐蒲。重耳曰：『君父之命不校。』乃徇曰：『校者，吾讎也。』踰垣而走。披斬其袪。遂出奔翟。」民國十五年（一九二六）四月九日，馮玉祥部下鹿鍾麟率國民軍發動政變，包圍臨時執政府，臨時執政段祺瑞等人逃到東交民巷。二十日，段祺瑞自北京逃回天津。所謂踰垣，當指此事。

〔二〕薰穴：比喻強迫他人做不願做的事情。《莊子・讓王》：「越人三世弒其君，王子搜患之，逃乎丹穴。而越國無君，求王子搜不得，從之丹穴。王子搜不肯出，越人薰之以艾。乘以玉輿。王子搜援綏登車，仰天而呼曰：『君乎君乎！獨不可以舍我乎！』」此句蓋表示自己原本無心大位，出任元首只是勉爲其難。

詩目・再續編

和伯行韻

解題

此為段氏與李經方唱和之作。李經方（一八五五～一九三四），字伯行，一字伯型，號端甫，安徽合肥人，為李鴻章六弟昭慶長子。後過繼予李鴻章為嗣子，長期為李鴻章擔任祕書、翻譯等職。民國後從事實業致富。李經方之弟經述，與段祺瑞為兒女親家。段氏隱居天津時，與李經方頗有往來，且時有詩歌贈答，惜經方詩作多已不存。李經方原詩登於《國聞週報》第四卷第三十一期（民國十六年），題為〈觀段芝泉執政與賓朋對弈有感〉，可知二人詩作大概都作於段氏辭去臨時執政之後。李氏之詩由觀棋聯想到古往今來的是非成敗，並對當時南北對峙的局面深表感嘆。而段詩則從李詩「運甓」及「天心」二語翻出新意，強調值此風雨飄搖之際，依然要寸陰是競、自強不息，蓋天道好還，福善禍淫，只有問心無愧，才能逃過冥冥中的懲誅。《正道居集》收錄此詩以下共十八首（此詩蓋為十八首中寫作年代最早者），皆不見於《正道居詩》及《正道居詩續集》，則《續集》刊印之時代下限，略可推知。此作後又收入錢仲聯《清詩紀事》，題爲〈和經方弈棋詩韻〉。

孜孜聞道惜分陰，（註一）國勢飄搖慮陸沉（註二）。
顛倒是非偏鼓舌，躊躇樞府（註三）費機心。
綱維一破那如昔，（註四）虞詐（註五）紛爭直到今。
惡貫滿盈（註六）終有報，難欺造物見嚴森（註七）。

附：李經方〈觀段芝泉執政與賓朋對弈有感〉

儼同運甓惜光陰，鎮日敲棋玉漏沉。代謝幾人稱國手，後先一著見天心。
漫爭黑白分疆界，轉瞬興亡即古今。局罷請君觀局外，縱橫南北氣蕭森。

（鄒靈璞註）

註釋

一　孜孜：勤勉貌。分陰：每一分光陰。

二　陸沉：比喻國土淪陷。〔南朝宋〕劉義慶《世說新語．輕詆》：「遂使神州陸沉，百年丘墟。」

三　樞府：指國家主要的軍政機構。

四　綱維：指固有的道德準則。光緒廿九年（一九〇三），吳佩孚在保定的北洋陸軍速成武備學堂學習，段祺瑞當時擔任總辦（校長），分屬吳氏師長。直皖戰後後，段祺瑞為使京畿免遭戰火，不得不下令停戰，辭職隱居天津，皖系從此一蹶不振。但段氏後來一直對吳佩孚進攻自己耿耿於懷，視為禮教大防的決堤。他曾對身邊人抱怨：「吳佩孚學問不錯，兵練得也不錯，學會打老師了。」如此觀之，此句蓋有所指。

五　虞：猜疑。詐：欺騙。《左傳．宣公十五年》：「我無爾詐，爾無我虞。」

六　惡貫滿盈：所作罪惡如繩貫錢，周遍滿溢。形容罪大惡極。《書．泰誓上》：「商罪貫盈，天命誅之。」

七　嚴森：嚴肅、周密。

可憐吟

解題

民國十二年（一九二三）以後，北洋政府經費短缺，中央官員自稱「災官」，士氣遭到嚴重打擊。官員如此，軍隊及百姓的窘況更不待言。此詩題爲〈可憐吟〉，表達了作者對當時官民的深切悲憫，並把責任指向主政者。詩中首先點出政府經費緊絀，瀕臨空轉，整個北京的官員都枵腹從公。士卒沒有軍餉，卻依然要在上司的驅使下參加內戰。民國十七年至二十年間（一九二八～一九三一），旱災、暴雪、蝗災相尋，華北及西北地區災民遍野。詩人繼而諷刺當政者空談誤國，喜好阿諛奉承，然後筆鋒一轉，開始反思、警醒自身：只要能提早覺悟，知過能改，便可保存良好名聲；只有自救才能救人，若有殘人自肥之念，最後還是會害及自身。此時正值北伐，蔣介石曾致函批評段氏當政之日「始終爲宵小所蔽」，此詩「喜諛知諛僞，有時忽自驚」二句所流露的反思，似乎是對蔣函的一種回應。此詩收入《正道居集》。

政府有若無，災官滿都城。（註一）商旅困長途，饑民（註二）不聊生。
荷戈（註三）兵待死，頭目怒雷霆。侈談不由衷，默坐頻轉睛。
喜諛知諛偽，（註四）有時忽自驚。猛省能早悟，豈不保令名。（註五）
救他還自救，傾人己並傾。

（黃君槫註）

註釋

一 災官：北洋政府官員自嘲之詞，與災民相對。此因政府財政困難，無法及時支付糧餉，只能枵腹從公之故。

二 此指民國十八年年饉的災民。這次年饉始於十七年（一九二八），災荒導致陝西、河南、甘肅多達數百萬人喪生。十七年甘肅歉收，十八年年初乾旱、年末暴雪，全年顆粒無收。十九年（一九三〇）夏，飛蝗蔽日，田中禾苗無存。

三 荷：音賀，擔舉。《詩．曹風．候人》：「荷戈與殳。」

四 諛：諂媚奉承。《荀子．修身篇》：「以不善和人者謂之諛。」

五　令名：美好聲譽。《左傳．子產說范宣子輕幣》：「僑聞君子長國家者，非無賄之患，而無令名之難。」意爲我聽聞領導國家和家族者，不會擔心沒有財物，而是害怕沒有好的名聲。

時局幻化感

解題

本詩爲段祺瑞感懷時局之作，當作於民國廿一年（一九三二）一二八事變之後。所謂幻化指天地萬物變化，段氏喜用以指涉歷史的滄桑，如〈懷舊〉「幻化豈云終」、〈閔時〉「幻化任滄桑」等皆是。而其所論時局主要分爲兩部分：一爲江西剿共戰爭，二爲中日淞滬戰爭，其間又以庚子拳亂爲參照映襯。民國六年（一九一七），孫中山發起護法運動，在廣州成立軍政府。他對國民黨進行改組，又採取「聯俄容共」政策，中共黨員可以個人身分加入國民黨。孫去世，國民黨內對中共態度分歧。北伐後，國民黨開始分共清黨，中共在各省迅速發展根據地。民國十九年（一九三〇）七月，中共紅軍一度占領湖南長沙及岳州，兵鋒直指南昌、武昌。國民政府朝野洶洶，引起蔣中正的重視。十月六日，中原大戰結束。蔣介石開始集中兵力進攻江西，對中共發動圍剿。圍剿戰爭前後五次，歷時四年，共殘部最後逃至陝北。段氏對中共一向抱有陳見，他曾在〈勸世篇〉中批評階級鬥爭思想道：「泰山與丘垤，自來有高卑。強壓令齊一，怪誕竟如斯。」段氏對於戰事的膠著、國府的策略錯誤頗爲痛惜。詩作中段，他更將剿共與義和團事件相較，認爲當時有李鴻章、劉坤一、張之洞等官員力挽頹勢，動亂方能平伏。詩作後段，他又對蔣介石安內攘外的政策有所微詞，認爲淞滬戰爭中，國軍的弱勢已暴露在日人之前。若一味安內而罔顧攘外，國家憂患只會加劇。此詩作於段氏移居上海前夕，但其抗日思想，由此詩可見一斑。此詩收入《正道居集》。

討赤檄文頒，（註一）中外目閃爍。（註二）兩道齊揚鑣，（註三）彼族（註四）悉驚愕。

直穿中州去，（註五）底定蘇與鄂。附和心恍惚，自然我結絡。（註六）

氣概陵一世，誰敢妄測度。（註七）為我所欲為，儻可償慾壑。（註八）

運之時又久，滿盤盡錯著。謀國不澈底，沉疴孰能藥。（註九）

取銷命令辭，誰肯甘示弱。（註一〇）不合公法理，修改任筆削。（註一一）

拳匪妄作為，三督獨謬謬。（註一二）八邦責言興，國脈賴寄托。（註一三）

阿諛工諂笑，不學貌寬博。豈惟事有損，適助紂為虐。（註一四）
眼界不凌空，暗室自摸索。開誠布公道，安用有策略。（註一五）
政府既已無，桀者競貪攫。廉恥江河下，愈覺不如昨。（註一六）
強弱既不倫，誰不懼侵掠。恆以力驕人，促之暗酬酢。（註一七）
遠交利近攻，（註一八）漁翁掀髯樂。（註一九）動意劃江治，似覺有斟酌。（註二〇）
便利悉與彼，先自受束縛。示無攻堅力，勢禁形已格。（註二一）
一時權宜計，彼自輕然諾。淞滬為所有，必定翻前約。（註二二）
既無足恃兵，疆土任開拓。棄甲曳兵去，瞬息千丈落。（註二三）
國事不堪言，居心又何若。治亂天所司，陽春自有腳。（註二四）

（陸晨婕註）

註釋

一　討赤檄文：指民國十九年（一九三〇）十一月三十日，蔣介石在顧維鈞任外交部長宣誓會上演講，提出「攘外必先安內」。次年七月二十三日（九一八事變前夕），又發布〈告全國同胞一致安內攘外〉一文，提出以保持國家的領土完整與獨立為優先，完成對日抗戰之戰略準備為最終目標。

二　閃爍：光線忽明忽暗、晃動不定，形容態度隱晦躲閃。

三　兩道：指國府派出陸軍、空軍分頭並進。鑣：馬口所銜鐵環，借指車馬。揚鑣分路指啓程上路。

四　彼族：指中共。

五　民國二十年（一九三一）七月，員長命令我擔任剿匪軍第四軍團總指揮，以第九師為基幹，再配置其他部隊；朱培德為第三軍團總指揮，以第八師為基幹，自河南出發前往江西參加第三次圍剿。

六　此聯指依附中共的百姓為求生存，不明大義（心恍惚），一旦國軍勝利，自然又會歸附（結絡）過來。

七　此聯指中共言論激烈高揚，但其用意卻難以揣測。

八　此聯指中共一直圖謀奪取政權。參〈觀世篇〉：「一旦政柄握，可以為欲為。」

九　此二聯指國府剿共計畫日久，在策略上卻每有錯著，難以救國。民國廿三年（一九三四），段氏接受《大公報》記者王芸生訪問時認爲：「現在中國無第一等人才，二等人才也很少，蔣先生是站在二等邊上的。就治軍論，蔣先生當然是個人才。」說起蔣歷時數年，將兵數十萬，江西紅軍卻仍未肅清，可見「中國事之難爲可知」。

一〇 此聯蓋指民國二十年十一月七日，中共在江西成立「中華蘇維埃共和國」，成爲國中之國。縱然國府要求其取消國號，然若不施以武力，不可能改變現狀。

一一 此聯蓋批評「中華蘇維埃共和國」另立規章制度，隨意刪削改定，與民國律法相悖。

一二 諤諤：直言不諱。庚子拳亂，兩江總督劉坤一、湖廣總督張之洞、兩廣總督李鴻章等商議爲保東南穩定，若北京失守而兩宮不測，當改建共和，由李鴻章擔任大總統。劉坤一、張之洞隨即邀約各國駐上海領事商訂《東南互保條約》。

一三 此聯謂八國聯軍以解救被困北京的各國外交官和傳教士爲名，攻入北京，向清廷施壓。南方幸得李鴻章、張之洞等人的舉措而保持穩定，國脈賴以維持。

一四 此二聯指庚子亂中，留京官員不學無術，對洋人的苛求多方容忍，不僅貽誤國事，更助長外人氣焰。

一五 此二聯繼續批評這些官員，沒有國際視野，面對洋人一籌莫展。

一六 此二聯謂兩宮西遷後，北京陷入無政府狀態，強梁者橫行搶掠，毫無廉恥。

一七 酬酢：筵席中賓主互相敬酒。引申爲交際應酬。此二聯謂聯軍勢力強大，令官民畏懼，遂與其暗通款曲。

一八 遠交近攻：此處指國府安內攘外的政策。

一九　此句指國共內戰，令日本坐收漁利。

二〇　民國廿一年（一九三二）初「一二八事變」後，中日淞滬戰爭爆發。一月二十九日，國民政府遷都洛陽，直至十二月一日才還都南京。段氏將此句比擬為古代的劃江而治，並對此表達了微言。

二一　勢禁形已格：為環境情勢牽制阻礙。語出《史記．孫子吳起傳》：「批亢擣虛，形格勢禁，則自為解耳。」此二聯中，段氏申發前說，認為國府遷都洛陽，影響了東南軍民的士氣，讓日人有機可乘，自身卻作繭自縛，為環境所牽阻，向敵人暴露了自身的虛弱。

二二　當年五五日，在英使斡旋下，中日雙方舉行停戰會議，簽訂《淞滬停戰協定》。整體而言，此協定對中國十分不利。此二聯中，段氏擔心日方簽約只是一時權宜，一旦勢力滲透淞滬地區，條約便會成為一紙空文。

二三　此二聯謂國軍沒有足夠的兵力禦侮，國土只會被日人鯨吞蠶食。

二四　陽春自有腳：讚揚官員的德政。語出〔五代〕王仁裕《開元天寶遺事．有腳陽春》：「宋璟愛民恤物，朝野歸美，時人咸謂璟為有腳陽春，言所至之處，如陽春煦物也。」艱困的局面，令段氏產生無力之感。他在此聯慨嘆，中國的治亂，冥冥中應有定數。美好的春天，總會回到華夏大地的。當然，詩中運用有腳陽春之典，也透露了段氏對國府官員的期許。這與前文對李鴻章、劉坤一、張之洞等人的讚許形成對比。

伯行枉詩且有頌不忘規之語次韻奉答

解題

此爲段氏與李經方唱和之作，然李氏原作待覓。此詩可與〈因雪記〉、〈詠雪〉二首參看。作者冒著春雪，在庭園中欣賞牡丹，卻依然心繫家國。他認爲治重症還須下猛藥，才能達致國泰民安。此詩《正道居集》有錄，後又收入錢仲聯《清詩紀事》。

披裘玩雪不知寒，庭角初春賞牡丹。
放眼天空觀自在，（註一）關心國勢敢辭難。
衆生且願同登岸（註二），滄海何憂既倒瀾（註三）。
砭痛契深瘳厥疾（註四），迴環三復（註五）竟忘餐。

（鄒靈璞註）

註釋

一 觀自在：觀音菩薩名號之一，來自梵語Avalokiteśvara，音譯「阿縛盧枳低濕伐邏」，由「觀」（Avalokita）和「自在」（iśvara）二字所合成，意爲眾生所見之主。本句借用此詞，謂仰觀天際，無不自在。

二 岸：即彼岸。登彼岸即悟道成佛、到達淨土之意。

三 既倒瀾：形容天下已經崩潰如像大洋上的狂濤。〔唐〕韓愈〈進學解〉：「障百川而東之，挽狂瀾於既倒。」

四 砭：音邊，古時用來治病的石針。契：刻。瘳：音抽，痊癒。《書．說命上》：「若藥弗瞑眩，厥疾弗瘳。」砭石深深刻入皮骨，產生痛感，才有康復的可能。謂治重症還須下猛藥。

五 三復：再三反覆誦讀。《論語．先進》：「南容三復白圭，孔子以其兄之子妻之。」何晏《集解》引孔安國曰：「南容讀詩至此，三反覆之，是其心慎言也。」

閔世

解題

段祺瑞雖被視爲軍閥勢力，但是人格正面，爲人嚴肅，即使身在官場，仍然保持清廉樸素，拒絕同流合污。這首〈閔世〉表面上是在呈現其時社會的亂象，實則是段氏對自身情操和道德價值的一種自述，並且明確表達自己的處世哲學。此詩以佛教和儒家的思想，呈現了其整體的哲學觀點。詩人從個人的成長到社會的現狀，深刻反思自身的交友和爲人之道。詩歌的後半段，詩人以諷刺和悲涼的筆調，細膩地表達了社會的弊病，並且對自己步入官場，淪爲政客，進入黨籍，熙熙攘攘見證了許多的人性冷暖。最後同時以象徵和寫實手法，表現了國家腐敗不堪的社會現狀。此詩收入《正道居集》。

天命之謂性，（註一）渾然皆天理。初生莫不善，無過於赤子。（註二）

漸長情欲動，念雜難自止。良心終不勝，一發墮邪侈。(註三)
農夫計衣食，終日勞耘耔。不教無學術，依依惟怙恃。(註四)
溺愛莫知惡，驕縱加無已。廣交不遠嫌，每納瓜田履。(註五)
匠心可獨運，方圓以循軌。搆思兼勞力(註六)，盡致逞其技。
遊目察所好，翻新爭一市。工偷料漸減，價廉相角抵。
善賈因多財，通都恆諦視。(註七)惟期利之溥，惡患遠萬里。
巨商富埒國，(註八)數見於歐美。大凡辭令善，溫雅文人似。
物罕便居奇，壟斷罔一比。(註九)損人不暇計，操慮或鄙俚。(註一〇)
四民分類別，(註一一)首列可貴士。備覽經傳籍，復羅百代史。
窮則善獨身，藜杖任徙倚。(註一二)一朝風雲會，致身宅百揆。(註一三)
膏澤被下民(註一四)，鼓腹歌欣喜。沉淪儻不遇，運同天地否。(註一五)
仰俯愧事蓄，難免為貧仕。抱關盡厥職，(註一六)守分斯可矣。
面目忽改觀，急欲拂衣起。營謀日不遑，(註一七)奔競若風駛。

漸流為政客，侈談無羞恥。更進列黨籍，堅持彼與此。
納污歛羣眾，附勢爭延企。(註一八)利用為前導，犧牲類糠粃。(註一九)
伐異幟鮮明，自詡森壁壘。嗟彼風不古，趨下心如水。(註二〇)
眾生遞相賊，(註二一)多世業積累。劫成戾氣鍾，茫茫伊胡底。(註二二)
擾攘已八年，綱紀如敝屣。(註二三)國儘空名道(註二四)，耆宿加鞭捶。
域中搜括盡，骨立已無髓。措大偏暴富，奪朱徒惡紫。(註二五)
殺人盈城野，凶暴逾封豕。(註二六)爭驅禽獸域，經訓等廢紙。
剝極況必復，(註二七)時考已密邇。(註二八)殘忍出常情，報豈隔世俟。
黃雀捕螳螂，童子一彈死。(註二九)因果影隨身，毀人適自毀。
恢恢有天網，安能恃譎詭。(註三〇)要知靈山法，(註三一)諸天悉傾耳。
慈悲示覺岸，(註三二)中自有玄旨。

(黃君榑註)

註釋

一　天命之謂性：語出《禮記．中庸》：「天命之謂性，率性之謂道，修道之謂教。」據傅佩榮的解釋，天所安排的就是我們的本性，我們按照自身本性處世，就是符合人生正途，而只要修養自身走上人生正途，就是我們所謂的教化。

二　無過於赤子。《大智度論》（*Mahāprajñāpāramitāśāstra*）：「愛念衆生，過於赤子故，無有惱心。」

三　邪侈：邪惡、奢泰，行動出乎範圍。《孟子．梁惠王上》：「苟無恆心，放辟邪侈，無不爲己。」

四　怙恃：意指依憑，後代指父母。《詩．小雅．蓼莪》：「無父何怙，無母何恃。」

五　每納瓜田履：意指經過瓜田不可彎腰提鞋，以此避免遭致無故的懷疑。〔三國魏〕曹植〈君子行〉：「君子防未然，不處嫌疑間；瓜田不納履，李下不正冠。」此句對應上句「廣交不遠嫌」，呈現自己的交友觀在一定程度上，更勝〈君子行〉中避免引起嫌疑的謹慎態度，展現自身正直而絕不避嫌的大氣心態。

六　搆思：搆同構，意指運用心思。〔唐〕李延壽《南史．王曇首傳》：「約制郊居賦，搆思積時，猶未都畢，示筠草。」

七　諦視：仔細察看。〔唐〕韓愈〈落齒〉：「人言齒之豁，左右驚諦視。」

八　埒：意指相等。〔清〕蒲松齡《聊齋志異》：「接第連阡者，皆畏勢，獻沃產。自此，富可埒國。」

九　罔：不。

一〇　鄙俚，意指粗俗。

一一　四民：意指中國自古對人民職業的總分類法，即士農工商。《穀梁傳．成公元年》：「古者有四民：有士民，有商民，有農民，有工民。夫甲，非人之所能爲也。丘作甲，非正也。」〔戰國〕荀子對此分類法進行補充修訂，《荀子．王制》將之先後順序界定爲「農士工商」。然而在詩人的探討中，理應是遵循古時「士農工商」的基本層次，後句有云：「首列可貴士。」

一二　藜杖：意指拄著以藜木製成的手杖。〔唐〕杜甫〈晦日尋崔戢李封詩〉：「杖藜復恣意，免値公與侯。」

一三　百揆：上古官名。《書．舜典》：「納於百揆，百揆時敘。」後指百官。〔南朝宋〕劉義慶《世說新語．賞譽》：「向使作令僕，足以儀刑百揆，朝廷用違其才耳！」

一四　膏澤：指恩惠。《孟子．離婁下》：「諫行言聽，膏澤下於民，有故而去則。」

一五　否：音痞，《周易》卦名，卦象爲上乾下坤。天之陽氣上升，地之陰氣下沉，兩氣互不交合，故萬物生養不得暢通，封閉淤塞，人道不通。

一六　厥：其。

一七　不遑：無暇，時間不足。《詩．小雅．小弁》：「心之憂矣，不遑假寐。」意思便是心中的憂慮而無暇休息。

一八　延企：延頸企足，意指急切盼望。〔三國魏〕曹植〈閒居賦〉：「登高丘以自延企，時薄暮而起雨。」

一九　糠粃：意指瑣碎而無用之物。〔南朝宋〕劉義慶《世說新語・排調》：「王因謂曰：『簸之揚之，糠秕在前。』范曰：『洮之汰之，沙礫在後。』」

二〇　心如水：心如止水，意指不再對外界事物產生情緒糾葛。〔唐〕白居易〈祭李侍郎文〉：「公獨何人，心如止水。」

二一　相賊：意指相互侵犯、妨害。〔漢〕王充《論衡・詰術》：「宅不宜其姓，姓與宅相賊，則疾病死亡，犯罪遇禍。」

二二　伊胡底：伊於胡底，對不好的現象的感慨，意指究竟要到什麼才可停止，代表後果不堪設想。《詩・小雅・小旻》：「我視謀猶，伊于胡底？」

二三　八載：從直皖戰後段氏下野算起。綱紀：見〈和伯行韻〉「綱維」註。

二四　空名道，〔晉〕陶淵明《雜詩》：「百年歸丘壟，用此空名道。」

二五　奪朱徒惡紫：惡紫奪朱，意指以邪勝正。古人認爲紫爲雜色，紅爲正色，惡紫奪朱便指異端取代正理。《論語・陽貨》：「惡紫之奪朱也；惡聲之亂雅樂也；惡利口之覆邦家者。」

二六　封豕：大豬。比喻貪暴者。

二七　剝、復爲《周易》中相對的兩卦，前者表示陰盛陽衰，後者表示陰極陽復。故稱盛衰、消長爲「剝復」。

二八　密邇：意指接近。〔晉〕陳壽《三國志・吳書・魯肅傳》：「邊境密邇，百姓未附。」

二九　黃雀捕螳螂，童子一彈死：來自典故「螳螂捕蟬，黃雀在後」，意指只解決眼前的問題或思考短途的利益，而缺乏思考之後的禍患。〔漢〕劉向《說苑．正諫》：「蟬高居悲鳴飲露，不知螳螂在其後也！螳螂委身曲附，欲取蟬，而不顧知黃雀在其傍也；黃雀延頸，欲啄螳螂，而不知彈丸在其下也！此三者皆務欲得其前利，而不顧其後之有患也。」

三〇　譎詭：意指怪誕多變。〔戰國〕宋玉〈高唐賦〉：「譎詭奇偉，不可究陳。」

三一　靈山法：釋迦佛與諸乘弟子聚在靈鷲山上，講演《法華經》的經義，在這個場合中是《法華經》重要精神演說的所在之地，因此「靈山法會」又成為該經意旨演說的象徵。

三二　覺岸：由迷惘而到覺悟的境界。〔明〕陳汝元《金蓮記．證果》：「與君永歸三寶，指覺岸以同登。」

持正義

解題

民國初年，國家財政不甚寬裕；袁世凱逝世後，頓失共主，地方割據，擁兵自重，各地稅收不願上繳，國庫空虛，致使中央各部會人員與軍警的薪餉不足，外交、教育等經費短缺。段祺瑞接任國務總理一職，面對這窘迫的局面，只好商借外債度過危機。而日本正值西原龜三擔任首相，藉由中國舉債的機會，爲消弭自《二十一條款》以來中國的仇日情緒，且欲透過借貸的關係控制中國，於是雙方簽訂了《西原借款》。朝野間對於段祺瑞向日本借款感到不解，有人認爲是爲了擴張段個人的軍備，以武力黨同伐異，也有人猜測段的舉措是想從中牟利。在這些流言蜚語中，段祺瑞都不爲所動，他自許是爲了國家的利益秉持公理正義而行，絕無中飽私囊。晚年閒居時，段氏作此詩以明志，並爲曹陸章三人抱屈。此詩收入《正道居集》。後曹汝霖出版回憶錄《一生之回憶》，書首陳孝威序中有迻錄此詩，《徐樹錚先生文集年譜合刊》亦有收載，而文字皆略有出入。此詩收入《正道居集》。

不佞持正義，（註一）十稔政潮裡。（註二）立意張四維，（註三）一往前（註四）如矢。（註五）

側目忌憚者，（註六）無詞可比擬。（註七）謂左右不善，（註八）信口相詬訾。（註九）

唱和聲嘈雜，（註一〇）一世胥風靡。（註一一）賣國曹陸章，（註一二）何嘗究所以。（註一三）

章我素遠隔，（註一四）何故謗未弭！（註一五）三君曾同學，（註一六）宮商聯角徵。（註一七）

休怪殃池魚，（註一八）只（註一九）因城門燬。歐戰我積弱，（註二〇）比隣恰染指。（註二一）

強哉陸不撓，（註二二）樽俎費脣齒，（註二三）撤回第五件，（註二四）智力已足使。

曹迭掌度支，（註二五）讕言騰薏苡。（註二六）貸債（註二七）乃通例，（註二八）胡

不諒人只？（註二九）

款皆十足交，絲毫未肥己。列邦所希有，誣蠛仍（註三〇）復爾。

忠恕固難喻，（註三一）甘以非為是。數雖百兆（註三二）零，案可考終始。（註三三）

參戰所收回（註三四），奚啻十倍蓰！（註三五）

（吳青樺註）

註釋

一　不佞：我，自謙之詞。

二　稔：年。政潮：政局的變化。

三　四維：指禮、義、廉、恥，爲人的四個準則。

四　前：陳序作「直」。

五　如矢：引申爲像箭一般的正直。《論語．衛靈公》：「子曰：『直哉史魚！邦有道，如矢；邦無道，如矢。』」

六　忌憚：顧忌。

七　比擬：比較。

八　不善：不好。

九　信口：隨意發言。詬：責備。呰：詆毀。

一〇　唱和：互相應和。嘈雜：形容聲音雜亂。

一一　胥：皆、全部。風靡：流行。

一二　指曹汝霖、陸宗輿和章宗祥。曹汝霖（一八七七～一九六六），字潤田，上海人，留學日本。歸國後在清廷擔任外交工作。民國成立後，受總統袁世凱任命為外交部次長，任內代表府方與日本簽署不利中國主權的《二十一條款》。在段祺瑞擔任國務總理期間，三次擔任交通總長一職，其中一次身兼財政總長。段祺瑞為籌措經費，派曹與日本簽訂《西原借款》，以山東、東北的鐵路、林業、礦業等資源作為抵押品。五四運動爆發，民眾視立場較為親日的曹汝霖、陸宗輿和章宗祥三人為賣國賊，並加以撻伐，而後三人被總統徐世昌免職，以平息眾怒。陸宗輿（一八七六～一九四一），字潤生，浙江海寧人，留學日本。歸國後追隨徐世昌任事，民國成立後，被指派為駐日大使，袁世凱病逝後，結束大使職務。段祺瑞任國務總理期間，出任幣制局總裁。此外，陸亦擔任為了使用《西原借款》所借資金而成立的中華匯業銀行之總經理一職。後因五四運動而解除公職。

一三　究：探究。所以：原故。

一四　章：指章宗祥（一八七九～一九六二），字仲和，浙江人，留學日本期間與曹汝霖結識。歸國後清廷賜進士出身，曾隨徐世昌赴任。民國初年，擔任總統府秘書並兼任法制局局長，後陸續擔任大理院院長、司法總長等職。袁世凱病逝後，章接任陸宗輿駐日公使職務。五四運動時，被激憤的學生毆傷。免職後，轉而從事實業方面的發展。

一五　弭：停止。

一六　因曹汝霖、陸宗輿和章宗祥三人皆留學日本，故稱三人爲同學。

一七　宮、商、角、徵爲古代五音，《周禮．春官．大師》：「皆文之以五聲：宮、商、角、徵、羽。」在此比喻曹、陸、章三人的關係就如同音律一樣緊密。

一八　殃池魚：指池魚之殃，無妄之災。

一九　只：陳序作「亦」。

二〇　歐戰：指一九一四至一九一九年發生的第一次世界大戰，又稱一戰，因爲主要戰場在歐洲，故因此得名。

二一　比隣：鄰居，在此指日本。

二二　此句陳序作「陸持節扶桑」。

二三　樽俎：原指食器，後引申爲外交之意。

二四　第五件，指日本提出的《二十一條款》中對我國最不利的第五號條款。件：陳序作「條」。

二五　曹：指曹汝霖。迭，更替。度支，財政。曹汝霖於段祺瑞一九一八年第三次組閣時，取代梁啓超兼任財政部長。

二六　讕言：流言蜚語。騰：挪移。薏苡：植物名，禾本科薏苡屬，果仁即薏仁，可食。該句語意爲掌管財政開支一職的曹汝霖，應該清楚知曉貸款的用途，但卻誣賴我段祺瑞收受賄賂，實屬薏苡之謗。典故出自〔南朝宋〕范曄《後漢書·馬援傳》。

二七　債：徐集作「借」。

二八　通例：常規。

二九　語出《詩·鄘風·柏舟》：「母也天只，不諒人只。」諒：相信。

三〇　仍：陳序、徐集作「乃」。

三一　忠恕，見《禮記·中庸》：「忠恕違道不遠，施諸己而不願，亦勿施於人。」。

三二　百兆：陳序作「一億」。

三三　案：指公務相關的記載，

三四　參戰：指參加第一次世界大戰。

三五　奚啻：豈只。倍蓰：倍爲一倍，蓰爲五倍，指數量很多。

讖占（註一）

解題

徐一士曾以徐彬彬之名在《正風半月刊》第十五期（民國二十四年）刊登〈凌霄漢閣筆記〉，其言云：「近日偶見報載段祺瑞七十一自詠律，謂之〈讖占〉。詩曰：（略）覽者罔不解頤，或曰，此正是『上將軍詩』耳。」由是可知此詩作於當年，時段氏已遷居滬上。次年，徐氏又以凌霄漢閣主的筆名在《實報半月刊》發表〈老段的片段〉一文，其言云：「段出身武人，且非如馮國璋、徐樹錚之有點讀書人的基礎，然而極喜作詩，聲律句法，完全不求甚解。如去春七十一歲自壽詩（略）凡稍研此道者罔不掩口，所謂短笛無腔，此之謂矣。『意氣沖霄漢』句，頗似五戲中之〈點絳唇〉首句『殺氣沖霄』，惜乎下句不是兒郎虎豹爾。『門生故吏』一聯，似有所指，而語意殊不能明。然而通觀全首亦有一長，即『氣盛』是也。此等詩非詩人之詩，亦非文人之詩，乃大人之詩。『大人之詩』粗而豪，清乾隆皇帝可云此派之大代表。……如此類句法，皆不失爲『老粗』口吻，而其嚼墨一噴，不事彫飾的勁兒，亦不失爲老氣橫秋的一格。」徐氏所言自有其理，然失之戲謔。段氏故去後，徐氏又作〈談段祺瑞〉一文，言語間稱譽較多，且指出「本非文人，不必以文人之文繩之」，更爲持平。此詩實爲段祺瑞誕辰時自我回顧、反思、勉勵之作，詩中自己雖有救世心，但既然沒能阻止戰亂，也就不能抵銷前世的惡業，託生淨土。此外，詩中也有對人心的感慨：所提攜的門生故吏，卻對自己多有辜負。此詩收入《正道居集》。

少年意氣沖霄漢，（註二）徒歎幾回列上臺。（註三）
德薄難挽已成劫，（註四）隨遇而安任去來。
門生故吏滿天下，與進豈能與退哉。（註五）
虔修未滅宿世業（註六），求生淨土往復回。（註七）

（唐甜甜註）

註釋

一　讖占：即占察讖，讖法之一，反思、悔悟過去的罪過，用來保證修成正果。

二　少年意氣：年輕時的遠大理想。〔宋〕王安石〈寄愼伯筠〉：「少年意氣強不羈，虎脇插翼白日飛。」

三　列上臺：在中央政府執掌大權。

四　德薄：泛指必備的能力不夠。《周易．繫辭下》：「德薄而位尊，知小而謀大，力小而任重，鮮不及矣。」劫，災難。梵文kalpa，印度宇宙觀認爲，宇宙發展過程可分爲若干特定時長的階段，即若干劫。一劫結束必有毀滅，故劫又引申爲災難義。

五　進、退：指出仕和退隱。意爲自己下野，但門生故吏仍在政壇。

六　宿：過去的，宿世，即前世。業：佛教語，梵文karma，具有一定善惡、必然帶來報應的行爲。

七　淨土：佛教語，梵文Kşetra，指清淨無惡的地方。這一聯意爲，今世的修行不足以減輕前世的業，故雖欲往生淨土，亦終將輪迴於人間。往：徐文作「徒」，非是。

饒舌僧（註一）

解題

此詩是刺世、警世之作。社會兵禍連綿，民不聊生，全由爭權奪利、良知盡喪之惡人造成。故詩人以饒舌僧的口吻，勸他們小心惡業過多，報應無窮。此詩收入《正道居集》。

浩劫徧宇內，識者徒悲傷。溫飽髓已竭，（註二）細民踐踏亡。
魔煞圖快意，（註三）罔知有善良。報復環無端，何世能清償。

（唐甜甜註）

註釋

一　饒舌：典出豐干和尚事。載（元）覺岸《釋氏稽古略》：「貞觀十七年，豐干雲遊，適閭丘胤來守臺州（……）問所從來，豐干曰：『天臺國清。』閭丘曰：『彼有賢達否？』豐干曰：『寒山文殊，拾得普賢，宜就見之。』閭丘見之三日，到寺訪豐干遺跡，謁寒山、拾得二大士，閭丘拜之，二士走曰：『豐干饒舌，彌陀不識，禮我何爲？』遁入巖穴，其穴自合。」豐干向不能覺悟之徒介紹高僧，是徒然的多話；然則段祺瑞或許認爲，自己勸誡作惡的軍閥政客向善，正是另一個豐干。（宋）普菴〈與萍鄉知縣法語〉：「僧眞了法，應不干塵。動靜體合眞如，舉措皆標心印。迷徒難化，隨事依黃葉止啼，豐干饒舌。」以豐干饒舌和黃葉止啼並舉，則豐干之言語可能也是方便法。

二　髓：骨髓，指生命力。

三　魔：梵文Māra，嗜殺者、阻礙善事者；煞：殺戮者，此處義同「魔」。指各路軍閥。

正道詠

解題

段祺瑞晚號正道居士、正道老人，所作結集、合編爲《正道居集》，可見「正道」實爲其人生之路徑、著述之要旨。「正道」一語屢見於先秦典籍。《禮記》云「上必明正道以道民」，《管子》云「如此則明塞於上，而治壅於下，正道捐棄，而邪事日長」，可見出在其字面意「正大道路」之外，亦暗含以此正道引導民眾之意。而「正道」亦是佛教用語，即八正道：正見、正思維、正念、正語、正業、正命、正精進及正定。「聖者正也，其道離偏邪，故曰正道」，意爲正眞之師道。段氏以「正道」自許，既體現其作爲民國大老、縱觀天下大事的格局，又是其作爲佛教徒，對修身養心的追求；誠可謂內外一貫矣。此詩收入《正道居集》。

太極分兩儀（註一）。道已先鴻蒙（註二）。重濁凝為地。清輕成蒼穹（註三）。

陰陽氣（註四）勃發。交錯互流通。萬類（註五）生不已。循環無始終。

顯隱人天別。莫明造化（註六）工。無可名而名（註七）。聖人為折衷（註八）。

治世（註九）興教化（註一〇）。善誘（註一一）啟愚矇（註一二）。性為道之體。瀰漫滿太空。

道為性之用（註一三）。不偏之謂中（註一四）。上下本一貫。何嘗有異同。

至誠參化育。天地與同功（註一五）。

（蔣之涵註）

註釋

一　《周易．繫辭上》：「易有太極，是生兩儀。」

二　鴻蒙：宇宙形成前的混沌狀態。《莊子．在宥》：「雲將東遊，過扶搖之枝而適遭鴻蒙。」（唐）成玄英疏：「鴻蒙，元氣也。」

三　《列子．天瑞》：「清輕者上爲天，濁重者下爲地。」

四　陰陽氣：指天地間化生萬物的二氣，《周易・繫辭上》：「陰陽不測之謂神。」

五　萬類：萬物。

六　造化：自然的創造者，亦指自然。《莊子・大宗師》：「今一以天地爲大鑪，以造化爲大冶，惡乎往而不可哉？」

七　語出《老子・第一章》：「道可道，非常道；名可名，非常名。無名天地之始，有名萬物之母。」

八　折衷：即折中，執其兩端而取其中，作調節事物的準則。〔漢〕司馬遷《史記・孔子世家》：「中國言六藝者折中於夫子，可謂至聖矣。」

九　治世：太平盛世。

一〇　〔漢〕毛亨傳、〔漢〕鄭玄箋、〔唐〕孔穎達疏《毛詩正義・周南・關雎・序》：「先王以是經夫婦、成孝敬、厚人倫、美教化、移風俗。」教化：政教風化。

一一　語出《論語・子罕》：「夫子循循然善誘人」，意謂循序漸進的誘導。

一二　愚矇：愚蠢無知者。

一三　《禮記・中庸》：「天命之謂性，率性之謂道。」意爲宇宙萬物的本性由天所賦予，遵循人性之自然，使其對於日用事物，皆能合於當然的規範，就是人生的當行之大道。而「體」、「用」是中國哲學的一對範疇，指本體和作用。「體」是內在的、本質的，「用」是外在的、表現的。這兩句詩的意思是，「性」是「道」的根本，而「道」是「性」的外在表現。

一四　〔宋〕朱熹《中庸章句》引〔宋〕程頤「不偏之謂中，不易之謂庸」解釋「中庸」，意謂不偏不倚就是「中」，不改變就是「庸」。

一五　語出《禮記．中庸》：「唯天下至誠，爲能盡其性；能盡其性，則能盡人之性；能盡人之性，則能盡物之性；能盡物之性，則可以贊天地之化育；可以贊天地之化育，則可以與天地參矣。」意謂唯有至誠之人，才能夠發揮其本性，且發揮眾人之本性，以至於萬物之本性，從而與天地一道化生、養育萬物。

觀世篇

解題

誠如段祺瑞在《正道居集》自序中所言，集中所收詩文皆「有關於世道人心者」。〈觀世篇〉對近代中國的內政外交自鴉片戰爭後所陷入的困頓局面，一方面抒發了自身的感嘆，一方面提出如何突破此一困境的方法。他認爲欲治國平亂，必須以儒家學說爲基礎。（註一）由〈觀世篇〉全文可知，段祺瑞受儒家的影響甚深。此外，段祺瑞的政治歷練亦使他觀察到左傾思想在中國境內蔚爲流行，其主因來自鴉片戰爭後，列強入侵對於民心士氣的打擊，時人亟欲尋求救國之方所致。〈觀世篇〉全文自大航海時代來臨，各國劃分殖民地寫起，中轉傳教士進入各國。傳教同時亦蒐集各地情資回報本國，作爲對外進行軍事發展的基礎，尾段對近代中國戰亂紛起導致的亂象進行檢討與提出建言。此詩收入《正道居集》。

世界獨立國，功利互趨馳。商戰為前驅，(註二)品式爭珍奇。
法制悉謹嚴，軍國民相隨。航行窮海角，拓土標旌旗。
同類相對峙，搜括已無遺。重洋越異域，互市為妙辭。(註三)
情意雖宛轉，言色不無疑。聱牙條約結，(註四)攸往彼咸宜。(註五)
附帶似輕易，禍患匪所思。傳教為善舉，教民為旁支。
興學謀生計，利誘爾蚩蚩。(註六)插足徧國中，纖細靡不知。
詳盡報本國，預作侵略資。(註七)庚子變非常，合縱以乘之。
八國擾畿輔，(註八)卅載事可追。主義在鐵血，(註九)抵死爭雄雌。
不明聖賢道，英雄世所推。俄之大彼得，(註一〇)長才誠不羈。
鐵路幾萬里，東亞亦橫彌。(註一一)法有拿破崙，全歐為之糜。(註一二)
威廉蹶不振，(註一三)而今更有誰。歐戰勝利者，都若帶箭麋。
民命不足惜，暴厲殊堪悲。悖天好生德，何處立根基。
攫拏出常情，(註一四)人豈弗鑒茲。隱忍近百年，幷未較毫氂。(註一五)

物腐蟲自生，國内若棼絲。(註一六)生活日漸高，貧富有等差。
學說因風起，傾慕馬克司。(註一七)工黨勢力眾，持論恆紛歧。
蘇俄刱共產，未免更支離。泰山與丘垤，(註一八)自來有高卑。
強壓令齊一，怪誕竟如斯。列邦應付難，心形已俱疲。
一般喜新彥，歐風爭欲窺。寓目皆至寶，無學辨醇疵。
糟粕偏滿載，歸來願實施。一旦政柄握，可以為欲為。
禮教掃地盡，效顰忍自欺。禍國為福國，殃民徒自私。
言行不自踐，戡亂且愆期。(註一九)運會周復始，衡明自有時。
孔子述堯舜，學易欽伏羲。憲章宗文武，大成萬世師。
無位稱素王，巍巍邁九嶷。(註二〇)明德講治術，大道一肩仔。(註二一)
隱居志修齊，治國振綱維。天下欲平治，虔誠尊宣尼。(註二二)
碧眼哲學士，此意已潛滋。(註二三)芸芸景仰久，傾心向日葵。
一鑪治大同，德澤遍天涯。

（萬圓芝註）

註釋

一　見〈觀世篇〉：「隱居志修齊。治國振綱維。天下欲平治。虔誠尊宣尼。」

二　前驅：意爲前導。《詩．衛風．伯兮》：「伯也執殳，爲王前驅。」

三　互市：通商。妙辭：美言。指列強遠道而來，以通商爲說，實際上是爲了搜刮財富。

四　聱牙：形容文詞艱澀難讀。聱音敖。〔唐〕韓愈〈進學解〉：「周〈誥〉殷〈盤〉，佶屈聱牙。」〔宋〕劉克莊〈歲晚書事〉詩之三：「幸然不識聱牙字，省得閑人載酒來。」

五　攸往：指利益。《易．益卦》：「利有攸往，利涉大川。」此句指不平等條約簽訂後，只有列強單方面獲利。

六　蚩蚩：無知貌。蚩音癡。見《詩．衛風．氓》：「氓之蚩蚩，抱布貿絲。」朱熹集傳：「蚩蚩，無知之貌。」

七　指西方教會在中國辦學，一方面以利益誘使青少年前來就學，一方面探聽中國虛實，爲列強日後的侵略作預備工作。

八　畿輔：京都附近的地方。畿，京畿；輔，三輔。見《南齊書．王融傳》：「若來之以文德，賜之以副書，漢家軌儀，重臨畿輔，司隸傳節，復入關河。」〔宋〕周密《齊東野語．景定彗星》：「戚畹嬖倖，遍居畿輔，借應奉之名，肆誅剝之虐。」《明史．英宗前紀》：「（正統元年正月）庚寅，發禁軍三萬人屯田畿輔。」

九　德意志帝國首任宰相俾斯麥（Otto von Bismarck），號稱「鐵血宰相」。「鐵」（Eisen）指鋒利的武器，「血」（Blut）指殘忍的戰爭。

一〇　大彼得，即沙皇彼得大帝。

一一　彌：廣大的意思。見〔晉〕孫綽〈游天臺山賦〉：「結根彌於華岱，直指高於九疑。」李善注引劉瓛《周易義》曰：「彌，廣也。」

一二　糜：毀壞之意，見〔漢〕王逸《九思・傷時》：「愍貞良兮遇害，將夭折兮碎糜。」〔晉〕潘岳〈西征賦〉：「投宮火而焦糜，從灰熛而俱滅。」〔南朝宋〕謝惠連〈祭古冢文〉：「几筵糜腐，俎豆傾低。」

一三　威廉：指德皇威廉二世（Wilhelm II），歐戰結束後退位，德意志帝國滅亡。

一四　拏攫：意指張牙舞爪。〔宋〕曾敏行《獨醒雜志》卷十：「隱隱見虬龍攫拏以去。」〔清〕歸莊〈題福源寺羅漢松〉詩：「大十二圍高難度，攫拏天際如虬龍。」〔清〕龔自珍〈能令公少年行〉：「名驚四海如雲龍，攫拏不定光影同。」

一五　毫氂：同毫釐。

一六　棼：音焚，紛亂、紊亂之意，棼絲指情勢紊亂如絲。棼絲一詞出自《左傳・隱公四年》：「臣聞以德和民，不聞以亂。以亂，猶治絲而棼之也。」。另〔晉〕葛洪《抱朴子・審舉》：「立之朝廷，則亂劇於棼絲，引用駑庸，以為黨援，而望風向草偃。」〔宋〕陸游〈寓嘆〉詩：「俗心浪自作棼絲，世事元知似弈棋。」皆可見。

一七　馬克司（Karl Marx, 1818-1883），今通譯馬克思，猶太裔德國學者，著名著作有《共產黨宣言》和《資本論》，被奉爲共產主義鼻祖。

一八　丘垤：指小山丘或小土堆。垤音迭。見《孟子．公孫丑上》：「泰山之於丘垤，河海之於行潦，類也。」〔晉〕葛洪《抱朴子．廣譬》：「山雖崩，猶峻於丘垤。」

一九　愆：音牽，超過。愆期，指誤期，失期。見《易．歸妹卦》：「歸妹愆期，遲歸有待。」《詩．衛風．氓》：「匪我愆期，子無良媒。」

二〇　九嶷亦作九疑，山名，據傳順地埋葬於此。九嶷山在今湖南寧遠縣。《山海經．海內經》：「南方蒼梧之丘，蒼梧之淵，其中有九嶷山，舜之所葬，在長沙零陵界中。」郭璞注：「其山九谿皆相似，故云『九疑』。」《史記．五帝本紀》：「（舜）葬於江南九疑，是爲零陵。」

二一　肩仔：即仔肩，責任之意。仔音姿。《詩．周頌．敬之》：「佛時仔肩，示我顯德行。」

二二　宣尼：指孔子。漢平帝元始元年追謚孔子爲褒成宣尼公，因此後人亦稱孔子爲宣尼。見《漢書．平帝紀》。

二三　指西方學者已開始理解、稱許儒家學說。

醒世

解題

本詩乃段祺瑞勸世之作。詩中以因果報應、地獄輪迴之說，勸人應多爲善舉，少行惡事。

此詩收入《正道居集》。

學佛日苦行，勇猛竭誠悃。（註一）刁狡肆情欲，（註二）暴戾恣強狠。（註三）

兩兩相比例，（註四）背馳殊懸遠。（註五）聖佛經傳訓，呼喚不復返。

良善固可欺，國法或逃遁。冥司監察嚴，（註六）一一載底本。（註七）

乖巧即奪福，賊人適自損。（註八）時至靡寬假，（註九）胡能徇哀懇？（註一〇）

顯惡見身報，（註一一）餘業豈息偃。（註一二）重者囚地獄，萬年無日烜。（註一三）

繩法七二司，(註一四)當罪若束捆。(註一五)即使入輪迴，(註一六)無異在籠圈。
畜類報之速，(註一七)轉人歲愈晚。(註一八)夙怨未清償，百代亦奇蹇。(註一九)
懷如行方便，(註二〇)行臥悉安穩。(註二一)

(林彥廷註)

註釋

一　竭：窮盡。誠悃：誠懇，悃音綑。
二　刁狡：機詐、狡猾。肆，放縱。
三　恣，放縱，音自。
四　比例：比照、對照。
五　懸遠：相距極遠。
六　冥司：陰間地府。
七　底本：此指陰間用以記載善惡之功過簿。
八　賊人：賊，傷害、殺害，音則。賊人即傷害他人。

九　靡：無、不。寬假：寬容原諒。
一〇　胡：何，怎麼。徇，謀求。哀懇：悲苦請求。
一一　見身報：現身報。現身，亦即即身，就此身軀而受報應之意。
一二　息偃：休止、停息。
一三　烜：照亮，音選。
一四　繩法：繩之以法，即以法制裁之意。七二司：治理陰間之神靈東嶽，下轄有七十二司，乃獎懲陽世善惡之執法機關。
一五　束捆：捆縛、綑綁。
一六　輪迴（saṃsāra）：佛教語。指眾生因未盡之業，而於六道（ṣad-gatyaḥ）——地獄道、畜生道、惡鬼道、人間道、阿修羅道、天道之間輪迴。
一七　謂受報應墮入畜生道之速度很快。
一八　指投胎為人之時刻越發延遲。
一九　奇：特別、非常。蹇：艱難、困苦。
二〇　懷：存有、抱著。方便：便利於人之事。全句指若存有與人方便之心。
二一　悉：皆、都、全部。

王采丞（註一）和余正道詠次答

解題

此篇以歷史爲材，且多慨時世，以論華夏之正道。詩作自堯舜起，而訖於當世，可見其綜貫古今、成就大業之雄心。詩作中雖亦有累語、牢騷語，卻仍以正道收結，不失題旨。此詩收入《正道居集》。王采丞和詩待覓。

唐虞（註二）繼薪傳，惟一執中道（註三）。三王（註四）奉行力，賴此傳國寶。
皇天本無親（註五），獲罪無所禱（註六）。善固由己積，業（註七）亦由己造。
仁人心惻惻（註八），徒手志空抱。正氣感天和，期君必壽考（註九）。
嗟彼賊民（註一〇）者，終難令名保。怨言騰霄漢，抨擊若杵擣。

惡貫時居滿（註一一），弔民（註一二）仰穹昊（註一三）。一柱堪擎天，詎（註一四）慮傾廣廈。
治國平天下（註一五），奚啻（註一六）安里社（註一七）。王道相成湯，稱揚有莘野（註一八）。
不學訟（註一九）盈庭，紛更（註二〇）造亂者。國計與民生，江河已日下。
就履偏削足（註二一），萬事付聊且（註二二）。標語成惡味，何嘗知典雅（註二三）。
揭開五經笥（註二四），聞見豈患寡。探本復正道，依然我華夏。

（蔣之涵註）

註釋

一　王采丞乃清末天津四大買辦之一王銘槐（一八四六～一九一八）次子，早年做過杭州胡慶餘堂坐辦，後於天津任銀行買辦。

二　唐：代稱唐帝堯。堯起初被封於陶，後遷於唐，故以「唐」代稱之。虞：代稱虞帝舜。舜國號「有虞」，故以「虞」代稱之。

三　語出《書・大禹謨》：「惟精惟一，允執厥中。」意謂要精心一意，誠懇地秉持其中正之道。

四　三王：夏、商、周三位君主。《孟子・告子下》：「五霸者，三王之罪人也。」趙岐注：「三王，夏禹、商湯、周文王是也。」一說爲夏禹、商湯、周武王。

五　《書・蔡仲之命》：「皇天無親，惟德是輔。」意謂上天公正無私，只幫助有德行的人。

六　《論語・八佾》：「獲罪於天，無所禱也。」意謂犯了滔天大罪，怎麼祈禱都沒有用。

七　業（karma）：又稱業力，有作、爲、行之意。業有善、惡，此處指惡業，意爲應受惡報的罪孽。

八　惻惻：悲痛。

九　壽考：高壽。

一〇　《孟子・離婁上》：「上無禮，下無學，賊民興，喪無日矣。」賊民：犯上作亂之民。

一一　語出《書・泰誓上》：「商罪貫盈，天命誅之」。意謂罪惡如繩貫錢，已周邊滿溢。

一二　《孟子・梁惠王下》：「誅其君，而弔其民，若時雨降，民大悅。」弔民，安撫百姓。

一三　穹昊：蒼穹。

一四　詎：音拒，豈，怎麼。

一五　《禮記・大學》：「物格而後知至，知至而後意誠，意誠而後心正，心正而後身脩，身脩而後家齊，家齊而後國治，國治而後天下平。」

一六　《呂氏春秋・當務》：「跖之徒問於跖曰：『盜有道乎？』跖曰：『奚啻其有道也？』」奚

啻：何止、豈但。啻：音赤。

一七 里社：里中祭祀土地神的地方，借指鄉里。《禮記·郊特牲》：「百家以上，則共立一社，今時里社是也。」

一八 莘野：指隱居之所。《孟子·萬章上》：「伊尹耕於有莘之野。」趙岐注：「有莘，國名。伊尹初隱之時，耕於有莘之國。」〔漢〕司馬遷《史記·殷本紀》載，伊尹想勸說成湯而沒有門路，就背著鍋和砧板，藉著論說烹調滋味的機會向成湯進言，助他成就王道。

一九 訟：音送，爭辯。

二〇 紛更：紛亂變易。

二一 典出《淮南子·說林訓》：「夫所以養而害所養，譬猶削足而適履，殺頭而便冠。」

二二 聊且：姑且、苟且。

二三 典雅：《墳典》、《雅頌》等上古經典，代指典籍。

二四 〔南朝宋〕范曄《後漢書·文苑列傳上》載，邊韶白天假寐，學生嘲笑他，他應對道，「腹便便，五經笥」，即言自己飽讀詩書。笥：音寺，方形竹器。

先賢詠

解題

本詩爲追懷李鴻章（一八二三～一九〇一）所作，以時間爲序，簡述其生平及與之相關的一系列與晚清存亡攸關的政治事件，高度讚譽了李鴻章的品格和功績。徐氏《一士類稿．談段祺瑞》迻錄此詩，又評曰：「雅有勁氣，亦未可以詩人之詩繩之（詩中敘李事，間有未盡諦處，無關宏旨），要見其對鄉先賢欽慕之意耳。段在職時之肯負責任，蓋有李氏之風。」李鴻章爲段祺瑞之鄉先賢，識其於早年，派其前往德國學習，有知遇之恩，故段氏終身感念，且以繼承其志業自許。其後段祺瑞與李家子弟多有往來，並結爲姻親。此詩大概創作於段氏遷居上海之後，時段氏年已老邁，而日人侵略漸甚，感時憶往，自然懷想起李鴻章，作詩詠懷了。此詩收入《正道居集》。

崑崙三幹脈（註一），吾皖居其中。江淮夾肥水，層巒起重重（註二）。

英賢應運起，蔚然閒氣（註三）鍾（註四）。肅毅（註五）天人姿，器識尤恢宏（註六）。

勛望（註七）誠燦爛，宛如萬丈虹。盛年入曾幕（註八），文正（註九）極推崇。

髮逆（註一〇）據白下（註一一），十三秋復冬（註一二）。分疆且不可，遣軍猶北攻（註一三）。

開科已取士，壇坫以爭雄（註一四）。公奮投筆起（註一五），淮將徵悤悤（註一六）。

移師當滬瀆（註一七），神速建奇功。一戰克大敵，中外咸靖恭（註一八）。

全蘇戡定後（註一九），撫綏（註二〇）攝旌庸（註二一）。助攻金陵復，鳥獸散羣凶（註二二）。

還師定中原，捻匪（註二三）無遺蹤。分軍靖秦隴（註二四），歸來戍遼東。

卅載鎮北洋（註二五），國際慶交融。甲午敗於日，失不盡在公（註二六）。

寅僚（註二七）不相能，未除芥蒂胸。力言戰不可，樞府（註二八）不相容。

已籌三千萬，意在添艨艟（註二九）。不圖柄政者，偏作林園供（註三〇）。

海軍突相遇，交綏（註三一）首大同（註三二）。損傷相伯仲，幾難判拙工（註三三）。
策畫設盡用，我力已倍充。勝負究誰屬，準情自明通。（註三四）
及至論成敗，集矢于厥躬（註三五）。繼起督兩粵，遠謫示恩隆（註三六）。
庚子拳亂（註三七）作，權貴靡從風。德使竟遇害，八國興兵戎（註三八）。
轉戰迫畿輔（註三九），無以挫其鋒。鑾輿俱西幸（註四〇），都城為之空。
聯軍客為主，洞穿乾清宮（註四一）。責難津津道，要脅更無窮。
仰面朝霄漢（註四二），氣餒陵華崧（註四三）。環顧海內士，樽俎誰折衝（註四四）。
五州所信仰，惟有李文忠（註四五）。國危而復安，深賴一老翁。

（陸晨婕註）

註釋

一　安徽境內有大別山、黃山、九華山和天柱山等山脈，皖西大別山區和江淮地區部分爲秦嶺褶皺系的東端。任美鍔《中國自然地理綱要》指出：「崑崙山至陝西秦嶺乃至安徽大別山一線，反映出明顯的緯向構造體系。」詩篇開首以安徽回溯「萬山之祖」、「龍脈始源」的崑崙，即有推崇李鴻章，並有承其衣缽之意。

二　此句描寫了李段二人的家鄉合肥的地理環境。合肥，亦稱合淝，《爾雅‧釋水》：「歸異出同流，肥。」東淝河（肥水）與南淝河（施水）同出於一山，又由南北向流入長江、淮河，兩水「歸異出同」，形成詩中所寫的「江淮夾肥水」。〔北魏〕酈道元《水經注》：「夏水保障，施合於肥，故曰合肥。」又因江淮丘陵地貌，與「層巒重重」的描寫一致。

三　閒：同間。「間氣」典出《太平御覽》卷三百六十引《春秋演孔圖》：「正氣爲帝，間氣爲臣，宮商爲姓，秀氣爲人。」

四　鍾：凝聚、集中。「間氣鍾」凝聚天地之間的靈氣，亦是借景譬人。

五　肅毅：李鴻章受封一等肅毅伯，病逝後追封一等肅毅侯。此句開始正面書寫李鴻章其人。

六　典出〔唐〕房玄齡等《晉書‧張華傳》：「器識宏曠，時人罕能測之。」贊其氣量見識。

七　語出《晉書‧謝安傳》：「是時桓沖既卒，荊江二州並缺，物論以玄勛望，宜以授之。」

八　此指道光二十五年（一八四五），年方廿二的李鴻章入京會試，以年家子（科舉時有年誼的後輩）身分入曾國藩門下。

九　文正：曾國藩謚號。

一〇　髮逆：指太平天國起義者。清朝剃頭留辮，而太平天國頒布「蓄髮令」，因此被蔑稱爲「髮逆」。此處代指太平天國運動。

一一　白下：南京的別稱。太平天國占據南京後，改名天京。

一二　洪秀全於咸豐三年（一八五三）占領南京，直至同治三年（一八六四）年覆亡，總共十一年。若從咸豐元年（一八五一）永安建制算起，則前後十三年餘。

一三　此聯指太平天國鼎盛時期不安於偏安一隅，計畫北伐西征。

一四　此句指太平天國實行科舉制度，並對清朝軍事進攻。壇坫，會盟的壇臺，《史記・魯仲連鄒陽列傳》：「桓公朝天下，會諸侯，曹子以一劍之任，枝桓公之心於壇坫之上。」

一五　投筆從戎，典出《後漢書・班超傳》，此指李鴻章咸豐十一年（一八六一）開始組建淮軍。

一六　怱怱，同匆匆。此句指李鴻章在匆忙間徵召兵將，組成淮軍。

一七　當：同擋。滬瀆：古水名，指吳淞江下游近海處（今黃浦江下游），代指上海。此處指同治元年（一八六二）李鴻章受任帶領淮軍守衛上海，抵擋太平軍第二次大規模進攻。

一八　李鴻章領淮軍到滬後，「盡改（湘軍）舊制，更仿夷軍」，裝備洋槍洋炮，同外國用僱傭軍（後爲常勝軍）進攻太平軍，初現外交手段。

一九　此指同治元二年（一八六三）淮軍同常勝軍收復蘇州一帶。《爾雅》：「勘，克也。」

二〇　撫纂：巡撫的職位。

二一　旌庸：表彰有功之人。（北周）庾信〈請功臣襲封表〉：「伏惟皇帝崇德旌庸，興亡繼絕。」

二二　此指同治三年（一八六四）淮軍攻克常州，又與湘軍合作剿滅太平天國，收復南京。

二三　捻匪即捻軍，是太平天國時期一支北方的農民起義軍，至同治七年（一八六八）徹底剿滅。

二四　秦嶺和隴山的並稱，今指陝西甘肅一帶。

二五　北洋：原指中國華北海疆，包括指渤海、黃海等。同治九年（一八七〇）十月，設三品北洋通商大臣，簡稱北洋大臣，由直隸總督李鴻章兼任，加欽差銜，籌辦洋務，處理有關外交、海防、關稅及官辦之兵工廠等事宜。直隸總督兼北洋大臣手握兵權，儼然一方諸侯，有人稱其「坐鎮北洋，遙執朝政」。其後，王文韶、榮祿、袁世凱等皆擔任過北洋大臣。此處指李鴻章於同治四年（一八六五）開始辦洋務，建北洋水師，至甲午戰爭共三十年。

二六　此句開始分析甲午戰敗之由。由於北洋海軍覆滅，李鴻章又赴日簽定《馬關條約》，因此遭受眾多指責，此段亦有爲其正名之意。

二七　寅僚：即同僚。寅，典出《書・皋陶謨》：「同寅協恭，和衷哉。」李鴻章政敵甚多，而以翁同龢、李鴻藻等人爲首。

二八　樞府：清朝時指軍機處，此二句暗指同僚互生嫌隙影響合作，政見分歧延誤戰情。

二九　艨艟：又稱蒙沖，是古代的一種具有攻擊力的快船，代指軍艦。

三〇　此二句指慈禧和奕譞挪用置辦軍艦的海軍軍費一事重修頤和園，據光緒朝太監王世龢《造陶廬日錄》記載「動款三千餘萬」。

三一　交綏：此處指交戰。

三二　首大同：剛開戰時實力相若。

三三　指中日海軍初交戰時不分伯仲，暗示失敗不能僅僅歸咎於北洋海軍。

三四　此四句謂若軍費未挪用至頤和園，北洋水師實力倍增，最後孰勝孰負，不言而喻。

三五　厥：其。躬：身體。此句喻指甲午慘敗的矛頭紛紛指向李鴻章。

三六　光緒廿六年（一九〇〇），李鴻章出任兩廣總督，被調離京城，因此稱「遠謫」。不久後爆發義和團運動，又將李鴻章調回北京善後。

三七　庚子年即一九〇〇年，庚子拳即義和團運動，也被西方國家稱爲「拳亂」（Boxer Rebellion）。

三八　光緒廿六年五月廿四日（西曆六月二十日），德國駐華公使克林德（Clemens Freiherr von Ketteler）遭槍擊身亡，進一步激化了華洋矛盾，最終導致八國聯軍進京。

三九　畿：京畿。畿輔，京城周圍地區。

四〇　鑾輿：天子車駕，代指天子。此處「西幸」指八國聯軍占領北京後，慈禧和光緒逃往西安避難。幸：天子駕臨。

四一　乾清宮乃紫禁城內廷正殿，此處代指紫禁城，喻指八國聯軍占領京城重地。

四二　霄漢：即雲霄天河，指天空，出自《後漢書·仲長統傳》：「如是，則可以陵霄漢，出宇宙之外矣。」亦有喻指京城附近或君主身邊，如〔唐〕杜牧〈書懷寄中朝往還〉詩：「霄漢幾多同學伴？可憐頭角盡卿材！」

四三　氣燄：指八國侵略軍的聲勢。陵：淩駕。華崧：華山和嵩山的合稱。

四四　樽俎分別爲盛酒、盛肉的器皿。「折衝樽俎」指不用武力在政治談判中取勝。典出《戰國策・齊策五》：「此臣之所謂比之堂上，禽將戶內，拔城於尊俎之間，折衝席上者也。」此處指庚子之亂後，李鴻章又一次代表清朝前去外交談判，簽訂《辛丑條約》。

四五 文忠：李鴻章諡號。

往事吟

解題

題中「往事」，指晚清各項逐步導致政局崩頽的事件。本詩以太平天國之亂起，描述至革命派崛起，說明政治動盪肇因已久，並反映段氏對時局的惋惜，以及政治取態。此詩收入《正道居集》。

國家興與衰，人才為轉移（註一）。商周國祚永，佐治稱呂伊（註二）。宰相須讀書（註三），意在宗宣尼（註四）。行義達其道（註五），推誠勿相欺（註六）。

章句有大儒，惜難一律窺。髮逆猖獗甚（註七），畿輔為之危。

戡亂曾胡李（註八），終朝羽檄馳（註九）。身在戎行裡（註一〇），舉止不忘規。
稍安數十載，充耳頌揚辭。隨班慶昇平（註一一），無非相諧嬉（註一二）。
文學諸大老，唱和韻矜奇（註一三）。自命為清流（註一四），濁者究是誰（註一五）。
官守言責在（註一六），立異費猜疑（註一七）。武功為陳跡（註一八），秉政講平治（註一九）。
籌策能貫澈（註二〇），放目六合彌（註二一）。元元歌鼓腹（註二二），且固吾藩籬（註二三）。
殊知徒專橫，內外相乖離（註二四）。購艦三千萬（註二五），林園供虛糜（註二六）。
國防未習聞（註二七），意氣益恣睢（註二八）。甲午勢必戰，堅確相主持。
養兵為衛國，責言重鞭笞（註二九）。北洋敵日本（註三〇），合肥一肩仔（註三一）。
其他廿二省（註三二），何嘗有所資。當局觀壁上（註三三），翹首捻斷髭（註三四）。
全體都麻木，和緩豈能醫。獨惜去不早，胡可相追隨。
失敗不負責，委為非職司。庚子復仇教（註三五），八國決雄雌。

親貴嘉其義（註三六），強悍猛熊羆（註三七）。三數賢輔佐（註三八），致身肝膽披（註三九）。

誇大僅一觸（註四〇），隨即撤殿帷（註四一）。責難嚴且厲，國幾不堪支。

舊都還須臾（註四二），氣概復訑訑（註四三）。舉國兼圻九（註四四），強半出八旗（註四五）。

造化神莫測，世事一局棋（註四六）。劇變出非常，運會似使為（註四七）。

歐化漸東侵，思潮隨蕃滋（註四八）。立憲請求再（註四九），待時尚遲遲。

造言生事輩，抵隙信口吹（註五〇）。滿籍騰達速（註五一），相形見參差（註五二）。

種族連類及（註五三），怨憤出譏訾（註五四）。游學既歸來（註五五），勞誨宜兼施（註五六）。

制軍優禮遇（註五七），不免驕縱之。人才為敗壞，尚復何所期。

不合中正道（註五八），好惡成偏私。爾時兩江督（註五九），亦謂道在斯。

依附出青雲（註六〇），無術何瑕疵。新還大司馬（註六一），郎中曾幾時（註六二）。

策畫有良弼（註六三），下士更可師（註六四）。沽名禮法外（註六五），造亂誠可悲。

不重威已去（註六六），無形解綱維（註六七）。青年經奬勵（註六八），狂妄豈自知（註六九）。

一往無忌憚（註七〇），異説足尋思（註七一）。終為辟所誤（註七二），紛紛入路歧。

邊鄙説革命（註七三），聞者若聾癡。從中廣傳播，遠推極四陲（註七四）。

附會惑民眾（註七五），民心失無遺（註七六）。締造千萬苦（註七七），立此太平基。

漸成崩頹勢（註七八），不堪手一麾（註七九）。造因由來久（註八〇），識者徒噫嘻（註八一）。

（張桂琼註）

註釋

一　〔清〕曾國藩《曾文正公治兵語錄・用人》：「今日所當講求，尤在用人一端。人材有轉移之道，有培養之方，有考察之法。」晚清京官處事退縮瑣屑，外官敷衍顢頇，積習成俗，致令官員但求無過，不思作爲，故謂轉移習俗，陶鑄人才。

二　佐治：協助治理。伊呂，伊尹、呂尙，二人分別輔佐商湯與周文王父子建立政權，俱爲輔國賢臣。

三　〔宋〕李燾《續資治通鑑長編》卷七記載，宋太祖初命宰相選定未有用過的年號，並取號乾德。乾德三年，太祖平蜀，得一臺刻有「乾德四年鑄」的舊鏡，於是詢問宰相原因。宰相未能回答，學士竇儀則指出前蜀後主王衍的年號爲乾德，舊鏡應爲前蜀乾德四年所鑄。故此，宋太祖趙匡胤以宰相學識不及學士，有感宰相宜任用讀書人。

四　宗：推尊、效法。宣尼，孔子的尊稱。〔漢〕班固《漢書・平帝紀》：「追謚孔子曰褒成宣尼公。」王先謙補注，謂錢大昭曰：「宣尼之號，始見於此。」（《漢書補注》）

五　《論語・季氏》：「隱居以求其志，行義以達其道。」謂隱遁幽居以求遂志，好行義事以達成仁道。

六　〔宋〕林逋《省心錄》：「推誠而不欺」，謂眞誠相待，不欺瞞他人。

七　髮逆：清廷對太平軍的貶稱。太平天國頒布《紹天福朱緜天福陸告四方士民亟早投誠各安生業誨諭》，要求民眾蓄鬚留髮，故清廷稱太平軍「髮逆」或「長毛」。猖獗：放肆、膽大妄爲。

八　戡：音堪。戡亂，平定叛亂。曾胡李，即曾國藩、胡林翼、李鴻章，湘軍的主要人物，平定太平天國。

九　羽檄：插以鳥羽的軍事文書，以示文書緊急，須從速傳遞。馳：車馬疾走，「羽檄馳」比喻軍情緊急。

一〇　戎行：軍隊。

一一　隨班：按官位的等級位次，入朝供奉。昇平，太平。

一二　諧嬉：詼諧、嬉戲。

一三　矜奇：誇耀奇特、炫耀新奇。晚清詩界革命提倡接受新學，以外來事物爲創作內容，黃遵憲爲其先導人物，其〈酬曾重伯編修〉其二云：「風雅不亡由善作，光豐之後益矜奇」，提倡變化，指「矜奇」爲道光、咸豐（或鴉片戰爭）以後的風尚。

一四　清流：清澈的水流，比喻品性清高的名士，謂晚清清流黨。清流黨，又稱清流派，晚清朝廷內部形成的政治派別，重視名教理學，標榜名節，主要人物有李鴻藻、張之洞、張佩綸等。

一五　濁者：謂濁流，混濁的水流，比喻品性低劣的人；相對於前句「清流」而言。〔清〕吳汝綸〈與陳右銘方伯〉：「近來世議，以罵洋務爲清流，以辦洋務爲濁流。」（《吳汝綸尺牘》）謂時人視洋務派爲濁流。洋務派，以李鴻章爲首，不論人品氣節，注重實利，與清流派不合。

一六　官守：爲官者應守的本分。言責：獻言之責，尤指諫諍之官。

一七　立異：抱持與他人不同的意見或態度。唐振常〈縱貫橫通論晚清——石泉《甲午戰爭前三十年間晚清政局概觀》書後〉：「清流黨為局外人，局外人危言高論，立異以為高，說來輕鬆，造成風氣……」（《唐振常文集》）謂清流黨好為高論，立異鳴高。

一八　武功：軍事上的成就、功績。陳跡：過往的事跡。

一九　平治：平定治理。

二〇　籌策：籌畫計策，謂「海防大籌議」。清廷分別於同治十三年（一八七四）、光緒十一年（一八八五），上諭軍機大臣就海防建設詳細籌議，史稱「海防大籌議」。第一次「海防大籌議」起因於同年日本侵臺時件，清廷亟欲整頓海防，飭令李鴻章、李宗羲、沈葆楨、都興阿、李鶴年、李瀚章、英翰、張兆棟、文彬、吳元炳、裕祿、楊昌浚、劉坤一、王凱泰、王文韶，就練兵、簡器、造船、籌餉、用人、持久等項籌議。第二次「海防大籌議」又稱「乙酉籌議」，起因於光緒九至十年（一八八三至一八八四年）中法戰爭，是次籌議以大治水師之主，上諭著李鴻章、左宗棠、彭玉麟、穆圖善、曾國荃、張之洞、楊昌浚，就增拓船廠、安設炮臺、精造槍械、遴選將才、籌畫經費等各抒己見，確切籌議。兩次籌議均不乏務實之見，惟朝中守舊派抨擊、財政匱乏等問題，以致籌議落實未如理想。貫徹：即貫徹，謂貫徹實踐籌策。

二一　《禮記．中庸》：「放之則彌六合。」謂把中庸之道舒展開來，可充滿整個宇宙。此處謂籌策貫徹，可充滿整個宇宙。

二二　元元：人民。鼓腹：擊腹代鼓，以配合歌曲的節奏。

一三　藩籬：邊界，音凡厘。

一四　乖離：背離、分離。

一五　三千萬：謂晚清海軍衙門經費，用以購買鐵艦。

一六　林園：花木林立的庭園，謂頤和園。虛糜：浪費，謂慈禧太后挪用海軍經費，修築頤和園的傳聞。說法初出自梁啓超〈論中國自取瓜分之由〉：「自馬江戰敗後，戒於外患，群臣競奏請練海軍，備款三千萬……當海軍初興，而頤和園之工程大起，舉所籌之款，盡數以充土木之用。」（《飲冰室合集．文集之四》）但此說仍具爭議，歷史學界仍未有共識。

一七　習聞：經常聽聞。

一八　恣睢：暴橫、放縱，音資雖。

一九　責言：責備的話。重：每每、屢次，音仲。鞭笞：笞音癡。

三〇　當時有輿論指甲午戰爭是李鴻章一人與日本作戰，清廷其他官員皆在袖手旁觀，伺機羅織李氏罪名。如李鴻章幕僚周馥云：「且謂李鴻章明知北洋一隅，不敵日本一國之力，且一切皆未預備，何能出師？第彼時非北洋所能主持。李鴻章若言不能戰，則眾唾交集矣。任事之難如此。」

三一　肩仔：即仔肩，擔當責任。甲午戰爭中，李鴻章時任北洋大臣，多任用合肥的官員（同鄉），主理戰事，如葉志超、聶士成、丁汝昌、張文宣等；段氏亦爲參與甲午戰爭的合肥官員之一。

三二　廿二省：清有普通行政區共十八省（直隸、山東、山西、河南、江蘇、安徽、江西、浙江、福建、湖北、湖南、陝西、甘肅、四川、廣東、廣西、雲南、貴州），光緒時新增臺灣、新疆、盛京、吉林、黑龍江爲行省，即廿三省，故段氏「廿二省」說即撇除合肥所處的安徽省而言，而非一八九五年清廷割讓臺灣予日本後，所餘下的廿二省。

三三　觀壁上：即壁上觀，在營壘（軍營及其周圍的防禦建築）上，觀看他人交戰，比喻坐觀成敗，兩不相幫。

三四　〔唐〕盧延讓〈苦吟〉：「吟安一個字，捻斷數莖鬚。」借指冷眼旁觀。

三五　復，再、又。仇教，仇視耶教，謂義和團運動。晚清，耶教信徒藉耶教之名欺民，民教積怨日久，時生事端。十九世紀末，義和團興起，以仇教爲名，宣稱能避火器，端郡王載漪等遂利用拳民，排洋攘外，釀成庚子事變，導致八國聯軍之役。

三六　親貴：皇帝的親戚或親信，即載漪等人。嘉，嘉獎、嘉許。

三七　羆：棕熊，國音皮，粵音卑。熊羆，熊與羆，比喻勇士、軍隊或賢臣。

三八　三數：少、爲數不多。

三九　《論語．學而》：「事君，能致其身。」謂爲臣事君，盡忠節，獻身於國。肝膽披：披肝瀝膽，原指坦誠忠貞，此處借指賜死。義和團被鎮壓之後，八國聯軍要求清廷懲辦支持過義和團的官員。慈禧最後下令，以莊親王載勛、軍機大臣趙舒翹、查營大臣英年三人有「庇拳啓釁」之罪，賜其自盡。

四〇　謂義和團自誇其能。〔清〕惲毓鼎《崇陵傳信錄》：「適義和拳起，詭言能避火器。」謂義和團曾放言能避開火器攻擊。

四一　撤殿帷：撤換宮殿的帷幕。指慈禧、光緒出逃。
四二　舊都：以往的國都。還：指兩宮於亂後回到北京。須臾，片刻。
四三　訑訑：傲慢自信，不聽人言，音移移。
四四　兼圻：清代總督兼轄二或三省，故稱爲兼圻。圻音棋。九，謂總督之數。撤除漕運及河道兩位專治河務的總督，處理地方事宜的總督共設九名，分別爲東三省總督、直隸總督、兩江總督、陝甘總督、閩浙總督、兩湖總督、四川總督、兩廣總督、雲貴總督等。（《清史師·職官三》）
四五　指這些總督大吏泰半是旗人。
四六　〔宋〕釋志文〈西閣〉：「世事如棊局局新」，謂世上種種的事像棋一樣變幻難測。棊，通棋。
四七　運會：時運、際會。
四八　思潮：一時一地流行的思想傾向。蕃滋，生長繁衍眾多。
四九　立憲：君主立憲，謂晚清立憲運動。晚清立憲運動始於光緒廿九年（一九〇三），隨宣統三年（一九一一）辛亥革命而落幕。期間，立憲派（支持君主立憲的群眾）多次向清廷請願，請求早日落實憲政，召開國會，均遭到拒絕或拖延敷衍。
五〇　〔清〕黃遵憲〈駁革命論〉謂日本享開國會之利，有其歷史因素，東方人卻以此爲幸事，引起無業之徒趁機鑽空，催促清廷召開國會。抵隙，把握時機，採取行動。
五一　滿籍：滿州籍。騰達：發跡、得志，謂飛黃騰達。清光緒三十二年（一九〇六），清廷改革官制，各部堂官各設尚書一員、侍郎二員，表明官員任用「不分滿漢」（《清實錄光緒朝實錄》）；但實際上，除各部侍郎多以一滿一漢充任，官階較高的尚書（內閣政務大臣）連同軍機大臣（內閣總理大臣）卻採以滿七、漢四、蒙古和漢軍旗各一的比例任命，稱為「皇族內閣」。（《立憲時刻》）

五二 相形：互相比較，謂滿漢相比，後者較難有上流的空間。

五三 連類：同類的事情連繫一起。種族連類，同種同族連成一氣，謂晚清滿漢之爭。清廷立憲改官，新任官員的滿、漢比例失衡，引起漢族官紳不滿。當時輿論主要分為兩派，其一是五族（漢滿蒙回藏）平等，實行君主立憲；其二是驅除滿族（排滿），建立漢民族國家。（〈保滿與排滿〉）及，牽涉、涉及。

五四 譏訾：譏諷批評、反對、毀謗，國音機資，粵音基子。光緒末年的報章不乏排滿的言論，如一九〇六年四月二十五日登載在《天討》的〈討滿洲檄〉，謂「今者民氣發揚，黎獻參會，虜亦岌岌不皇自保，乃以立憲改官之令，誘我漢民，陽示仁義，包藏禍心，專任胡人，死相撐拒」，表達對立憲改官的憤懣。

五五 游學：通游學，到外地求學。同光年間，清廷先後派遣兒童、學生、軍官留學。同治十一年（一八七二）至光緒元年（一八七五）先後將四批、共一百二十名兒童，公費或自費送往美國留學，光緒七年（一八八一）全數召回。光緒十四年（一八八八），北洋武備學堂派遣五名學生赴德學習軍事，段氏為當中第一名。光緒卅四年（一九〇九）至宣統三年（一九一一），清廷藉庚子賠款，先後三次送學生赴美留學。除公費留學，光緒廿二年（一八九六）

社會興起留學潮，陸續有學生自費出洋留學。因此，「游學既歸來」謂以上留洋返國的畢業生。

五六　勞：勞動。誨：教導、勸導。兼施：兼併施行。

五七　制軍：明清總督的別稱。〔清〕嚴復〈原強〉：「夫督曰制軍，撫曰撫軍，皆將帥也」，謂總督（制軍）、巡撫（撫軍）爲將帥。

五八　中正：中和公正、不偏不倚。

五九　爾時：那時。兩江督：兩江總督，應爲端方。端方（一八六一～一九一一），陶忒克氏，滿州正白旗人，於清光緒卅二年（一九〇六）至宣統元年（一九〇九）任兩江總督。

六〇　依附：依賴、從屬，謂攀附權貴。青雲：比喻高官顯爵。

六一　大司馬：兵部尚書。清光緒三十二年（一九〇六）立憲改官，兵部改爲陸軍部，仍設尚書一員。宣統二年（一九一〇），清廷釐定陸軍暫行官制，改陸軍部尚書爲陸軍大臣。

六二　郎中：六部內各司的主管。光緒三十二年（一九〇六）起，鐵良、壽勳、廕昌、王士珍先後受任陸軍部尚書或陸軍大臣，均未有擔任郎中的紀錄。僅鐵良曾任員外郎，位次郎中，而高陽的《胭脂井》亦寫其爲工部郎中，疑爲段氏所指的人物。

六三　良弼：賢良、輔佐帝王的大臣，亦謂晚清貴族覺羅良弼，一語雙關。覺羅良弼（一八七七～一九一二），清皇族旁支，俗稱紅帶子。良弼留學日本陸軍學校，清廷於知兵名、改軍制、練新軍、立軍學上，皆以其爲謀主，出謀獻策。（《清史稿・列傳・良弼》）

六四　下士：下品之人。《老子・第四十一章》：「下士聞道，大笑之。」此處指良弼論才能只屬下士，人卻以其爲師。

六五　沽名：沽名釣譽之意，利用手段，謀取聲望、名譽。

六六　《論語．學而》：「君子不重則不威。」謂君子不莊重，則沒有威嚴。

六七　綱維：國家的法律和制度。

六八　獎勵：獎賞、勉勵。八國聯軍之役後，清廷推行新政，先後頒布多種獎勵青年學生的章程，如光緒二十九年（一九〇三）的《獎勵遊學畢業生章程》與翌年的《考驗出洋畢業生章程》，予通過考試的留學生進士、舉人、拔貢等出身，再行分配官職。（《丁文江圖傳》）

六九　狂妄：膽大妄爲，謂青年受惠於清廷一系列獎勵政策，肆無忌憚、胡作非爲。清宣統元年（一九〇九）七月，監察御史胡思敬奏稱清末新政中的學堂新章有十弊六害，其一弊指學生屢屢轉校，並按學堂的獎勵輕重，決定去留。是時，京師大學堂的仕學館就學生的每月成績，予以現金獎勵（〈晚清進士館研究：天子門生的轉型困境與契機〉），料必其他學堂都有相類之例，故學堂爲挽留學生，向朝廷請獎，向學生予以畢業資格，即胡氏所謂「無不請獎之學堂，即無不畢業之學生」。再者，十弊衍生六害，其一害爲增長逆焰，指留學東洋（日本）的學生結黨連群，歌頌讚揚洪秀全、楊秀清等太平天國的領袖、刺殺兩江總督馬新貽的張汶祥，以及發動「丁未安慶起義」的徐錫麟，煽動民眾，並提倡民權。（《清實錄宣統朝政紀》）

七〇　一往：一旦投入，勇往直前。無忌憚，謂無所忌憚，沒有顧忌、畏懼。忌：原作忘，誤。

七一　異說：不同的學說或異端邪說、奇談怪論，謂晚清革命者的各種口號、綱領。

七二　辟：乖僻，音僻。
七三　邊鄙：靠近邊疆的地方，尤指廣東省等多次起義的省分。
七四　四陲：通「四垂」，四方的邊境。
七五　附會：憑空虛構，隨意牽合。
七六　無遺：沒有遺漏，謂民心盡失。
七七　締造：建立。千萬苦：謂社會穩定得來不易。
七八　崩：倒塌、滅亡。頹：衰敗、委靡不振。崩頹：謂晚清的政局。
七九　麾：揮動，音輝。
八〇　造因：佛教語，製造因緣。
八一　噫嘻：擬悲歎聲。

錯認我

解題

佛教義理中，眾生因無明而錯認爲世間眞有「我」，執著於「我」、「我所」而不放下，因而產生種種業報，輪轉無休。而本詩結合儒佛思想，旨在勸世。段祺瑞以爲世人競逐名利，忽略、誤解天所命我之性，因而墮入天網，受種種報應；後半則指出應力修心性，方能地久天長。此詩收入《正道居集》。

人性由天命，（註一）性固為人綱。心惑於意識，百念沸蜩螗。（註二）
生計不容緩，世人終日忙。執業積慮殊，爭逐名利場。
農夫力田疇，夫耕婦贊襄。（註三）事畜無不足，衣寒食充腸。

百工操技術，貴重金玉鑲。切磋新品式，綵色增輝煌。
商賈事奔競，下陸即乘航。通都營貨殖，意在博膏粱。
學子寒窗苦，干祿又何妨。更優澤民志，登臺道益彰。
兵經曾飽讀，籌策安邊防。嚴令勤訓練，振旅保國疆。
樸實各循職，永保壽而康。獨惜世不古，虞詐變非常。
狂妄不自知，出位露鋒鋩。平庸惡猶小，剛愎禍難量。
士流為政客，無處不觀光。自詡覽羣籍，滿腹濟時方。
造言淆是非，禍國且民殃。赳赳談政治，前途更渺茫。
權力所能到，縱轡馳康莊。（註四）聚斂充兵力，不卹民盡亡。
民飢而為匪，收匪勢愈張。多多稱益善，誇耀喜欲狂。
遠邇名赫赫，又增幾萬槍。取法滔滔是，爭先策龍驤。（註五）
此疆而彼界，環境悉低昂。一朝憤難平，角力似虎狼。
徼倖操勝算，多數伺其旁。意見不相侔（註六），奚異參與商。（註七）

勢必出於戰，始可示威強。一仆而眾興，應付殊不遑。
地隘耕且少，閭閻倍淒涼。（註八）枵腹荷戈卒（註九），難待千里糧。
形勞機心碎，觸藩如羝羊。（註一〇）向日喜其多，今則苦備嘗。
恃眾情不堪，出言殊鏗鏘。（註一一）用威反戈向，更勿期外攘。
團結窮於術，相率且遠颺。（註一二）竟出意料外，失色而徬徨。
智愚雖懸隔，土壤仰彼蒼。天網疏不漏，業作無餘慶。（註一三）
報應先後間，（註一四）精審悉毫芒。顯惡身誅戮，閻羅復參詳。
冥刑酷且夥，鼎鑊烹頓僵。（註一五）餘辜轉輪迴，百代須清償。
悲哉錯認我，一世捉迷藏。人身猶逆旅，（註一六）豈是舊家鄉？
信宿（註一七）數十載，時時備行裝。四大故云假，（註一八）性靈獨芬芳。
保持能悠久，不問幾滄桑。墮落為螻蟻，力修到覺王。（註一九）
莊嚴劫來我，（註二〇）千萬若叢篁。（註二一）文昌十七世，（註二二）那個堪承當？
為身謀便利，損人還自戕。性既被剝奪，再世豈能昌？

凡能成仙佛，何時不慈祥？毋我訓切切，聖佛曾相匡。
情與理背馳，過耳任飛揚。縱遇九折阪，豈肯回頭望？
怨天復尤人，信口相雌黃。待到禍臨身，爾時徒倀倀。（註一三）
佛眼觀大千，（註一四）洞澈到鴻荒。（註一五）眾生所由逕，書空朗雁行。（註一六）
悍然任性為，不盡憂與傷。雖然結緣少，無時能或忘。
說法終復始，誘掖啓善良。宏願本普度，地久與天長。

（林彥廷註）

註釋

一　語出《禮記·中庸》：「天命之謂性。」意爲上天所賦予我的，就叫作本性。

二　沸蜩螗：蜩螗，蟬，音條堂。喻議論喧騰，如蟬鳴叫，如羹滾沸。

三　贊襄：幫助、輔助。

四　轡：轡繩，國音配，粵音臂。康莊：平坦寬廣之道路。

五 龍驤：駿馬。

六 侔，相同、相等。

七 參商：參星與商星，一居西，一居東，此出彼沒，多用以譬喻二者隔絕。此處用以比喻意見不合。

八 閭閻：鄉里。

九 枵腹：空腹。枵音囂。

一〇 觸藩如羝羊：羝羊，公羊，羝音低；藩，圍籬。公羊衝撞圍籬，為籬笆所困，喻進退不得。

一一 鏗鏘：狀聲詞，指聲音響亮有力。後引申為言論具有意義，能震撼人心。

一二 颺，高飛，音楊。

一三 語出《周易．坤卦．文言》：「積善之家，必有餘慶；積不善之家，必有餘殃。」意指累積善行的人家，必有餘澤庇蔭後代；累積惡行的人家，必有多餘的災殃留給後代。慶，此處讀作羌。

一四 閒，同間。

一五 頓僵：顛覆。《漢書．外戚傳下》：「三月癸未，大風自西搖祖宗寢廟，揚裂帷席，折拔樹木，頓僵車輦，毀壞檻屋，災及宗廟，足為寒心！」

一六 逆旅：旅館。

一七 信宿：連宿兩夜。《詩．豳風．九罭》：「公歸不復，於女信宿。」此處指借宿人間。

一八 四大既假：四大，地、水、火、風，比喻世間萬象。假，即空，意謂諸法沒有實體，乃因緣和合而成，非恆常不變，故謂之假。即謂世間一切法並非實有，佛教言此以勸人不可執著。

一九　覺王：即佛。

二〇　莊嚴劫（vyūhakalpa）：佛教中有所謂過去、現在、未來三劫，莊嚴劫即是過去之大劫。彼劫之時，因有千佛出世，莊嚴其劫，故名。

二一　叢篁：叢生之竹。

二二　《文昌帝君陰騭文》言文昌帝君得道前，累積十七世因果。文曰：「帝君曰：『吾一十七世爲士大夫身，未嘗虐民酷吏。』」

二三　倀倀：無所適從貌。倀音昌。

二四　大千：即三千大千世界（tri-sāhasra-mahā-sāhasra-loka-dhātu）的簡稱。爲古印度人的宇宙觀，佛教今日用之以泛指世間諸相。

二五　鴻荒：混沌蒙昧之太古時代。亦作洪荒。

二六　書空：雁飛於天，呈雁字，謂之書空。

除夕偶成和某君韻

解題

此詩爲和詩，原詩作者及作品不詳。首兩句指出戰禍難以消除，而且國政苛刻；其餘兩句運用《易》卦剝復爲喻，以及以冬去春來的意象作雙關，冀望時局否極泰來。此詩收入《正道居集》。

兵氣(註一)難銷滿目塵(註二)，虐民苛政猛於秦(註三)。
循環剝復(註四)闢天運(註五)，冬盡陽回(註六)萬象(註七)春(註八)。

（張桂琼註）

註釋

一　兵氣，戰爭氣氛。

二　塵，戰爭。

三　《禮記．檀弓下》：「苛政猛於虎也。」意爲苛刻殘酷的政令比老虎更加凶猛可怕。

四　剝：《周易》第二十三卦，坤（地）下艮（山）上。復：《周易》第二十四卦，震（雷）下坤（地）上。剝復兩卦一正一反，比喻盛衰、消長。復環剝復，同剝復相循，即盛衰、消長往復相承，周而復此。

五　天運：天命、氣數。

六　陽回：復卦第一爻爲陽爻，上五爻皆陰，有陽回之象。此卦象徵惡運到了極點，就會逐漸好轉。

七　萬象：所有景象。

八　春：春色、有生機。

讀孔子閒居篇書後

解題

〈孔子閒居〉爲《禮記》篇章。觀此詩標題，知爲段氏讀後心得，並作爲題跋，書於篇後。全篇對於孔子和儒家思想表達了推崇之情，段氏對儒家思想的認知，可從此篇窺得端倪。

此詩先刊於《詩經》第一卷第六期（民國二十五年），後收入《正道居集》。

人各有自來，智愚異天淵。宣尼（註一）集大成（註二），道統一身肩（註三）。期立政教本，平治（註四）億萬年。人天雖遠隔，人性賦由天（註五）。上天無聲臭（註六），人奚知真詮（註七）。聖人體天道（註八），洞澈玄又玄（註九）。

壽世（註一〇）心無量，天道徒空懸（註一一）。裁成（註一二）由人性，宛轉教化宣。志詩禮樂哀，五至（註一三）為之先。持志養其氣（註一四），浩然塞坤乾（註一五）。感發能興起（註一六），惟詩三百篇（註一七）。禮儀嚴品節，德性涵心田（註一八）。誠中形於外（註一九），無所謂周旋（註二〇）。六律五音正（註二一），鳳凰（註二二）來翩翩。

初生性本善（註二三），芸芸（註二四）無不然。觸目情所傷，能勿動哀憐。三無（註二五）樂禮喪，宥密（註二六）何纏綿。漸之以五起（註二七），次第朗目前。此道有至要，誠正當益堅。修齊致治平（註二八），仁聲遐邇（註二九）傳。推己以行恕（註三〇），絜矩（註三一）乃不偏（註三二）。互讓（註三三）弭（註三四）戰禍，人類賴保全。文軌慶大同（註三五），祥和滿寰埏（註三六）。

（林小龍註）

註釋

一　宣尼：漢代，孔子的地位比於公侯，謚爲「褒成宣尼公」。

二　《孟子．萬章下》：「孔子之謂集大成。集大成也者，金聲而玉振之也。」

三　參段氏〈孔道〉詩：「孔子集大成，獨肩道在躬。」

四　《禮記．大學》：「家齊而後國治，國治而後天下平。」「平治」，是此句的縮略語。

五　《孟子．萬章上》：「舜、禹、益相去久遠，其子之賢不肖，皆天也，非人之所能爲也。」

六　《中庸．禮記》引《詩》云：「上天之載，無聲無臭。」

七　眞詮：眞諦。

八　體：體察。

九　玄又玄，語出《老子．第一章》：「玄之又玄，眾妙之門。」指精微的道理。

一〇　壽世：造福世人。〔清〕陳康祺《燕下鄉脞錄》：「每出入場屋，必召至案前，諄諄以名士壽世相勖。」

一一　空懸：孔子自喻爲繫懸而不讓人食用的匏瓜，希望出仕有所作爲。見《論語．陽貨》：「吾豈匏瓜也哉？焉能繫而不食。」後以此比喻有才能卻不爲世所用。

一二　裁成：剪裁製成。〔漢〕蔡邕〈明堂月令論〉：「蓋以裁成大業，非一代之事也。」

一三　五至：即「志之所至、詩之所至、禮之所至、樂之所至、哀亦至」，並縮略成爲上句「志詩禮樂哀」。《禮記．孔子閒居》：「子夏曰：『民之父母，既得而聞之矣；敢問何謂『五至』？」孔子曰：「志之所至，詩亦至焉。詩之所至，禮亦至焉。禮之所至，樂亦至焉。樂之所至，哀亦至焉。哀樂相生。是故，正明目而視之，不可得而見也；傾耳而聽之，不可得而聞也；志氣塞乎天地，此之謂五至。」

一四 《孟子·公孫丑上》：「曰：『我知言，我善養吾浩然之氣。』『敢問何謂浩然之氣？』曰：『難言也。其爲氣也，至大至剛，以直養而無害，則塞于天地之閒。其爲氣也，配義與道』。」

一五 浩然塞坤乾，謂浩然之氣「塞于天地之閒」。

一六 指在生活中有所感觸興發而形成詩篇。〔宋〕朱熹《詩集傳》：「興者，先言他物以引起所詠之詞也。」

一七 《論語·爲政》子曰：「《詩》三百，一言以蔽之，曰『思無邪』。」三百篇，約數，今本《詩經》三百零五篇。

一八 心田：謂養仁義之心地。

一九 《禮記·文王世子》：「樂，所以修內也；禮，所以修外也。禮樂交錯於中，發形於外，是故其成也懌，恭敬而溫文。」

二〇 《孟子·盡心下》：「動容周旋中禮者，盛德之至也」「無所謂周旋」疑斷爲「無所」「謂」「周旋」即言「所有行爲以『動容周旋中禮』爲標準」。

二一 《孟子·離婁上》：「師曠之聰，不以六律，不能正五音；堯舜之道，不以仁政，不能平治天下。」

二二　《論語・子罕》子曰：「鳳鳥不至，河不出圖，吾已矣夫！」

二三　《三字經》：「人之初，性本善，性相近，習相遠。」

二四　《老子・第十七章》：「夫物芸芸，各復歸其根。」芸芸，指代所有人。

二五　《禮記・孔子閒居》：「子夏曰：『五至既得而聞之矣，敢問何謂三無？』孔子曰：「無聲之樂，無體之禮，無服之喪，此之謂三無。』」

二六　宥密：機密。宥音又。《詩・周頌・昊天有成命》：「夙夜基命宥密。」

二七　「五起」，即是無聲之樂、無體之禮、無服之喪的五種做法。《禮記・孔子閒居》：「孔子曰：『何爲其然也！君子之服之也，猶有五起焉。』子夏曰：『何如？』子曰：『無聲之樂，氣志不違；無體之禮，威儀遲遲；無服之喪，內恕孔悲。無聲之樂，氣志既得；無體之禮，威儀翼翼；無服之喪，施及四國。無聲之樂，氣志既從；無體之禮，上下和同；無服之喪，以畜萬邦。無聲之樂，日聞四方；無體之禮，日就月將；無服之喪，純德孔明。無聲之樂，氣志既起；無體之禮，施及四海；無服之喪，施于孫子。』」

二八　《禮記・大學》：「物格而後知至，知至而後意誠，意誠而後心正，心正而後身修，身修而後家齊，家齊而後國治，國治而後天下平。」〈孔道〉亦云：「修齊逮治平。」

二九　《漢書・揚雄傳上》：「是以創業垂統者俱不見其爽，遐邇五三孰知其是非？」遐邇：遠近。

三〇　《論語・衛靈公》：子貢問曰：「有一言而可以終身行之者乎？」子曰：「其恕乎！己所不欲，勿施於人。」

三一　絜矩：即法度。絜，國音協，粵音揭。

三二　《禮記．中庸》：「子程子曰：『不偏之謂中，不易之謂庸；中者，天下之正道，庸者，天下之定理。』」

三三　互讓：相互禮讓。雙方互不爭訟，才可消滅戰機。

三四　弭：平定。國音米，粵音美。

三五　文軌：即一統天下之制度。《禮記．中庸》：「今天下車同軌，書同文，行同倫。」

三六　寰埏：泛指全世界。埏音延。

詩目・補編

將軍歌（中秋節日作十三首）

解題

民國十五年（一九二六）四月，段祺瑞因「三一八慘案」通電下野，辭去臨時執政之位，寓居天津。此詩作於同年十月四日前不久，吴佩孚剛在武漢爲國民革命軍所敗，又遭張作霖的威脅，正值危急存亡之秋。段氏感於時事，故成是詩，對吴氏之遭部下背叛微寓譏諷之意，末尾又規勸他打消逐利之心。民國九年（一九二〇）直皖大戰，吴佩孚聯合北洋八省、南方諸軍，征討皖系，而段祺瑞堅信這一舉動純是出於攫取權勢名利的目的，無視道德秩序。然則這首〈將軍歌〉裡的看法，固有由來。但是事實是否就如段氏所言？讀者自可思之。此詩當時多有轉載，一爲《上海畫報》（民國十五年十月四日），附於張丹斧〈和段〉之後。二爲《大漢公報》（民國十五年十月二十日），題爲〈段祺瑞之將軍歌〉，是他人輾轉得到後的投稿，投稿人序云：「段祺瑞自退隱津門，優游禮佛，棋局之餘，好以詩歌自娛。近得友人張雲英函，錄段近作〈將軍歌〉一篇，敘事莊雅，諷托入微，特轉錄如下。」可見此詩在私人之間流傳時，且被稱爲〈將軍歌〉。三爲《南洋商報》（民國十五年十二月十七日），刊者蔚文，與《大漢公報》同題。而段氏自行投稿者，載於《遼東詩壇》第十六期（民國十五年十月十五日）「摛藻揚芬」欄，題爲〈中秋節日作十首三（錄十首）〉。可見段氏原意只是創作十三首七絕，其後才連綴成爲一首歌行。本書以《上海畫報》爲底本，異文擇善而從。

中華莽莽豪傑多，（註一）馳騁縱橫奈爾何。
死傷肉搏皆兄弟，戰壘邱墟好山河。（註二）
某將軍兮氣豪干，（註三）故鄉千里東海岸。（註四）
自從顯名到今朝，（註五）喑叱風雲乾坤變。（註六）
共道將軍善用兵，雞公山下早知名。（註七）
舉杯獨酌看《周易》，問卜無端夢裡驚。（註八）
青油幕底紅燈下，（註九）緩帶輕裘人雋雅。（註一〇）
月明細柳善談兵，（註一一）未報恩仇先走馬。（註一二）

無端直奉起風雲，天長海闊戰雲昏。（註一三）
千仞之功垂手得，（註一四）倒戈恨煞馬狐軍。（註一五）
大勢去兮痛黥彭，（註一六）遼天孤雁獨哀鳴。（註一七）
急雨西風含沙漠，刀光劍影嘯悶龍。（註一八）
夜月曾向赤壁遊，洞庭湖上岳陽樓。（註一九）
英雄淚灑常合酒，慷慨悲歌恨悠悠。（註二〇）
忽然直魯起狼煙，血雨腥風撼幽燕。（註二一）
將軍見機乘時起，縱馬中原任往還。（註二二）
一朝北上望成空，棄甲聲傳畫角中。（註二三）
不問強弩勢未已，（註二四）但思快劍斬長虹。
歸來急遽又荊棘，（註二五）鐵血模糊臥榻側。
灰燼猶傳赤壁光，烏飛繞樹淒涼色。（註二六）
胭脂血染舊征袍，氣憤填膺按寶刀。

紛擲頭顱心似鐵，（註二七）可憐進退等鴻毛。（註二八）
念年老作戎中役，（註二九）日月潛移鬢欲白。
爭戰爭地為何來，（註三〇）不見塚埋名利客。（註三一）
老夫敬爇一爐香，（註三二）化作干戈日月光。
空靜萬緣最上乘，（註三三）夢魂不擾故沙場。

附：張丹斧（註三四）〈和段〉（有序）

老段作七古哀吳秀才，殆所謂秦人不暇自哀者耶？因戲和其韻，而無異哀段焉。

中華莽莽甩料多，念佛做詩奈爾何？王龍馮狗皆兄弟，公無渡河公渡河。
貴執政兮氣豪千，故鄉千里肥水岸。自從淘氣到今朝，翻覆風雲把戲變。
共道執政善用兵，直皖一役早知名。二三篾片圍棋昜，九段真來半段驚。
芙蓉榻上油燈下，廣土清膏人大雅。煙霞入骨莫談兵，要問恩仇先二馬。
無端赤穴起風雲，第十一章是發昏。執政險教垂手得，居然逃出鹿麟軍。

大勢去矣不彭彭，左右狐兔齊哀鳴。自騎款段歸沙漠，誰及徐徐季龍。
披星帶月天津遊，天津租界有洋樓。樓上詩人不吃酒，肚皮千載空悠悠。
拜罷如來吸大煙，臥看討赤破幽燕。東山樂為蒼生起，爭奈無人請駕還。
朝朝北望盡成空，夜夜聲傳電話中。老驥伏櫪心未已，噴出包天畢倚虹。
詩成屬稿手生棘，梁志章釗應在側。恭加細注沾末光，錄副分藏有德色。
客雖善奏鬱輪袍，可惜無才代捉刀。生恐金將點成鐵，還愁疵更吹上毛。
秀才老矣難為役，漢玉重赤不重白。但笑碔砆空染來，石質莫欺古董客。
奉勸無須瞎爇香，尊頭只管剃光光。屁佳也要時堪乘，難得丹翁肯捧場。

（唐甜甜註）

註釋

一　莽：大；莽莽，廣闊的樣子。

二　邱墟：城鄉在戰後淪爲廢墟。壘：《遼》本作「疊」，誤。

三　某將軍：指吳佩孚。豪干：豪氣干雲。原作幹，逕改。

四　東海岸：指吳佩孚的出生地山東蓬萊。「故鄉千里」，指吳佩孚早年被迫離家，北上京津。

五　顯明：指名聲爲世人所聽聞。顯明，《遼》本作「明」，《上》本作「名」，於意爲長。

六　喑：恚怒聲。一怒則天地改變，形容吳佩孚對時局之影響力。以上八句爲《漢》本所無。

七　雞公山，在河南信陽。這句話當指民國廿三年（一九二四）第二次直奉之戰，吳佩孚敗逃洛陽，被馮玉祥麾下之胡景翼逼入雞公山，通電下野。所謂「善用兵」，應是反諷。

八　無端：沒有緣由，猶言突然。《周易》爲占卜書，描述人事規律，建議問者選擇合適的行動，得到好的結果。吳佩孚鍾情於《周易》之學。

九　青油幕：青油塗飾的帳幕。〔唐〕韓愈、李正封〈晚秋郾城夜會聯句〉：「從軍古云樂，談笑青油幕。」

一〇　緩帶輕裘：寬鬆的衣帶，輕暖的皮袍。〔唐〕房玄齡《晉書．羊祜傳》：「在軍常輕裘緩帶，身不被甲，鈴閤之下，侍衛者不過十數人，而頗以畋漁廢政。」此聯描述吳佩孚在軍中悠遊閒雅的風範。

一一　細柳：指細柳營，漢文帝時將軍周亞夫曾駐軍此處，嚴明軍令，要求皇帝亦不得違反。周亞夫後來平定景帝朝的七國之亂。

一二　未報恩仇：指吳佩孚遭背叛之後，雖恨叛軍無義，卻有性命之危，故只能先逃走。應當也和「善談兵」構成反諷效果的對照。

一三　指第二次直奉戰爭。

一四　功：《遼》本作「巧」，誤。指馮玉祥等人輕而易舉地奪取了直系大權。

一五　倒戈：指第二次直奉戰爭期間，兩系主力在山海關交鋒，直系總司令吳佩孚方赴前線督戰。直系將領馮玉祥叛變：密約於奉系張作霖、皖系段祺瑞，又串通直系內部之王承斌、王懷慶、孫岳、胡景翼等人，發動「北京政變」（又稱「首都革命」），進京奪取直系權力。馬狐軍，「馬」指馮玉祥，「狐」胡景翼。

一六　黥：《上》本作「鯨」，當爲形訛。「黥彭」指黥布（英布）、彭越，二人都是漢高祖開國功臣。入漢之後，彭越受封梁王。梁太僕告彭越謀反，高祖廢越爲庶人，後又從呂后之言，醢之。黥布爲九江王，惶恐於韓信、彭越見誅，暗中聚兵防範。恰有人向高祖告發，布遂發兵反，兵敗被殺。段詩用這個典故，也許只是因爲二人曾經威風，最終窮途末路，類似於吳佩孚的遭遇。

一七　指「北京政變」後，吳佩孚直接指揮的軍隊在北方爲奉系所敗，從南方省分調來之直系援軍亦遭阻截。

一八　《易·乾卦》：「亢龍有悔。」又《易·坤卦》：「龍戰于野，其血玄黃。」以上四句爲《遼》本所無。

一九　赤壁，在湖北蒲圻。岳陽樓，在湖南岳陽。指吳佩孚兵敗後，往岳州投湖南軍閥趙恆惕。

二〇　〔漢〕司馬遷《史記·項羽本紀》：「於是項王乃悲歌慷慨。」英雄，段祺瑞釋「英雄」爲「識見超群」且「氣蓋一世」，智力兼備，可統一亂世之人。

二二　指奉系主政後，直、奉、馮、皖系在直魯等地的爭戰。

二三　馮玉祥同張作霖不合，乃又與掌控浙江之直系孫傳芳聯盟。同時直系又擁戴吳佩孚出山。馮、直軍北伐江蘇、山東之奉系張宗昌。奉系為自保，且又更恨馮玉祥，而直系亦然，故直奉轉又聯手，共同對抗馮玉祥之國民軍。以上四句爲《遼》本所無。「無端直奉起風雲」至「縱馬中原任往還」十六句爲《漢》本所無。

二三　直奉聯軍和國民軍在北方激戰時，廣東國民政府之國民革命軍北伐直系，進攻兩湖之地，民國廿五年（一九二六）八月下岳陽。九月，又下漢口、漢陽，吳佩孚遂敗退鄭州，電告張作霖，讓奉系全權掌握北京政府。

二四　〔漢〕班固：《漢書．韓長孺傳》：「彊弩之極，矢不能穿魯縞；衝風之末，力不能漂鴻毛，非初不勁，末力衰也。」比喻氣力衰竭。另，《漢》本「未已」作「已末」。

二五　急遽：快速。荊棘，比喻障礙。

二六　〔魏〕曹操〈短歌行〉：「月明星稀，烏鵲南飛。繞樹三匝，無枝可依。」以曹操之敗於荊州比吳佩孚之敗於兩湖。

二七　《孟子》：「志士不忘在溝壑，勇士不忘喪其元。」形容有超越生命的追求。

二八　進退，比喻進行兩難選擇，此處指生存和死亡。等鴻毛，謂如今即使一死也無關大局。

二九　「念」，數字「廿」之大寫。《漢》本，「念」即作「廿」。

三〇　《漢》本，「爭戰爭地」作「爭城奪地」。

三一　以上四句爲《遼》本所無。

三一 爇：焚燒。《史記·秦始皇本紀》：「入火不爇。」

三三 空，śūnya，此處義當同「靜」，指沒有一定的對象之追求的心境。緣，pratītya，即條件。乘，Yāna，運輸工具，比喻教法；最上乘，比喻通往最高覺悟境界的教法。

三四 張丹斧（一八六八～一九三七），原名扆，又名延禮，字丹斧。別署丹翁、後樂笑翁、無厄道人、張無為等，江蘇儀徵人。丹翁是揚州冶春後社成員、南社社友，又是著名報人，任上海《大共和日報》主編、《神州日報》編輯，又在《晶報》主筆。另外，他還是鴛鴦蝴蝶派重要成員，與李涵秋、貢少芹並稱「揚州三傑」。丹翁為人玩世不恭，其文亦落拓不羈、嬉笑怒罵，而能得三昧，時人稱他「文壇怪物」。此詩刊登時，作者題為丹翁。

和鄭蘇戡（註一）去滬有感

解　題

此詩原刊於《甲寅週刊》第三十八期（民國十六年一月一日），目次作〈和蘇戡〉，當爲簡稱。本詩次鄭孝胥〈去滬有感〉詩的原韻，抒發對國政衰微的感慨，表達其儒家式的政治主張。詩中運用「隨緣」、「四大非我」等佛家概念，亦表露段氏的佛教信仰。

綱紀陵夷（註二）那有官，隨緣（註三）善導（註四）事奚（註五）難。
堂皇四大猶非我（註六），鍛煉三冬（註七）不計寒。
濟世（註八）先憂（註九）弘聖道（註一〇），普天揚化息爭端（註一一）。
耕莘十就茫茫裡，一相成湯敢仰看。（註一二）

附：鄭孝胥〈去滬有感〉

羈旅心知異守官，蹔歸猶覺別家難。看花隔歲休驚老，投袂臨歧敢避寒。
婚嫁粗完身可去，兵戈間阻事無端。小窗短榻裁容足，誰作高樓百尺看。

（張桂琼註）

註　釋

一　鄭蘇戡：即鄭孝胥。《清季職官表》謂蘇戡爲其本名，而《鄭孝胥日記》則以蘇戡爲其字，又作蘇龕、蘇庵。按中國禮節，對平輩或前輩稱字，以示尊敬，而段氏較鄭氏年輕，相信「蘇戡」應爲其字。鄭孝胥（一八六〇－一九三八），福建人。清光緒八年（一八八二）壬午科福建鄉試舉人，前清官至湖南布政使，僞滿洲國時期任國務總理，近代詩人、書法家，與段氏頗有交情。

二　綱紀：國家的秩序、規律。陵夷，漸趨衰微。此處仍有對吳佩孚在直皖戰爭中攻擊自己不諒解之意。

三　隨緣：佛家語，順應因緣（事物間各種因果），順其自然。

四　善導：猶忠告善導，盡心地規勸，善意地引導。

五　奚：爲什麼。

六　《淨名經》：「四大合故，假名爲身。四大無主，身亦無我。」意爲人身由地、水、火、風等四大元素組成，身死時各有所歸，並無主體、實質的自我存在。由於四大合爲身、身死則散，皆不自得，可知肉身沒有「我」（或「我」的意識）在其中，肉身即不是「我」。

七　三冬：孟冬（農曆十月）、仲冬（農曆十一月）與季冬（農曆十二月）的合稱。

八　濟世：救助世人。

九　〔宋〕范仲淹〈岳陽樓記〉：「先天下之憂而憂」意爲天下的人尚未感到憂慮之前，已事先察覺禍患即將發生，因而感到憂慮，並籌畫於未然。

一〇　聖道：儒家思想中的聖道，由堯、舜、夏禹、商湯、周文王父子、孔子等聖人相傳下來的道理。

一一　揚化：弘揚德化。息：平息。

一二　此聯謂伊尹輔佐商湯前，曾躬耕於有莘之國。一旦成爲成湯的宰輔，建立殷商政權，則功成名就，萬姓仰看。

有感次範孫和王仁安均（註一）

解題

本詩分兩部分抒發對政局、時事的感想。第一部分（「杜鵑鳴洛陽」至「詭愚蚩蚩氓」）描述民國初年各種亂局，表達以其一人之力，難以挽救時局的慨嘆。第二部分（「大本在人倫」至「聖道終治平」）提出應以儒家的人倫、仁義、大同等思想治國，反對完全倚賴科學，徒事功利，反映段氏的政治主張。此詩刊於《甲寅週刊》第四十期（民國十六年一月十五日），作者題爲「正道」。

杜鵑鳴洛陽，（註二）天道已北行。世年將大亂，康節曾論評（註三）。
炎方竟見雪，嚴冬雨津京。上蒼生警頻（註四），梗頑罔知驚（註五）。

外蒙收為罪（註六），自昔綱紀傾（註七）。庚申大防決（註八），難忍不平鳴。
家居甘撞壞（註九），一木詎能擎（註一〇）。藐躬雖引責（註一一），大劫知已成。
方便門開後，攫取任兼并。元元無生趣（註一二），到今苦兵爭。
羣魔方快意，慘戮幾盈城。果報有限度，事後自分明。
後生逞意欲，自污以求贏。集眾資破壞（註一三），詭愚蚩蚩氓（註一四）。
大本在人倫（註一五），滅理悉紛更。乖氣撼大地（註一六），陸離百怪呈（註一七）。
功利反仁義（註一八），本虧蟲自生（註一九）。科學肆殺人（註二〇），胡能久尊榮。
拯民安天下（註二一），大同化最精（註二二）。君子求諸己（註二三），聖道終治平（註二四）。

（張桂琮註）

註釋

一　嚴修（一八六〇～一九二九），字範孫，號夢扶，別號偍漏生。祖籍浙江慈溪，後遷籍天津，清光緒九年（一八八三）癸未科進士，官至度支大臣，清末民初教育家、書法家（與趙元禮、孟廣慧、華世奎並稱天津四大書法家），與張伯苓創辦南開系列學校，尊稱爲南開校父。王守恂（一八六四～一九三七），字仁安，又字仞庵，別號筱槐、阮南，晚署拙老人，天津人，少從文學家范當世學。光緒二十四年（一八九八）戊戌科進士，清末學者、詩人（與趙元禮、嚴修合稱近代天津詩壇三傑）。民國十年（一九二一）與嚴修等津門詩友組織城南詩社，著有《從政瑣記》、《阮南自述》，編纂《天津政俗沿革記》等。此詩爲段祺瑞和嚴修、王守恂之作。

二　相傳元順帝時，杜鵑在京師啼叫，預示元代的覆亡。見〈外感篇〉註。

三　康節，即邵雍。邵雍（一〇一一～一〇七七），字堯夫，諡康節，自號安樂先生、伊川翁，范陽（今河北省涿縣）人，北宋理學家、易學家，與周敦頤、張載、程顥、程頤合稱「北宋五子」。評論，謂邵雍評洛陽橋聞杜鵑聲本事。《邵氏聞見錄》記載，邵雍某日於洛陽天津橋上，聞杜鵑啼叫，慘然不樂，指杜鵑爲南方的雀鳥，爲洛陽所未有，乃禽鳥之類感於地氣，自南北上，預言皇帝任用南人爲相，天下將亂。

四　〈丁韙良與近代中西文化交流〉引述一九一六年十二月二十二日《北京中華日報》文章〈京都瑞雪志慶〉，指北京入冬燥暖，瘟疫流行，似有反時爲災之象。段氏所言，大概與一九一六年前後北京天氣反常有關。

五　梗頑：頑固。〔清〕王韜〈徵設香山南屏鄉義學序〉：「梗頑弗率，父兄之憂也；奸莠爲匪，鄰里之累也。」罔：不。

六　民國八年（一九一九）十月，大總統徐世昌與段祺瑞決定，派遣徐樹錚率兵外蒙，進入其首邑庫倫（今蒙古首都烏蘭巴托）。十一月，外蒙王公決定取消自治，哲布尊丹巴等向北洋政府呈請有關決定；北洋政府稍後藉《中國大總統公告》，允准呈文要求，次年正式取消自治，恢復舊制，並冊封哲布尊丹巴活佛。當年七月，直皖戰爭爆發，皖系失勢，段氏引退，徐樹錚下野。民國十年（一九二一），蒙古革命爆發，並取得勝利，革命軍宣布蒙古獨立，建立君主立憲政府。

七　綱紀：國家的秩序、規律。

八　庚申：即民國九年（一九二〇）。當年直皖戰爭爆發，段氏去職。段氏以爲直系將領吳佩孚爲學生輩，攻擊老師便是毀壞禮教大防，故對此事耿耿於懷。

九　〔唐〕房玄齡《晉書．列傳第七十四》：「時會稽王道子以少年專政，委任群小，納（陸納）望闕而嘆曰：『好家居，纖兒欲撞壞之邪？』朝士咸服其忠亮。」陸納（？～三九五）任尚書令時，會稽王司馬道子（三六四～四〇三）年少專權，任用小人。陸納遙望宮闕，嘆息：「這麼完好的家居（或家業），小子難道要把它擊毀嗎？」朝中所有官員聞悉此事，皆欽佩陸納的忠誠堅貞。

一〇　〔明〕羅貫中《三國演義》：「大廈將崩兮，一木難扶」意爲大廈崩塌，非一木可以支撐，比喻政治傾頹，非一人之力可以挽救。詎，音具，豈，用於反問。擎，支撐。

一一 藐躬：孱弱的身軀。引責：引咎責躬，尤指辭任。一九二〇年七月，段氏去職，隱居天津。

一二 元元：人民。

一三 集眾：聚集群眾。一九一九年，第一次世界大戰協約國召開巴黎和會，商討戰爭遺留的問題。會上，列強決定將德國在山東半島的利益，轉移予日本，引起學生不滿，並於五月四日發起示威、請願、遊行、罷工、罷課等行動，史稱「五四運動」。期間，少數學生不惜以身犯險，製造事端，如火燒趙家樓、毆打章宗祥等，以喚醒民眾。

一四 《詩·衛風·氓》：「氓之蚩蚩，抱布貿絲。」意爲野民樣貌敦厚老實，前來以布易絲。蚩蚩氓，敦厚老實的人。氓，音萌。

一五 《荀子·王制》：「君臣、父子、兄弟、夫婦，始則終，終則始，與天地同理，與萬世同久，夫是之謂大本。」意爲君臣、父子、兄弟、夫婦等倫理關係（人倫）如同圓環，循環不息，與天地相接亦相分同理，萬世長存，謂之事物最大的根本（大本）。

一六 〔漢〕班固《漢書·楚元王傳》：「和氣致祥，乖氣致異；祥多者其國安，異眾者其國危，天地之常經，古今之通義也。」意爲溫和之氣帶來祥和，祥和之多可使國家安穩；不祥之氣招致災異，災異積重可危及國家穩定。這是天地間亙古不變、古今共通的道理。撼，撼動。

一七 陸離：猶光怪陸離。

一八 《孟子·梁惠王上》記載，孟子詣見魏惠王。惠王問其千里而來，是否爲了申述於國有利的建議；孟子則回應：「大王何必談及利益？只有仁義便足夠」，強調仁義，不談功利，可知義利之辯，由來已久。另外，孫中山於民國十三年（一九二四）十一月二十八日在日本神戶發表〈大亞洲主義〉演說，提及功利與仁義之別，指出東方文化講王道，主張仁義道德，以正義公理感化人，而西方文化是霸道，主張功利強權，好以洋槍大砲壓迫人，並表明西方的文化須服從東仁的仁義思想，合於段氏「功利反仁義」的說法。由於兩人同為政治人物，且有相交的記載，或相互影響。

一九 〔宋〕蘇軾〈范增論〉：「物必先腐也，而後蟲生之」意為事物必先腐爛，才會滋生蛆蟲，比喻事出有因。本：草木的根。虧：虛弱。

二〇 孫中山於民國十三年（一九二四）的〈大亞洲主義〉演說中，指出科學是功利的文化，如應用到人類社會，只會製造出物質文明，以及飛機炸彈、洋槍大砲等武器，因而科學是武力的文化，又合段氏「科學肆殺人」的說法。

二一 《孟子．梁惠王下》記載，齊宣王得悉有諸侯籌謀解救被其占領的燕，於是請問孟子意見。孟子指出燕國暴虐其民，宣王出兵征討，當地百姓皆以為其即將拯救自己於水深火熱之中。拯民：猶拯民水火，比喻拯救人民，脫離苦難。

二二 《禮記．禮運》：「是故謀閉而不興，盜竊亂賊而不作，故外戶而不閉，是謂大同。」意為陰謀詭計被杜絕，無法得逞，盜竊動亂不會發生，故此家家戶戶可門不閉戶。這樣的社會狀況稱為大同。

二三 《論語．衛靈公》：「君子求諸己，小人求諸人。」意為君子嚴以律己，小人苛求於人。

一四　聖道：儒家思想中的聖道，由堯、舜、夏禹、商湯、周文王父子、孔子等聖人相傳下來的道理。治平：國家安定、平和。

伯型枉詩次答

解題

此詩亦爲段祺瑞和李經方之作，李詩待覓。此詩初刊於《國聞週報》第四卷第二十九期（民國十六年），當爲段氏旅居大連時遊覽所作。李氏原詩似有憂民之語，故段氏和詩有「仁民公念切」，又自歎年紀老大，難以再起，但他仍相信遵行善道，才能得到上天的庇佑。蓋因此作收結有衰颯之意，故未有錄入正道居諸集。

渤海隨心賞，遙看泰山顛。忮求（註一）盈大地，懲勸有青天。

皂帽（註二）遼東客，蒼顏渭水邊。仁民公念切，我蹶（註三）不堪前。

（鄒靈璞註）

註釋

一　忮：忌刻；求：貪求。《詩．邶風．雄雉》：「百爾君子，不知德行？不忮不求，何用不臧。」此句表達對世間貪慾的批評。

二　皂：黑色。

三　蹶：跌倒。蓋指自己下野及身體衰弱。

大廈詠

解題

此以大廈比喻中國；段氏獲推舉主理大廈建設，謂其執政歷程。本詩可分爲三部分。第一部分（「居停建大廈」至「盡收權限有」）敘述段氏獲推舉負責大廈的建築，並呼朋喚友，合作籌畫大廈的藍圖，表達其執政之初，對國家懷有鴻圖大計。第二部分（「嫉妒自窺伺」至「誰將執其咎」）敘述建築遭遇波折，段氏成爲眾矢之的，受到理據不充的批評，以致大廈復工無期，比喻段氏政治上的起伏。第三部分（「同在風雨中」至「永共南山壽」）抒發對計畫擱置的惋惜，期望重新振作，建成大廈，表達其對國家仍充滿希望。此詩刊於《民視日報》七週年紀念彙刊（民國十七年），正道居諸集不收。

居停（註一）建大廈，預計百年久。工料（註二）期堅實，速竣（註三）不容苟（註四）。

畫雁與雕龍，罄爾胸瓊玖（註五）。推舉咸曰（註六）能，自媿（註七）為蒲柳（註八）。

臨門星火急（註九），豈忍避紛糾（註一〇）。責任關（註一一）重大，奚啻（註一二）千鈞負（註一三）。

集思乃廣益（註一四），招致（註一五）四方友。合眾無異辭，策畫垂不朽。

基址（註一六）既宏敞（註一七），地脈尤雄厚。上臨紫微垣（註一八），向陽（註一九）背岡阜（註二〇）。

居高而臨下，眾星拱北斗（註二一）。長河夾東西，層巒（註二二）環左右。

翠（註二三）柏拂重霄（註二四），源泉繞牆走。工師（註二五）指導定，逐漸始著手。

分職（註二六）各程功（註二七），爭先又恐後。木石積如山，搬運役赳赳（註二八）。

樓閣巍峨出，廳堂明牕牖（註二九）。奇花香十里，荷池方百畝。

側院築庫藏（註三〇），備儲（註三一）千萬九。範圍固吾圉（註三二），盡收權限有。

嫉妬（註三三）自窺伺，成功慮長守。失機（註三四）不早謀，懼難嘗杯酒。
詈訟競紛呶，（註三五）相覷徒搔首。（註三六）抨擊理不充，囁嚅（註三七）難出口。
破壞意已決，令術束其肘。圖窮匕首見（註三八），暴發大盜藪（註三九）。
麕集（註四〇）鳥獸眾，咆哮若獅吼。那管主人翁，踏踐如芻狗（註四一）。
喧囂縱驚天，儘可量腹受（註四二）。四鄰有責言（註四三），合族齊蒙垢（註四四）。
時已三越月，空談握樞紐。落成永無期，誰將執其咎（註四五）。
同在風雨中，僑壓能免否。基礎良足惜（註四六），匠心重抖擻（註四七）。
匪云一木支（註四八），及早眾材取。拭目慶觀成（註四九），永共南山壽（註五〇）。

（張桂琼註）

註釋

一　居停：寄居、歇腳的地方。

二　工料：工事須用的材料。

三　竣：完成。

四　苟：苟且，敷衍馬虎。

五　《詩・衛風・木瓜》：「投我以木李，報之以瓊玖。」瓊玖，瓊與玖皆美玉，此處指胸中才華。

六　媿：同愧。

七　日：原文作「日」，誤。

八　蒲柳：猶蒲柳之姿，身體衰弱。

九　〔晉〕李密〈陳情表〉：「州司臨門，急於星火。」李密（二二四～二八七）為晉武帝（司馬炎，二三六～二九〇）徵召，出任太子洗馬（太子馬前的先導），因奉養祖母劉氏，寫下〈陳情表〉婉拒出仕。文中「州司臨門，急於星火」謂州刺史臨門，催促李密赴任，如同流星之急、救火之速，形容情勢非常危急。

一〇　紛糾：原文作「糾紛」，誤。

一一　關：牽涉、關係。

一二　奚啻：何止、豈但。啻音翅。

一三　千鈞負：猶千鈞重負，比喻沉重的負擔。

一四　〔漢〕諸葛亮《諸葛亮文集・與群下教》：「夫參署者，集眾思，廣忠益也。」意指為官的人宜匯集眾人的智慧，以獲取更廣大的效益。

一五 招致：招收、網羅。

一六 基址：又作「基趾」，建築物的基礎。

一七 宏敞：宏大、寬敞。

一八 紫微垣：星座，三垣的中垣，位處北斗七星的東北方，共十五顆星，以東八西七的序列，拱衛北極星，象徵皇宮。

一九 向陽：面向太陽。

二〇 岡阜：山丘。

二一 《論語．爲政》：「爲政以德，譬如北辰，居其所而眾星共之」，意謂北極星性不常移，眾星拱照，比喻人君以德治國，後指眾人共同擁戴一人。北辰，原指北極星，非段氏之北斗，但北斗可比作眾人崇仰的人，與「北辰」的比喻義相近，故此一改亦未嘗不可。

二二 層巒：峰巒相接，連綿不斷。

二三 翠：原文作「翌」，誤。

二四 重霄：又作九重霄，天空最高處。

二五 工師：管理工匠的官員。

二六 分職：分掌職務，各司其職。

二七 程功：衡量估算進度、成效。

二八 赳赳：形容樣子雄壯勇武。

二九 牕牖：音窗有，窗戶。牕，同窗。

三〇　庫藏：國家儲存財物的倉庫。

三一　備儲：倉庫制度用語，指於要衝地方，儲備錢銀，以備急需。

三二　《左傳・隱公十一年》：「寡人之使吾子處此，不唯許國之爲，亦聊以固吾圉也。」固吾圉，鞏固我的邊境。圉，音宇。

三三　嫉姤：猶嫉妒。

三四　失機：猶錯失良機，也可用於軍事，謂延誤軍機，戰事失利。

三五　詈：音利，責罵。訟：爭辯、責備。紛呶：紛亂、大聲喧嘩。呶，音撓。

三六　相覷：相看、對看。覷，音趣。搔：原文訛作「騷」，逕改。

三七　囁嚅：吞吐貌。音聶奴。原文作「矋矊」，誤。

三八　《戰國策・燕策》記載，燕太子丹派遣荊軻拜見秦王，藉詞進獻地圖，將匕首藏於圖中，相機行刺。當秦王示意展開地圖，直至露出匕首時，荊軻便抓住秦王的衣袖，用匕首刺向他，不果。此事演變爲成語「圖窮匕現」，也作「圖窮匕首見」，比喻事情最後形跡敗露，現出眞相。

三九　盜藪：賊匪、強盜聚集的地方。藪，音叟。

四〇　麕集：成群聚集。麕，國音軍，粵音群。

四一　《老子・第五章》：「天地不仁，以萬物爲芻狗；聖人不仁，以百姓爲芻狗。」芻狗，草結成的狗，用於祭祀，用完即棄，比喻卑微下賤、無用的東西。

四二　《墨子・魯問》：「量腹而食，度身而衣。」意爲按照食量取用食物，依照身材穿著衣物，比喻自我節制，量力而爲。

四三 責言：問罪、責備的話語。

四四 合族：全個家族。蒙垢：被羞辱。

四五 《詩·小雅·小旻》：「發言盈庭，誰敢執其咎？」執咎，爲所犯的過錯，負起責任。

四六 良：很、甚。足惜：感到可惜。

四七 抖擻：音斗叟，振作、奮發。

四八 匪：不。〔隋〕王通《文中子中說·事君》：「大廈將顛，非一木所支也。」意爲大廈即將倒塌，非一木可以支撐，比喻情勢危急，非一人之力可以挽救。

四九 觀成：觀看事物實現，猶指大廈落成。

五〇 《詩·小雅·天保》：「如南山之壽，不騫不崩。」南山壽，如同南山一樣長壽。

友梅姻丈絶筆詩惻隱憂傷次韻奉輓

解題

大總統徐世昌二弟徐世光（一八五七～一九二九），與段祺瑞爲姻親。世光中光緒八年（一八八二）舉人，其後進士不第而捐官同知，歷任青膠道道員、東海關監督。民國後隱居天津租界，晚年致力慈善醫療事業，曾擔任中國紅十字會會長。世光去世前夕，曾手書五律一首。段祺瑞見而自傷，遂次韻一首。世光詩以爲此生庸庸碌碌，無法一展所長，卻仍希望國民幸福、賢才代出。段詩開首稱許世光爲良吏，功名浮雲，眾所周知。繼而感慨儘管世光有無盡悲憫之心，而國家磨難依然許多。最後，段氏指出這些劫難始於民國九年庚申（一九二〇）的直皖戰爭，至今動亂不休。段氏此詩的手跡，刊登於《北洋畫報》第十八卷第八九五期（民國二十二年）。

守正稱良吏，閒雲岫外過。（註一）口碑今宛在，公意更云何。

悲憫心無盡，蟲沙（註二）劫尚多。庚申大防決，（註三）十載海揚波。（註四）

附：徐世光〈己巳二月初七日病危自紀詩〉《風月畫報》第二卷第二十七期（民國二十二年）

運蹇兼才絀，蹉跎七二過。此生今已矣，吾道意如何。

願新民少，賢期後輩多。兒心休念我，德□付洪波。

（陸晨婕註）

註釋

一　〔晉〕陶潛〈歸去來辭〉：「雲無心以出岫。」指自己如雲在山，本無心出山爲官。岫：音袖，山峰。

二　蟲沙：比喻因戰亂而死的軍民。〔晉〕葛洪《抱朴子》：「周穆王南征，一軍皆化，君子爲

三　猿爲鶴，小人爲蟲爲沙。」（《藝文類聚》卷九五引）

四　見〈有感次範孫和王仁安均〉註。

由此可見，段氏依然對吳佩孚極不諒解，認爲吳氏以學生身分帶兵攻打老師，破壞了禮教倫常，對後來影響惡劣。海揚波：滄海橫流的亂象。

《鴻嗷輯・樹德篇》題詞

解　題

《鴻嗷集》二卷，郭介梅撰，（註一）中國濟生會出版。中國濟生會於民國五年（一九一六）創立於上海，爲崇奉濟公之鸞堂——集雲軒之外顯組織；集雲軒主內修，中國濟生會則負責賑災等慈善事業。段氏爲濟生會成員，《鴻嗷集》則是中國濟生會所出版之善書，出版於民國廿三年（一九三四）。書分〈樹德篇〉、〈賑災篇〉，內容大抵以積德弭災，辦賑求福爲主。以下三首詩，便是段祺瑞爲〈樹德篇〉所撰之題詞。

其一

圖存尊像亦恂恂，（註二）紙上規摹蓋有神。（註三）

念昔身為蓮幕侶，（註四）於今品似玉堂人。（註五）
智廉純潔名聲振，雅正寬舒面目真。
信是林宗風範在，（註六）應教見者共相親。

其二

安居鹽瀆卻塵氛，（註七）良士超超迥不群。（註八）
出入書齋通至理，別離宦海覩慈雲。（註九）
功消劫運民皆仰，力挽狂瀾眾所聞。
《務本叢談》編輯美，（註一〇）授予傳佈意欣欣。（註一一）

其三

閱到君詩妙若何，（註一二）如張法炬照娑婆。（註一三）
移風心切維持重，救世情深勸戒多。

仁者濟施田種福，書家揮灑墨翻波。
結緣文字前緣定，嘉集刊行再詠歌。

（林彥廷註）

註釋

一　郭壽寧（一九〇〇～一九五〇），字介梅，或字靖林，以字行；法號慧震居士，別署杯渡齋主人。江蘇鹽城人。爲著名佛學家、慈善家、書法家、詩人。與段祺瑞、許世英、薩鎮冰、葉恭綽、朱慶瀾、王一亭等人相善。著有《務本叢譚》、《杯渡齋文集》、《省餘存稿》、《鴻嗷輯》、《法戒錄》、《慧震日記》、《因果淺義》、《增福橋征信錄》、《平民醫藥秘方》、《闢邪鏡》等書。

二　《鴻嗷輯》卷首，有郭介梅肖像，故云。恂恂：溫和恭敬的樣子，音旬。

三　規摹：指人物之才具氣概。

四　蓮幕：大官幕府之美稱。南齊王儉在高帝時擔任居宰相職，僚屬多碩學名士。時人將其官署比作蓮花池，幕府稱爲蓮幕。見《南史．庾杲之傳》。

五　玉堂：神仙居住之處。

六　林宗風範：郭太（一二八～一六九），字林宗，太原介休人。東漢名士，風流倜儻，博學有才，領導洛陽太學生反對宦官專政，爲士人所重。黨錮之禍後，郭太罷遊歸鄉，閉門講學。林宗風範即謂文士風流倜儻，名重一時。

七　鹽瀆：中國古縣名，西漢時所置，置所位於今江蘇省鹽城市。郭介梅爲鹽城人士，此處乃以古代今，以謂其出身。卻，推辭，拒而不受；塵氛，塵俗之氣氛。

八　迥迥：音窘窘，遼遠義，形容超群脫俗。

九　慈雲：佛教語，謂慈心如雲，庇蔭眾生。

一〇　《務本叢談》一卷，郭介梅撰。旨在澄清人心，維持綱常。

一一　欣欣：喜悅貌。

一二　段氏自註：「有《省餘存稿》行世。」《省餘存稿》二卷，郭介梅所撰詩集，旨在以詩弘化。

一三　法炬：佛教語。謂佛法，佛法能照物，故以火炬譬喻之。娑婆（Sahā）：即娑婆世界。指釋迦牟尼所教化之世界、有情眾生所在的三千大千世界，亦即我輩所處之世界。

病中吟

解題

此詩作於民國廿二年（一九三三），刊於當年《興華》第三十卷第十二期。作品爲段氏病中所作，表示自己年屆古稀，對於塵俗已無耽戀，已隨時做好撒手人寰的準備。値得注意的是，詩中還承認自己對國家紛亂要負責任，而「後生可畏」一聯更對以蔣介石爲代表的國民政府寄予期望。

人生羨古稀，（註一）今年六十九。誦佛備資糧，（註二）一意西方走。
橫目顧宇內，胡以善其後。正醫能醫國，何處逢國手。
再試國不堪，民將盡所有。推厥禍由來，我尤執其咎。（註三）

彈之既不調，更張不容苟。（註四）後生（註五）本可畏，不禁屢翹首（註六）。

年殘力已短，未能滌塵垢。彭籛終難免（註七），更勿徘徊久。

（鄒靈璞註）

註釋

一　古稀：指七十歲。杜甫〈曲江〉：「酒債尋常行處有，人生七十古來稀。」

二　資糧：saṃbhāra，佛家語，指必需品，引申爲修行前的準備和條件。

三　《詩・小雅・小旻》：「發言盈庭，誰敢執其咎？」

四　《漢書・禮樂志》：「辟之琴瑟不調，甚者必解而更張之，乃可鼓也。」

五　後生：當指蔣介石。

六　翹首：抬頭，形容殷切盼望期待。據《小日報》（民國二十二年四月七日）報導：「段爲人，個性強，而情感脆薄，故於蔣氏此次之款待，受感動甚深。……蔣以此誠懇恭敬之容態，顯示於眾前，段對蔣之印象，遂益見深刻也。」

七　彭籛：即彭祖，傳說中的長壽者。難免：不免於死之意。

贈蔣中正

解題

段祺瑞移居上海後，深居簡出，精進學佛。蔣介石對段氏執弟子禮，恭敬有加，令段甚爲感動。民國廿三年（一九三四），段祺瑞患上嚴重胃出血。夏天江南大熱，蔣介石安排他上廬山避暑。《大公報》記者王芸生得知，遂前往採訪。王氏後來所著〈贛行雜記〉（上）有〈合肥座上論人才〉一節，記載當段祺瑞被問及對國事的感想時回答說：「治國之道很簡單，『維持人民，提倡商業』八個字而已。」又當場背誦此詩。此詩乃是給蔣介石回信時所寫，內容亦即八字之詮解。且詩中特地拈出唐太宗李世民，除了鼓勵蔣氏，也有微言大義在焉。〈贛行雜記〉（上）載《國聞週報》第十一卷第三十七期（民國二十三年）。

憂樂與好惡，原盡與民同。（註一）三章法定漢，（註二）民足國不窮。

興邦用順守，（註三）世民竟全功。（註四）提倡興百業，四海揚仁風。

附：蔣委員長致段芝泉先生親筆函（《英文自修大學》第一卷第一期〔民國十九年〕）

芝老夫子大人尊前：久未親候起居，時用慕念。岳軍兄回京，藉悉尊恙漸痊，無任欣祝，尚祈時加珍重，早復康健。茲托岳軍兄趨前奉謁，尚乞賜教指之，免致隕越。耑此，敬請大安。學生中正敬字。四月一日。

（廖蘭欣註）

註釋

一　此聯謂政府當以人民之好惡爲好惡。

二　指漢高祖與秦民約法三章，一切從簡，盡量避免擾民。

三　順守：語出《漢書．陸賈傳》：「且湯武逆而以取順守之，文武並用，長久之術也。」指背叛國君奪取天下，而遵循常理治理國家。

四

此句特意拈出唐太宗李世民，除了標榜明君之「順守」外，也含藏了「逆取」的潛文本。段氏〈聖賢英雄異同論〉論李世民：「轉戰幾遍域中，佐父竟成帝業。惟手足相殘，未聞聖賢之大道。父自稱太上皇，能與親心無違？」無論太原起義推翻隋朝，還是玄武門之變，於君於父都是逆取。這無疑暗指蔣介石北伐之事。

國民政府軍事委員會用箋

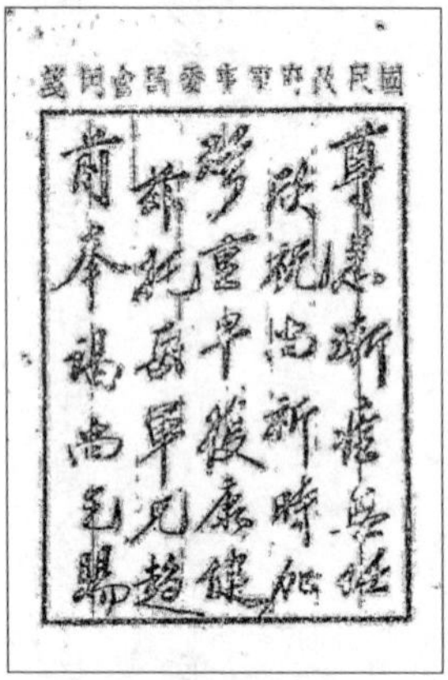
國民政府軍事委員會用箋

國民政府軍事委員會用箋

四月一日

別廬山

解題

據「聯合新聞網」二〇一七年十一月十日報導，臺灣何創時書法藝術基金會和中正紀念堂管理處於二〇一七年底共同主辦「大器磅礴：于右任碑派書風與民國風華」。該展除了于右任書法以外，還包括清末民初歷史人物書法，共計八十三人一百一十五件作品，皆爲何國慶先生所收藏。報導指出，此次展出段祺瑞的「行書五律」，詩中展現的豁達隱逸，一掃世人對「軍閥」的刻板印象云云。查段氏該幅書法作品並無詩題，所謂「行書五律」當爲展場所擬；僅落款「正道老人」，亦無時地資訊。考民國廿三年（一九三四），段氏因病至廬山牯嶺避暑近三個月，其間安徽省主席劉鎮華來晤，邀其回皖觀光省親。段祺瑞婚後數十年從未返鄉，欣然規往，然段宏綱考慮他年事已高，體弱多病，婉言勸阻，只好作罷。（《段祺瑞家世瑣記》）入秋後，段祺瑞返滬，身體日衰。此詩首聯言及廬山，當作於避暑期間。復玩味詩中「別去倍相關」、「唯憑夢往還」諸句，流露出不捨之情，當係臨別廬山時所作。爲便徵引論述，茲姑擬詩題曰〈別廬山〉。段祺瑞晚年學佛，勇猛精進，甚至有「人可死，葷不可開」之宣示。然而此詩卻呈現出他的另一面向：他來到素昧平生的廬山，主要是爲了避暑、療養、清修，但在小住後，卻深深愛上此地，乃至臨別時不忍離去。此詩後半展露的眷戀之情，與前半表達的清修之念，從佛教的角度而言是相互扞格的。可是段氏筆鋒如此陡轉，卻一氣呵成，並無違和之感。以眷戀之情收結，並不唱學佛有成的高調，亦可謂天眞流露。蓋廬山與合肥相距不遠，段祺瑞知道日後難以重遊廬山，自然也知道返鄉無望。詩中對廬山的眷戀，或許也折射出一位垂暮老人的「狐死首丘」之情吧。此詩平仄合律，對仗工穩，反映出段氏晚年的詩藝水平。

曾聞高隱士，昔日住廬山。（註一）古道居然復，（註二）新聲盡已刪。（註三）遠來初一物，（註四）別去倍相關。（註五）脈脈懷難語，（註六）唯憑夢往還。（註七）

（陳嘉琳註）

註釋

一　東晉末年，廬山東林寺高僧慧遠與劉遺民等僧俗十八賢人結社，同修淨土。因有白蓮池，故號蓮社。所謂「高隱士」，即指蓮社諸社友。

二　此句指段氏至廬山避暑療養，追尋這些古代高士的足跡，加上其自身長期修佛，故有恢復古道之感。

三　段氏晚年好吟詠，頗有詩作。然在佛教看來，作詩爲口業之綺語，有礙修行。故此句蓋謂移居廬山後，受到先賢薰染，求道之心更爲堅固，乃至將新作悉數刪去。

四　此句蓋謂自己前此並未到過廬山，遠從上海來此，起初不過把此地視爲普通景物而已。

五　此句謂臨別之際，卻產生依依不捨之情。倍，書法原件作培，當爲一時筆誤，逕改。

六　脈脈：含情而相望不語之狀。〈古詩十九首・迢迢牽牛星〉：「盈盈一水間，脈脈不得語。」

七　段氏自廬山返滬後，體質日衰。其臨別廬山時蓋知重遊無期，故唯有期待在夢中重臨。

公文電報選輯

民國元年（一九一二）

元月廿三日致清內閣電（一九一二年一月二十三日）

恭讀上月初九日懿旨，政體付諸公決，以現在人民趨向，何待再卜，不禁涕泣久之。邇來各將領不時來言，人民進步非共和不可；且兵無餉補，餉械俱匱，戰守無具，敗亡不免，稍一遲回，直、皖、豫亦無完土，即皇室尊榮，勢必因之而滅，瓜分慘禍，將在意料之中。我輩死不足惜，將何以對皇室？何以對天下？已與各路將領熟商，始則責以大義，令其鎭靜，而竟刺刺不休，退有後言。昨聞恭王、澤公阻撓共和，多憤憤不平，要求代奏，各路將領亦來聯銜，壓制則立即暴動，敷衍亦必全潰，十九標昨幾叛去，業經電陳，是動機已兆，不敢再爲遲延，擬即聯銜，陳請代奏。

元月廿六日段祺瑞領銜清軍將領聯名致電（一九一二年一月二十六日）

爲痛陳利害，懇請立定共和政體，以鞏皇位，而奠大局，敬請代奏事：竊維停戰以來，議和兩月，傳聞宮廷俯鑒輿情，已定議改共和政體。其皇室尊榮及滿蒙生計、權限各條件：曰大清皇帝永傳不廢；曰優定大清皇帝歲俸，不得少於三百萬；曰籌定八旗生計，蠲除滿、蒙、回、藏一切限制；曰滿、蒙、回、藏與漢人一律平等；曰王公世爵，概仍其舊；曰保護一切原有私產。民軍代表伍廷芳承認，列於正式公文，交海牙萬國平和會立案云云。海宇聞風，率土臣民，固不額手稱慶，以爲事機至順，皇位從此永保，結果之良，軼越古今，眞國家無疆之庥也。想望懿旨，不遑朝旭。乃聞爲輔國公載澤、恭親王溥偉等一二親貴所尼，事遂中沮，政體仍待國會公決。祺瑞等自應力修戰備，靜候新政之成。惟念事變以來，累次懿旨，莫不軫念民生，惟國家利福是求，惟塗炭生靈是懼，既頒十九信條憲法，誓之太廟，又允召集國會，政體付之公決，可見民爲國本，宮廷洞鑒，具徵民視民聽之所在，決不難降心相從。茲既一再停戰，民軍仍堅持不下，恐決難待國會之集，姑無論遷延數月，有兵潰民亂、盜賊蠭起之憂，寰宇糜爛，必無定土，瓜分慘禍，迫在目前。即此停戰兩月之間，民軍籌餉增兵，布滿各境，我軍皆無後援，力太單弱，加以兼顧數路，勢益孤危；彼則到處勾結土匪，勒捐助餉，四出煽擾，散布誘惑。且於山東之煙臺，安徽之潁、壽境界，江北之徐州以南，河南之光山、商城、固始，湖北之麻城、襄樊、棗陽等處，均已分兵前逼，而我皆困守一隅，寸籌莫展，彼進一步，則我之魯、皖、豫即不自保，雖祺瑞等公貞自勵，死生敢保無他。而餉源告匱，兵氣動搖，大勢所趨，將心不固，一旦決裂，何所恃以爲戰？深恐喪師之後，宗社隨傾，彼時皇室尊榮，宗藩生計，必均難求滿志；即擬南北分立，勉強支持，而以人心論，則西北騷動，形既內潰；以地理論，則江海盡失，勢成坐亡。祺瑞等治軍無狀，一死何惜？特捐軀自效，徒殉愚忠，而君國永淪，追悔何及?!甚非所以報知遇之恩也。況召集國會之後，所公決者，尚不知爲何項政體，而默察人心趨向，恐仍不免出於共和之一途，彼時萬難反汗，是徒以數月水火之患，貽害民生，何如預行裁定，示天下以至公，使食毛踐土之倫，歌舞聖明，零涕感激，咸謂唐虞至治，今古同揆，不亦偉哉?!祺瑞等受國厚恩，何敢不以大局爲念?故敢比較利害，冒死陳言，懇請渙汗大號，明降諭旨，宣示中外，立定共和政體。以現在內閣及國務大臣等，暫時代表政府，擔任條約、國債、及交涉未完各事項。再行召集國會，組織共和政府。俾中外人民，咸與維新，以期妥奠群生，速復地方秩序。然後振刷民氣，力圖自強，中國前途，實維幸甚!不勝激切待命之至!謹請代奏。

民國三年（一九一四）

關於向捷成洋行訂購炮彈呈稿（一九一四年六月十五日）

大總統鈞鑒：謹查捷成洋行承訂各種炮彈五萬發，前經收到一萬四千發，實計價銀四十六萬七千三百十五馬克九十二分，業經呈請批發在案。茲據該行函稱：續繳各種炮彈二萬一千八百發，合價七十七萬九千七百八十七馬克四十三分，前次運到炮彈一萬四千發，應加保險費四萬二千零五十八馬克四十五分，當時因價單繕寫匆促，遺未列入，懇請補給，請如數撥發。等因。查核無誤。所請補交保險費，應屬應付之數，此項價款，應由何處撥發，理合呈請批示衹遵。再，前項價銀係扣除減讓及先付之定銀數目，計算實需之數，合併聲明。

段祺瑞謹呈六月十五日

民國四年（一九一五）

大總統令：段公於五月卅一日引病請開缺（一九一五年五月三十一日）

前據陸軍總長段祺瑞呈稱：自去冬患病，飲食頓減，夜不能寐。迨至今春，遂致咯血，多方診治，時輕時重。醫言血虧氣鬱，脾弱肺熱，亟當靜養服藥，方能有效。迄今四月有餘，方值國家多故，未敢言病，現大局稍就平定，擬請開去差缺，俾得安心調理，冀獲速痊等情。當傳諭少給假期調養。茲據續請開去各項差缺，俾得安心調養，庶獲就痊等語。查自辛亥改革以來，該總長勛勞卓著，艱險備嘗，民國初建，憂患迭乘，數年經營，多資臂助，因而積勤致病，血衰氣弱，形容羸削。迭於會議之時，面諭該總長酌於一星期抽兩三日，赴西山等處清靜地方調養休息，以期氣體復強。而該總長以國事為重，仍不肯稍就暇逸，盡瘁事國，殊堪嘉敬。茲據呈請開缺，情詞肫摯。本大總統爲國家愛惜人才，未便聽其過勞，致增病勢。特著給假兩個月，並頒給人參四兩，醫藥費五千元，以資攝衛。該總長務以時局多艱爲念，善自珍重，並愼延名醫，詳察病源，多方施治，切望早日就痊，立即銷假。其在期內，如有軍務重要事件，仍著隨時入內會議，以抒嘉謨，而裨國計。此令。

民國六年（一九一七）

七月四日討伐張勳通電（一九一七年七月四日）

天禍中國，變亂相尋，張勳懷抱野心，假調停時局爲名，阻兵京國，至七月一日，遂有推翻國體之奇變。竊惟國體者，國之所以與立也，定之匪易。既定後而復圖變置，其害之於國家者，實不可勝言。且以今民智日開，民權日昌之世，而欲以一姓威嚴，馴伏億兆，尤爲事理所萬不能致。民國肇建，前清明察世界大勢，推誠遜讓，民懷舊德，優待條件，勒爲成憲，使永避政治上之怨府，而長保名義上之尊榮，宗廟享之，子孫保之。歷考有史以來二十餘姓帝王之結局，其安善未有能逮前清者也。今張勳等以個人權利欲望之私，悍然犯大不韙，以倡此逆謀，思欲效法莽、卓，挾幼主以制天下，竟捏黎元洪奏稱改建共和，諸多弊害，懇復御大統以拯生靈等語，擅發僞諭。橫逆至此，中外震駭。若曰爲國家耶，安有君主專制之政，而尚能生存於今之世者？其必釀成四海鼎沸，蓋可斷言。而各友邦之承認民國，於茲五年，今覆雨翻雲，我國人雖不惜以國爲戲，在友邦則豈能與吾同戲者？內部紛爭之結局，勢非召外人干涉不止，國運眞從茲斬矣。若曰爲清室耶，清帝沖齡高拱，絕無利天下之心。其保傅大臣，方日以居高履危爲大戒，今茲之舉，出於迫脅，天下共聞。歷考史乘，自古安有不亡之朝代？前清得以優待終古，既爲曠古所無，豈可更置諸嚴牆，使其爲再度之傾覆以至於盡？祺瑞罷斥以來，本不敢復與聞國事，惟念辛亥締造伊始，祺瑞不敏，實從領軍諸君子後，共促其成。既已服勞於民國，不能坐視民國之顚覆分裂而不一援。且亦曾受恩於前朝，更不忍聽前朝爲匪人所利用，以陷於自滅。情義所在，守死不渝。諸公皆國之干城，各膺重寄，際茲奇變，義憤當同。爲國家計，自必矢有死無貳之誠；爲清室計，當久明愛人以德之義。復望戮力同心，戢茲大難，祺瑞雖衰，亦當執鞭以從其後也。敢布腹心，伏維鑒察。

討逆檄文（一九一七年七月四日）

討逆軍總司令段祺瑞，謹痛哭流涕申大義於天下曰：嗚呼，天降鞠凶，國生奇變。逆賊張勳，以凶狡之資，乘時盜柄，竟有本月一日之事，顚覆國命，震擾京師，天宇晦霾，神人同憤。該逆出身灶養，行穢性頑，便佞希榮，漸躋顯位。自入民國，阻兵要津，顯抗國定之服章，焚索法外之餉糈，軍焰凶橫，行旅裹足，誅求無饜，私橐充盈，凡茲稔惡，天下共聞，值時多艱，久稽顯戮。比以世變洊迫，政局小紛，陽托調停之名，明爲篡竊之備，要挾總統，明令敦召，遂率其醜類，直犯京師。自其啓行伊始，及駐京以來，屢次馳電宣言，猶以擁護共和爲口實。逮國會既散，各軍既退，忽背信誓，橫造逆謀。據其所發表文件，一切托以上諭，一若出自幼主之本懷，再三臚舉奏折，一若由於群情之擁戴，夷考事實，悉屬慫當日是夜十二時，該逆張勳，忽集其凶黨，勒召都中軍警長官二十餘人，列戟會議，勳叱吒命令，迫眾雷同。旋即挐康有爲闖入宮禁，強爲擁戴。世中堂續，叩頭力爭，血流滅鼻。瑜、瑾兩太妃，痛哭求免，幾不欲生。清帝孑身沖齡，豈能禦此強暴？竟遭誣脅，實可哀憐。該僞諭中，橫捏我黎大總統、馮副總統及陸巡閱使之奏詞，尤爲可駭。我大總統手創共和，誓與終始，兩日以來，雖在樊籠，猶疊以電話手書，密達祺瑞，謂雖見幽，決不從命，責以速圖光復，勿庸顧忌。我副總統一見僞諭，即賜馳電，謂被誣捏，有死不承。由此例推，則陸巡閱使聯奏之虛構，亦不煩言而決。所謂奏摺，所謂上諭，皆張勳及其凶黨數人密室篝燈，構此空中樓閣，而公然騰諸官書，欺罔天下。自昔神奸巨盜，勸進之表，九錫之文，其優孟兒戲，未有若今日之甚者也。

該逆勳以不忘故主，謬托於忠愛。夫我輩今固服勞民國，強半皆曾仕先朝，故主之戀，誰則讓人？然正惟懷感恩圖報之誠，益當守愛人以德之訓。昔人有言：「長星勸汝一杯酒，世豈有萬年天子哉！」曠觀史乘，迭興迭仆者，幾何代，幾何姓矣，帝王之家，豈有一焉能得好結局。前清代有令辟，遺愛在民，在厚其報，使繼續之者不復家天下而公天下，因得優待條件，勒諸憲章，礪山帶河，永永無極。吾輩非臣事他姓，絕無失節之嫌。前清能永享殊榮，即食舊臣之報，仁至義盡，中外共欽。今謂必復辟而始謂忠耶？張勳食國民之祿，於茲六載，必今始忠，則前日之不忠孰甚？昔既不忠於先朝，今復不忠於民國。劉牢之一人三反，狗彘將不食矣！謂必復辟而始爲愛耶？凡愛人者，必不忍陷人於危，以非我族類之嫌，丁一姓不再興之運，處群治之世，而以一人爲眾矢之的，危孰甚焉！張勳雖有天魔之力，豈能翻歷史成案，建設萬劫不亡之朝代？既早晚必出於再亡，及其再亡，欲求復有今日之條件，則安可得？豈惟不得，恐幼主不保首領，而清室子孫且無噍類矣。清室果何負於張勳，而必欲借手殄滅之而後快？豈惟民國之公敵，亦清室之大罪人也！

張勳僞論，謂必建帝號，乃可爲國家久安長治之計。張勳何人，乃敢妄談政治。使帝制可以得良政治，則辛亥之役何以生焉？博觀萬國歷史，變遷之跡，由帝制變共和而獲治安者，既見之矣；由共和返帝制而獲治安者，未之前聞。法蘭西三復之而三革之，卒至一千八百七十一年確立共和，國乃大定。而既擾攘八十年，國之元氣，消耗盡矣。國體者，譬猶樹之有根也，植樹而屢搖其根，小則萎黃，大則枯死。故凡破壞國體者，皆召亂取亡之道也。防亂不給，救亡不贍，而曰吾將借此以改良政治，將誰欺，欺天乎？

復辟之貽害清室也如彼，不利於國家也如此。內之不特非清室自動，而嬪妃耆博，且不勝其疾首痛心。外之不特非群公勸進，而比戶編氓，各不相謀，而嗔目切齒。逆賊張勳，果何所爲何所恃而出此？彼見其辮子軍橫行徐、兗，亦既數年，國人優容而隱忍之，自謂人莫敢誰何，乃起野心，挾天子以令諸侯，因以次鏟除異己，廣布心腹爪牙於各省，掃蕩全國有教育、有紀律之軍隊，而使之受支配於彼之土匪軍之下，然後設文網以坑賢士，箝天下之口，清帝方今玩於彼股掌之上，及其時則取而代之耳。罪浮於董卓，凶甚於朱溫，此而不討，則中國其爲無男子矣！

祺瑞罷政旬月，幸獲息肩，本思稍事潛修，不復與聞政事。忽遘此變，群情鼎沸，副總統及各督軍、省長，馳電督責，相屬於道，愛國之士夫，望治之商民，好義之軍侶，環集責備，義正詞嚴。祺瑞撫躬循省，繞室徬徨，既久於奉職民國，不能視民國之覆亡。且曾筮仕於先朝，亦當救先朝之狼狽。謹於昨日夜分視師馬廠，今晨開軍官會議，六師之眾，僉然同聲，誓與共和並命，不共逆賊戴天。爲謀行師指臂之便，謬推祺瑞爲總司令，義之所在，不敢或辭，部署略完，克日入衛。

查該逆張勳，此次倡逆，既類瘋狂，又同兒戲，彼昌言事前與各省各軍均已接洽，試問我同胞僚友，果有曾預逆謀者乎？彼又言已得外交團同意，而使館中人見其中風狂走之態，群來相詰。言財政則國庫無一錢之蓄，而蠻兵獨優其餉，且給現銀。言軍紀則辮兵橫行部門，而國軍與之雜居，日受淩轢。數其閣僚，則老朽頑舊，几榻煙霞；問其主謀，則巧語花言，一群鸚鵡。似此而能濟大事，天下古今，寧有是理？即微義師，亦當自斃。所不忍者，則京國之民，倒懸待解。所可懼者，則友邦疑駭，將起責言。祺瑞用是履及劍及，率先湧進，以爲國民除此蟊賊。區區愚忠，當蒙共諒。

該逆發難，本乘國民之所猝未及防，都中軍警各界，突然莫審所由來，在勢力無從應付。且當逆焰熏天之際，爲保持市面秩序，不能不投鼠忌器，隱忍未討，理亦宜然。本軍伐罪弔民，除逆賊張勳外，一無所問。凡我舊侶，勿用以脅從自疑。其有志切同仇，宜詣本總司令部商受方略，事定後酬庸之典，國有成規。若其有意附逆，敢抗義旗，常刑所懸，亦難曲庇。至於清室遜讓之德，久而彌彰，今茲構釁，禍由張逆，沖帝既未與聞，師保尤明大義，所有皇室優待條件，仍當永勒成憲，世世不渝，以著我國民念舊酬功，全始全終之美。祺瑞一俟大難戡定之後，即當迅解兵柄，復歸田里，敬候政府重事建設，迅集立法機關，刷新政治現象，則多難興邦，國家其永賴之。謹此佈告天下，咸使聞知。

十一月十六日辭職通電節錄（一九一七年十一月十六日）

祺瑞自五月罷職以後，久已厭絕人事，閉門謝客，國變再出，大違初衷。就任以來，賴諸君子群策群力，共濟艱難，私冀發揮我北洋同袍之實力，統一國家，奠寧宇內，庶幾人民得以安堵，法治乃能設施。此大西南之役，〔……〕迭經閣議，詢謀無間，既非私心自用，又非黷武佳兵，耿耿此心，可對同志。〔……〕乃奸人煽惑，軍無鬥志，刪日王汝賢、范國璋等通電傳來，閱之痛惜。不意我同袍中，竟有此不顧大局之人，干紀禍國，至於此極也。〔……〕今日中國，盜賊盈途，奸人恣肆，綱紀日夷，習俗日敝，所謂護法護國，有名無實，徒供欺詐者譸張爲幻之具。〔……〕環顧國內，惟有我北方軍人實力，可以護法護國。果能一心同德，何國不成，何力不就？辛亥癸丑之間，我北方軍人，人數不及今日三之一，地利不及今日三之一，所以能統一國家者，心志一而是非明也。近來南方黨徒，亦知我北方軍人，宗旨正大，根底盤深，非彼西南勢力所能兼併，乃別出陰謀，一曰利用，二曰離間，三曰誘餌，昌言反對者，固爲彼所深仇，即與之周旋，亦是佯爲結好；無非啓我鬩墻之爭，收彼漁人之利，始以北方攻北方，繼以南方攻北方，終至於滅國亡種而後快。王汝賢爲虎作倀，飲鴆而甘，撫今追昔，能無憤慨。湘省之事，非無收拾之法，我不忍使北方攻北方，以自抉藩籬，落彼陷井也。王汝賢等不明大義，原不足惜。我不忍以王汝賢之故，致今同室操戈，嫌怨日積，實力一破，團結無方，影響及於國家也。我北方軍人分裂，即中國分裂之先聲，我北方實力消亡，即中國消亡之朕兆。祺瑞愛國家，不計權力，久荷諸君子深知，爲國家計，當先爲北方實力計，舍祺瑞辭職之外，別無可以保全之法，決計遠引，已於昨日呈中乞休，既非負氣而去，又非畏難苟安，大勢所趨，宜觀久遠。倘能達我愚誠，北方實力得以鞏固，艱難時局，得以挽回，則祺瑞今日之辭職，實爲萬不可緩之舉。〔……〕自此以往，伏願諸君子〔……〕時時以北方實力，即國家實力爲念，團結堅固，勿墮彼輩陰謀之中，以維持國家於不敝，此祺瑞緦緦愚衷所禱祈以求者也。臨別之贈，幸審存之。段祺瑞。銑印。

民國七年（一九一八）

八月卅一日組織選舉總統聯合會通電（一九一八年八月三十一日）

天津曹經略使、濟南張總司令、各省督軍省長、各都統、護軍使、鎮守使、各司令、各師旅長均鑒：往歲滇黔諸省，挾持私意，獨立自主，理諭情感，信使無功。祺瑞忝秉國成，義難坐視，仰承明令，從事討伐，方據全勝之勢，忽倡調停之說。祺瑞不敢孤行己意，引咎乞休，詎中央方從事調停，而長、岳失陷，荊、襄擾攘，武漢震驚。憑恃險阻者，曾無悔禍厭亂之誠，運籌全局者，難施息事寧人之計。彼時祺瑞解職，專任籌邊，已不願再綜政權，而大總統車騎親臨，敦促再起，我同胞函電交馳，勉以大義，迫不容已，重負仔肩。受任以來，仍以統一爲職志，和平爲希望，與大總統同德同心，冀挽劫運，荏苒經時，而統一之局，尚需時日。將士疲勞於外，人民疾苦於下，清夜深思，心哀淚墮。良以統一不成，和平直成虛願，而國綱所在，斷不容棄統一以就和平，理即甚明，事非得已。惜祺瑞襄贊無方，未能早紓國難，上負大總統知人之哲。今幸國會告成，已議決組織大總統選舉聯合會，實爲我國第一次改選大典。元首改任之時，即政局重新之會，祺瑞自應及時引退，遂我初服。所慮遞嬗之際，新內閣尚未成立，人心浮動，謠諑易生。凡我在位，具有責成，而各省軍民長官，責任尤重，所有前敵各軍隊，希即轉飭修明戰備，嚴杜煽惑。京師及各省地方，尤應鎮撫人心，妥維秩序。倘有疏虞，危及國本，則前敵諸將領與任地方之責者，對於國家人民，皆有不可辭之咎也。謹布區區，諸希鑒納。祺瑞。

民國九年（一九二〇）

段祺瑞呈徐世昌請拿辦曹吳呈文（一九二〇年七月八日）

呈爲揭劾奸凶，呈明拿辦，以整綱紀而振人心事。竊維國於天地，必有與立。法制紀綱，人人所應恪守。封疆大吏，膺方面之重寄，爲群眾所具瞻，宜如何正己率屬，恪供爾職，雙報國家倚畀之隆，而盡守法服官之責？若曹錕者，始以第三師長奉派入川，無功而歸，尚無大過，適直隸督軍員缺，遂以畀之，意尚不滿，尋與張勳歃血爲盟，秘圖復辟。討逆軍突起馬廠，聲威甚盛，曹錕中慴，乃請附義軍，首鼠兩端，論功已屬可恥。事未幾即定，而彼驟增三旅，並要請上將頭銜，比因湘戰方亟，姑予報可，授以兩湖宣撫使之任，兼第一路總司令，俾率眾南征。詎彼徘徊漢上，擁兵不前，繼假吳佩孚轉戰之力，獲拔長岳，而曹錕不以為喜，反從而嫉妒之。政府擬任吳佩孚為湖南督軍，曹錕則再四力阻，惟恐其名位出己上。嗣授以孚威將軍，而曹錕仍怏怏，時出怨言，謂政府將奪其所部。於是委師北旋，逍遙津保，嗾使吳佩孚叛變。一則要請經略四省，再則懇求增兵四旅，挾勢邀賞，不獲不休。政府欲資勞以收統一之效，遂不惜委曲以徇所欲，盡允其請，而卒未出保定一步。今大總統當選時，吳佩孚以曹錕部將仍敢妄肆詆毀，稱曰五朝元老，至就任後，猶稱東海先生，未嘗一盡敬上之禮，與入衡前行止頓異。電文具在，海內切齒。曹錕不惟不加約束，反曲代辯解，縱容指使，情節已屬顯然。擅自吳佩孚駐守衡州，暗與敵通，受賄六十萬元，沿途使用廣東毫洋，證據確鑿，無可諱言。擅自撤防，叛不奉命。逗留鄂豫，嚇詐金錢。盤踞京漢隴海各路，檢查郵電，梗阻交通，搜檢行人，礙及商旅。又監視鞏縣兵工廠，私留部械，扣阻陸軍部採購之軍米，意令京軍絕食。截留發給江西之槍彈，意令贛軍陷敵。目無政府鄰省，跋扈恣睢。而曹錕乃派兵橫出京奉、津浦各路，監視德縣兵工廠，遙與為應，且令所屬津保一帶隊伍，群向京師修筑炮臺，作長圍之勢。其膽大妄為，罪惡擢髮難數。此次湖南失事，全出曹錕奸詐所蔽，自知湖南淪陷，無顏居湘、鄂、川、贛四省經略之名，乃更覬覦直、魯、豫、晉四省巡閱之職。覬覦而不遽得，羞懼無可掩飾，則妄造黑白，攻擊西北邊使，迫挾元首，違法出令，以泄驕蹇之氣。外蒙全境，大適內地數省，辛苦收回，未費國家一錢，較之喪失湘省損兵棄械，害民禍商，相去何啻天壤。不知爲國進賢，乃獨數數勾通陸榮廷，誘惑元首，屢請起用復辟罪魁之張勳，誠不知是何肺腸矣。至其貪墨黷貨，不恤士卒，尤堪痛恨。南征時國庫奇絀，強索軍費數百萬元，〔……〕其一切貪謀秘計，均由其弟曹鍈爲之布畫，亦難兄難弟也。本上將軍創建民國，至再至三，參戰一役，費盡苦心，我國國際地位，始獲超遷。此後正當整飭紀綱，益鞏國基，何能聽彼鼠輩，任意敗壞法律，牽惹外交，希圖搖動邦本。謹用揭明罪狀，上請大總統迅發明令，褫奪曹錕、吳佩孚、曹鍈等三人官職，交祺瑞拿辦。餘眾概不株連。整飭紀綱，以振人心，而定國是，去腹心之患，則統一可翹足而待。兵隊現經整備，備齊即發，伏祈當機迅斷，立渙大號，與天下更始，不勝激切屏營之至。謹呈大總統。

向曹錕、吳佩孚宣戰檄文（一九二〇年七月十四日）

爲檄告事，案查曹錕、吳佩孚、曹鍈等目無政府，兵脅元首，圍困京畿，別有陰謀。本上將軍業於本月八日據實揭劾，請令拿辦，罪惡確鑿，誠屬死有餘辜。九日奉大總統令：曹錕褫職留任，以觀後效。吳佩孚褫職奪官，交部懲辦。令下之後，院部又迭電飭其撤兵。在政府法外施仁，寬予優容。該曹錕等應如何洗心悔罪，自贖末路。不意令電煌煌，該曹錕等不惟置若罔聞，且更分頭派兵北進，不遺餘力。京漢一路，已過涿縣，京奉一路，已過楊村，逼窺張莊。更於兩路之間，作搗虛之計，猛越固安，乘夜渡河，暗襲我軍。是其直犯京師，震驚畿內，已難姑容，而私勾張勳出京，重謀復辟，悖逆尤不可赦。京師爲根本重地，使館林立，外商僑民，各國畢屆，稍有驚擾，動至開罪鄰邦，危害國本，何可勝言。更復分派多兵，突入山東境地，逕占黃河南岸之李家廟，嚴修戰備，拆橋毀路，阻絕交通，人心惶惶，有岌焉將墜之懼。本上將軍束髮從戎，與國同其休戚，爲國家統兵大員，義難坐視。今經呈明大總統，先盡京畿附近各師旅，編爲定國軍，由祺瑞躬親統率，護衛京師，分路進剿，以安政府而保邦交，鋤奸凶而定國是。奸魁釋從，罪止曹錕、吳佩孚、曹鍈三人，其餘概不株連。其中素爲祺瑞舊部者，自不爲彼驅役。即彼部屬，但能明順逆識邪正，自拔來歸，即行錄用。共擒斬曹錕等獻至軍前者，立予重賞。各地將帥，愛國家，重風義，適此急難，必履及劍及興起不遑者，祺瑞願從其後，爲國家除奸慝，即爲民生保安康，是所至盼，爲此檄聞。

七月十九日自請罷免官職解除定國軍名義通電（一九二〇年七月十九日）

保定曹經略使、天津曹省長、盛京張巡閱使、南京李督軍、南昌陳督軍、武昌王巡閱使、開封趙督軍、歸化蔡都統、寧夏馬護軍使同鑒：頃奉主座電諭：「近日疊接外交團警告，以京師僑民林立，生命財產極關緊要，戰事如再延長，危險寧堪言狀，應令雙方即日停戰，速飭前方各守界線，停止進攻，聽候明令解決」等因，祺瑞當即分飭前方將士，一律停止進攻在案。查祺瑞此次編制定國軍，防護京師，蓋以振綱飭紀，並非黷武窮兵，乃因德薄能鮮，措置未宜，致召外人之責言，上勞主座之廑念。撫衷內疚，良深悚惶！查當日即經陳明，設有貽誤，自負其責。現在亟應瀝陳自劾，用解愆尤，業已呈請主座，準將督辦邊防事務，管理將軍府事宜各本職，暨陸軍上將本官，即予罷免；並將歷奉獎授之勛位勛章，一律撤銷。定國軍名義，亦於即日解除，以謝國人。謹先電聞。

民國十二年（一九二三）

討曹錕通電

（銜略）頃讀盧、張兩總司令先後通電，痛國事日非，生靈塗炭，維持拯救，用全力以盡職責，壯哉言乎，善哉言乎！年來政治，目不忍睹，耳不忍聞，上林已作污穢之場，中樞儼成贓（藏）私之肆，不知國家人民爲何物，禮義廉恥爲何事。憑逆取之勢，無順守之能，倖幸弄權，荒淫無度。甚且盜國肥己，損逾萬萬，得才百千，亦忍爲之，如德發債票是也。擁兵自衛，國困民窮，官吏日夜奉職，室家無以自存，軍警風雨戒備，一身不獲溫飽。夫爲國者不患寡而患不均，不均之弊，極於此矣。外交懸案至百餘起，到期外債整理無方，隳國際之信用，來四鄰之責言。重以構兵連年，南服已無完土，雨暘失候，中原殆遍災祲，宜如何修省，與民休息？乃當此凶荒，復令四省攻浙，排除異己，連累無辜，貪一己之尊榮，造彌天之罪孽，倒行至此，豈能倖存？夫剝極必復，易理昭然，伐罪弔民，春秋之義，向之爲彼效〔命〕奔走馳驅者，迫於威勢，拘於情誼，困於衣食，非得已也；況其昏庸猜刻，即心腹股肱之寄，藏弓烹狗，亦屬數見不鮮。識時務者，固已內斷於心。蓄遠志者，亦當奮袂而起。海內賢豪，並時袍澤，必能當仁不讓，見義勇爲，著劉琨之先鞭，效范滂之攬轡，出民水火，勿任淪胥。迫切陳詞，不盡百一。段祺瑞。

民國十三年（一九二四）

段祺瑞被推舉爲國民軍大元帥，覆馮玉祥等電（一九二四年九月二十九日）

（銜略）漾電痛禍國殘民之非，發救世止戈之願，赫然返旆，底定神京。民國頓蘇，輿情大慰，懿歟壯哉！所稱政治善後，請全國賢達速商補救之方，共開更新之局數語，所見遠大，洞中機宜。溯自紀元十三年來，兵釁迭起，民不堪命。推原其故，蓋政府未能守法，大法亦未盡當。始於束縛，終於橫決，循環起伏，以迄於今。非有徹底改革之決心，焉得民國本來之面目？竊謂庶政公諸輿論，輿論務返本以求，安危須仗群才，群才務推誠相與。法善人得，何政不平；所有亂源，根株可盡。瑞憂患餘生，心知其意，法式安出，諸賴詢謀。會承來電，借抒微意，邦人諸友，幸起直追。段祺瑞。豔。

十一月廿一日宣布就任執政通電（一九二四年十一月二十一日）

（銜略）共和肇造，十有三年。干戈相尋，迄無寧歲。馴至一國元首，選以賄成，道德淪亡，法紀弛廢，誅求無厭，戶鮮蓋藏，水旱交乘，野多餓殍，國脈之凋殘極矣，人民之困苦深矣！法統已壞，無可因襲，惟窮斯變，更始爲宜。外觀大勢，內察人心，計爲徹底改革，方足以定一時之亂，而開百年之業。祺瑞歷秉大政，無補艱危，息影津門，棲心佛乘，既省愆於往日，冀弭劫於將來。邇者彗起天角，芒纏直北，黴稽則千萬一擲，拘役則十室九空。萃久練之兵，爲相煎之用。人民何辜，遭此慘黷？所幸各方袍澤，力主和平，拒賄議員，正義亦達。革命既已，百廢待興，中樞乏人，徵及衰朽。祺瑞自顧疏庸，詎勝大任？乃電函交責，環督益堅，不得已擬於十一月二十四日入都就中華民國臨時執政之職，組織臨時政府，暫維秩序。海內久望統一，輿論趨於革新，願與天下人相見以誠，共定國是，如制定國憲，促成省憲、改訂軍制、屯墾實邊、整理財政、發展教育、振興實業、開拓交通、救濟民生諸大端，必須集全國人之心思才力以爲之，庶克有濟。現擬組織兩種會議，一曰善後會議，以解決時局糾紛，籌備建設方案爲主旨，擬於一個內集議，其會議簡章另行電達。二曰國民代表會議，擬據美國費城會議先例，解決一切根本問題，期以三個月內齊集。其集議會章，俟善後議定後即行公布。會議完成之日，即祺瑞卸責之時。總之，此次暫膺艱巨，實欲本良心之主張，冀爲徹底之改革，謹宣肝膈，期喻微衷。邦人君子，幸垂教焉。段祺瑞。馬。

中華民國臨時執政府制六條（一九二四年十一月二十五日）

第一條：中華民國臨時政府以臨時執政總攬軍民政務，統率海陸軍。

第二條：臨時執政對於外國爲中華民國之代表。

第三條：臨時政府設置國務員，贊襄臨時執政處理國務。臨時政府之命令及關於國務之文書，由國務員副署。

第四條：臨時執政命國務員分長外交、內務、財政、陸軍、海軍、司法、教育、農商、交通各部。

第五條：臨時執政召集國務員開國務會議。

第六條：本制自公布之日施行，俟正式政府成立，即行廢止。

臨時執政令選錄一（一九二四年十一月二十五日）

此次組織中華民國臨時政府，係爲革新政制，與民更始，茲事體大，諸待僉謀。所有從前行政司法各法令，除與臨時政府制度抵觸或有明令廢止者外，均仍其舊。

臨時執政令選錄二

現在政府業經成立，本執政勉膺重任，凡百政務，諸待進行，所有京外文武官吏，均仍舊供職，共濟時艱。

臨時執政令選錄三

祺瑞於本月二十四日就中華民國臨時執政之職。自維德薄，重以時艱，惟有勉矢公誠，求孚民意，刷新政治，整飭紀綱，所望官吏士民，協力同心，共臻治理。

臨時執政令選錄四（一九二四年十一月二十七日）

據陸軍檢閱使馮玉祥呈請，開去本兼各職，遊學歐美，俾遂素願等語。此次該使，維持京畿秩序，軍民翕服，功在國家，現在大局粗安，豈容高蹈？尙期勉盡職責，共濟時艱。所請開去本兼各職之處，應毋庸議。

民國十四年（一九二五）

元旦致孫中山、黎元洪電（一九二五年一月一日）

北京孫中山先生、天津黎宋卿先生勛鑒：共和肇建，已十三年，追維締造之初，同負艱難之責。乃自創始以迄於今，國困民貧，兵多法敝，獨居深念，寢饋難安。因此不辭勞怨，不避艱險，暫膺重任，冀盡我心。方今急務，治標以和平統一爲先，治本以解決大法爲重。善後會議所以治其標，國民代表會議所以治其本。善後會議條例前經公布，計邀鑒察！現擬盡本年二月一日以前在北京開會，敬請我公惠臨，共商大計。如因事不能列席，即乞迅派全權代表與會。民生憔悴，國勢憑陵，憶當年袍澤之勞，動此日纓冠之念。想我公必具同情也。至國民代表會議，應由全國人民公意組織，以符主權在民之意。合併附陳，統希賜覆，無任企禱。祺瑞。

致上海唐紹儀、章炳麟、岑春萱電（一九二五年一月一日）

上海唐少川、章太炎、岑雲階先生鑒：善後會議條例前經公布，計邀鑒察。此會專爲整理軍事、財政及籌議建設方案而設，並爲國民代表會議之促進。質而言之，即溝通各方之意思，由各省以及全國共謀和平統一，擬盡本年二月一日以前在北京開會。素仰我公愛護民國，休戚與共，學術湛深，經驗宏富，守正不阿，久孚人望。敬請惠然肯來，共商大計；至關於國家根本大法，應照馬電組織國民代表會議，由全國人民公意解決，以符主權在民之意。特電布臆，即希電覆。祺瑞。東。

致王士珍等電（一九二五年一月一日）

北京王聘卿、汪精衛、黃膺白、熊秉三、趙次珊、胡適之、李印泉、潘力山、烏澤生、劉慰齋、楊暢卿、邵次公、彭臨九、李伯申、湯斐予、林宗孟，天津張敬輿、嚴範孫、梁卓如、朱桂莘、楊鄰葛、饒宓僧，上海王竹村、楊滄白、褚慧僧、虞洽卿，香港梁燕孫，諸先生鑒：善後會議條例前經公布，計邀鑒察，此會專爲整理軍事、財政及籌議建設方案而設，並爲國民代表會議之促進。質而言之，即溝通各方之意思，由各省以及全國共謀和平統一。擬盡本年二月一日以前在北京開會。素仰我公學術湛深，經驗宏富，守正不阿，久孚人望。敬請惠然肯來，共商大計。至關國家根本大法，應照馬電組織國民代表會議，由全國人民公意解決，以符主權在民之意。特電布臆，即希電覆。祺瑞。東。

致各省區法團電（一九二五年一月二十九日）

北京、天津、上海、漢口總商會，暨各省區省議會、省教育會、省總商會、省農會鈞鑒：照善後會議條例第六條之規定，應設專門委員會審查大會所交議案，並得出席報告及陳述意見。茲決定聘請左列各團體人員為委員：（一）省議會議長一人。（二）省教育會會長一人。（三）省總商會會長一人。（四）省農會會長一人。（五）北京、天津、上海、漢口總商會會長一人。（六）各特別區與省同，無者缺之。善後會議現定於二月一日開會，望即迅速赴京與會，並盼將赴京人員姓名及行期先行電告為盼。段祺瑞。豔。

臨時執政建設宣言（一九二五年二月一日）

民國十三年十一月二十一日，祺瑞在津宣言，欲本良心之主張，冀為澈底之改革。其改革程序則（一）由善後會議解決時局糾紛，共謀和平統一，以回復國民固有之秩序。（二）由國民代表會議解決一切根本問題，適應時勢要求，以避免現在及將來之革命。其改革目的則

（一）制定國憲，（二）促成省憲。凡此皆多數國民所祈嚮，祺瑞之所奉，以周旋所謂「馬日通電」者是也。夫建設之業，條理萬端；治亂之機，始簡終鉅。國人果其悔禍，爲政豈在多言？是以馬電內容僅舉建設大綱，就正國人。所望海內賢達，百慮一致，匡其不逮。虛衷以俟，擇善而從，斯爲大幸。昔王荊公與司馬君實論治，以爲儒者所爭尤在於名實。名實已明，而天下之理得矣。今國中議政之家，務在立名號於有眾，用資宣傳。祺瑞老矣，且非所長，然當今日善後開始之際，全民風動之時，既願開誠相與，不得不傾吐所懷，以免知我者病其太簡，好事者附會其詞，致失眞意所在。茲特綜核名實，更就馬電所及，擇要申說，期於共喻，非矜我見，而較論當世之異同也。

（一）辛亥革命之意義

辛亥一役，易帝制爲民主。閱時未及半載，而清帝遜位，民國政府成立，南北統一，並世史家至稱之爲「無血之革命」，何其幸也！國人試一注意當時經過之事實，可得極精確之意義如下：（一）辛亥革命之成功，完全基於民意，絕非決勝於武力。當時所謂民意，即不外依南北議和之結果，使全國中心勢力相與平等協作而已。凡反乎此平等協作之原則，而從事於武力之企圖者，無論其所挾武力之量數爲何度，亦無論其所揭櫫之主義爲何物，卒無一不遭國民消極之抵抗，而同歸於覆敗。由是而知，國民消極抵抗力之偉大，乃至不可思議，而爲今後言救國者所不可漠視之重大教訓也。（二）辛亥所解決之建國問題，止於國體一事。至民主政制施行之方案，中央地方權限之劃分，國民政治能力之養成，則一切在留以有待存而不論之列。於是宣布臨時約法，以資保證，用垂久遠。厥後雖有帝制復辟之反動，然皆於最短時期悉就撲滅。其他政治問題之爭議，則以不得國民積極援助之故，不能及時解決，輾轉遷流，至於不可紀極。由是而知，約法根本效力固始終未嘗中斷，而以政制不備，職爲厲階，垂十三年非爭則亂者，不能謂爲約法不良之左證。蓋國憲未定，革命因之而延長也。

（二）革命延長之危機

中國自約法宣布以前，爲國民革命時代。過此以往，則爲黨派或局部革命之延長。除討伐帝制復辟、賄選諸役爲國民所許可外，其他軍事行動幾於歲歲有之。於國民何與焉？其影響所及，至於創鉅痛深，不可收拾。約而言之，（一）爲國家有形之損失。國家行政號令不出都門，國庫收入全數悉被截留。凡國民教育生計之所資，地方命脈之所恃，無不摧殘殆盡。世界萬國，無此政制；割據偏安，無此政象。其在平時，固已然矣，至於戰禍既起，尤爲慘不忍言。與其認爲革命之繼續，毋寧謂爲內亂延長之爲當也。（二）爲國民無形之損失。內爭相持，國是未定。凡中國固有之中心思想，所謂「不可得而變革者」，既已敝敗而不適於用。現代思想之輸入，又多由於外鑠一、二人倡之，其附從之衆至於數十百千人而止，固未嘗深入於人心。國民所發見理想與事實之矛盾，名實言行之不相顧，未有甚於此時者也。夫使善惡無定形，是非無定名，則不特政府無致治之術，乃並國民望治之心，而亦絕其萌芽。政治生活每況愈下，而無復向上之機。此革命延長之禍所以烈於洪水猛獸。舉國之中，殆無一人。焉能否認此說也？是以今之急務，莫如防止革命；欲止革命，莫如速定國是；欲求國是之速定，則捨國民制憲無他途也。

（二）制定國憲促成省憲

制定憲法爲國民會議最大之任務，在世界先進各國已成通例，無俟詳說。其或以布憲爲空文，而別圖所謂澈底改革者，是直自擾而已。將謂辛亥革命厥有約法而內亂相踵，視清季殆有甚焉，是固然矣。顧不能因法未盡善之故，致疑於法之不當立，可斷言也。設當日制定之際，其參加分子不以各省代表爲限，其立法精神不以取便臨時自足，則其施行之效力，豈特維持民國之名而已？即十三年間之內亂，不作可也。不幸既廢止臨時政府組織大綱，以謀第二臨時之延長，又限於十個月內召集國會制定憲法，以表示約法無歷久之機能。於是有大力者因之而生心，主法統者假之爲武器，法律爭議爲內戰之媒介，政治中心隨武力爲轉移，此則已往紛亂之局所由來也。此次國民代表會議之召集，首當制定國憲，爲一勞永逸之計。各省制憲之自由，以國憲保障之。在省憲未定以前，政府促成之方法，約舉如下：（一）制定縣議會組織條例，使各縣一律成立縣議會，以謀下級自治之發展，並爲制定省憲之準備。（二）制定省自治暫行條例，使各省獲一自治省政府之雛形，進而謀民治之實現。（三）其特別市如上海、北京等處，並宜制定市自治條例，以垂模範。三者皆期於必達，亦今後治亂之關鍵也。

（四）善後會議與統一

善後會議之召集，以解決時局糾紛、籌備建設方案爲主旨，與國民代表會議截然爲兩事。性質既殊，組織各別，前布條例及籌備各電，言之至詳，有識之士當不至併爲一談。夫國民主權之在今日，所謂天經地義，五尺能道，然必謂政府善後之舉，和平息爭之責，亦當委諸主權者之國民，非所聞矣。中華民國及其國民自始無所謂不統一。觀於國內分裂之局，相持至於數年之久，然而中央司法、實業之行政自若也，全國商、教兩會之聯合自若也。舉凡國民間之情感利害，殆無所往而非秩序釐然，絕少衝突。國有恆性，孰能易之？若夫因時局之變，而爲今日統一之障礙者，厥惟軍事、財政之紊亂。其癥結所在，則以少數有力者之自私自利，互爲因果，決非事實上之困難，已陷於不可收拾之狀態也。國民方面既無糾紛之可言，亦不能負解決之責。所當有事於補救者，將惟臨時政府。是賴而區區之愚，則願與全國軍政當局，立於平等協商之地位。旁求當世名賢碩彥之指導，消弭循環報復之隱患，用成和平改造之新治，如是而已。至於國民代表會議之召集，祺瑞既可發議於前，則其組織及選舉方法，凡願與祺瑞同負改造之責者，自能決議於後，誠無取乎緦緦過慮爲也。

（五）國民代表會議與制憲

國民代表會議之組織，所當極端注重者：（一）國民代表選出之方法，務求公溥，而後所謂國民總意者，始有表現之可能。（二）會議職權無取誇大，議事程序須極嚴重，而後民國根本大法，乃得早覩厥成。茲二義者，爲政府準備提案之綱領，以俟善後會議之考慮。即在國民亦有自由討論之餘地，非本宣言所能詳也。惟制憲大業爲成立國民代表會議之基本條件，所關尤鉅。蓋承今日法統既壞之局，舉非一切改造方案，納諸國憲範圍之中，而悉受支配於其下，則將陷於有政治運動而無國家行爲之危險恐怖時代，將自此始，革命之禍，伊於胡底？所望國人急起直追而預爲之計，則幸甚矣。

（六）建設前途之責任

綜上所述，關於會議最大之任務與建設計畫之次第，雖由馬電發其端，然其運行之際，所以主宰而綱維之者，則不在個人，而在全體。蓋善後會議實爲全國勢力之中心，國民代表專司總意表現之樞機，必謂發議之人具有指揮若定之能，當負政由己出之責，夫豈其然？徒以紛爭既久，渴望統一，革命告終，宜有建設，亦既全國憬悟，心同理同矣。而歷年來屢試屢敗之武力主義，心勞日拙之命令、政策，愚者猶知其不可。於此而欲改絃更張，別闢徑途，以挽末流之失，用成中興之治，則捨會議解決而外，無他道也。國於天地，必有與立。政府，其後起者也，有統一而後有政府。憲法，其先決者也，有憲法而後有建設。繼今以往，凡所以息內爭而回復統一，捨革命而進於憲政者，一切皆將基於理性上之威權，訴諸國民之自覺。以決其成否，臨時政府之所能爲力者，殆至微末不足道。凡我國民，盍興乎來？

中華民國十四年二月一日段祺瑞

致馮玉祥電

張家口馮督辦：前得寒刪兩電，轉據胡督，電請任免陝督省長幫辦各職；詳報逼近洛城，親臨指揮，入洛後，三面而向陝嵩搜索事前後，請辭職，請議處。尊重中央，始終一致。劉、憨越疆抗命，宜據禹行報告拿辦劉、憨，以伸綱紀各等情。向者，吳佩孚遁回洛陽，胡督軍行遲鈍，久恐生變，令劉督派憨驅吳，直達開封。胡督將至黃河，虛生衝突，復令憨旋師。胡督有虞，電致憨謂：大河以南，任擇何地，均可劃區駐轄。彼時胡實允其駐豫。吳尚擁兵信陽，迨二月二十二日禹城焚掠，歸罪憨師，爭辯異辭，接觸時聞，吾弟始有換防之議，劉督亦有出省籌商之電。所以令各退五十里，派孫使查辦，僅到鄭州，未能間隔，以致越趨越惡；迭電制止，視等弁髦，甚至鏖兵洛西，生靈荼毒。陝省督長指員任命，尊重中央，故如斯耶？憨遂令逐吳，復讓開封，謂其有罪，連劉督而並去之，何以服天下？後世是非，本有定衡，不容以力爲理；螳螂捕蟬，旋果黃雀之腹，力又盡可恃乎？茹素二毛之老，久已目空三界；普度衆生，我佛宏願，不敢不遵。美名虛擁，貽誤蒼生，雅非素志。有佐治之良法，陳述無不採納。若以力爲務，余實不敏。老弟主持和平者，於鄙言其細察之。執政感印。

臨時執政令選錄五（一九二五年九月二日）

年來國內不靖，軍隊所需，每由外品包運來華，價値甚巨，爲數綦多。際茲國困民窮，理宜休養，萬不可再事虛糜，且所購之器，類皆舊式，附帶子彈，亦復有限，口徑各異，補充亦難，殊非統一兵器教育之道。著由陸軍部就本國現有各兵工廠，竭力規畫整頓，以期足供各軍隊平時操防之需。除由科學所發明之器械可供軍隊智育學術上之研究者，得隨時審查需要程度，另行特許採購外，其餘應即一律禁止購置，並即停發此項護照。一面由外交部分行各國駐使暨稅務司，嚴爲查禁，以重軍實，而杜漏卮。

臨時執政令選錄六（一九二五年十月十日）

忝執國政，瞬將一載，値十四年國慶之辰，爰布所懷，敬告有衆。國維解紐，綱紀蕩然，嗟我士民，久罹鋒鏑，迫不獲已，勉任仔肩，期以和平歸於統一。本此志願，委曲以赴，凡百有位，慨念時艱，同心協力，勤求治理，民會選舉，計日現成，根本大法，亦將釐定。惟是一年之內，叢脞良多，成績未彰，負疚特甚，閭閻凋敝，災祲重沓，宿師滿野，共億煩多，樂利無聞，流亡莫復，度支匱絀，待選百端，中夜徬徨，戚焉如擣。國人屬望，容有怨辭，高位忝膺，責無旁貸。外顧列邦之環注，內惕大局之阽危，斷非一手足之為烈，凡中央及各省區長官，舟楫同持，休戚與共。務望咸殫乃心，不懈初志，鎮定震撼，支拄艱危，勿諉卸以誤國家，勿遷就以貽禍患，蘄登上理，福我眾生。大法既成，咸遵正軌，民國榮譽，永垂無極。本執政有厚望焉。

臨時執政令選錄七（一九二五年十月十七日）

民國十四年來，宇內紛擾，民不堪命，喘息未定，來日大難。近來謠諑繁興，浙省復有調動軍隊之舉。查淞滬永不駐兵，早經明令宣布。滬案發生後，蘇省為維持地方計，曾調邢士廉所部前往暫資鎮懾。今人心已定，據楊宇霆電稱，業照商民所請，於本月十五日將邢部完全撤退，與孫傳芳銑電用意不謀而合。蘇浙兩方，事前未經接洽，容有誤會，經此當可釋然。民窮財盡，兵凶戰危，若再為箕豆之相煎，實不忍生靈之塗炭。本執政德薄能鮮，措置無方，所望各疆吏軫念民生，善體斯意。孫傳芳所部，應即各回原防，以符本執政愛護永久和平之心，而慰東南人士之望。

臨時執政令選錄八（一九二五年十一月二十一日）

國家預算不敷，舉國債以資補助，對於所負債務，自應履行契約，如期償還，以昭信用。我國近歲以來，中央收支懸絕，綜計歷年負債，除有確實擔保品者，仍按原契約償還外，其他各債項，辦理未能一律。迭經財政部及先後特設機關協商結算，尚未確定辦法。國家信用所在，對於內外債權人，亟應切實負責清釐。著財政部會同財政整理會，妥籌整理方法，呈候核奪施行。此令。

臨時執政令選錄九（一九二五年十一月二十一日）

日前豫軍，因誤會開入魯境，據報已抵曹縣、荷澤等處，現仍繼續前進。查本月十三日，已令岳維峻對於京漢沿路力予維持，責任綦重，如分兵他進，與本執政倡導和平之意，殊相背馳。著即迅飭赴魯軍隊開回原防，免滋紛擾，仍將辦理情形，剋日具報。

臨時執政令選錄十（一九二五年十一月二十六日）

釐金名目，創於清季，祇爲臨時籌餉而設，衡諸古代，關市之徵，於義本有未合，且就各處通過貨物，節節抽收，於工商業之發展，影響甚巨。邇年以來，政府深知其弊，屢有裁撤之議，顧以各省區軍政要需，賴茲挹注，因仍舊貫，未予蠲除。惟長此遷延，殊非體恤商民整飭財政之意。著財政部會同財政善後委員會，將各區釐金及類似釐金之通過稅捐，一律妥籌裁撤，並將預備裁釐之先，及實行裁竣以後，各省區原恃釐金之支款，如何確實抵補，詳擬辦法及進行期限，呈候核奪。

臨時執政令選錄十一（一九二五年十二月二十五日）

去年臨時政府成立，本執政以不忍人之心，處不可爲之勢，勉徇眾議，出任維持，冀本良心之主張，爲澈底之改革，曾於馬電述陳梗概，復經善後會議詢謀僉同，既與國人慮始於前，方期共同負責於後。乃一載以還，用人行政，未符本懷，和平統一，終難實現，中夜傍徨，戚焉如擣。惟有修正臨時政府制，增設國務院，以專責成。嗣後凡百設施，以及改革建設諸大政，均由國務會議審量全國之趨向，博稽人民之公意，迅速籌議，共策進行。但求救國有方，共和永固，本執政決不稍持成見也。

民國十五年（一九二六）

臨時執政令選錄十二（一九二六年一月二十一日）

國家設置軍備，原爲鞏固國防，若以久經訓練之軍隊，幾經培植之人材，日事內爭，將何禦侮？又況干戈所至，並邑爲墟，百業蕭條，流亡載道，國人咸引爲憂，政府寧忍坐視？夫整飭綱紀，保衛閭閻，實爲政府惟一之天職。疆吏有守土保民之責，決不容互相攘奪，置人民生命安寧於不顧。自此次明令之後，各軍事長官應一律即日停止軍事行動，各守疆圉，互戒侵陵。如再稱兵構釁，則罪有攸歸。須知黷武無久存之理，正義有必伸之時，息爭衛國，共其勉之。

臨時執政令選錄十三（一九二六年一月二十九日）

教育爲立國根本，改革以還，干戈方興未遑，學校財源枯竭，幾輟弦歌。長此因循，國於何立？興念及此，惋慨殊深。查教育經費，曾迭經明令主管各部籌畫辦理，迄未規定的款，致鮮成效。現在時會益艱，教育尤急，應特派專員會同主管各部，妥切籌畫教育特稅，以充教育經費，一經確定稅款，不得移作別用，以副振興教育鞏固國本之至意。

臨時執政令選錄十四（一九二六年二月二十八日）

保民之道，從俗爲宜。中國釋、道、回各教，沿習已數千年，翊輔治化，拊輯邊徼，罔不由茲。天主、基督兩教，歷訂條約，於傳習保護嚴切申明。共和成立，尤重信教自由。近聞各處頗有宣傳反對宗教之印刷品，及結社集會等事，若不急爲禁遏，內則違戾國俗，外則搖動邦交，關礙殊巨。著責成各省軍民長官，力爲制止，以杜淆惑，而弭亂源。

臨時執政令選錄十五（一九二六年三月二十日）

愛國運動，各國恆有，聚眾暴動，法所不容。此次徐謙等率領暴徒，實行擾亂，自屬罪無可逭。惟當群眾複雜互相攻擊之時，或恐累及無辜，情殊可憫。著內務部行知地方官廳，分別查明撫恤。其當時軍警執行職務，正當防衛，有無超過必要程度，著陸軍、司法兩部查明，依法辦理。

臨時執政令選錄十六（一九二六年四月七日）

因前徐謙等率領暴徒，實行擾亂，或恐累及無辜，曾令內務部查明撫恤在案。茲據該總長屈映光呈覆內稱，准京師員警廳查明函覆，並將死傷人數列表彙送前來。檢查餘眾，竟有多數學生同在其列。伏念青年學子，熱心愛國，血氣方剛，激刺之言易入，經行不顧，計較之念全無，猝乘市虎之驚，陡起填膺之憤，意氣所激，遂爾直前不顧，墮入漩渦。揆其情跡，實有可原。伏乞特頒明令，優加慰恤等情。查徐謙假愛國之名，行破壞之實，青年學子，衛國情切，墮其陷阱，殊深憫惜。除令內務部仍妥擬辦法，切實查明，分別優恤撫慰外，並責成教育部，督同各校校長，妥籌善後之方，以維學風，而培元氣。本執政有厚望焉。

臨時執政令選錄十七（一九二六年四月十七日）

民國成立十有五載，紛亂迄無寧日。本執政蒞事以來，兢兢以振導和平，與民更始爲念。不圖德末足以感人，方末足以濟變，力不從心，事俱違願，迭經聲述，期於退休，然猶不辭謗議，忍辱至今者，徒以民國締構，本執政心力所存，休戚與共，內審時艱，外崇國信，且目睹赤化之禍，流於首都，不敢遽爲無責任之放棄耳。本月九日之亂，所關於國家紀綱軍人職責者絕巨，遘茲奇變，內疚尤深。曩者臨時政府開始之日，曾規定應辦者若干事。一年之中，事勢扞格，今後是否按程繼進，聽諸公意。邇來宗國元功，方隅諸帥，屢以大計相與詢謀，國家之福，有目共見。當此亂極思治之秋，不無貞下起元之會，其速妥議善後，俾國政不至中斬，僉謀朝同，初服夕具。本執政從容修省，得爲海濱一民，終其餘年，所欣慕焉。

附記一

段祺瑞《正道居集》因緣漫說

十多年前，我於佛光大學在職碩士班開設過「歷代元首詩」專題課，內容上及託名三皇五帝的詩歌，下至民國元首的作品。其中段祺瑞（芝泉）的詩文頗令我關注。原來芝老早年曾留學德國，於儒釋二道自有造詣，暇時好爲詩文，其詩作甚至選入錢仲聯《清詩紀事》中，這與我們所認知的武夫形象大相逕庭。然而，段祺瑞晚年自編的《正道居集》非常罕見，學者因而難以窺其文學創作之全貌。那時段昌國老師剛從宜蘭大學退休，接掌佛光未來系主任之職。我見昌國老師氣宇軒昂，其名又與芝老孫輩昌世、昌義等排行相同，遂冒昧詢問他是否有親緣關係。昌國老師謂自己確是芝老族孫，宗派雖較遠，但從父執輩處卻聽過不少關於芝老的掌故。我又問昌國老師是否見過《正道居集》，他說以前在叔父處見過一個抄本，但叔父去世後，抄本不知下落。

二〇一四年，蒙上海圖書館梁穎先生之助，我終於覓得《正道居集》全帙。此集大抵作於一九二〇年代段祺瑞擔任臨時執政以後，所收詩文多為感世勸善之旨，如〈詠雪二首次某君〉其一云：「瑞雪豐年兆，哀鴻轉弗安。眾生悲業積，我佛結緣難。冬至陽生漸，春回氣不寒。閉門思寡過，善惡待天干。」此外還有少量遊觀詩，如〈旅大游〉與〈懷舊〉二篇。光緒九年（一八八三），清軍決定在旅順口修築海岸炮臺，段祺瑞當時年僅十八，在北洋武備學堂學習炮兵科，奉派到旅順參與修建工作。民國十六年（一九二七），芝老故地重遊，寫下這兩篇作品。〈旅大游〉回顧了這四十多年來旅順和大連先後被沙俄、日本占領的痛史，而〈懷舊〉則進一步描述了日治之下旅大的繁榮興盛、與當時中國內地差距甚大的面貌，並奉勸國人，雖然痛恨日本，卻應捫心自問，有沒有如日人般團結一致、發憤圖強，甚至以敵為師？世人一直簡單認為段祺瑞親日，但九一八事變後，他卻力拒日人的復出邀請，更以七旬高齡毅然離開日人滲透的天津、南下上海，發表抗日言論。如此心路歷程，我們不難從《正道居集》中尋繹端倪。於是返港後，我仔細研讀此書，撰成一文。

拙文發表後，朋友提議我將《正道居集》作註出版，讓世人更深入了解這位傳奇人物。由於平時教研事務繁重，力有不逮，再三考慮之下，我邀請了一批來自香港和臺灣的本科生、研究生，每人負責一篇或數篇的註解。如此一來可以分擔工作，二來也能讓同學有所歷練，一舉兩得。確定此事後，我立刻致函昌國老師，邀他賜序。想不到昌國老師很快便寄來序文〈共和路上的壇與帳〉，既具有史家真知，也富於族人溫情，令讀者讚嘆。《正道居集》是自選本，不少作品並未錄入。而段祺瑞墨寶近年不時見於網上拍賣行，其中不乏詩文遺珠，因此引發了我的關注。值得一提的是二〇一五年，中學母校拔萃男書院爲紀念香港重光七十週年，策劃舉辦展覽，逐一介紹禮堂外壁紀念碑上的四十六位陣亡於二戰的校友。由於我對香港混血群體一向頗爲關注，因此受邀執筆。當年五月下旬，我和校史館長劉致滔師弟、陳耀初師兄獲得摩星嶺昭遠墳場許可，在微雨中穿梭於墓碑林中，考察陣亡校友資料。出人意表的是，港上名紳何福（何東之弟、何鴻燊祖父）的墓上，有兩處題字極爲引人矚目，那就是芝老所題「常善救人」和前大總統黎元洪所題「義惠宣風」。由此足見何氏兄弟在戰前不僅富甲香江，對中國也頗有影響力。而這深藏於昭遠墳場的墨寶，至今依然不爲人知。

兩三年下來，《正道居集》註釋工作穩健進展。由於不斷陸續輯得佚文佚詩，幾度延後時限，只得計畫趁本學年在中研院訪問的機會，將註文統合整理出版，目前幸已初步完成。訪學期間，有次從臺北飛抵青島大學主持講座。講座結束後，還有半天時間，朋友建議我到五四廣場走一走——一九一九年，巴黎和會決定將德國在山東的權益轉交日本，而非歸還中國，直接引發五四運動；而瀕海的五四廣場，就是爲紀念這個歷史事件而建造。青島大學邊的麥島站與五四廣場站皆在地鐵二號線，只有四站路程，非常接近，適合一遊。進地鐵購票時，發現二號線的終點、也就是五四廣場站的下一站，名爲芝泉路站。這令我依稀想起一個很久以前看過的掌故：段芝老因長期被視爲反面人物，現在幾乎完全沒有以其命名的建築，唯一例外是青島的芝泉路：因爲用的是表字，文革時方能逃過一劫。我的手機在大陸沒有上網功能，無法進一步查核資料，但這時只有一個念頭：趁著下午天氣好，到芝泉路走走——哪怕那裡什麼都沒有。

出站後，只見芝泉路是一條幽靜而緩緩上坡的弧形路，沿路樹木婆娑，其中有些是新植的臺灣欒樹，正結著紅色的蒴果。我首次來到一座城市，總喜歡隨意逛逛看看，何況此地氛圍不錯。走了大約二十分鐘，看到一塊近兩公尺高的石壁上橫鐫著「阿彌陀佛」四個大金字：原來這裡是湛山寺，「青島十景」之一。詢問寺僧，得知該寺的建造乃是一九三四年由葉恭綽、周叔迦等社會賢達發起。當年，青島市長沈鴻烈無償撥出湛山一帶的土地二十三畝，又邀請倓虛法師來青島，主持建造。下野寓居上海的段祺瑞篤信佛法，雖自奉甚儉，也主動捐助了洋銀二百。兩年後段祺瑞往生，湛山寺門口的佛海路遂易名芝泉路，湛山從此也有了芝泉山之名。全寺開闊清幽，山門前一對石獅相傳爲明代遺物。而寺東有七級磚塔及毗盧閣，可以遠眺黃海，景致甚佳。一直流連到黃昏，方才離去。

回到臺北後，與段昌國、周伯戡老師聚會。兩位老師興致頗高，從歷史文學、故人往事聊到民生時局，妙趣橫生。我也順便談及青島的「奇遇」助興——這趟行程意外來到湛山寺，再尋思起註釋計畫，洵然感嘆因緣之奇妙。不知何時，窗外下起濛濛細雨。臨別之際，竟已更闌人稀了。於是口占一律曰：

三造共和稱合肥。湛山寺口又斜暉。
兵戈頓寤千秋夢，星日空思五色旂。
青史有情成道紀，紅塵無事不禪機。
茶爐坐久生甘雨，燈火長街半掩扉。

附記二

註段雜詠

煒按：搜尋近年相關塗鴉，竟達十餘題，未嘗不可編個小小的「詩鈔」，以紀錄主編工作之心路歷程罷。他篇已載者茲不重出。

浣溪紗．題段夫人張氏佩蘅姪女合影（二〇一五年二月六日）

拍賣網站有「段夫人張氏佩蘅姪女合影」，前所未見。張氏祖籍陝西，乃袁項城總統義女。歲庚子（一九〇〇），段祺瑞夫人吳氏卒，袁乃許以為續弦。張氏少段十齡，目前所見留影皆在晚年。如段合肥七秩華誕，伉儷於上海玉佛寺合照，皓首緇衣。而此照攝於民初，張夫人年幾不惑，而風華茂然，宜笑嫣爾，頗異同時。可寶也夫！

霜鬢慣看驚弱顏。雲裳省識共和年。童稚欣欣五彩天。

◎王覇虛名皆往事，河山再造任誰肩。空餘梵路號芝泉。

北洋絕句七首即興之六（二〇一五年四月十日）

莫須眾口斥西原。弱國外交差可援。
剛愎憐君作他用，鬪侯成敗復何言。

七律·題臨時執政就職紀念幣（二〇一七年二月九日）

係臺灣師友所贈，正面爲段氏燕尾禮服像，背面有「和平」二字，民國十三年（一九二四）發行。民國九年（一九二〇），段氏因直皖戰爭失敗而下野。直系大將吳佩孚本段氏學生輩，故段氏悻然稱此戰爲「大決防」，即師生大防潰決之意。據云老段嘗作牢騷語曰：「吳佩孚學問不錯，兵練得也不錯，學會打老師了。」

新裝燕尾解戎衣。白　蒼顏事已非。
直皖大防決何早，孫袁正統辨無違。
黎菩薩本泥菩薩，段合肥承李合肥。
南下豈悲三一八，最憐五色慶雲旂。

七律・訪昭遠墳場（二〇一五年五月二十七日）

陽阿回合溯流光。幾片傘陰成道場。
遺墨段黎無客主，描金銘贊共彭殤。
碧蘿藤下蝶猶戲，翠雨簾前花自芳。
帝力佛心持誦久，瑤煙縹緲一爐香。

*何福墓有段芝泉執政、黎宋卿總統題字。

律偈・青島芝泉路湛山寺（二〇一八年十一月八日）

鑽營任爾世人癡。渾噩無心乃得之。
不住兩邊因此念，乍離六趣即吾師。
秋鳧弄羽花光晚，暮日連波樹色遲。
休問殷勤誰正道，變爻安用待龜蓍。

七律打油・臺北書展主講北洋元首詩（二〇一九年二月十二日）

有幸忝列臺北書展，以北洋元首袁世凱、黎元洪、馮國璋、徐世昌、曹錕、段祺瑞諸老之詩文爲講題。不過初次嘗試，必有大量疏漏，藉此良機，溫故知新罷。

巫史難分溯禹湯。主持風雅止隋唐。
相忘袁段徐曹夢，漫說東南西北洋。
開口無非大總統，問心只是小文章。
軒轅四面逢初九，未若重參大梵王。

叨叨令·《正道居集》註解初告竣工（二〇一九年三月二日）

段祺瑞《正道居集》的編註工作終於接近尾聲了。延宕太久，必須借今年訪學的契機將之完成。五年前在上海圖書館找到的集子，分爲文目八篇、詩目三十五題。此後不斷從史料、舊報刊乃至拍賣品中有新的作品發現，邀臺、港近三十位同學分工註解。若干重要的通電、公告，也編爲附錄。春節後返臺這段日子，統整同學的註文，稱許大家用心之餘，也作了不少增刪、調整、補撰、改寫。全書篇幅竟達二十萬字，出乎當初料想。謹對各位同學的義務幫忙致謝。

見慣了孫大砲、袁大頭戴他頂金盔碧纓的帽。

笑慣了曹三傻、張三多當他作越貨殺人的盜。
罵慣了李合肥、段合肥算他是辱國喪權的號。
讀慣了周瘦鵑、秦瘦鷗隨他去義正詞嚴的報。
政局蜩螗邦之不幸也麼哥，
政局蜩螗邦之不幸也麼哥，
過慣了一百年、兩百年仍是在覆地翻天的鬧。

詩鐘．花蓮東華大學主講段氏詩文（二〇一九年四月二十一日）

感謝吳儀鳳教授的安排，是次演講以〈古典北洋：談段祺瑞的舊體詩文〉爲題。今年研修假期的計畫內容之一就是爲段祺瑞詩文輯佚作註。能重遊東華中文系寶地，就正於諸位大方，感恩不已。

幾段圍棋都莫問，一泉餘澤究難知。

七律・五四百週年（二〇一九年五月四日）

山東問題是五四的導火線，故青島有五四廣場以資紀念。去年在青島坐地鐵二號線，發現五四廣場站下一站竟是芝泉路站，而芝泉路在湛山寺前，係紀念段祺瑞一九三〇年代捐貲修廟而命名。世人心目中最先進與最保守者，只是相差一站爾。

燎原五四接芝丘。風物未殊黃海頭。
慘綠漫逢誰氏子，濕灰不見趙家樓。
隨心往復成單驛，顧目依稀是百秋。
聞道嶗山佳麥釀，逕須醉作太平謳。

七律・段集校樣（二〇一九年七月二十九日）

前兩天收到《段祺瑞正道居詩文註解》（也是今年訪學計畫之一項）的校樣，竟達六百多頁，感謝諸位編輯的用心！封面仍在設計中，黃慶明老師的題籤，令人賞歡不置。雖然行裝收拾繁瑣，但爲免節外生枝，還是趁離臺之前再校一次吧。

懿德相求戢寶刀。光華復旦也堪豪。
啞人空說北洋虎，吠日豈分西旅獒。
筆底雌黃猶點點，世間雄白每滔滔。
慣看辰曜爭明處，雲蓋依稀五色高。

詩鐘．段集編纂事（二〇一九年八月六日）

昨天收到萬卷樓所寄《段祺瑞正道居詩文註解》一書的封面初稿，斟酌討論。想不到昨晚又發現前此未見的段氏對聯四首，所涉名勝一、要人三。如此豈能視而不見，未敢怠慢？

中州古往崇文治，老段漫言是武夫。

詩鐘．段集封面（二〇一九年八月二十六日）

傍晚與編輯商討段祺瑞集封底設計，因有兩則推薦語，編輯擔心原來的設計過於繁複，空間不夠。我靈機一觸：既然封面用了五色旗，封底乾脆走簡約風，採用當時北洋軍帽上的五色星好了。說起五色星，不禁想起兒時遇見一位現役軍官，送我一枚軍徽。我那時早已被民初片耳濡目染，竟問道：「您這星……有五色的嗎？」還好那位軍官也知道童言無忌，一笑置之而已。

六神澡雪乘維斗，五色卿雲煥景星。

詩鐘・段昌國教授序言刊登（二〇一九年十月十日）

段昌國老師今天告知，已收到《國文天地》十月號的樣刊。這次登載的是我所主編《段祺瑞正道居詩文註解》的序文〈共和路上的壇與帳〉。這篇大作，早在2016年3月便已完成。由於註解至今年七月方告竣工，我才敢向《國文天地》供稿。感謝段老師以芝泉老人宗親孫輩的身分慨然相助，期待全書能在不久的將來付諸剞劂！

共和三造休回首，孤詣滿懷無住心。

七律・段集五校（二〇一九年十月十五日）

上週六上午，終於發心再校段祺瑞集，整整四小時，掃了許多落葉。下午二時，出門赴約。至深夜回家，本欲補充幾條資料，誰知筆電開機後成了黑屏。陡然想到上午的校對檔，因爲出門倉卒，忘了備份，不禁驚出一身冷汗，徹夜輾轉。翌日整天精神不振，然發現筆電開機仍舊正常，而黑屏之後，還隱約看得見桌面的一些物件，一如月食之狀。只是週六、日束手在家，耽擱了幾樣工作。今天返校後，將筆電接上研究室的座機屏幕，終於把檔案拷貝出來了。於是快馬加鞭，把段集校完，回傳出版社。只是購買新筆電需時，看來未來一段日子又要像多年前那般，在研究室「旰衣宵食」了。

無端日月迭而微。十月之交究可悲。
銀鼠火牛非耐老，雲屏霧障欲忘機。
詩文難輯徐東海，讎校偏憐段合肥。
今夜庠宮秋漸冷，焚膏呵手等加衣。

後記

我對芝泉老人《正道居集》的關注，已於拙文〈青史有情成道紀：段祺瑞《正道居集》因緣漫說〉（《國文天地》二〇一九年六月號）中有所說明。如今承乏主編之《段祺瑞正道居詩文註解》出版在即，仍應另撰後記一篇，就編纂相關情況加以補述，並經此補述，向協助此書順利出版的先進、友好表達謝意。

當年在臺灣講授「歷代元首詩」，一直無法覓得段集。因此二〇一四年，在上海圖書館梁穎先生協助下覓得《正道居》諸集，欣喜莫名，可想而知。恰逢系上命我參與主辦第一屆「風雅傳承：民初以來舊體文學國際學術研討會」（香港，二〇一五年六月三至五日），又值芝泉老人一百五十歲冥誕，爲了使會議增添一點「先聲奪人」的色彩，我於是考慮以段集爲論文主題。芝老在民國史上是一位重要人物，論其人而不知其書，畢竟是個缺憾。其書向來流傳極罕，鮮人寓目，幾乎是個全新的研究課題。因而編纂過程、文學特色、思想內涵等方面的探討，皆仍有待展開。半年下來，撰寫的文稿已達五六萬字。在考訂段集版本的過程中，由於我無法抽身前往各地，幸得南江濤兄、陳嘉琳同學先後在北京國家圖書館加以查核比勘，李小妮同學在大連圖書館查訪逸籍，無任感激。恰好此時，張高評老師即將從成功大學榮休，成大文學院長王偉勇老師藉此機緣籌辦「第一屆『從誤讀、流變、對話到創意』國際學術研討會」（臺南：二〇一五年六月十二日），命我與會。兩場會議時間極為接近，於是我決計把研究段集的文稿分成兩篇，如此也令相關研究比較聚焦。兩場會議分別得到特約講評人周興陸教授、施懿琳教授的指正，無任感激。

後來計畫投稿《中國文化研究所學報》，仍將兩篇合併，壓縮至三萬字左右的長度，題為〈段祺瑞《正道居集》之感世宗旨探論〉；經審查通過後，刊登於二〇一七年一月號。在此要感謝朱國藩博士的幫助。稍後，我又與師弟程中山博士合編《風雅傳承：民初以來舊體文學論集》（香港：香港中文大學出版社，二〇一七）。為免攪擾，此文仍採用了學報刊登的版本。雖有不知就裡的學者向我提出「為什麼要研究軍閥」的質問，但拙文還是引起一些關注。比如說，德國青年學者施陸博士（Dr. Erik Schicketanz）精於近代史研究，曾藉訪學中研院之機，來港相晤，談及芝老的相關文獻，此後又示以《伯爵清浦奎吾傳》等資料，於我頗有裨益。此外，作家余杰新書《1927共和崩潰》（臺北：八旗文化，二〇一九）中有段祺瑞一節，徵引拙文之餘亦有新論，讀後甚有啓發。如是不一。

「風雅傳承」會上，周興陸兄在講評時已提出，段集具有歷史價值，若能進一步整理出版，善莫大焉。此後又有幾位師友同持此議。我自忖此事是一項功德，且段集文字不算艱深，可邀研究生、乃至本科生參與註解工作，由我最後統一整理出版。至於前此發表的拙文，則以導讀形式置於篇首。二〇一六年一月，我終於從香港、臺灣召集了十多位自願參加的同學，分工合作開展這項工作。除了詩文外，我還選輯了一批以芝老名義發出的公文與電報，附錄於後，以備讀者采覽，輸入與校對工作由鄒靈璞同學負責。

與此同時，我想到兩位佛光大學的老師（當年雖份屬同事，論年齡實爲師長輩）——未來系段昌國教授和公事系王漢國教授。段老師爲芝老遠房姪孫，專研晚清史與俄國史；王將軍爲蔣母王太夫人後輩，究心東西方軍事理論。兩位老師既與芝老有血脈或事業上的關聯，又執教上庠，識見不凡，若能邀得兩位作序，定能令全書增光。喜出望外的是，兩位老師皆慨然允諾。段老師序文題爲〈共和路上的壇與帳〉，我本計畫待註解工作完成後便投稿《國文天地》，讓讀者先睹爲快，不虞因工作延宕，直到二〇一九年十月號才克刊登。王老師序文題爲〈詠懷段祺瑞〉，先登載於《青年日報》副刊（二〇一七年八月十二日），收入本書時又有修訂。

話說回來，註解團隊組成後兩年多，有已完成註解者，有退出者，也有新加入者。而我因教研事務繁重，以致統整工作緩慢。期間段、王二位老師時有關心，我卻無以爲對，深感愧恧。另一方面，這段日子從網上及舊報刊中發現大量芝老的逸詩逸文，竊以爲若不趁此良機加以輯補，其後也悔，不言而喻。這些新發現的詩文需要更多人手負責註解，而林彥廷、吳青樺、凌頌榮、張桂琼、唐甜甜、陸晨婕諸位同學眼見事況緊急，先後慨然相助，分工合作。尤其是彥廷同學，博士論文以民國軍政人物的思想爲題，得以藉助其長才，在輯逸、註解等工作上大顯身手。

二〇一八年八月起，我有一年的研修假期，在中研院文哲所擔任訪問學者。於我而言，臺灣是個能讓精神和形體都煥然一新的所在。我必須抓緊這一年寶貴的時間，把過去幾年未竟之事盡量完成，否則遷延無期。於是，我將段集註解列爲研修計畫中的第三部著作，讓自己有一點「言出必行」的壓力。九月抵臺後，馬不停蹄開始計畫中前兩部著作的撰寫和編輯，以及另一本資料彙編的校對工作，一直無暇兼顧段集。持續三四個月「朝九晚九」的生活，身體狀態反不如赴臺以前。所幸春節前夕，這三部著作的相關工作告一段落。故過年後返臺，一邊重拾每日運動的習慣，一邊重啓段集的主編工作。細讀現有稿件後，首先要做的是盡量統一體例格式。其次，這些稿件還可能存在著不少瑕疵，比如沒有解題，註釋或言之甚略或求之過深，掌故解釋訛誤，文字不雅馴，注音有錯漏，以至異文、錯別字，諸如此類問題，不在話下。當此之時，還間或有新的逸詩逸文被發現，不容罔顧。剛好這些日子裡，其他緊急事務較少，遂能將精神集中於主編工作。而這些最新成果，我也酌量納入作爲導讀的拙文中。

值得一提的是，我這段日子還應邀舉行了兩場相關演講，讓我進一步梳理、盤點了成果與得失。第一場是漢珍數位圖書公司朱小瑄董事長的「命題作文」，在臺北書展的「近代圖文敘事研討會」（二〇一九年二月十三日）以〈感世與自適：北洋元首詩淺說〉爲題，和各位與會者討論袁世凱、徐世昌、段祺瑞、曹錕諸老的詩文。第二場應吳儀鳳教授之邀，到花蓮東華大學中文系發表題爲〈古典北洋：談段祺瑞的舊體詩文〉的專題演講（二〇一九年四月二十五日）。兩場演講都得到師友們、觀眾們的熱烈支持。

編輯工作初步完成，全書總計二十餘萬字，我便與萬卷樓出版公司的董事長梁錦興先生、總經理張晏瑞兄商討出版事宜。此時中文大學同仁建議，不妨向文學院申請出版經費。晏瑞兄與我多有過從，知根知底，認爲或可先開啓排版、校對工作，一俟經費到位，便付印刷。而負責編校的同仁，則是與我有過兩次合作經驗的廖宜家女士。宜家於業務專精而細心，第一次校稿便替文稿清理了許多毛病。她更建議設置「段祺瑞剪影集錦」部分，令全書更富於吸引力。我邀得黃慶明教授以瘦金書法爲本書題簽，傅慰孤將軍、謝啓大立委爲本書撰寫推薦文字，宜家女士和編輯團隊皆仔細思考設計方案。此後反覆校對數次，我又提出不少要求，比如增入新發現之篇章、修改文字、調整封面等等，宜家皆一一耐心解決。敬業精神，令人感佩。近日宜家郵來最新校稿，以作送印前確認。唯院方經費申請杳無音訊，幸好中學師弟溫韶文律師願意捐助款項，玉成此事，眞可謂及時雨，我遂與晏瑞兄、宜家女士確認出版事宜。思及此書畢竟是迄今最新最全的芝老別集，我建議於二〇二〇年三月，亦即芝老一百五十五歲冥誕之際出版。

走筆至此，謹對所有關心段集出版的師友，所有參與註解工作的同學，所有參與本書編輯工作的同仁，以及上文提到的、未提到的一切友好，表達最誠摯的謝意！回想造訪上海圖書館查閱《正道居集》，乃是二〇一四年十一月十九日。轉眼五年已逝，人何以堪！乃以當日所謅一律作結曰：

天壤猶存此本孤。十年求訪費爬梳。
絲欄明潔成棋局，片語殷勤洞險膚。
旁礴大千嘆之德，滄浪正道卜爰居。
和珍已死誰霑臆，茹素堪言拜九衢。

陳煒舜
於香港烏溪沙壹言齋
二〇一九年十一月十二日

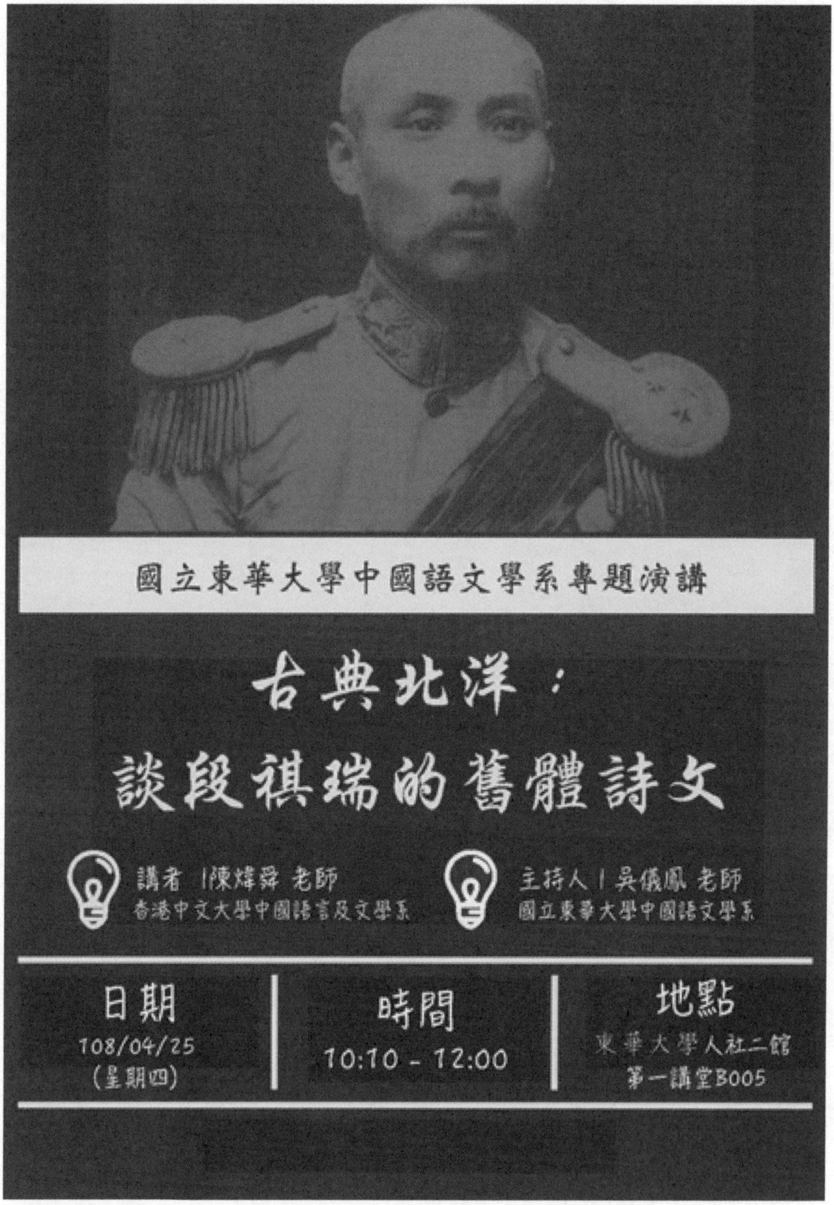

▲本書主編在東華大學中文系的專題演講，題爲「古典北洋：談段祺瑞的舊體詩文」（二〇一九年四月二十五日）

文學研究叢書·民國詩文叢刊 0816001

段祺瑞正道居詩文註解

主　　編　陳煒舜
封面題字　黃慶明
責任編輯　廖宜家
特約校稿　林秋芬

發 行 人　陳滿銘
總 經 理　梁錦興
總 編 輯　陳滿銘
副總編輯　張晏瑞
編 輯 所　萬卷樓圖書股份有限公司
排　　版　菩薩蠻數位文化有限公司
印　　刷　百通科技股份有限公司
封面設計　菩薩蠻數位文化有限公司

發　　行　萬卷樓圖書股份有限公司
臺北市羅斯福路二段 41 號 6 樓之 3
電話 (02)23216565
傳真 (02)23218698
電郵 SERVICE@WANJUAN.COM.TW
香港經銷　香港聯合書刊物流有限公司
電話 (852)21502100
傳真 (852)23560735

ISBN 978-986-478-306-9
2020 年 3 月初版
定價：新臺幣 980 元

如何購買本書：
1. 劃撥購書，請透過以下郵政劃撥帳號：
帳號：15624015
戶名：萬卷樓圖書股份有限公司
2. 轉帳購書，請透過以下帳戶
合作金庫銀行　古亭分行
戶名：萬卷樓圖書股份有限公司
帳號：0877717092596
3. 網路購書，請透過萬卷樓網站
網址 WWW.WANJUAN.COM.TW
大量購書，請直接聯繫我們，將有專人為您服務。客服：(02)23216565 分機 610

國家圖書館出版品預行編目資料

段祺瑞正道居詩文註解 / 陳煒舜主編. -- 初版. -- 臺北市 : 萬卷樓, 2020.03
面 ;　公分. -- (文學研究叢書 ; 0816001)
ISBN 978-986-478-306-9(平裝)

1.段祺瑞 2.學術思想 3.文學評論

851.5　108012856